Alma Katsu

HURLEMENTS

Traduit de l'anglais (États-Unis)
par Nadège Dulot

SONATINE ÉDITIONS

Directeurs de collection : Arnaud Hofmarcher
et Marie Misandeau
Coordination éditoriale : Fabienne Reichenbach

Titre original : *The Hunger*
Éditeur original : G. P. Putnam's Sons

Cette édition est publiée en accord avec G. P. Putnam's Sons,
une maison de Penguin Publishing Group,
une division de Penguin Random House LLC

Sonatine Éditions
92, avenue de France
75013 Paris
lisezsonatine.com

Ouvrage réalisé par Cursives à Paris

ISBN 978-2-38399-164-9
N° d'édition : 1164 – Dépôt légal : septembre 2024

Pour mon mari, Bruce

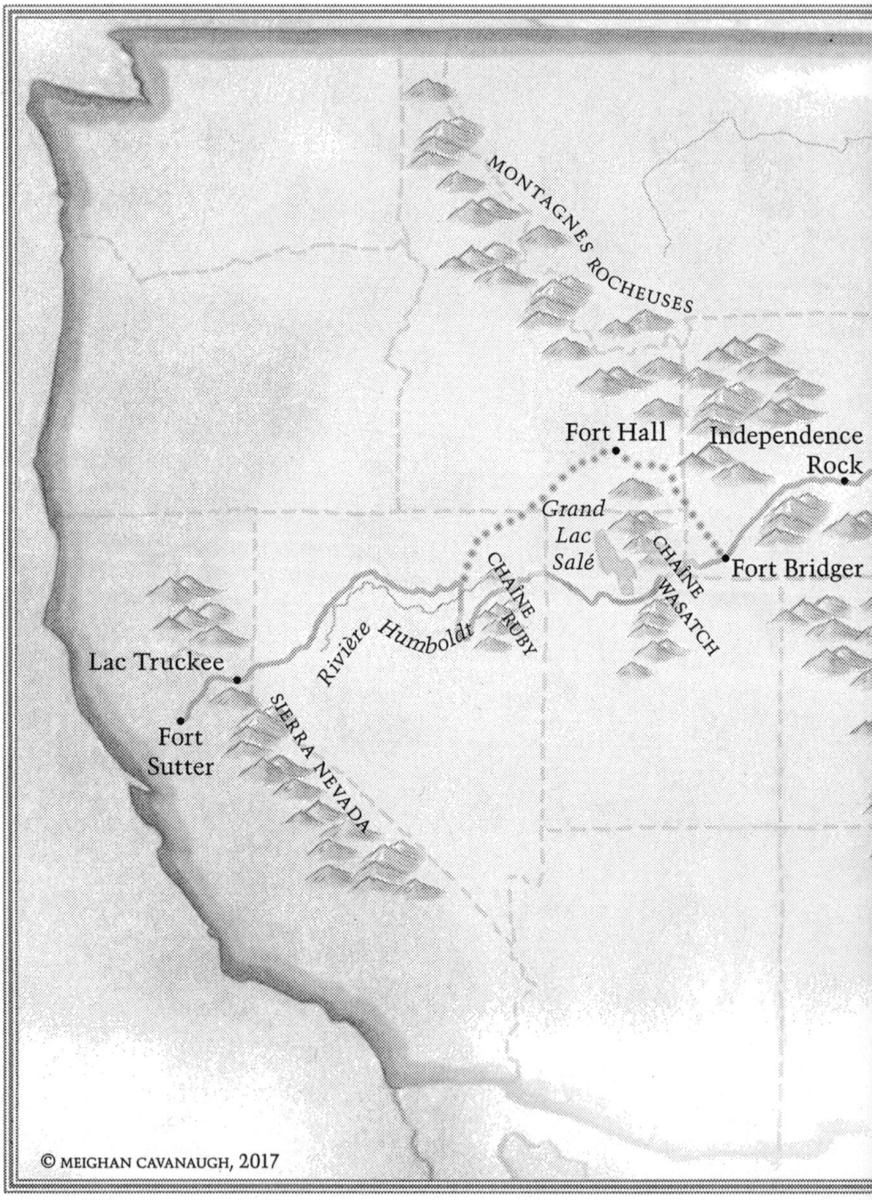
MONTAGNES ROCHEUSES
Fort Hall
Independence Rock
Grand Lac Salé
CHAÎNE WASATCH
Fort Bridger
CHAÎNE RUBY
Rivière Humboldt
Lac Truckee
Fort Sutter
SIERRA NEVADA

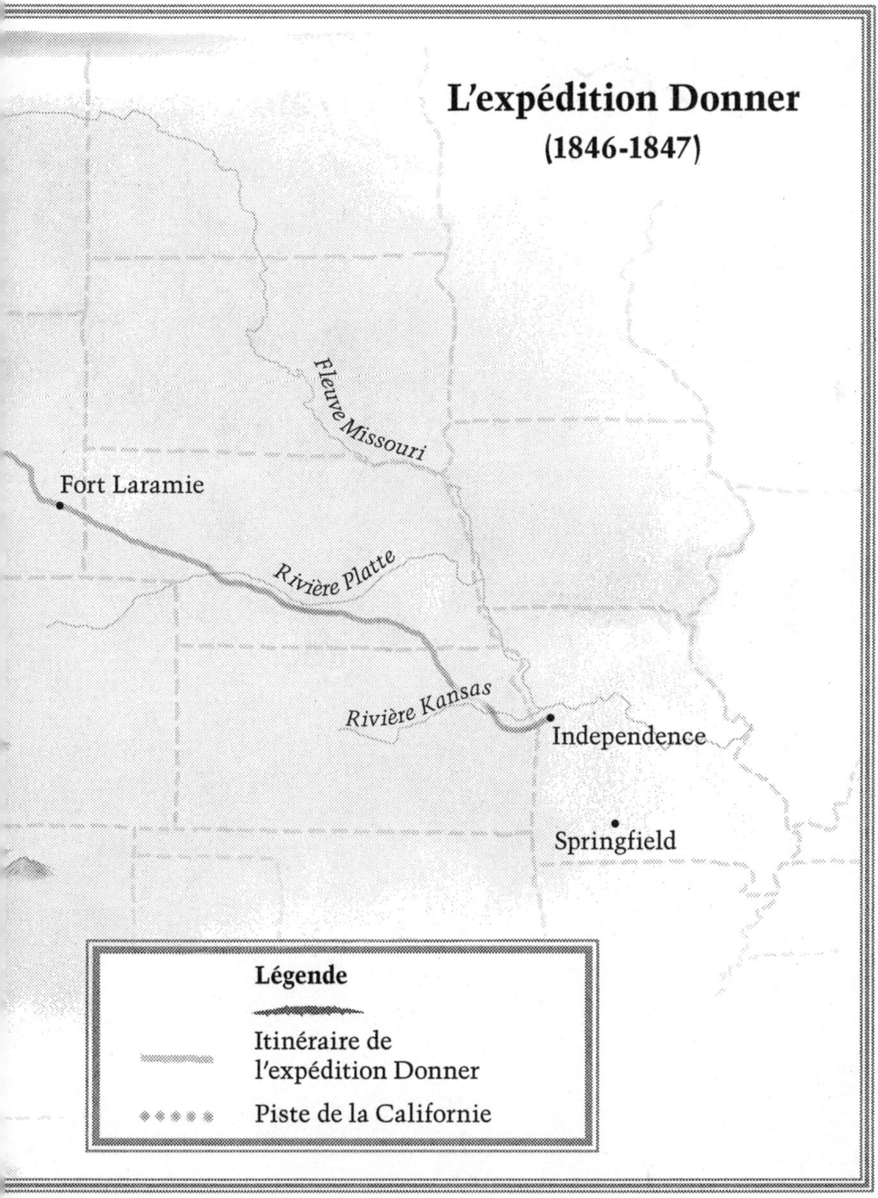
L'expédition Donner
(1846-1847)
Fleuve Missouri
Fort Laramie
Rivière Platte
Rivière Kansas
Independence
Springfield
Légende
Itinéraire de
l'expédition Donner
Piste de la Californie

PROLOGUE

Avril 1847

Tous s'accordaient à dire que l'hiver avait été particulièrement rude, l'un des pires de mémoire d'homme. Assez rude pour forcer certaines tribus, les Païutes et les Miwoks, à descendre de la montagne. Il n'y avait plus de gibier ; les hommes étaient mus par une faim sans répit, abandonnaient leurs campements parsemés de monceaux de cendres calcinées et inodores, autant d'yeux noirs dans la terre.

Quelques Païutes déclarèrent avoir aperçu un homme blanc fou, un rescapé de ce terrible hiver, qu'ils avaient vu glisser comme un spectre sur le lac gelé.

Il devait forcément s'agir de l'homme qu'ils cherchaient, un certain Lewis Keseberg, le dernier survivant de la tragique expédition Donner. Le groupe de sauveteurs avait été envoyé pour trouver Keseberg et le ramener vivant, dans la mesure du possible.

À la mi-avril, la neige montait jusqu'au poitrail des chevaux ; l'équipe avait dû les laisser dans un ranch des environs et continuer à pied.

Il fallut trois jours pour descendre jusqu'au lac une fois le sommet atteint – froid, venteux et désolé. Au printemps, la boue recouvrait tout, mais à cette altitude, c'était encore l'hiver et le sol était enfoui sous un épais manteau blanc. On ne pouvait pas s'y fier, à cette neige ; elle dissimulait des crevasses, des gouffres. Elle renfermait des secrets. Quand on se croyait sur la terre ferme, ce n'était qu'une question de temps avant qu'une corniche se dérobe sous vos pieds.

La descente fut beaucoup plus difficile que prévu ; la neige, mouillée et glissante, cédait sous leurs pas, comme si elle était mue par une volonté surnaturelle d'attirer tous les hommes vers le fond.

Plus ils s'approchaient du lac, plus il faisait sombre ; les arbres étaient si hauts qu'ils cachaient le sommet des montagnes et obscurcissaient le soleil. Les séquelles des assauts qu'avait subis la végétation trahissaient des chutes de neige infernales : branches brisées et écorce arrachée à dix, quinze mètres de hauteur. Et près du lac, il régnait un silence de mort. Il n'y avait pas un bruit, pas un chant d'oiseau, même pas l'éclaboussure d'un volatile se posant sur la surface de l'eau. On n'entendait que leurs pas lourds et leur respiration laborieuse, et parfois, le craquement de la neige qui fondait.

Quand ils aperçurent la brume au-dessus du lac, la première chose qu'ils remarquèrent fut la puanteur ; partout régnait une odeur de charogne. Le groupe s'approcha de la rive, et sentit l'odeur trop riche de la chair en décomposition mélangée au parfum des sapins qui alourdissait l'air. L'odeur du sang, avec son arrière-goût ferreux, semblait jaillir de partout, du sol, de l'eau et du ciel.

On leur avait dit que les survivants s'étaient réfugiés dans une cabane abandonnée et deux appentis, dont l'un était attenant à un gros rocher. Ils trouvèrent la cabane assez rapidement en longeant la rive du lac qui ondoyait sous un brouillard paresseux. Elle se dressait solitaire dans une petite clairière. Ils voyaient bien qu'elle était abandonnée, et pourtant, l'impression qu'ils n'étaient pas seuls persistait, comme si quelqu'un les attendait à l'intérieur, une chose tout droit sortie d'un conte surnaturel.

La crainte se logea en chacun d'eux comme un ver ; cette odeur anormale dans l'air les rendait fébriles, les agitait. Ils s'approchèrent lentement, fusil à l'épaule.

Plusieurs objets inattendus gisaient dans la neige : un livre de prières de poche, son signet, un ruban qui flottait dans la brise.

Une poignée de dents, éparpillées au sol.

Un amas qui ressemblait à des vertèbres humaines.

À présent, la peur leur serrait la gorge et troublait leur vision. Quelques-uns refusèrent d'aller plus loin. Ils étaient face à l'entrée de la cabane, et une hache avait été déposée contre le mur extérieur.

La porte s'ouvrit toute seule.

JUIN 1846

1

Pour Charles Stanton, rien ne valait un bon rasage de près. Ce matin-là, il se tenait devant le grand miroir sanglé sur le flanc du chariot de James Reed. Dans toutes les directions, la prairie se déployait comme un drap que le vent faisait ondoyer ; des lieues et des lieues d'une couverture herbeuse que seule venait percer la flèche de Chimney Rock, dressée comme une sentinelle au loin. Quand il plissait les yeux, les chariots bâchés du convoi faisaient penser à des jouets éparpillés parmi la broussaille – fragiles, insignifiants, inconséquents.

Il se retourna vers le miroir, et quand il immobilisa la lame en dessous de sa mâchoire, un des aphorismes préférés de son grand-père lui revint à l'esprit : *L'homme mauvais se cache derrière sa barbe, comme Lucifer.* Stanton connaissait beaucoup d'hommes qui se contentaient d'un couteau bien aiguisé, certains se servaient même d'une hachette, mais pour lui, rien ne valait le rasoir droit. Il ne trembla pas quand il sentit le métal froid contre sa gorge. La sensation lui était presque agréable.

« Je ne vous croyais pas si coquet, Charles Stanton, dit une voix derrière lui. C'est presque à se demander si vous ne seriez pas en train de vous admirer. » Edwin Bryant s'approchait de lui, une tasse de café en étain à la main, mais son sourire s'effaça rapidement. « Vous saignez, Charles. »

Stanton baissa les yeux sur son rasoir. Il était strié de rouge. Dans le miroir, il vit une ligne carmin sur sa gorge, une coupure béante de quelques centimètres là où était passé le bout de sa lame. Le rasoir était si aiguisé qu'il n'avait rien senti. Stanton tira d'un coup sec la serviette posée sur son épaule et la pressa contre la plaie.

« Ma main a dû glisser, dit-il.

– Asseyez-vous, dit Bryant. Faites-moi voir ça. J'ai quelques notions de médecine, vous savez. »

Stanton ignora la main tendue de Bryant.

« Ça va, ce n'est rien. Juste un petit incident. »

Ce mot résumait bien ce maudit voyage qui n'avait été jusqu'alors qu'une succession d'imprévus.

Bryant haussa les épaules.

« Si vous le dites. Les loups sentent l'odeur du sang à trois kilomètres.

– Qu'est-ce que je peux faire pour vous ? » demanda Stanton.

Il savait que Bryant n'avait pas remonté le convoi uniquement pour lui faire la causette, pas alors qu'ils étaient censés atteler les bœufs. Ils étaient au milieu du chaos matinal familier. Les conducteurs rassemblaient les bêtes, qui faisaient trembler le sol sous leur poids. Des hommes démontaient les tentes et les chargeaient dans leur chariot, d'autres étouffaient leur feu de camp avec du sable. L'atmosphère résonnait de cris d'enfants, alourdis par les seaux d'eau qui allaient plus tard servir pour boire et se laver.

Stanton et Bryant ne se connaissaient pas depuis longtemps, mais ils s'étaient rapidement entendus. Le groupe dont faisait partie Stanton – une petite expédition de l'Illinois, composée en majeure partie des familles Donner et Reed – s'était joint à un convoi bien plus important mené par un ancien militaire, William Russell, non loin de la ville d'Independence, dans le Missouri. Edwin Bryant avait été l'un des premiers membres de l'expédition Russell à se présenter ; il semblait graviter naturellement autour de Stanton – peut-être parce qu'ils étaient deux hommes célibataires dans un océan de familles.

En apparence, Edwin Bryant était l'opposé de Stanton. Ce dernier était grand et dégageait une force naturelle. Toute sa vie, on l'avait complimenté sur ce physique qui lui venait de sa mère.

Il avait hérité de ses épais cheveux bruns et ondulés, et de son regard pénétrant.

La beauté est un don du diable, mon petit, pour tenter les autres et les pousser au péché. Une autre sentence de son grand-père. Ce dernier l'avait un jour frappé au visage avec une boucle de ceinture ; peut-être espérait-il en chasser le Malin. Son geste avait été vain. Stanton avait conservé toutes ses dents et son nez avait cicatrisé. La marque qui lui était restée sur le front s'était estompée. Le diable ne l'avait pas quitté.

Bryant devait avoir dix ans de plus que Stanton. Ses années d'expérience dans la presse avaient fait de lui un homme plus sensible que la plupart des membres de l'expédition – des paysans, des charpentiers ou des forgerons, des hommes qui gagnaient leur vie en effectuant des travaux manuels difficiles. Sa vue était mauvaise, et il lui fallait presque en permanence porter des lunettes. Avec ses cheveux ébouriffés, il paraissait toujours avoir la tête ailleurs. Mais il fallait admettre qu'il était futé, certainement l'homme le plus intelligent de l'expédition. Il avait confié avoir passé quelques années comme apprenti auprès d'un médecin alors qu'il était très jeune, mais il rechignait à devenir le docteur de l'expédition.

« Regardez ça. » Bryant donna un coup de pied dans une touffe de végétation au sol, envoyant voler un nuage de poussière. « Vous avez remarqué ? L'herbe est bien aride pour la saison. »

Cela faisait plusieurs jours qu'ils avançaient dans la plaine, l'horizon n'était qu'une vaste étendue d'herbe et de broussailles. Au loin, de part et d'autre du chemin, des collines de sable, couleur or et corail, qui s'élevaient puis déclinaient ; certaines étaient aussi escarpées qu'une main dont les doigts pointaient vers les cieux. Stanton s'accroupit et arracha une poignée d'herbe. Certains brins étaient courts, pas plus de vingt-cinq centimètres, le vert virait déjà au brun.

« On dirait bien qu'il y a eu une sécheresse ici », commenta Stanton.

Il se releva, tapa dans ses mains pour se débarrasser de la poussière et regarda le rideau de gaze violacée au loin. Le paysage semblait s'étendre à l'infini.

« Et nous venons à peine d'arriver sur la plaine », dit Bryant.

Il sous-entendait qu'il risquait de ne pas y avoir assez d'herbe pour nourrir les bêtes. L'herbe, l'eau, le bois : les trois choses indispensables pour une caravane comme la leur.

« Les conditions sont pires que prévu, et nous avons encore un long chemin à faire. Vous voyez cette chaîne de montagnes là-bas ? Ce n'est que le *début*, Charles. Il y a d'autres montagnes derrière... Puis le désert, et des prairies et des rivières plus larges et profondes que celles que nous avons déjà traversées. Et tout cela nous sépare de l'océan Pacifique. »

Cette litanie, Stanton l'avait déjà entendue. Bryant n'avait presque parlé que de ça après avoir découvert une petite hutte de trappeur à Ash Hollow il y a deux jours. L'abri déserté avait été converti en poste avancé pour les pionniers qui migraient à travers les plaines ; ces derniers avaient pris l'habitude d'y laisser des lettres afin que quiconque voyageant vers l'est les porte jusqu'à un bureau de poste pour les expédier. Beaucoup de ces lettres se résumaient à des feuilles de papier repliées et glissées sous un caillou dans l'espoir qu'elles atteignent leur destinataire dans la ville ou le village que les pionniers avaient laissé derrière eux.

Étrangement, la vue de toutes ces lettres avait réconforté Stanton. À ses yeux, elles représentaient l'amour de la liberté si chère au voyageur et le désir qui le poussait à tenter sa chance ailleurs, quels que soient les risques. Mais Bryant, lui, en avait été troublé : *Regardez toutes ces lettres. Il doit y en avoir des dizaines, une centaine peut-être. Les pionniers qui les ont écrites sont partis bien avant nous sur ce chemin. Nous sommes parmi les derniers à nous lancer cette saison et vous savez ce que ça veut dire, n'est-ce pas ? Nous arriverons peut-être trop tard. Quand l'hiver sera là, les cols de montagne seront condamnés, et l'hiver surgit plus tôt en altitude.*

« Soyez patient, Edwin, dit Stanton. Nous venons tout juste de quitter Independence…

– Et pourtant, c'est déjà la mi-juin. Nous avançons trop lentement. »

Stanton jeta sa serviette sur son épaule et scruta les environs ; le soleil était levé depuis des heures, mais le convoi ne s'était pas encore mis en route. Autour de lui, les familles finissaient leur petit déjeuner au-dessus de ce qu'il restait de leur feu de camp. Les mères berçaient leurs nourrissons debout tout en échangeant les derniers ragots. Un garçon jouait avec un chien au lieu de rassembler les bœufs de la famille et de les ramener du pâturage.

« Est-ce qu'on peut leur en vouloir en une matinée aussi belle ? » demanda-t-il avec légèreté.

Après des semaines passées sur la route, personne n'avait hâte d'affronter une nouvelle journée. La moitié des hommes ne pressaient le pas que lorsqu'il s'agissait de sortir le pichet de bourbon. Bryant se contenta de froncer les sourcils. Stanton se frotta la nuque.

« De toute façon, c'est à Russell qu'il faut parler. »

Bryant grimaça en se baissant pour ramasser sa tasse de café. « Je lui en ai parlé. Et bien qu'il soit de mon avis, il ne fait rien. Il ne sait pas dire non. Rappelez-vous, cette semaine, il a laissé des hommes partir chasser le bison. Il a fallu immobiliser le convoi pendant deux jours, le temps de fumer et de sécher la viande.

– On sera peut-être bien contents d'avoir cette viande plus tard.

– Je vous garantis qu'il y aura d'autres bisons. Mais ces jours perdus, nous ne les récupérerons pas. »

Stanton comprenait la logique de ce que disait Bryant mais ne voulait pas ergoter.

« Écoutez, j'irai avec vous ce soir, et nous parlerons à Russell ensemble. Nous lui ferons comprendre la mesure du problème. »

Bryant secoua la tête.

« J'en ai assez d'attendre. Et c'est ça que je suis venu vous dire ; je quitte le convoi. Avec quelques autres, nous avons décidé de partir devant à cheval. Les chariots sont trop lents. Les pères de famille, je comprends qu'ils en aient besoin. Ils ont des enfants en bas âge, des vieillards et des malades à transporter. Ils ont tous leurs biens. Je ne leur en veux pas, mais je ne vais pas non plus me soumettre à leur bon vouloir. »

Stanton pensa à son propre chariot, à ses deux bœufs. Son équipement lui avait presque coûté tout l'argent de la vente du magasin.

« Je vois. »

Les yeux de Bryant scintillaient derrière ses lunettes.

« Celui qui nous a rejoints à cheval hier soir m'a dit que les Washoes étaient encore au sud de leurs pâturages habituels, à deux semaines d'ici par ce chemin. Je ne peux pas risquer de les manquer. »

Bryant, qui aimait à se voir comme un anthropologue amateur, disait vouloir écrire un livre sur la spiritualité des tribus indiennes. Il pouvait parler des heures de leurs légendes – animaux bavards, dieux malicieux, esprits qui semblaient vivre dans la terre, le vent et l'eau –, et il était si passionné que certains des pionniers manifestaient une méfiance croissante à son égard. Si Stanton appréciait les histoires de Bryant, il savait à quel point elles terrifiaient parfois les chrétiens, nourris de récits bibliques et incapables de comprendre qu'un homme blanc puisse éprouver une profonde fascination pour les croyances indigènes.

Quand une question échauffait Bryant, il était difficile de l'en détourner. Il poursuivit :

« Je sais que ces gens sont vos amis. Mais pour l'amour de Dieu, qu'est-ce qui leur a pris de vouloir transporter leur maison entière jusqu'en Californie ? »

Stanton ne put s'empêcher de sourire. Il savait très bien à quoi Bryant faisait allusion : George Donner et son énorme chariot, sa « goélette des prairies » conçue sur mesure. Lors de sa fabrication, elle avait été sur toutes les langues de Springfield avant de délier celles de l'expédition. Quelques dizaines de centimètres de hauteur furent ajoutés aux ridelles du chariot afin de faire de la place pour un établi et un rangement couvert. Il y avait même une petite cuisinière avec une cheminée qui évacuait la fumée par une ouverture dans la bâche.

Bryant hocha la tête vers le campement des Donner.

« Enfin quoi, comment croient-ils qu'ils vont passer la montagne avec une chose pareille ? C'est un monstre. Même un attelage de quatre bœufs ne suffirait pas à le tirer en côte. Et pour quoi faire ? Pour transporter la reine de Saba dans le luxe. »

Dans le bref intervalle de temps depuis que le contingent de Springfield avait rejoint le groupe de Russell, plus nombreux, Edwin Bryant avait cultivé une détestation notoire envers Tamsen Donner.

« Vous avez déjà vu l'intérieur de cet engin ? Un vrai navire d'apparat dédié aux plaisirs de la reine Cléopâtre, matelas de plumes et soies compris. »

Un rictus se dessina sur le visage de Stanton. Ce n'était pas comme si les Donner dormaient à l'intérieur ; leur chariot était rempli de mobilier, de linge de lit, comme ceux des autres. Bryant avait un penchant pour l'exagération indignée.

« Je prenais George Donner pour un homme intelligent. Apparemment, il ne l'est pas, ajouta Bryant.

– Vous ne pouvez pas lui reprocher de vouloir le bonheur de sa femme. »

Stanton aurait voulu considérer George comme un ami, mais cela lui était impossible. Pas avec les accointances qu'il lui connaissait.

Et comme si cela ne suffisait pas, il ne pouvait quitter sa femme des yeux. Tamsen Donner, qui avait bien vingt ans de moins que son mari, était d'une beauté ensorcelante ; c'était sûrement la plus belle femme que Stanton ait jamais rencontrée.

Elle ressemblait à l'une de ces poupées de porcelaine qu'on voyait dans les boutiques des couturières, ces petits mannequins exhibés pour mettre en valeur les dernières créations françaises en miniature. Son regard retors l'attirait, ainsi que sa taille, si fine et si menue qu'un homme pouvait facilement la ceindre des deux mains. Plusieurs fois, il avait dû refouler la sensation imaginaire de tenir cette taille entre *ses* mains. Que Donner ait réussi à épouser une telle femme, cela restait un mystère. Même si Stanton se doutait que l'argent y était pour quelque chose.

« Nous partons demain, dit Bryant, en baissant la voix. Venez avec nous. Vous ne devez rien à personne, vous n'avez pas de famille sur laquelle veiller. Comme ça, vous arriveriez plus vite à votre destination... quelle qu'elle soit. »

Bryant espérait encore apprendre les raisons qui avaient poussé Stanton à partir pour l'Ouest. La plupart des gens n'avaient pas à se faire prier pour en parler. Bryant savait que Stanton avait été le propriétaire d'une épicerie et d'une maison à Springfield, mais le célibataire ne lui avait pas confié – ni à lui ni à personne – pourquoi il avait choisi de tout quitter. Son associé, celui qui avait le sens des affaires, était mort brutalement, laissant Stanton gérer la boutique seul. Il avait une tête bien faite pour ce genre de choses, mais le cœur n'y était pas – servir le flux ininterrompu de clients, marchander avec ceux que ses prix offensaient, approvisionner les rayons avec des produits au goût des habitants de Springfield, des voisins qu'il connaissait à peine et qu'il comprenait encore moins (eaux de toilette exotiques ? rubans de satin chamarrés ?). Il s'était senti bien seul, et c'était certainement l'une des raisons pour lesquelles il avait quitté Springfield.

Mais pas l'unique raison.

Stanton préféra esquiver. « Que ferais-je de mon bœuf et de mon chariot ? Je ne peux quand même pas les abandonner sur le chemin.

– Nul besoin d'en arriver là. Je suis sûr que vous trouverez quelqu'un dans le groupe qui voudra les racheter. Ou bien vous pouvez aussi payer un des conducteurs pour s'en occuper et les amener jusqu'en Californie.

– Je ne sais pas. »

Contrairement à Bryant, il n'éprouvait aucune difficulté à voyager avec les familles ; le bruit des enfants et les conversations haut perchées des femmes de l'expédition ne le gênaient pas. Mais ce n'était pas tout.

« Laissez-moi un moment pour y réfléchir », dit-il.

À cet instant, un tourbillon de poussière annonça l'arrivée d'un cheval au galop. Sur son dos, George Donner. Une des responsabilités de Donner était de mettre le convoi en marche chaque matin. D'habitude, il accomplissait cette tâche dans la bonne humeur ; il encourageait les familles à lever le camp, à remballer leurs affaires et à atteler leurs bœufs pour que la grande caravane puisse se remettre en route. Mais ce matin-là, il avait le visage assombri.

Stanton salua George. C'était donc l'heure de partir.

« J'allais mettre les chaînes… », commença-t-il.

Donner l'interrompit.

« On ne part pas tout de suite, dit-il gravement. Un incident s'est produit dans le convoi. »

Un tressaillement d'appréhension parcourut Stanton, qui l'ignora.

Bryant regardait Donner, les yeux plissés.

« Dois-je aller chercher ma trousse de médecin ? »

George Donner ajusta sa position sur sa selle.

« Ce n'est pas ce genre d'incident. Un des petits a disparu. Il n'était pas dans sa tente ce matin quand ses parents sont allés le réveiller. »

Stanton se sentit immédiatement soulagé.

« Les enfants, on sait bien que ça se balade…

– Sur le chemin, oui, mais pas en pleine nuit. Ses parents resteront ici pour le chercher. D'autres se joignent à eux pour les aider.

– Ils cherchent des volontaires ? » demanda Stanton.

Donner secoua de nouveau la tête.

« Ils ont plus qu'assez de monde. Une fois qu'ils auront dégagé leurs chariots du chemin, nous avancerons. Gardez l'œil ouvert au cas où. Si Dieu le veut, le petit va bien finir par réapparaître. »

Donner repartit en soulevant une traînée de poussière derrière lui. Si l'enfant s'était éloigné dans l'obscurité, il était peu probable que ses parents le revoient un jour. Un petit garçon pouvait facilement être englouti dans cette immensité, cet espace sans limites qui irradiait dans toutes les directions, vers des horizons qui mettaient même le soleil au pas.

Stanton hésita : peut-être devait-il les accompagner. De l'aide supplémentaire, cela ne pouvait pas faire de mal. Il porta la main à son cou et envisagea de seller son cheval. Ses doigts étaient rouges. Il s'était remis à saigner.

2

Tamsen Donner contemplait la longue ligne de chariots s'étendre sur la plaine jusqu'à disparaître. Celui qui avait eu l'idée d'appeler ces chariots des « goélettes des prairies » avait l'esprit fin. Les bâches ressemblaient à des voiles de navires, éclatantes de blancheur sous la clarté matinale. On aurait pu prendre les épais nuages de poussière soulevés par les roues des chariots pour des vagues qui ondoyaient sous les bateaux miniatures, toutes voiles dehors sur une mer désertique.

La plupart des pionniers marchaient pour ne pas peser davantage sur leurs bœufs et évoluaient dans les champs de part et d'autre du chemin pour éviter la poussière. Le bétail – vaches laitières, bœufs, chèvres et moutons – avançait au pas dans l'herbe, guidé par le chien de la famille et par les enfants, fouet à la main, qui remettaient les traînards sur le droit chemin.

Tamsen aimait marcher. Cela lui donnait le temps de chercher les herbes et les plantes qui lui servaient à préparer ses remèdes – de l'achillée pour la fièvre, de l'écorce de saule pour les maux de tête. Elle prenait note de la flore qu'elle voyait dans un journal, y glissait des échantillons de spécimens qu'elle ne connaissait pas pour les étudier ou faire des expériences.

Et quand elle marchait, elle offrait aux hommes la chance d'admirer sa silhouette. À quoi bon être dotée d'une telle beauté si c'était pour la gâcher ?

Et il y avait autre chose encore. Quand elle était confinée toute la journée dans le chariot, elle commençait à ressentir cette impatience, cette agitation oppressante qui montait en elle tel un animal piégé, comme cela lui arrivait à la maison. Au moins dehors, la bête – *la tristesse* – pouvait s'étirer et lui laisser le loisir de respirer et de réfléchir.

Mais ce matin-là, elle regretta rapidement sa décision. Betsy Donner, qui avait épousé le frère cadet de George, s'approchait d'elle au pas de charge. Ce n'est pas que Betsy lui était désagréable, pas vraiment, mais elle ne lui était pas agréable non plus. Sa belle-sœur avait la subtilité d'une fille de quatorze ans, à l'antipode des amies que Tamsen avait eues en Caroline du Nord avant d'épouser George – les autres enseignantes, et particulièrement Isabel Topp ; mais aussi la servante d'Isabel, Hattie, qui lui avait appris quelle plante utiliser pour guérir, et la femme du pasteur, qui lisait le latin. Elles manquaient tant à Tamsen.

C'était ça le plus difficile. Ils avaient pris la route depuis un mois et demi et Tamsen était tourmentée. Elle avait cru que plus ils approcheraient de la côte ouest, plus elle se sentirait libre – elle n'avait pas imaginé se sentir piégée. Les premières semaines avaient été distrayantes : la nouveauté d'une vie de nomade et des nuits à la belle étoile. Divertir et stimuler les enfants jour après jour sur cette route sans fin, inventer des jeux, des leçons. Ce qui avait commencé comme une aventure devenait pour elle un *pensum*, et seul ce qu'ils avaient laissé derrière eux lui occupait l'esprit.

Tout ce qu'*elle* avait abandonné.

Le désir la rongeait encore plus avec la distance grandissante, au lieu de s'estomper.

Dès le début, Tamsen avait été contre l'idée de s'installer dans l'Ouest. Mais George avait été clair, c'était lui qui prenait toutes les décisions concernant le destin de la famille. Quand elle avait fait sa connaissance, il était le propriétaire d'une grande ferme, des centaines d'hectares de cultures et de bétail. *Je suis né pour la prospérité. Laisse-moi diriger l'entreprise familiale et tu ne connaîtras jamais le besoin*, avait-il promis. Son assurance était séduisante ; elle était seule à l'époque, épuisée d'avoir dû se défendre après que son mari eut succombé à la variole. Elle se dit qu'elle finirait bien par l'aimer avec le temps. Elle n'avait pas d'autre choix.

C'était le seul moyen qu'elle avait d'occulter le mal en elle, ses fractures.

Et quoi qu'elle ressente, elle savait qu'elle pouvait toujours avoir confiance en Jory, son frère, qui pensait que George était l'homme qu'il lui fallait ; elle était encline à le croire. Par la force de la volonté.

Puis George eut un jour l'idée de partir pour la Californie. *C'est une terre d'opportunités,* dit-il après avoir lu des livres de pionniers qui s'étaient lancés. *Nous deviendrons plus riches que dans nos rêves les plus fous. Là-bas, nous achèterons des milliers d'hectares, bien plus que nous ne pourrions jamais en acheter dans l'Illinois. Nous construirons notre empire et le transmettrons à nos enfants.* Lors d'un festin, il persuada son frère Jacob de se joindre à eux. Quand elle lui parla des rumeurs qu'elle avait entendues sur la Californie – les Mexicains n'occupaient-ils pas déjà le territoire ? Ils n'allaient pas céder leurs terres si facilement… Et cette guerre contre le Mexique dont on parlait ? Serait-ce comme pour le Texas ? –, George ignora ses questions. *Les Américains s'installent en Californie en nombre,* assura-t-il. *Le gouvernement ne les laisserait pas venir si c'était dangereux.* Pour illustrer son propos, il sortit même son livre préféré, *Le Guide de l'émigrant pour l'Oregon et la Californie* de Lansford Warren Hastings, un avocat qui avait fait le voyage. Et bien que Tamsen eût encore de nombreuses questions, une part d'elle voulait ressentir le même espoir… L'espoir que les choses seraient meilleures en Californie.

Mais à présent, elle était prise au piège dans une transhumance qui n'en finissait plus, forcée à côtoyer les personnes qu'elle aimait le moins au monde, la famille de son époux.

« Bonjour, Betsy », dit-elle à sa belle-sœur avec un sourire forcé.

Les femmes se devaient de toujours sourire, un art dans lequel Tamsen excellait au point de parfois s'en inquiéter.

« Bonjour, Tamsen. »

Betsy était une femme à la silhouette carrée, large d'épaules et de hanches, avec un torse grassouillet que son corset ne pouvait guère contenir.

« Tu as entendu la nouvelle ? Un garçon de l'avant du convoi a disparu. »

Tamsen ne fut pas surprise. L'expédition avait connu infortune après infortune : un chapelet de signes – quand on savait les interpréter. Encore la semaine dernière, elle avait découvert un tonneau de farine infesté de charançons. Il avait fallu tout jeter, bien sûr, une lourde perte. Le soir suivant, une femme – Philippine Keseberg, la jeune épouse de l'un des hommes les moins agréables du convoi – avait donné naissance à un enfant mort-né. Tamsen fit la grimace quand elle se rappela l'obscurité de la prairie qui avait comme engouffré les gémissements de la jeune femme, les avait capturés dans l'air.

Puis il y avait les loups qui les suivaient. Une famille avait perdu toute sa réserve de viande séchée ; la meute avait traîné au loin un veau hurlant qui venait de naître.

Et maintenant, un garçon avait disparu.

« Les loups », dit Tamsen.

Elle n'avait pas voulu faire le lien entre les deux événements, mais elle ne put s'en empêcher.

Betsy mit sa main devant sa bouche, une de ses manies surjouées.

« Mais il y avait d'autres enfants qui dormaient dans la tente, dit-elle. Ça les aurait réveillés…

– Qui sait ? »

Betsy secoua la tête.

« Et ça pourrait être les Indiens, bien sûr. J'ai entendu des histoires d'Indiens qui enlèvent les enfants blancs des colonies qu'ils attaquent…

– Bonté divine, Betsy, est-ce que tu as vu un seul Indien ces derniers vingt kilomètres ?

– Alors qu'est-ce qui est arrivé au petit ? »

Tamsen secoua la tête à son tour. Des choses terribles arrivaient aux enfants – et aux femmes –, souvent chez eux, aux mains de gens qu'on connaissait, de gens en qui l'on croyait pouvoir avoir confiance. Et comme si cela ne suffisait pas, ils devaient vivre ici dans la promiscuité, au milieu d'une centaine d'inconnus. Il était fort probable qu'au moins l'un d'entre eux soit coupable de terribles péchés.

Elle ne subirait jamais une telle tragédie ; elle ferait tout pour que cela n'ait pas lieu. Elle en avait les moyens, même limités : des charmes, des talismans, des armes pour empêcher le mal de franchir sa porte.

Mais malheureusement, ces moyens ne suffisaient pas à apaiser le mal *à l'intérieur* d'elle.

Non loin de là, un homme rassemblait son troupeau avec un bâton. Tamsen reconnut Charles Stanton. Plus jeune que George, Stanton avait la silhouette d'un homme qui travaillait dans les champs, pas dans une boutique. Il leva les yeux et surprit ceux de Tamsen en train de le dévisager. Elle détourna rapidement le regard.

« La vérité peut s'avérer bien pire que ce que l'on imagine, dit Tamsen, non sans savourer le regard choqué de Betsy.

– Où sont tes filles ce matin ? Je n'en vois que trois », dit Betsy, d'une voix soudain nerveuse.

D'habitude Tamsen les faisait marcher le matin, espérant ainsi que leur silhouette reste fine et ferme. La beauté pouvait causer du tort à une jeune fille, mais pour une femme, c'était l'une des rares armes dont elle disposait, alors elle voulait préserver celle de ses filles tant qu'elle le pouvait. Les aînées, Elitha et Leanne, que George avait eues de sa deuxième épouse, veillaient sur les plus jeunes, Frances, Georgia et Eliza. Mais aujourd'hui, seules les adolescentes marchaient au loin, tandis que Frances zigzaguait autour d'elles comme un petit veau sémillant, pleine d'énergie et heureuse d'avoir l'attention des deux aînées pour elle toute seule. Les sept garçons et filles de Betsy étaient bien au-devant, tête baissée, démarche coordonnée, l'air aussi absent que des bêtes de somme.

« Ne t'inquiète pas. Georgia et Eliza sont dans le chariot, dit Tamsen. Elles se sont réveillées avec de la fièvre ce matin et faisaient des manières. J'ai préféré les laisser se reposer.

– Oui, c'est vrai. Les petits se fatiguent si vite. »

Parfois, Tamsen s'émerveillait à l'idée qu'elle avait des enfants. Elle avait l'impression que George et elle n'avaient pas été mariés assez longtemps pour en avoir eu trois ensemble. Leurs filles étaient jolies, chacune un portrait craché de Tamsen quand elle était bébé, Dieu merci. En revanche, Elitha et Leanne tenaient de leur père avec leurs os épais et leur visage un peu chevalin.

Mais elle ne regrettait pas d'être mère. C'était peut-être l'une des seules choses pour lesquelles elle n'éprouvait pas de regrets. Elle était fière de ses filles, à vrai dire ; quand elles n'étaient encore que des nourrissons, elle leur avait mis du miel sur la langue, comme la servante indienne de la maison d'enfance de Tamsen le lui avait appris, pour les rendre plus douces ; elle avait tressé des aiguilles de sapin baumier qu'elle avait cousues dans leurs couvertures pour leur donner de la force.

Elles auraient toujours le choix, n'auraient jamais à être enchaînées dans un mariage, comme Tamsen avait dû l'être, pas une fois, mais deux.

Elle avait l'art de prendre sa revanche.

Les yeux de Stanton croisèrent de nouveau ceux de la jeune femme mais elle soutint son regard à présent, et ce, tant qu'il en fit de même.

Elle tendit le bras et laissa le bout de ses doigts danser au-dessus des fleurs sauvages. L'espace d'un instant, elle pensa aux échinacées jaunes dont étaient parsemés les vastes champs de blé de son frère Jory, indomptables et abondantes.

Elle savait que sa vie était devant elle et non derrière, qu'elle devait bannir de son esprit les souvenirs de la ferme de Jory – et toute pensée de sa vie de jadis –, mais elle en était encore incapable.

Les fleurs se courbaient et se balançaient sous la pulpe de ses doigts, si délicates qu'elles la chatouillaient presque.

3

Mary Graves s'agenouilla dans l'herbe et posa sa bassine en métal au bord de l'eau. C'était un tronçon paisible de la North Platte, la rivière s'écoulait lentement et faiblement; peut-être la saison estivale l'avait-elle déjà épuisée. La terre montrait tous les signes d'une sécheresse à venir.

Faire la lessive pour le clan Graves était l'une des nombreuses responsabilités de Mary. Douze personnes – son père, sa mère, cinq sœurs, trois frères, et le mari de Sarah, sa sœur aînée –, cela faisait beaucoup de linge sale, alors Mary préférait n'en faire qu'un peu chaque soir au lieu de le laisser s'accumuler. C'était l'un de ses rares moments de solitude. Il lui semblait qu'elle passait ses journées entières avec sa famille à s'occuper de ses petits frères et sœurs, à préparer les repas avec sa mère, à raccommoder les vêtements près du feu avec sa sœur, le soir. Du lever au coucher, elle était entourée d'une foule, assaillie par les voix des autres et leurs besoins, leurs histoires et leurs plaintes. Parfois, elle avait l'impression d'être vent debout, au milieu de rafales qui surgissaient de toutes parts en même temps. Même à la distance où elle se trouvait, les rires et les cris déchaînés parvenaient jusqu'à elle.

Elle avait pris l'habitude de s'échapper rien que pour le plaisir d'un moment de silence, de n'écouter que le doux bruissement des hautes herbes dans la brise. Mais ce soir-là, le rappel constant de la présence des chariots ne la gênait guère. La disparition du petit garçon avait semé le trouble et la crainte; même elle en avait été affectée. Pauvre Willem Nystrom. Sa famille faisait partie du groupe originel, et comme nouveaux et anciens ne se mélangeaient que très peu, Mary ne l'avait aperçu que de loin. Il semblait être un gentil petit garçon – six ans, des cheveux si blonds qu'ils en étaient presque blancs. Les frères de Mary, Jonathan et Franklin junior, avaient à peu près le même âge, et son cœur se serrait à l'idée que l'un d'eux pourrait tout simplement s'évaporer au beau milieu du campement. C'était comme l'un de ces vieux contes de fées, une de ces histoires d'enfants enlevés et emmenés dans les ténèbres, emportés par des esprits furieux.

Voir les feux au loin la rassurait. Les hommes emmenaient le bétail brouter dans l'herbe haute, attachaient les chevaux pour ne pas les perdre ; ils inspectaient les essieux et les roues des chariots pour repérer des signes d'usure et vérifiaient les attelages pour que tout soit prêt le lendemain matin. Les enfants revenaient au campement en transportant des brassées de bois. Quand Mary avait laissé ses petits frères, ils dessinaient un cercle dans la terre pour jouer au renard et aux oies. Les membres de l'expédition tentaient de retrouver leur routine quotidienne.

Mary venait de commencer à frotter la première pièce de vêtement – la chemise de son frère William devenue rigide à force de sueur séchée – quand elle aperçut deux silhouettes féminines parmi les hautes herbes, Harriet Pike et Elitha Donner, s'approcher d'elle avec leurs bassines. Gagnée par un sentiment de soulagement qui la surprit, Mary leur fit signe.

« Bonsoir, Mary », dit Harriet, un peu raide.

Harriet et elle avaient presque le même âge, mais elles se connaissaient à peine. Mary trouvait que Harriet se comportait comme quelqu'un de bien plus âgé que ses vingt ans ; elle se l'expliquait par son mariage précoce et ses enfants. C'était étrange de la voir avec Elitha Donner qui non seulement avait sept ou huit ans de moins qu'elle, mais, disait-on, se comportait de façon encore plus juvénile.

« Vous arrivez juste à temps, dit Mary, essayant de mettre de la gaieté dans sa voix. Le jour tombe vite. »

Harriet lança vers Elitha un regard en biais, insistant, tandis qu'elle se mit à trier des vêtements.

« Eh bien, ce n'est pas de mon fait. Je ne comptais pas faire ma lessive ce soir, mais Elitha m'a suppliée de venir avec elle. Elle avait trop peur d'y aller toute seule. »

Elitha ne dit rien, se contentant de faire sa besogne dans l'eau peu profonde, mais elle haussa les épaules presque jusqu'aux oreilles. Elitha Donner gigotait beaucoup, nerveuse comme un cheval craintif.

« C'est vrai, Elitha ? demanda Mary. C'est à cause du petit garçon ? Tu n'as pas à avoir honte. Tout le monde a peur, tu sais. »

L'adolescente se contenta de secouer la tête, aussi Mary essaya de nouveau.

« C'est les Indiens, alors ? »

L'idée d'enfin rencontrer un Indien enthousiasmait Mary. Le convoi en avait aperçu au loin quand ils étaient entrés dans leur territoire ; un groupe de Pawnees les avait surveillés à distance, sur leurs chevaux, pendant que les chariots serpentaient dans la vallée. Ils ne s'étaient pas approchés.

La plupart des membres de l'expédition avaient peur des Indiens ; ils ne cessaient de raconter des histoires d'attaques sur le bétail, d'enlèvement d'enfants, mais Mary ne les craignait pas. Un des colons installés sur la rive de la Blue Little River lui avait raconté que chez les Pawnees, c'était les femmes qui commandaient. Les hommes partaient chasser et faisaient la guerre, mais les femmes prenaient toutes les décisions.

Cette idée la fascinait.

« Ce n'est pas des Indiens que j'ai peur », dit Elitha.

Elle lavait le linge rapidement, ne quittant pas ses mains des yeux, qu'elle s'obstinait à garder baissés. Elle avait manifestement l'intention de ne pas rester une seconde de plus que nécessaire.

« Elle a peur des fantômes, dit Harriet en soupirant. Elle croit que cet endroit est hanté.

– Je n'ai jamais dit ça, protesta Elitha. Je n'ai jamais dit qu'il y avait des fantômes. » Elle hésita, regarda successivement Harriet et Mary. « M. Bryant dit que… »

Harriet eut un rire nasal.

« C'est donc ça qui te chagrine ? Les histoires de M. Bryant ? Honnêtement, tu devrais savoir qu'il ne faut pas l'écouter, cet homme-là.

– Ce n'est pas juste, dit Elitha. Il est intelligent. Tu l'as dit toi-même. Il est venu ici pour écrire un livre sur les Indiens. Il dit qu'ils lui ont raconté qu'il y avait des esprits ici, des esprits de la forêt, des collines et des rivières.

– Oh, Elitha, ne prête pas attention à M. Bryant et à ce qu'il raconte », dit Mary.

Elle ne savait pas trop quoi penser de ce M. Bryant. Il savait beaucoup de choses. Cela ne faisait aucun doute. Et il s'était montré compétent quand il avait soigné la jambe de Billy Murphy, celle qu'il s'était cassée en tombant de cheval. Mais il y avait de quoi être perturbé par ses errances et son esprit qui semblait toujours se fixer ailleurs, comme s'il écoutait une voix que lui seul pouvait percevoir.

« Mais je les ai entendus. » Le front d'Elitha se plissa. « La nuit, je les entends m'appeler. Pas vous ?

– Ils t'appellent ? demanda Mary.

– Elle est très influençable. Sa belle-mère la laisse lire des *romans*. Toutes ces histoires lui sont montées à la tête », dit Harriet à Mary alors qu'Elitha se tenait entre elles.

Mary sentit une pointe d'irritation. Elle avait rencontré beaucoup de femmes comme Harriet au fil des années, des femmes dont le visage paraissait avoir été lentement comprimé entre les pages d'une Bible, tout pincé et étroit.

Mary tendit la main pour toucher celle d'Elitha.

« Je suis sûre que ce n'est rien. Peut-être que ce n'était que les gens de la tente d'à côté en train de parler.

– On n'aurait pas dit des personnes qui parlaient. Ça ne ressemblait pas du tout à ça. »

Elitha se mordit la lèvre inférieure.

« On aurait dit... quelqu'un qui chuchotait d'une voix aiguë, mais très faible, comme si le vent l'avait amenée de très loin. C'était étrange, et triste. C'est la chose la plus effrayante que j'aie jamais entendue. »

Un frisson parcourut la colonne vertébrale de Mary. Elle aussi avait entendu des bruits étranges la nuit depuis qu'ils suivaient la North Platte, mais elle s'était dit que son esprit lui jouait des tours. Le cri d'un animal qui lui était inconnu ou le vent qui sifflait au creux d'un canyon. Les sons se propageaient différemment dans les grands espaces ouverts.

« Là, tu te laisses berner par ton imagination, dit Harriet. Tu devrais faire attention quand tu parles ainsi des esprits, des Indiens et tout ça. On pourrait se mettre à croire que tu as des penchants païens, comme M. Bryant.

– Oh, Harriet, voyons », dit Mary.

Harriet refusait de capituler.

« Prends garde, un homme du convoi pourrait très bien avoir des vues sur toi – mais il ne voudra pas t'épouser s'il croit que tu es une idiote peureuse. »

Mary essora bien fort le dernier vêtement qu'elle avait à laver, comme si c'était le cou de Harriet qu'elle tenait entre les mains, puis elle le laissa tomber dans la bassine qu'elle emporterait jusqu'à son chariot.

« Elle n'a que treize ans, dit-elle en essayant de prendre un ton léger. C'est un peu jeune pour se préoccuper de mariage, tu ne crois pas ? »

Harriet parut offensée.

« Mais non, je ne crois pas. J'avais quatorze ans quand je me suis mariée. » Puis elle adressa un sourire froid à Mary. « Et toi ? Est-ce que tu as même déjà eu un amoureux ? Ça me paraît étrange que tu n'aies pas encore d'époux.

– J'étais fiancée il n'y a pas si longtemps, dit rapidement Mary, rinçant ses mains dans l'eau. Mais il est mort subitement avant que nous ayons pu nous marier.

– Comme c'est triste, murmura Elitha.

– Le destin peut se montrer capricieux, dit Mary aussi légèrement qu'elle le put. On ne sait jamais ce que la vie nous réserve. »

Harriet se leva, les regarda du haut de son long nez.

« Tu me surprends, Mary. Tu es une bonne chrétienne. Dieu décide de ce qui arrive dans nos vies, tout est tracé selon ses desseins. Il avait certainement une bonne raison pour t'enlever cet homme. »

Ces mots ne heurtèrent pas Mary, mais Elitha manifesta son étonnement.

« Tu ne peux pas dire ça, Harriet. Dieu ne serait jamais aussi cruel envers Mary.

– Je ne dis pas que c'est la faute de Mary, dit Harriet, bien que son ton de voix indique qu'elle pensait le contraire. Je dis juste que ces choses-là n'arrivent pas par hasard. Dieu a juste dit à Mary que ces noces ne devaient pas être célébrées. »

Mary se mordit la lèvre. Harriet cherchait à être cruelle, mais elle avait raison sur un point. Et Mary ne l'aurait avoué à personne, certainement pas à ses parents, mais elle savait au fond qu'elle n'était pas prête pour le mariage. Sa sœur Sarah avait été heureuse d'épouser Jay Fosdick à dix-neuf ans, mais Mary n'était pas comme son aînée – et cela devenait plus évident de jour en jour. Quand son père leur annonça qu'ils partaient tous pour la Californie, elle fut secrètement aux anges. Elle en avait assez de la petite ville où elle avait vécu depuis sa naissance, où tout le monde connaissait les origines modestes de sa famille, qui dut brûler de la bouse de vache pour se chauffer afin de vendre leur bois de chauffage en attendant que les boutures prennent et que la récolte soit bonne. Les gens s'attendaient toujours à ce qu'elle corresponde à l'idée qu'ils se faisaient d'elle et ne la laissaient jamais être quelqu'un d'autre. C'était comme essayer d'avancer et découvrir qu'on avait la tête sous un joug.

Quand son fiancé fut tué, le soulagement prit le dessus sur le reste – bien qu'elle en eût honte. Elle savait que son père avait tout misé sur son mariage et sur les meilleures conditions qu'il leur offrirait à tous.

Sa sœur avait fait un mariage de raison, mais c'était aussi un mariage d'amour. En ce qui concernait Mary, Franklin Graves avait toujours eu d'autres projets, elle le savait bien. Son père l'avait toujours vue comme celle qui trouverait le parti avantageux qui les sauverait tous. Elle avait cessé de compter le nombre de fois où il lui avait dit qu'elle était son seul espoir.

Elle avait également cessé de compter le nombre de fois où elle aurait voulu que Sarah eût été belle et pas elle, celle qui portait le bonheur des autres sur ses épaules.

Harriet s'était levée et avait calé sa bassine de linge sur sa hanche.

« Le Seigneur a des desseins pour chacun de nous et ce n'est pas à nous de questionner la sagesse de Ses voies, nous devons seulement écouter et obéir. Je rentre au camp. Tu viens, Elitha ? »

Elitha secoua la tête.

« Je n'ai pas fini. »

Mary posa la main sur le bras d'Elitha.

« Ne t'inquiète pas. Je vais t'attendre et on rentrera ensemble.

– Très bien, lança Harriet par-dessus son épaule en se mettant en chemin. Le dîner ne se préparera pas tout seul. »

Elitha attendit que Harriet ne puisse plus les entendre avant de reprendre la parole.

« Ça ne te dérange pas que je t'en parle, hein, Mary ? » Elle avait soudain des yeux écarquillés, énormes. « Parce qu'il faut que je le dise à quelqu'un. Ce ne sont pas les voix qui m'ont fait peur, pas comme je l'ai dit. » Elle jeta de nouveau un coup d'œil par-dessus son épaule. « Ça a toujours été comme ça avec moi. Tamsen dit que je suis sensible... au monde des esprits, elle veut dire. Elle s'intéresse à tout ça. Elle s'est fait lire les lignes de la main par une dame à Springfield. Et elle lui a tiré les cartes aussi. Cette dame, elle a dit à Tamsen que les esprits m'aimaient bien. Que c'est facile de me parler. »

Mary hésita, puis elle prit la main d'Elitha, froide à cause de l'eau.

« C'est bon. Tu peux me raconter. Il t'est arrivé quelque chose ? »

Elitha hocha la tête lentement.

« Il y a deux jours, quand nous sommes tombés sur la petite cabane de trappeur abandonnée…

– À Ash Hollow ? »

Mary revoyait le petit abri de fortune, les planches de bois blanches comme des os, érodées par le soleil implacable. Un endroit triste et perdu, comme le corps de ferme devant lequel elle passait tous les dimanches pour aller à la messe. Réduit à presque rien par les éléments, les ouvertures de fenêtres sombres comme les orbites d'un crâne vidé, les traces de l'échec d'une autre famille. *Que ce soit une leçon*, avait dit son père un jour tandis qu'ils passaient lentement devant en chariot, quelques années après avoir été eux-mêmes sur le point de tout perdre. *Mais pour l'amour de Dieu, ça aurait pu être nous.*

Le monde était fragile. Un jour, une jeune pousse ; le suivant, du petit bois dans la cheminée.

Elitha cligna des yeux.

« Oui. Ash Hollow. Tu es entrée dedans ? »

Mary secoua la tête.

« Il y avait plein de lettres. Des centaines. Empilées sur une table, coincées sous une pierre. M. Bryant m'a dit que les pionniers les laissaient là pour que les prochains qui vont en direction de l'est les apportent au premier bureau de poste qu'ils verront. »

Hésitante, Elitha regardait Mary.

« Ce serait grave si j'en avais lu quelques-unes ?

– Voyons, Elitha, elles ne t'étaient pas destinées. »

Elitha rougit.

« Je me suis dit que ça ne ferait de mal à personne. C'est comme lire des histoires. La plupart des lettres n'étaient pas scellées, seulement pliées et posées sur la table, donc celui qui les a écrites savait que *n'importe qui* pouvait les lire. Mais il se trouve que ce n'étaient pas des lettres. »

Mary fit les yeux ronds, sans comprendre. Elle regarda Elitha accroupie devant elle, pâle sous la lumière de la lune ascendante.

« Qu'est-ce que tu veux dire ?

– Elles n'étaient adressées à personne, dit Elitha en chuchotant. Et il n'y avait pas de nouvelles dedans… J'ai ouvert lettre après lettre et elles disaient toutes la même chose, les unes après les autres.

– Je ne comprends toujours pas. »

Mary sentit comme une araignée qui montait et descendait le long de sa colonne vertébrale.

« Si ce n'étaient pas des lettres, alors qu'est-ce que c'était ? »

Elitha enfourna sa main maladroitement dans la poche de son tablier. Elle en sortit un petit carré de papier plié et le tendit à Mary.

« J'en ai gardé une. Je me suis dit qu'il fallait que je la montre à quelqu'un, mais j'ai tardé. Je ne savais pas à qui la donner. Personne ne me croira. On dira peut-être que je l'ai écrite moi-même, pour faire l'intéressante. Mais elle n'est pas de moi, Mary, je le jure. »

Mary prit le bout de papier. Il était friable après toutes ces journées passées sous la chaleur du soleil. Elle le déplia soigneusement, craignant qu'il se désintègre dans ses mains. L'encre était délavée, comme si elle remontait à très longtemps, mais elle n'eut aucun problème à lire ce que la lettre disait.

Rebroussez chemin, lut-elle dans une écriture semblable à une toile d'araignée. *Faites demi-tour ou vous allez tous mourir.*

4

Plus tard, ce soir-là, ils retrouvèrent le petit Nystrom, ou plutôt ce qu'il en restait.

L'effroi s'était logé comme une boule dans la gorge de Stanton, qui suivait George Donner au-delà du cercle de chariots pour se rendre sur la plaine déserte et plongée dans l'obscurité.

Deux des conducteurs étaient tombés dessus quelques minutes auparavant tandis qu'ils emmenaient le bétail brouter. Sous une faible lumière, ils avaient aperçu un creux dans l'herbe haute et étaient allés voir ce qui pouvait se trouver là. Ces hommes n'étaient pas du genre à avoir froid aux yeux, mais l'un d'eux vomit devant leur découverte macabre.

Des points de lumière se mirent à flotter dans la nuit ; Stanton pensa d'abord qu'il s'agissait d'une illusion quelconque, mais en approchant, les têtes d'épingles se transformèrent en flammes, puis en torches. Une dizaine d'hommes formaient déjà un cercle, leurs torches comme un halo enflammé au-dessus de leurs têtes. Stanton les connaissait presque tous – William Eddy, Lewis Keseberg et Jacob Wolfinger, ainsi qu'Edwin Bryant – mais il y en avait quelques-uns issus du groupe d'origine, des amis de la famille du garçon, qu'il n'avait qu'entraperçus. Un bruit étrange, entre cri et hurlement, résonnait au loin, ondoyant dans la plaine déserte comme une vague.

« Maudits loups », marmonna quelqu'un.

Quand Stanton se fraya un passage pour rejoindre le cercle, la première chose qu'il vit fut Edwin Bryant à genoux. Ce qui ressemblait à une tache humide et rouge sur l'herbe s'avéra être un corps. Il ferma les yeux un instant. Il en avait déjà vu, des choses abominables, mais il ne se rappelait pas avoir vu quoi que ce soit d'aussi monstrueux que cela. Il rouvrit les yeux.

La tête était intacte. En fait, si on ne regardait que le visage, on aurait pu croire que tout était en ordre. Les yeux du petit étaient clos, ses longs cils bruns reposaient contre la peau d'albâtre de ses joues. Ses fins cheveux blonds collaient à son crâne, sa petite bouche était close. Il semblait être en paix, comme endormi.

Mais au-delà du cou...

À côté de lui, George Donner laissa échapper un gémissement.

« Que lui est-il arrivé ? » demanda Lewis Keseberg.

Il sondait le sol autour du cadavre avec la crosse de son fusil, comme pour y trouver des réponses. Keseberg et Donner étaient amis, mais Stanton ne parvenait pas à se figurer pourquoi. Keseberg était tout en rage et en violence, il était intransigeant ; *eux ou moi*. Difficile à croire qu'il fût capable de patience avec les enfants, mais il avait une fillette, paraissait-il.

« C'est forcément des loups, un corps déchiqueté comme ça. »

William Eddy se frottait la barbe, un tic nerveux. Eddy était charpentier, il avait un don pour réparer les essieux cassés et les roues déboîtées. C'est pour cela qu'il était apprécié des familles de l'expédition. Cependant, lui aussi était nerveux, un peu trop remonté. Stanton ne savait pas s'il pouvait lui faire confiance.

« Qu'en pensez-vous, doc ? » demanda Jacob Wolfinger, au léger accent allemand.

Bryant s'assit sur ses talons.

« Je ne suis pas docteur, leur rappela-t-il. Je ne peux pas vous le dire. Mais en tout cas, je ne crois pas que ce soit des loups. C'est trop propre. »

Stanton tressaillit. Il n'y avait même pas de corps, pas vraiment. Il ne restait presque rien du squelette. Des lambeaux de chair et des os épars dans un cercle gorgé de sang au milieu de l'herbe, les entrailles formant un amas que les mouches convoitaient déjà. Autre chose le troublait : ils étaient à dix kilomètres du lieu de la disparition du petit. Les loups ne traînaient pas une proie avant de la dévorer.

« Je ne sais pas ce que c'était, mais cette chose avait faim », commenta Donner, blême. Nous devrions enterrer les restes. Faudrait pas que des femmes ou des enfants voient ça. »

Eddy cracha.

« Et les parents ? Quelqu'un doit leur dire si c'est le bon gamin ou pas...

– On est au milieu de nulle part. Les prochains campements de Blancs sont à des jours d'ici, dit Wolfinger. Qui ça peut être d'autre ? »

Wolfinger était devenu le chef du groupe d'émigrés allemands ; il traduisait pour ceux qui ne connaissaient pas l'anglais. Ils restaient surtout entre eux et se blottissaient souvent autour de leur feu le soir, parlant dans un allemand rapide. Toutefois, Stanton n'avait pas tardé à remarquer la jeune et jolie femme de Wolfinger, Doris, dont les mains semblaient avoir été faites pour jouer du piano, pas pour porter du bois ou tirer sur des rênes.

Finalement, deux hommes allèrent chercher des pelles. D'autres retournèrent se réconforter auprès de leur famille, réveiller leurs enfants ou simplement les regarder, se rassurer par leur présence.

Stanton se retroussa les manches et se mit à creuser lui aussi.

Ils n'eurent pas besoin de faire un grand trou pour la dépouille – il restait si peu du petit –, mais ils voulaient creuser profond pour qu'aucun animal ne s'en prenne aux os. Par ailleurs, l'effort physique leur faisait du bien. Stanton voulait se fatiguer avant d'aller se coucher.

Être trop épuisé pour rêver.

Comme on pouvait le prévoir, bien que George Donner soit resté avec eux, il ne fit rien de plus que d'ajouter quelques pelletées de terre dans la tombe. Quand ils eurent enfin fini, Donner prononça une brève prière hésitante au-dessus de la terre remuée. Les mots anciens avaient une résonance ténue dans l'atmosphère nocturne.

Donner et Stanton revinrent ensemble vers les chariots, avec James Reed et Bryant. Stanton ne connaissait pas bien Reed, et n'était pas certain de vouloir le connaître. C'était un notable et un homme d'affaires de Springfield bien connu, mais guère apprécié.

Reed tenait une torche mourante au-dessus de sa tête; la flamme ne pouvait pas grand-chose contre les ténèbres qui les entouraient. Donner et lui flottaient entre ombre et lumière, leurs visages pâles bougeaient au gré de leurs mouvements comme des fantômes. Le sol était inégal et traître sous leurs pieds, troué de tunnels creusés par les chiens de prairie et jonché de touffes d'herbes hautes. L'air chaud de l'été, si étouffant durant la journée, avait refroidi, mais il demeurait sec et poussiéreux.

« Je n'ai jamais vu un massacre pareil, dit enfin Reed, rompant le silence. Je me range à votre avis, monsieur Bryant. Si ç'avait été un animal, les restes auraient été éparpillés de façon désordonnée. La réponse saute aux yeux. Les Indiens... C'est forcément des Indiens. »

Il leva la main pour arrêter Bryant avant qu'il ne tente de l'interrompre.

« Je sais que vous vous dites un expert des Indiens, monsieur Bryant. Vous allez vivre parmi eux, parlez avec eux et prenez toutes sortes de notes pour votre livre. Mais vous ne les avez jamais *combattus*, jamais vous ne les avez affrontés dans la rage, comme *moi*. Je sais de quoi ils sont capables. »

Reed racontait à tous ceux qui voulaient bien l'écouter qu'il avait participé à la guerre de Black Hawk, sûrement pour que les hommes de l'expédition arrêtent de le considérer comme un pied tendre.

La voix de Bryant était posée.

« C'est vrai, monsieur Reed. Tout ce que je sais des Indiens, je l'ai appris en parlant avec eux et pas en leur tirant dessus sur un champ de bataille. Mais nous ne résoudrons rien en discutant.

Même vous, vous pouvez convenir que si nous laissons croire que les Indiens sont coupables, tout cela va très vite mal tourner. Nous traversons le Territoire indien. La dernière chose à faire serait de laisser la panique s'emparer du groupe. De plus… »

Reed ouvrit la bouche, mais Bryant ne le laissa pas objecter.

« Je n'ai jamais entendu parler d'une quelconque coutume indienne consistant à massacrer un corps et en faire un tel étalage. »

Donner se retourna brusquement pour lui faire face.

« Un étalage ? Vous dites ça comme s'il s'agissait d'une découpe de boucher. »

Bryant n'ajouta rien. Cela allait de soi.

« Découper un corps implique un acte délibéré », dit Stanton. Chaque mot avait un arrière-goût écœurant. « Mais si ce n'est pas les Indiens, qui alors ? »

Les lèvres de Bryant articulèrent une réponse empreinte de morgue.

« Nous ne pouvons pas exclure la possibilité que le tueur fasse partie de l'expédition, qu'il soit *parmi nous.* »

La tension força les hommes à garder le silence.

« C'est absurde », marmonna Reed.

Il sortit son mouchoir, comme il semblait toujours le faire quand il était nerveux. Ce geste le trahissait.

« Un homme pareil se remarquerait, non ? » Donner s'affairait avec les boutons de sa veste. « Son comportement le désignerait. »

Stanton savait que ce n'était pas toujours le cas. Voir le cadavre du gamin lui rappela une époque révolue dans la ville de son enfance dans le Massachusetts, quand il avait vu la femme qu'il aimait se faire hisser hors d'une eau glacée et étendre sur la neige. Lydia. Quinze ans avaient passé et ce souvenir lui était toujours insupportable. Elle avait l'air de s'être tout juste endormie, son visage était aussi paisible que celui du petit garçon ; un mensonge. Il se rappela ses cils noirs déployés contre la peau devenue bleu pâle après avoir séjourné dans l'eau, ses lèvres violacées comme un hématome. Quelque chose de terrible l'avait poussée à traverser la fine couche de glace sur la rivière en cette journée d'hiver, un mal qui vivait parmi eux et qu'il n'avait pas su déceler. Pour cela, son grand-père voyait juste. Le mal était imprévisible, et il était partout.

« Parfois un homme dérangé peut se comporter normalement quand il n'a pas le choix, dit Bryant. Il peut très bien se cacher un peu plus longtemps ou il pourrait même cacher sa véritable nature *indéfiniment.* »

Reed s'essuya le front.

« Tout ce que je sais, c'est que le colonel Russell a bien fait de jeter l'éponge. Il est temps de nous trouver un nouveau capitaine. »

Stanton jeta un coup d'œil vers Donner, dont l'assurance habituelle semblait vaciller sous la lumière mouvante de la torche de Reed. Donner était l'un des lieutenants de Russell, et il avait à l'évidence grandement apprécié la nomination et les petites obligations qui allaient avec. Il aimait avoir voix au chapitre quand il s'agissait de la façon de mener les choses ; il aimait sans aucun doute la déférence qu'on lui montrait et convoitait l'admiration d'autrui. Stanton le respectait encore moins pour cela.

« Vous n'allez pas faire porter le chapeau à Russell quand même ? s'indigna Bryant.

– Il n'aurait jamais dû être choisi. Cette horreur ne serait jamais arrivée avec un homme fort », dit Reed. Quand il s'éclaircit la gorge, Stanton se douta de ce qui allait suivre. « Ma réputation parle d'elle-même.

– À votre place, je veillerais à ne pas surestimer ma position », dit Donner. Son large visage luisit quand il se tourna vers la lumière. « Vous êtes bon en affaires, mais je ne suis pas convaincu que cela compte beaucoup sur cette piste.

– Dans les faits, je fais déjà partie des décideurs de cette expédition, même si je n'en ai pas le titre, vous ne pouvez le nier », dit Reed, tendu.

Stanton ne pouvait que l'admettre ; dès qu'une décision importante devait être prise, chacun se tournait vers James Reed, presque instinctivement.

« Vous nous feriez abattre le premier Indien qui croiserait notre chemin, balbutia Donner. Vous provoqueriez une guerre, alors que nous n'avons pas la *moindre* preuve contre la personne, ou la bête, qui a tué ce gamin.

– Je vois. Et j'imagine que vous croyez faire un meilleur capitaine d'expédition que moi ? » demanda Reed d'une voix tranchante.

Même dans la faible lueur de la torche, Stanton vit Donner rougir.

« Pour tout vous dire, oui. J'ai l'expérience du convoi. Les gens me connaissent – et m'apprécient. C'est important d'être apprécié, James, ne sous-estimez pas cela. »

Reed lança un regard noir à Donner.

« Mieux vaut être respecté qu'apprécié. »

Donner répondit avec un sourire pincé, insincère.

« Et c'est pour cela que vous ne serez pas élu capitaine. Vous ne pouvez pas vous mettre à donner des ordres comme ça, du jour au lendemain. Le respect se mérite – et vous ne l'avez pas mérité, pas encore. »

Reed se figea tout net. Sa tête sembla enfler de rage, comme sur le point d'exploser.

« Et vous croyez qu'on vous respecte, vous ? On sait tous que vous n'arrivez même pas à tenir tête à votre propre *femme*. »

À ces paroles, le groupe entier retint son souffle. Stanton eut un mouvement, mal à l'aise dans cette atmosphère poussiéreuse ; il vit le visage de George Donner pâlir dans l'obscurité jusqu'à devenir complètement exsangue. Il ne bougeait pas d'un cil, ses mains pendaient de chaque côté de son corps comme des masses ; il était bien plus grand que James Reed, mais ce dernier ne céda pas, et à ce moment précis, il paraissait plus fort.

Bryant rompit le silence en s'interposant.

« Messieurs, il est tard. Cette soirée nous a tous remués. »

Stanton se rendit compte qu'il avait retenu son souffle, bien qu'il semble fort improbable que Reed et Donner en soient venus aux mains. James Reed était colérique, certes, mais il était fier et n'allait pas s'abaisser à se livrer à un pugilat. Stanton avait remarqué le soin qu'il apportait à son apparence ; il se curait les ongles, se taillait la barbe compulsivement et brossait sans arrêt son manteau pour le débarrasser de la poussière, bien qu'il se salisse quelques minutes plus tard. Et Donner était un fanfaron, mais au fond, c'était un homme mou, presque spongieux, il dépendait trop des autres pour se forger une opinion et même modeler sa personne. Il était du genre à laisser les autres faire le sale boulot.

Quoi qu'il en fût, Stanton n'aimait pas la tension ambiante, même après le brusque départ de Reed.

Donner secoua la tête.

« C'est de la folie », murmura-t-il.

Puis il leur souhaita bonne nuit et se dirigea vers le campement.

Tandis que Stanton le regardait disparaître dans l'obscurité, il envia brièvement Donner, que sa famille attendait – une belle épouse pour lui tenir compagnie, des enfants dont la douce respiration ensommeillée se perdait dans la nuit d'été.

Bryant soupira.

« Bon Dieu, j'espère que quelqu'un d'autre se présentera pour nous guider. »

Stanton hocha la tête vers les deux silhouettes qui s'éloignaient, à présent perdues dans l'obscurité.

« Lequel choisiriez-vous ?

– Je choisirais Reed plutôt que Donner. C'est un meilleur meneur d'hommes. Mais si vous voulez savoir la vérité, ce serait vous mon premier choix.

– Moi ? » Stanton riait presque. « Je ne crois pas que vous trouveriez qui que ce soit pour soutenir ma candidature. Les pères de famille n'ont pas confiance en moi, un célibataire sans enfants.

Et je n'ai pas besoin d'un tel casse-tête – je préfère me mêler de ce qui me regarde. Si vous tenez tellement à un meneur d'hommes, pourquoi vous ne vous présentez pas ? »

Bryant eut un sourire entendu.

« Vous ne me dissuaderez pas de partir aussi facilement.

– Vous êtes toujours sur le départ, alors ? Voyager en petit groupe, après ce qui est arrivé au gamin dans cette contrée sauvage... Ça pourrait être dangereux.

– C'est vrai. » Bryant pencha la tête sur le côté, comme s'il écoutait un bruit lointain. « Vous savez, tout ceci me rappelle quelque chose. Une vieille histoire que j'ai entendue il y a longtemps.

– Une histoire que vous ont racontée les Indiens ?

– Non. » Bryant plissa les yeux. « Quelque chose d'étrange qui m'est arrivé quand je pratiquais la médecine. Presque aussi irréel qu'un conte de fées. Si je parviens à en trouver le sens, je vous le dirai. »

Bryant se détourna et leva la main pour le saluer et prendre congé.

« Faites attention à vous, Stanton. Je vous enverrai une lettre dès que je le pourrai. »

Aussi irréel qu'un conte de fées. Étrangement, ces mots persistèrent dans l'esprit de Stanton.

Stanton installait toujours son campement loin de ses voisins ; il aimait ses soirées solitaires. À travers un écran d'arbres, il pouvait entrevoir les chariots, les tentes dressées, les feux qui luisaient toute la nuit ; il sentait l'odeur des soupers qui s'attardait dans l'air. Mais tous les campements devant lesquels il passait semblaient déserts. Les pères avaient rassemblé leur famille sous les tentes. Il en allait ainsi quand les choses tournaient mal ; les cercles rétrécissaient, car chacun voulait d'abord protéger les siens.

Il savait que le corps massacré de l'enfant aurait dû le perturber... et c'était le cas. Mais quelque chose d'autre le tourmentait, et cela persistait comme l'odeur du sang. Il avait le sentiment lancinant qu'un événement d'importance capitale – un fil invisible – était sur le point de se nouer. Il ne supportait pas le conflit, mais ce que Donner avait dit ce soir-là avait laissé une empreinte d'une netteté insistante : *C'est important d'être apprécié.* Or Stanton n'avait fait aucun effort particulier pour cela ; Bryant était son seul allié, et ce dernier était sur le point de partir.

Et la suggestion que le meurtrier du petit puisse se trouver parmi eux avait rendu Stanton nerveux. Au sein de ce convoi, il y avait beaucoup d'hommes chez qui la violence, et même la perversion, étaient palpables. Il repensa à ce qu'avait dit Bryant sur ces dangereuses tendances qui pouvaient être dissimulées. On disait que Keseberg battait sa jeune épouse quand il croyait n'être observé de personne, et Stanton n'en doutait pas. L'homme était un requin aux cartes, et il n'oubliait jamais rien – typiquement le genre à être rancunier, à passer à l'acte pour se venger.

Puis il y avait l'employé de la famille Graves, John Snyder ; il harcelait sans répit les plus jeunes conducteurs, leur faisait souvent lui céder leur ration de bière du soir ou prendre son tour de garde. Tous des hommes infects, mais tous des hommes à la brutalité banale. Des centaines d'hommes comme eux avaient fait la traversée vers l'Ouest ; des milliers même. Stanton avait du mal à imaginer parmi eux un monstre capable de mutiler un petit garçon. Ce crime appartenait à un genre très particulier de barbarie – cette question sans réponse le fit tressaillir.

Il savait qu'il ne dormirait pas.

De son feu de camp négligé, il ne restait plus que des braises agonisantes. Trop tard pour préparer le souper, mais il n'avait pas faim, pas après ce qu'il avait vu dans l'herbe. Il préférait se glisser dans son sac de couchage avec ce qu'il lui restait de whisky pour effacer cette vision d'horreur. Il essaya de se rappeler où il avait caché la bouteille. Mais quand il approcha de son chariot, il entendit un bruissement dans l'ombre. Il n'était pas seul.

Sa main glissait vers le revolver à sa hanche au moment où une silhouette sortit des ténèbres. Tamsen Donner retira le châle qui lui couvrait la tête. Cette vision transperça Stanton comme une lame. La beauté de Tamsen Donner la perdrait.

Elle perdrait n'importe qui, d'ailleurs.

Il éloigna la main de son étui.

« Je peux faire quelque chose pour vous, madame Donner ? »

Il prononça son nom soigneusement, avec détermination.

Des mèches de cheveux s'étaient échappées de son chignon. Quand avait-il touché les cheveux d'une femme pour la dernière fois ? À Springfield, il y avait bien eu une veuve qui travaillait chez un chapelier dans la rue où se trouvait son magasin, une femme discrète qui, deux fois par semaine, montait sur la pointe des pieds l'escalier menant à sa chambre au-dessus de la boutique. Les cheveux de la veuve étaient un enchevêtrement de boucles qu'elle rassemblait comme si elle avait honte de leur effronterie, de leur liberté. Les cheveux de Tamsen Donner, eux, étaient foncés, et retombaient en cascade.

Elle leva les yeux sur le visage de Stanton.

« La nouvelle s'est répandue dans tout le camp. Mon mari était parti, je ne savais pas où il avait disparu… J'imagine que je n'avais pas les idées claires. Mais tout ce que je me suis dit, c'est que j'avais besoin de quelqu'un – et j'ai pensé à vous. »

Les Donner avaient d'autres hommes dans leur groupe, il le savait : le frère de George, Jacob, et quelques vachers pour les bœufs. Cela suffisait pour la protection des femmes et des enfants. Mais il avait fallu qu'elle vienne ici, qu'elle laisse ses filles pour chercher le réconfort auprès d'un homme qui lui était pratiquement inconnu.

Elle s'approcha encore de lui, son châle glissa et Stanton aperçut sa clavicule et sa gorge, parfaite et blanche, comprimée dans le décolleté de sa robe.

« J'espère que cela ne vous dérange pas que je vienne vous voir. »

Sa gorge s'assécha. Il dut se forcer à détourner le regard.

« Votre mari va revenir d'un instant à l'autre. »

Elle tordit sa bouche d'un côté.

« Mon mari ? dit-elle d'une voix qui semblait couler de source. Vous connaissez George. Il sait bien rassurer les autres. Ils ont davantage besoin de lui que moi. »

Elle le dit comme si venir ici était une sorte de sacrifice. Quand, avec ses doigts froids, elle lui toucha la joue, il sentit un parfum irréel qu'il n'aurait pas su nommer – l'odeur des pétales de fleurs et du vent dans la prairie. Elle cueillait des herbes sauvages ; on racontait qu'elle concoctait des potions et qu'elle était une sorcière qui savait se rendre irrésistible aux hommes. C'était peut-être vrai.

Il l'embrassa.

Il n'avait rien d'un saint, pas même d'un homme bien. Il se savait fort physiquement, mais il avait toujours pensé qu'au fond, il était un faible. Le doux arrondi de ses lèvres. Faiblesse. La douce sensation de ses cheveux glissant contre sa mâchoire. Faiblesse. Son odeur. Faiblesse.

Quand il sentit ses mains fraîches glisser sous sa veste et chercher son torse, une révélation se propagea comme une vague brûlante à travers son corps. Tamsen Donner était venue ici avec un objectif des plus évidents ; il le voyait clairement maintenant. Elle savait très bien ce qu'elle faisait.

Il parvint à détourner la tête, miraculeusement.

« Vous devriez savoir qu'on ne tente pas un homme comme ça, madame Donner. »

Elle approcha la bouche de son oreille.

« Vous avez raison. Il ne faudrait pas que je cause des ennuis. »

Les mots lui chatouillèrent le cou, le fil invisible se déroulait.

Ils s'étaient engouffrés dans son chariot avant même qu'il se rende compte qu'ils s'étaient approchés du véhicule, étaient montés par-dessus la ridelle arrière, et s'étaient enfoncés sous la bâche jusqu'au plus sombre recoin. Il n'y avait plus d'espace libre dans son chariot plein à craquer, alors il la poussa contre une commode sanglée, et le sol sous leurs pieds tangua comme le pont d'un bateau quand il la prit, s'accrochant et s'agrippant, presque aveugle dans l'obscurité.

Quand il eut fini, elle laissa échapper un gémissement aigu – pratiquement le seul son qu'elle émit –, et ce qu'il éprouva à ce moment ne fut ni une libération ni un soulagement, mais la sensation de basculer en arrière. Il se passa la main dans les cheveux et respira profondément pour reprendre son équilibre, tout en la regardant se rhabiller, serrer sa poitrine dans son corsage, lisser sa robe, dégager les mèches rebelles de son visage. Elle était belle. Belle mais distante – elle lui était encore plus étrangère à présent.

Il secoua la tête.

« Nous n'aurions pas dû. »

L'acte commençait à peser de tout son poids. C'était la femme de Donner.

Une expression passa furtivement sur le visage de Tamsen, et le mot « peur » lui vint à l'esprit. Mais elle disparut si vite qu'il crut à un jeu de lumière. Tamsen cligna des yeux.

« Il y a beaucoup de choses que l'on ne devrait pas faire, monsieur Stanton. »

Il se sentit piqué au vif, frappé par le souvenir de son grand-père lui disant *Ne tente pas le diable, mon garçon*, comme s'il pouvait encore sentir les lacérations de la boucle du vieux sur son visage après qu'il l'eut surpris en train d'embrasser la fille d'un voisin dans le cimetière de l'église quand il avait neuf ans. Quelle terreur avait hanté cette enfance dans la maison de son grand-père ! Et quelle colère il éprouvait envers ce père qui l'y avait abandonné avec sa mère !

Alors qu'il retrouvait ses esprits, il se rendit compte que dans son dos irradiait une pointe de douleur aiguë. Il toucha le côté de son cou et sentit du sang.

« Tu m'as griffé ? »

Elle lui lança un regard si noir qu'il semblait presque vide. Insondable. Elle posa une main sur son visage, nonchalamment.

« J'espère qu'il n'y aura pas de problème. »

Elle le dit sur un ton différent, cette fois.

« C'est une menace ? »

Mais elle ne lui répondit pas. Au lieu de cela, elle balança son corps gracieusement par-dessus la planche à l'arrière du chariot. Il écouta le bruit de ses pas s'éloigner, comprenant trop tard qu'elle était l'une de ces tentations auxquelles il valait mieux ne pas céder, comme un whisky fort au point de rendre aveugle.

Il devait essayer de lui faire entendre raison. Il sauta à son tour du chariot, et quand il toucha terre, il fut surpris par une adolescente, l'air craintif et désemparé, qui bondit de peur dans les taillis. Saisi de panique, il se demanda depuis quand elle était là.

Il l'appela avant qu'elle puisse s'enfuir.

« Attends. Tu es avec quelle famille ? Les Breen ? »

Il y avait tant d'enfants dans cette expédition ; il était impossible de suivre.

Elle se figea, sidérée, comme si elle avait oublié comment courir.

« Non, monsieur. Je suis Elitha Donner. »

De pire en pire.

« Qu'est-ce que tu fais ici ? demanda-t-il.

– On... On m'a envoyée chercher du bois pour le feu. J'allais rentrer rejoindre ma famille, je vous jure. »

Son visage était rouge et luisant, et la forme de ses lèvres lui donnait un air buté. Encore plus révélateur : elle n'avait pas de bois dans les bras.

« Dis-moi ce que tu as vu, Elitha, dit-il avant de faire un pas vers elle. Allez. Et ne me mens pas, d'accord ? »

Il n'avait pas cherché à l'effrayer. Mais Elitha fit volte-face et se mit à courir vers les bois comme un cerf apeuré. Sa première réaction fut de lui courir après, puis il se ravisa. Un homme ne pouvait pas s'élancer ainsi après une enfant dans les bois, surtout pas après ce qu'on avait découvert ce soir-là.

Il remonta dans son chariot, déterminé à trouver cette bouteille de whisky. Il savait ce qui l'attendait ce soir-là : une visite de Lydia. Entre la découverte du petit et ce qui s'était produit avec Tamsen, il savait que c'était inévitable. La pauvre Lydia apparaîtrait dans ses rêves, ses vêtements collant à son corps bleui, et elle lui demanderait de la sauver. *J'ai besoin de toi, Charles* – des mots qu'elle ne lui avait jamais dits de son vivant, mais qui se reflétaient dans ses yeux chaque fois qu'elle s'invitait en songe. Comment avait-il pu la connaître aussi bien mais ne jamais connaître la terrible vérité ?

Aide-moi, Lydia. Il retrouva sa place près du feu. *Aide-moi à voir les monstres, cette fois.*

5

Fort Laramie, Territoire indien

Ma chère Margie,

Nous sommes enfin arrivés au fort Laramie, au cœur des terres indiennes. Après m'être contenté pendant six semaines des maigres provisions que j'ai pu emporter dans ma sacoche, je me réjouis au-delà de l'imaginable à l'idée d'un bon rasage et d'un bain chaud, mais surtout de la possibilité qu'une lettre de toi m'y attende.

Tu seras peut-être heureuse d'apprendre que je passai la première semaine après mon départ d'Independence à me demander si je n'avais pas commis la pire erreur de ma vie. Après avoir attendu quarante-deux ans pour me marier, comment pouvais-je volontairement quitter la femme que j'avais choisie ? Mais une fois passées les affres du doute, je m'efforçai de faire connaissance avec les membres d'un groupe qui nous a rejoints peu de temps après. Les nouveaux venus, environ six familles en tout, dont plusieurs fortunées (à en juger par leurs nombreux meubles et domestiques, et leur quantité de pièces d'or et d'argent), nous viennent de Springfield, dans l'Illinois. Nous fûmes également rejoints par une poignée d'hommes seuls en quête de réussite à l'Ouest.

Le membre du groupe le plus important est, sans aucun doute, George Donner. Il est à la tête d'un clan qui compte également la famille de son frère cadet, Jacob. Ils me paraissent être des gens simples, mais ils doivent être plus rusés qu'ils n'en ont l'air, car on raconte qu'ils possédaient beaucoup de terres dans l'Illinois. Le patriarche aime à citer la Bible, mais il en mélange souvent les versets. Je me demande s'il est assez sage pour nous mener à destination, mais tous lui font confiance, précisément parce qu'il sait comment n'offenser personne. Et le plus remarquable chez lui, en dehors de sa corpulence, reste sa femme, Tamsen. La plupart des hommes du groupe sont tombés sous son charme ; néanmoins, après l'avoir observée, je lui prête un tempérament âpre, à la limite de la cruauté. Je l'ai vue faire pleurer ses serviteurs et se comporter froidement avec les enfants des autres. Elle ignore les femmes qui ne sont pas aussi jolies qu'elle et a la réputation de se mêler de sorcellerie – une rumeur certainement née de la jalousie des autres femmes.

*Il y a aussi James Reed, le propriétaire d'une grosse affaire de meubles à Springfield. Physiquement, il est tout le contraire de George Donner : petit, mince, avec un visage étroit et crispé. Il s'essuie souvent les mains avec un mouchoir, ce qui me rappelle inévitablement Lady Macbeth (*Va-t'en, tache damnée, va-t'en !*). Mais, aussi désagréable et ergoteur soit-il, il m'a tout l'air d'être un citoyen modèle, ce qu'il ne manque jamais de souligner lui-même. Il est marié à une femme plus âgée, une veuve avec plusieurs enfants qu'elle avait eus de son défunt mari. Ceux originaires de Springfield disent que ce mariage a sauvé Margaret Reed, une femme chétive, malade, qui pourrait franchement passer pour la mère de son époux. Le groupe de Reed a tout du cirque ambulant, avec ses trois grands chariots chargés de meubles cossus (produits par sa fabrique, j'imagine) et toutes sortes de confort matériel. Ils ont des serviteurs, dont une jeune femme pour faire la cuisine et la lessive, et même des poneys pour les enfants.*

J'ai gardé mon nouveau camarade pour la fin. Charles Stanton, un célibataire qui voyage seul dans son chariot Conestoga, ne ressemble en rien aux autres célibataires du groupe – des employés ou des vagabonds sans le sou –, et je crois que c'est pour cette raison que nous nous sommes très vite entendus. Nous fûmes tous deux élevés par des pasteurs (même si, contrairement à mon père, qui n'était qu'un pasteur de campagne, son grand-père est un pasteur anglican notable, si réputé que même moi j'en ai entendu parler), et nous portons tous deux les cicatrices pour le prouver. Je fus flatté quand il me dit avoir lu les articles que j'ai écrits pour le Washington Globe *sur Uriah Putney, cet escroc d'évangéliste.*

Pour un homme discret, il a eu une vie haute en couleur : né dans le Massachusetts, il fut l'apprenti d'un avocat en Virginie avant de le quitter pour servir sous les ordres du général Sam Houston, dans la bataille de San Jacinto. Ce choix de combattre pour l'indépendance du Texas sans avoir aucun lien avec le territoire pourrait bien faire de lui un romantique ou un idéaliste. D'après ce que j'ai pu observer, je dirais qu'il est un peu des deux – ce qui signifie qu'il est condamné à mener une existence malheureuse, j'en ai peur. Il a laissé entendre qu'un événement terrible l'avait chassé du Massachusetts, mais il refuse d'en parler. Il ne sait pas ce qu'il fera une fois en Californie, une autre manifestation d'un esprit sans repos, qui l'envoie sans cesse sur la route.

Nous avons au sein du convoi un étrange assortiment de tempéraments et, malgré les intrigues qui s'y déroulent, j'aurai néanmoins quelques remords à le quitter demain matin. J'ai décidé d'entreprendre le projet que je t'ai déjà décrit, je pars avec un petit groupe d'hommes sans attaches à dos de mule et de cheval pour avancer plus vite. Je ne suis pas parvenu à convaincre Stanton de nous accompagner ; il pense sûrement pouvoir se rendre plus utile au groupe, qui peut se montrer indiscipliné. D'un côté, je suis soulagé – ils auront au moins un homme sensé parmi eux – et de l'autre, j'ai un peu peur de quitter le groupe avant qu'il ait choisi un chef.

Le fort Laramie est un véritable fort de frontière, comme les journaux le décrivent. On se sent comme aux confins de la civilisation, on a l'impression qu'au-delà des murs d'adobe se trouve une terre presque intacte, préservée de l'homme blanc, un lieu où règne la nature sauvage. On m'a dit que durant cette seule année, plusieurs milliers de chariots sont passés par ce fort, et d'après les estimations, il devrait y en avoir considérablement plus l'an prochain, sauf si la guerre éclate avec le Mexique ou si les hostilités reprennent avec les Indiens. Le fort affiche tous les signes de la prospérité : en plus de la petite garnison stationnée ici, il y a un comptoir commercial de bonne taille, un forgeron, une écurie pour la location d'attelages et une boulangerie. On trouve plusieurs maisons de deux étages dans l'enceinte, qui abritent sûrement les propriétaires du fort, leur famille et le personnel.

Bien que cette expédition soit l'une des dernières de la saison, le fort était en effervescence à notre arrivée. Un groupe de trappeurs déchargeait ses chevaux de bât devant le comptoir, des hommes crottés et débraillés, avec des chapeaux en peau de daim et de raton laveur. Des enfants couraient dans les allées, criaient et riaient. Une demi-douzaine d'Indiens montés sur des chevaux Appaloosa et des Paint Horse tachetés déambulaient au pas dans les allées poussiéreuses ; des hommes en tenue typique de l'Ouest, décorée de plumes et de perles de leur peuple, se prélassaient au soleil devant les écuries.

Sans surprise, la nouvelle de l'existence d'un bar au comptoir se répandit très vite. Mais je rêvais d'un repas chaud. Je suis déjà lassé de mes efforts culinaires. À peine m'étais-je assis à l'une des tables au bois strié du restaurant devant une assiette de ragoût trop liquide que je remarquai un homme en tenue de trappeur ou de montagnard à la peau de daim usée, qui avait de longs cheveux blancs, et un visage parcheminé et basané comme du cuir. Son nom était Lionel Farnsworth. À contre-courant de tous, il allait vers l'est. De plus, il voyageait seul, une entreprise dangereuse dans un territoire aussi peu peuplé. Il me dit qu'il avait déjà fait le voyage une fois jusqu'en Oregon et deux fois jusqu'en Californie, et qu'il connaissait les chemins presque comme personne.

Farnsworth avait une piètre opinion du raccourci Hastings, l'itinéraire que Donner compte emprunter avec le groupe. Selon lui, le terrain était trop accidenté pour les chariots et inhospitalier pour le bétail. Il se trouvait que Donner était avec moi et il ne fut point ravi d'entendre Farnsworth dire que cet itinéraire était une perte de temps. Il se mit en tête de persuader Farnsworth de son erreur, lui expliquant que Hastings lui-même allait les retrouver au fort Bridger, ayant promis de les guider jusqu'en Californie, mais cela ne fit pas bouger le vieil homme d'un iota. Sans équivoque possible, il conseilla à Donner de se cantonner au chemin connu. Mais il aurait probablement eu plus de succès s'il avait tenté de convaincre une théière de chanter une aria.

En fait, quand Farnsworth sut que je comptais suivre le même chemin (même sans chariots et avec un groupe beaucoup plus restreint), il essaya de m'en dissuader à mon tour. Quand je l'interrogeai plus avant, il m'avoua que le terrain difficile n'était pas la seule raison, ni même la principale, pour laquelle il n'aimait pas cet itinéraire. Il me raconta avoir croisé un groupe d'Indiens lors de ses expéditions, les Anawaïs, près du lac Truckee, et il me déconseilla de m'en approcher. Quand je lui dis que je n'avais jamais entendu parler des Anawaïs, il ne trouva pas cela surprenant, s'agissant d'une petite tribu, probablement isolée. Il les décrivit comme étant particulièrement agressifs, et ajouta qu'ils observaient une terrible coutume dont il avait été lui-même témoin : le sacrifice humain.

J'étais abasourdi. Le sacrifice humain est extrêmement rare parmi les tribus des plaines. Les cultures du Sud anciennes, les Mayas et les Aztèques, sont connues pour leur pratique du sacrifice humain, mais d'après ce que j'ai lu, cela ne s'est jamais vu au nord du Rio Grande. Je lui demandai alors de décrire exactement ce qu'il avait vu. Pour des raisons évidentes, je croyais qu'il avait simplement mal interprété un quelconque rituel auquel il aurait assisté.

Il avait vu une dizaine de guerriers anawaïs emmener un de leurs braves dans les bois. Le brave se débattait, mais ils le tenaient fermement. Ils l'avaient emmené loin du campement et attaché à un arbre, pieds et poings liés, puis ils l'abandonnèrent à son sort malgré ses cris. Farnsworth crut comprendre qu'il les suppliait de le libérer.

Une scène profondément perturbante. Je sus alors pourquoi Farnsworth avait si peur. Mais je ne crois pas que ce soit une cérémonie sacrificielle. D'après mes lectures sur le sujet, ceux qui sont choisis voient leur sacrifice comme un honneur et montent sur l'autel de leur plein gré.

Je dis à Farnsworth que ce qu'il avait vu ressemblait davantage à un châtiment. Il est très probable que ce brave avait fait quelque chose pour être banni de la tribu. Mais Farnsworth était convaincu du contraire. Et il affirmait connaître la raison de ce sacrifice : les Anawaïs craignaient le « démon qui vit près du lac Truckee » et le priaient ainsi de les laisser en paix.

Farnsworth n'avait pas plus de connaissances sur ce folklore, mais l'an passé, il a entendu des histoires d'Indiens qui disparaissaient des villages non loin de là où vivaient les Anawaïs, souvent des malades, des vieillards ou des enfants, enlevés dans leur lit ou disparus en allant chercher du bois ou des baies. Bien sûr, ce genre de légende existe dans presque toutes les cultures, mais je fus étrangement ému, peut-être à cause du pauvre petit Nystrom – lui aussi, enlevé dans son lit, pour ne jamais revenir.

Farnsworth me raconta cette histoire à contrecœur, il avait peut-être peur que je le croie fou. Il ne céda qu'après que je l'eus rassuré en disant que je tenais vraiment à savoir, que c'était la raison pour laquelle je venais en Territoire indien, pour enquêter sur leurs croyances mystiques et tenter de les associer à une réalité observable. Il voyait bien que j'étais déterminé à me rendre au lac Truckee, mais il me supplia de convaincre Donner et les autres de ne pas passer par là.

Cependant, je crains de n'avoir guère eu d'influence sur Donner jusqu'à présent, et je n'en aurai pas sur ce sujet. Quant à moi, je dois admettre que les avertissements de Farnsworth ont eu l'effet inverse de ce qu'il souhaitait. Je ne pense plus qu'à la chance de rencontrer cette tribu singulière et d'entendre ses récits sur l'esprit – le démon – du lac Truckee.

Voilà ce qui occupe mes pensées, en plus de ton souvenir, ma chérie. Et j'achève ma lettre ici, tandis que je repense à ta soudaine décision d'épouser un vieux moulin à paroles. Parfois, je n'arrive pas à croire à ma bonne fortune, qu'une femme comme toi – si intelligente, sage et belle – ait pu accepter d'épouser un idiot buté et excentrique. Je t'aime, tu me manques et je voudrais tant être auprès de toi, mais je sais aussi que, maintenant que j'ai eu vent des rumeurs sur la bête du lac Truckee, je suis résolu à découvrir ce qui se cache derrière elle. Tu es certainement attristée de lire mon projet, mais tu sais que cette histoire me hantera jusqu'à la fin de mes jours si je ne tente pas de l'élucider maintenant. Ne t'inquiète pas pour moi, ma chère Margie, et sache que je compte bien te revenir dès que cela sera possible.

Ton Edwin qui t'aime.

JUILLET 1846

6

Au revoir, au revoir.

Ces mots résonnaient encore dans les oreilles de Stanton des heures après que le plus gros du contingent de l'expédition eut pris la route en direction de l'Oregon, laissant le petit groupe de pionniers sur la rive de la Little Sandy. Les chariots, plus d'une centaine au total, avaient soulevé un nuage de poussière étouffant quand ils s'étaient mis en branle. Stanton avait-il imaginé leur hâte de partir ? Leur hâte de laisser là l'infortune et le souvenir du petit Nystrom massacré ? Leur hâte de se séparer des Donner, cette « cohorte rétive », le surnom qu'ils avaient donné à son groupe, en partance pour la Californie ? Des adieux avaient déjà eu lieu quelques jours plus tôt, au fort Laramie, lorsqu'Edwin Bryant s'était mis en route avec les hommes qui avaient voté pour le suivre, et déjà, Stanton se languissait du seul ami qu'il s'était fait.

Les nuages flottaient dans le ciel, vaporeux comme du coton encore sur sa tige et si bas qu'on aurait pu jurer qu'il était possible de les toucher. La plaine s'étendait à l'horizon, un vaste espace vert et or sur lequel serpentait la Little Sandy. Une rivière calme et, comme son nom l'indiquait, assez étroite. Il était difficile d'imaginer qu'un événement tragique puisse arriver ici.

Le reste de l'expédition se préparait à un festin, une sorte de fête de village. C'était Donner lui-même qui avait suggéré de célébrer le dernier tronçon du voyage. Il avait flatté ses compagnons, leur avait dit que le courage qu'ils montraient en relevant le défi du raccourci Hastings serait récompensé. Ils étaient des pionniers intrépides, sur le point d'ouvrir un nouveau chemin à travers ces terres inhospitalières ; leur nom entrerait dans l'Histoire. Stanton soupçonnait que ce pique-nique ne soit rien de plus qu'une distraction pour éviter toute remise en question. Une rumeur circulait dans le convoi sur des loups particulièrement agressifs qui attaquaient les Indiens des territoires devant eux, et la source de cette rumeur était un chercheur d'or à la crédibilité douteuse. Mais en l'absence d'explications quant à la mort du petit Nystrom, l'histoire avait nourri l'angoisse parmi eux.

« Ne devrions-nous pas partir au plus tôt ? Comme les autres ? avait demandé Stanton à Donner dès qu'il entendit parler du projet de festin.

– C'est le Sabbat, jour de repos, avait dit Donner d'un ton condescendant. Dieu veillera sur nous.

– Nous pourrions atteindre le fort Bridger en une semaine en nous pressant, continua Stanton. Il faut qu'on anticipe les contretemps que nous pourrions rencontrer en route.

– Les conducteurs disent qu'il faut laisser les bœufs se reposer », intervint William Eddy en lui lançant un clin d'œil.

Stanton savait que c'était un mensonge. Ils avaient à peine parcouru dix kilomètres hier.

« Vous savez quel est votre problème, Stanton ? Vous êtes trop prudent. »

Un rictus aux lèvres, Lewis Keseberg caressait sa ceinture, la main à quelques centimètres de son revolver.

Cela fit rire Eddy.

« Prudent comme une vieille maîtresse d'école. »

Eddy n'avait pas pour habitude de se moquer de Stanton, mais en l'absence de Bryant et avec Donner qui s'était autodésigné capitaine du groupe, les rapports de force avaient changé. Eddy et Keseberg, les membres d'une meute d'hommes que Donner s'était soigneusement ralliée, se comportaient désormais comme ses délégués. Et Stanton n'était pas du genre à se mettre à dos des types qui cherchaient la bagarre, surtout quand il était en position de faiblesse.

À ce moment, le violon de Luke Halloran se mit à résonner au loin. Aux oreilles de Stanton, il sonnait comme un gémissement plaintif, la voix d'un enfant désemparé. Chaque décision prise lui semblait pire que la précédente : se séparer du gros de l'expédition, emprunter un chemin inconnu, s'arrêter pour un pique-nique festif alors qu'il fallait avancer le plus vite possible.

Et bien sûr, même s'il avait été enterré depuis un long moment maintenant, il ne pouvait pas oublier l'horrible image du corps massacré du petit, de la chair arrachée jusqu'à l'os. L'idée du pique-nique n'en était que plus grotesque.

Mais il se força tout de même à traverser le campement. Il avait à la fois peur de croiser Tamsen et envie de la voir ; de loin, elle lui paraissait encore plus belle, mais menaçante aussi, comme un couteau que l'on vient d'aiguiser. Dans l'obscurité, cette rudesse s'était adoucie sous ses doigts ; elle lui était venue comme une nuée qui s'incruste dans les cheveux, les vêtements, à l'intérieur des poumons. Deux jours auparavant, il lui avait demandé si elle était une sorcière pour l'avoir envoûté ainsi, ce qui avait fait rire la jeune femme.

Des planches posées sur des malles et couvertes de tissu en toile de coton à carreaux servaient de tables de fortune. Les familles piochèrent dans leurs réserves pour les tartes, tranchèrent plus de jambon. Plus tard, ils se lèveraient pour danser, se raconteraient des histoires. Il accepta un bol du ragoût de poulet de Lavinah Murphy – il n'en pouvait plus du jambon –, qu'il sauça avec du pain.

« On dirait que vous n'avez pas mangé de repas chaud depuis une semaine », le taquina-t-elle. La veuve mormone emmenait son vaste clan – ses enfants, dont le plus jeune avait huit ans, ses filles mariées et ses beaux-fils – à l'Ouest pour trouver refuge parmi ceux qui partageaient ses croyances. « Et c'est peut-être bien vrai, hein ? Sans une femme pour vous faire la cuisine. Vous n'en avez pas marre d'être seul, monsieur Stanton ?

– Je n'ai pas eu la chance de trouver la femme qu'il me faut », dit-il en se forçant à ravaler son impatience.

Il n'y avait pas d'autre façon de se faire des amis – et il n'avait aucun espoir de peser contre Donner si personne n'était de son côté.

Sa réponse fit rire les femmes.

« Je trouve cela difficile à croire, monsieur Stanton », rebondit Peggy Breen qui se protégeait les yeux du soleil avec la main.

Doris Wolfinger se tenait derrière elle, comme un joli caneton à la suite de sa mère. Peggy était une grosse femme, aussi solide qu'un cheval de trait, qui avait donné naissance à une demi-douzaine de fils. Doris, en revanche, à peine sortie de l'adolescence, ne parlait presque pas l'anglais et souriait sans comprendre ce qu'on lui disait. Il se demandait ce qu'elle pensait *réellement*.

« Vous savez ce qu'on dit sur les hommes qui restent célibataires trop longtemps, monsieur Stanton ? ajouta Peggy Breen, les yeux pleins de malice. Ils tournent mal.

– Voulez-vous dire que je suis un rustre, madame Breen ? demanda-t-il, feignant d'être offensé. Et dire que je pensais me montrer courtois.

– Je dis juste que vous courez le *danger* de devenir un de ces vieux célibataires, dit Breen tandis que les autres femmes riaient. C'est une affaire de bon voisinage, ne croyez-vous pas ? Il faut s'entendre, non ? »

Stanton crut déceler un changement dans le ton de Peggy Breen ; il ne s'agissait pas d'une observation, mais d'un avertissement.

Lavinah Murphy reprit soudain part à la conversation, ne semblant pas comprendre ce qu'insinuait Breen.

« J'ai été mariée trois fois. À quoi bon rester seule, comme je dis toujours. Mieux vaut avoir quelqu'un avec qui partager l'aventure. Peggy a raison, monsieur Stanton. Ce serait dommage de gâcher un homme comme vous. »

Encore des rires. Il surprit même le regard timide de Doris Wolfinger posé sur lui.

« Je ne vois pas beaucoup de femmes qui supporteraient un homme comme moi. »

Un bon mot pour faire rire les dames, mais au fond, il savait que c'était vrai. Il ne méritait pas une femme de valeur, pas après ce qu'il avait fait ou plutôt ce qu'il n'avait pas su faire.

« Je parie qu'il y a des femmes – et même parmi nous, dans notre petite caravane – qui pensent autrement, monsieur Stanton, et je vous le prouverai, si vous m'en laissez l'occasion, dit Lavinah Murphy. Passez moins de temps tout seul dans votre coin et plus de temps avec nous autres. »

Il n'apprécia pas le sous-entendu, la façon dont Lavinah plissa les yeux en le regardant, parut l'étudier derrière ses longs cils. Les femmes avaient leur pouvoir à elles ; il savait qu'il suffirait d'une accusation pour qu'on lui tombe dessus. Comme jadis. Personne n'avait douté des accusations que le père de Lydia avait répandues sur lui, même s'il était le petit-fils d'un des pasteurs les plus respectés de la côte est. L'incident s'était passé il y a plus d'une dizaine d'années, et pourtant son cœur se serrait encore sous l'effet de la panique.

« J'essaie de ne pas m'approcher des femmes que je ne peux pas avoir. »

Il se leva, bien conscient de la mauvaise foi de ses paroles ; il était soulagé que Tamsen ne soit pas là pour les entendre.

« Alors peut-être allez-vous vous trouver une amoureuse en chemin, dit Lavinah Murphy. Le bon Dieu nous veut par deux.

– Bientôt, toutes les meilleures filles seront prises », lança l'une des plus jeunes. Sarah Fosdick. La jeune mariée était visiblement éméchée. « Il ne vous restera plus qu'une vieille truie, dit-elle en éclatant de rire.

– Pardonnez à ma sœur, monsieur Stanton, dit une voix derrière lui. Je crois que c'était le verre de trop. »

Il se tourna et vit une fille, Mary Graves lui semblait-il. Elle avait des traits ciselés, une grande taille pour une femme.

Il ne l'avait encore jamais vue de près. Ses yeux étaient extraordinaires, le gris de l'aube naissante.

« Vous êtes la fille de Franklin Graves ? » dit-il, bien qu'il le sache.

Il l'avait déjà remarquée, mais elle était toujours avec sa famille, entourée de ses parents ou d'une horde d'enfants en bas âge qui réclamaient son attention.

« Oui, dit-elle. Une d'entre elles. »

Le volume du bavardage des femmes s'atténua tandis que Mary Graves et Charles Stanton s'éloignaient ensemble presque sans s'en rendre compte ; ils se mirent simplement à dériver loin des autres pour s'approcher des sapins en lisière du campement.

« J'espère que vous ne me trouvez pas trop présomptueuse de vous donner des conseils, monsieur Stanton, mais vous devriez les ignorer. »

Ses jupons gonflaient à chaque pas, frôlaient l'herbe sauvage. Elle marchait d'un pas long et net qui lui rappelait celui d'une jeune jument, élancée et sportive.

« Elles vous taquinent. Les femmes mariées n'aiment pas voir un homme seul. Ça les rend nerveuses.

– Pourquoi un homme célibataire les rendrait-il nerveuses ?

– Un des grands mystères de ce monde, j'imagine, dit-elle en riant.

– Edwin Bryant – vous avez rencontré Edwin ? – avait une théorie là-dessus. Il pensait que c'était une forme de rejet, de choisir de ne pas se marier. »

Au fur et à mesure qu'ils s'éloignèrent, la fête rétrécit jusqu'à devenir un cirque miniature, un enchevêtrement de mouvements et de couleurs indistincts ; il ne resta bientôt que la faible mélodie du violon de Halloran portée par le vent et les éclats de rire des enfants ici et là. Trop de distance et les gens se mettraient à jaser, mais Stanton n'en avait que faire ; il voulait échapper à ces femmes avant de dire quelque chose qu'il allait regretter.

Mary Graves aussi semblait ne pas se préoccuper des ragots. La réflexion lui fit froncer les sourcils.

« Un rejet des femmes ou de l'institution du mariage ? »

Il hésita, réfléchit à la question. Il aimait sa façon de parler, simple et sans détour. Tant de femmes tournaient si souvent leurs mots dans leur bouche comme des carrés de sucre, jusqu'à ce que la forme de leur pensée originelle devienne méconnaissable.

« Les deux, je crois.

– Certaines femmes pourraient trouver cela insultant, mais moi non. Ce n'est pas le destin de tout le monde de se marier, dit-elle. Saviez-vous que Lavinah Murphy avait marié sa fille de quatorze ans à un homme qu'elle ne connaissait que depuis quatre jours ? Ma demi-sœur a raison sur une chose. Il ne reste plus beaucoup de femmes dans l'expédition. »

Il secoua la tête.

« Est-ce que ça veut dire que vous êtes déjà promise à quelqu'un, mademoiselle Graves ? »

Il voulait plaisanter, mais quand le visage de Mary s'assombrit, ses mots prirent une soudaine gravité.

« Mon fiancé est mort récemment. C'est pour cela que ma famille s'installe dans l'Ouest.

– Je suis désolé », dit-il. Il avait l'impression qu'elle s'était couverte d'un voile. « Vous cherchez à laisser les mauvais souvenirs derrière vous, alors ?

– Quelque chose comme ça. » Son ton de voix était léger, mais il aperçut brièvement ce qu'elle tentait de cacher par son détachement, il vit sa tristesse. « On pourrait dire ça de presque tout le monde dans le groupe.

– Vous avez bien raison… mais je suis tout de même désolé », répéta-t-il.

Il eut le vague désir de lui prendre la main.

« Ça va. Je le connaissais à peine. » Sa tristesse ne venait donc pas de là. Mary Graves se couvrit la bouche. « C'est encore pire, non ? Je dis toujours ce qu'il ne faut pas. »

Stanton sourit.

« Nous sommes deux. Vous allez devoir me raconter toute l'histoire maintenant. »

Elle baissa la tête pour passer sous la branche d'un petit sapin.

« Ce n'est pas une histoire très intéressante, j'en ai peur. À vrai dire, elle est terriblement banale. Je suis sûre que vous l'avez déjà entendue : une fille dévouée à sa famille accepte d'épouser un homme riche pour payer les dettes de son père.

– Peut-être que vous avez eu de la chance que les choses se passent ainsi, alors », dit Stanton. Mais se rendant compte de ce qu'il venait de dire, il s'empressa d'ajouter : « J'espère qu'ils avaient choisi un homme bien, au moins.

– Il était bon avec moi. Tout le monde dit que nous aurions eu une bonne vie tous les deux. Mais qui sait ? »

Sa voix, grave, avait une indéniable qualité musicale, si bien qu'il aurait voulu qu'elle ne s'arrête jamais de parler.

« Que s'est-il passé ? » demanda-t-il. La voyant hésiter, il ajouta : « Si vous ne voulez pas me le dire...

– Non, ça va. » Elle cassa une brindille de la branche la plus proche et écrasa les aiguilles de pin entre ses doigts, l'air absent, faisant sortir l'odeur de résine. « Deux semaines avant le mariage, il est allé chasser le cerf avec ses amis et a été touché par un tir accidentel. Ses amis l'ont ramené, mais il n'y avait plus rien à faire. Il est mort le lendemain.

– C'est terrible. »

Elle se tourna. Stanton reconnut l'expression de son visage : la culpabilité.

« Vous savez ce qu'il y a de pire ? L'ami qui a tiré, il était rongé par le chagrin. Il en a pratiquement perdu la tête. J'étais sous le choc, oui, mais j'ai à peine pleuré. Vous voulez savoir toute la vérité, monsieur Stanton ? J'étais soulagée. *Soulagée.* »

Elle parvint à sourire, l'amertume crispa ses lèvres.

« Ça fait de moi un monstre parfait, vous ne trouvez pas ? J'aurais dû être affligée... pour mon père, ou au moins pour le pauvre Randolph, sa famille. Sans l'argent que ce mariage allait apporter, mon père était ruiné. Nous avons dû tout vendre. Papa n'a pas supporté l'idée de recommencer à zéro au même endroit, de faire ses preuves devant les mêmes personnes. Je lui ai mis en tête l'idée d'aller en Californie. Alors quoi qu'il nous arrive, et selon ce qui attend ma famille en Californie, la richesse ou la ruine, c'est moi qui en serai responsable.

– Vous, un monstre ? Ne dites pas de sottises. Je trouve que vous êtes une personne remarquablement honnête », dit-il.

Elle sourit de nouveau.

« Peut-être. Ou peut-être que je ressens le besoin de confesser mes péchés à quelqu'un. »

Elle se tourna et continua à marcher.

« Êtes-vous toujours aussi directe avec les inconnus ? » demanda Stanton.

Il marchait derrière elle. Le campement était loin maintenant, les voix et la musique réduites à presque rien.

« Je porte encore le deuil. Quand on porte le deuil, on vous laisse dire n'importe quoi... Vous n'avez pas remarqué ? » Elle se retourna brièvement, un sourcil arqué. Son profil était long et ciselé, comme une œuvre sculptée au scalpel. « À vous maintenant. Si vous n'êtes pas marié, c'est qu'il y a une raison, monsieur Stanton. Vous allez me dire laquelle ? »

Il avança à la hauteur de la jeune femme.

« C'est une histoire banale, comme vous dites. Qui mérite à peine qu'on la raconte.

– Je vous ai raconté la mienne. Ce n'est que justice. »

Il n'était pas certain d'être capable de garder son sang-froid comme elle.

« Je suis tombé amoureux, une fois.

– Vous étiez fiancé ? »

Même après toutes ces années, penser à Lydia lui causait encore une douleur dans la poitrine, comme une première goulée d'air froid.

« Son père ne m'appréciait guère. Et il se trouve qu'il ne pouvait pas supporter l'idée de la perdre. »

Elle le dévisagea avec ses grands yeux gris, comme un ciel pesant de ses nuages ou l'océan à Boston, sa couleur minérale.

« Voulait-il qu'elle finisse vieille fille ?

– Je ne sais pas ce qu'il voulait pour elle », dit rapidement Stanton. Il se rendit compte trop tard qu'il était en territoire dangereux, qu'ils s'approchaient trop près de la vérité. « Il ne l'a jamais su lui-même de toute façon. Elle est morte à dix-neuf ans. »

Mary eut un soupir.

« Je suis désolée. »

Sa conscience l'empêcha d'en dire plus. Il avait fait une promesse quand il était jeune, celle de ne livrer le secret de Lydia à personne. Aussi futile cette promesse semblât-elle après quinze ans – à une morte, de surcroît –, il ne pouvait se résoudre à la rompre. Et il avait fait des choses qu'il regrettait, il avait enfilé les mensonges les uns après les autres, une chaîne qu'il avait traînée derrière lui toutes ces années ; il lui était impossible de s'expliquer sans avoir l'air d'un monstre. Il avait l'impression que son cœur battait cinq fois plus vite.

« Ce fut terrible, dit-il, je ne peux toujours pas en parler, j'en ai peur. »

Mary parut embarrassée.

« Je ne voulais pas vous causer de chagrin. »

Sa main effleura le bras de Stanton, comme un oiseau en plein vol.

« Ce n'est pas grave », dit-il.

Un autre mensonge. Sa gorge se serrait, le souvenir l'étouffait.

Mary le regardait très attentivement.

« Qu'est-ce que c'est ? » Elle déplaça sa main du bras de Stanton à son cou. Ses doigts touchèrent brièvement les griffures qu'il savait avoir : les dernières marques laissées par Tamsen. « Vous êtes blessé. On dirait que vous avez été attaqué par... »

Cette fois son toucher n'était pas agréable. Il brûlait. Sans réfléchir, il repoussa sa main.

« Ce n'est rien. Ne faites pas ça. »

Elle eut un mouvement de recul, comme si un mur avait soudainement été érigé entre eux. Avant qu'il ne puisse parler, avant qu'il puisse dire un mot, le prénom de Mary résonna, clair et net comme le son d'une cloche.

Elle pivota et fila vers le campement en jetant un dernier coup d'œil par-dessus son épaule vers Stanton. Elle se mouvait avec une rapidité surprenante, passait entre les arbres comme un rayon de soleil qui disparaît.

7

Quatre tonneaux de farine.

James Reed souleva un des couvercles, marquant le bois de ses empreintes poussiéreuses, et examina l'intérieur. Il restait la moitié. Un petit coup sur les trois autres confirma qu'ils n'avaient pas encore été entamés. Cinq cents livres de farine, plus ou moins. L'angoisse lui noua les entrailles. Il y a deux mois, ils étaient partis avec presque huit cents livres.

Il griffonna le petit papier qu'il tenait dans la main.

Il passa au tonneau suivant. Du sucre, presque la moitié avait été consommée. Eliza Williams, leur employée, faisait trop de tartes et de gâteaux pour les enfants.

Quand il eut terminé son inventaire, il escalada la ridelle à l'arrière du chariot et se laissa tomber sur le sol. Il sortit son mouchoir, essuya la poussière de ses paumes puis, après une seconde d'hésitation, se frotta vigoureusement les deux mains. Il renifla rapidement le mouchoir avant de le ranger.

Ce n'est qu'alors qu'il se mit à étudier, les yeux plissés, la liste de nombres ; il dut forcer ses mains à rester immobiles et fermes. Il faisait le compte des provisions de sa famille deux ou trois fois par semaine depuis qu'ils avaient quitté Springfield, et elles s'amenuisaient à un rythme alarmant. Mais à quoi bon se faire un sang d'encre puisqu'on n'y pouvait rien ?

Il allait devoir d'abord parler à Eliza. Personne ne devait se resservir, pas même les enfants et certainement pas les conducteurs, qui gâchaient la nourriture allègrement et sans scrupule. Il refit le compte encore une fois. Avait-il mal évalué les besoins d'une famille de sept personnes ? Ses six employés l'avaient induit en erreur ; les hommes étaient des gloutons, mangeaient pour le plaisir de manger, sans se soucier le moins du monde de ce que cela coûterait à leur employeur.

Il savait toutefois que leur situation était meilleure – bien meilleure – que celle de nombreuses familles de l'expédition. En public, tous faisaient bonne figure, continuaient comme si de rien n'était, mais il se doutait bien que, secrètement, la panique gagnait déjà certains d'entre eux. Même ceux qui s'étaient réapprovisionnés au fort Laramie avaient compté sur le gibier qu'ils auraient trouvé en chemin. Mais après le fort, tout semblait avoir disparu, des lapins aux chiens de prairie. Comme la saison des expéditions touchait à sa fin, peut-être les pionniers précédents avaient-ils déjà épuisé tout ce que la région avait à offrir.

Ils pensaient certainement pouvoir profiter de la générosité de leurs compagnons de route en cas de pénurie. Eh bien, ils allaient être déçus s'ils s'attendaient à ce que James Frazer Reed leur fasse l'aumône. La charité chrétienne avait ses limites.

La veille, il avait tenté de convaincre Donner de lui laisser la responsabilité des réserves pour toute l'expédition. Mais personne ne l'avait écouté, bien sûr. Personne ne mesurait le péril que représentait le manque de nourriture en altitude, dans les cols de montagne. Et les signes étaient déjà là, si on se donnait la peine de voir.

« Vous laisser, à vous, la responsabilité de mes provisions ? » William Eddy n'avait eu pour lui qu'un rire méprisant ; il avait même craché sa chique à quelques centimètres de sa botte. « Je ne crois pas, non. Si on vous laisse décider de ce qu'on peut manger, combien et quand, on finirait tous par n'avoir que la peau sur les os. On serait aussi maigres que *vous*. »

Reed avait ignoré Eddy, mais il avait sorti sa liste pour l'agiter devant le nez de Donner.

« Nous avons vingt-cinq bœufs de moins depuis Laramie. En moins de trois semaines. Si nous ne les avons pas tous mangés, quelqu'un doit les voler. À ce rythme, il nous restera à peine une vingtaine de bêtes quand nous arriverons en Californie. »

De l'insouciance et du plaisir, voilà ce que voulaient tous ces gens. Il fallait la voir, l'énorme barge qu'était le chariot des Donner, remplie de matelas de plumes et de toutes sortes de conforts inutiles. Ils avaient engagé des hommes qui misaient chaque soir leurs gages autour des feux de camp, perdaient leur paie avant même de l'avoir touchée. Les fêtards dansaient au son du violon de Luke Halloran autour des carcasses qui rôtissaient. Un *pique-nique*, et pour quelle raison ? Il ne s'agissait là que d'un prétexte afin que George Donner puisse monter sur une souche d'arbre et convaincre l'assemblée de l'élire capitaine d'expédition. Deux têtes de bétail abattues rien que pour ça : leur assurer qu'il n'y avait absolument pas de quoi s'inquiéter, *visez donc toutes ces victuailles, il y en a assez pour tout le monde !*

Reed se doutait bien qu'il était question de faire diversion ; on murmurait parmi le groupe que Tamsen Donner avait été aperçue errant dans la nuit, surprise à des endroits où elle n'aurait pas dû se trouver. C'était une sorcière, d'après les dires de certaines femmes ; elle pouvait disparaître et réapparaître à différents endroits, voler grâce aux courants d'air tels le duvet des pissenlits, charmer un homme rien qu'en respirant près de lui... Reed ne croyait pas à ces sottises, mais une chose était claire : elle prenait des libertés au mépris de son époux et le faisait passer pour un imbécile au moment même où il lui fallait la confiance de tous.

Reed se redressa, endolori après être resté accroupi dans le chariot entre les tonneaux et les sacs en toile de jute contenant du son de blé et des haricots secs, et les fûts de vinaigre et de mélasse. Au moment où Reed s'étirait, Donner arriva à cheval en trottant ; il agitait son chapeau.

« Attelez les bœufs ! cria-t-il, son large visage rougi par l'effort. C'est l'heure de partir ! »

Comme il détestait le son de la voix de Donner.

Mais juste au moment où Reed se tournait pour s'adresser à lui, il vit deux des fils Breen ramper à quatre pattes en dessous d'un des chariots. Ils étaient blêmes et chancelants, gémissaient comme s'ils avaient été battus.

Le cœur de Reed fit un bond dans sa poitrine. Le gamin tué il y a un mois lui vint à l'esprit, ce visage pâle, figé, comme endormi, l'image horrible de son corps dépecé. Les fils Breen étaient-ils souffrants ? Soudain, l'un puis l'autre baissèrent la tête et ils furent tous deux pris de violents vomissements. L'odeur était médicinale, entêtante et reconnaissable.

« Hé ! Vous ! »

Reed parcourut la distance entre eux avant qu'ils ne puissent s'échapper.

« Vous avez bu, n'est-ce pas ? N'essayez pas de le nier. Je peux le sentir. »

Les deux garnements, qui ne devaient pas avoir plus de dix ans, tournèrent leurs visages renfrognés vers lui.

« Ça vous regarde pas », rétorqua l'un d'eux.

L'odeur de vomi mêlée à celle du whisky était si écœurante que Reed dut résister au réflexe de se couvrir le nez de son mouchoir. Les garçons n'avaient certainement pas bu l'alcool de leur père ; Patrick Breen leur aurait infligé une correction sans précédent.

« Vous l'avez volé, le whisky que vous avez bu, hein ? À qui l'avez-vous volé ? Allez, parlez ! »

Ils lancèrent un regard féroce à Reed.

« On le dira pas », s'écria le plus maigre et sale des deux.

Reed était tenté de leur flanquer une trempe, mais il se ravisa. Des gens observaient la scène.

« Pourquoi vous les embêtez, ces gamins ? »

Milt Elliott, un des conducteurs de Donner, secouait la tête.

« Ça vous regarde pas ! s'exclama Reed.

– C'est pas vous le père des gosses, dit un autre employé de Donner, Samuel Shoemaker.

– Leur *père* a sûrement déjà la tête dans un fossé ! »

Les mots étaient sortis avant que Reed ne puisse les retenir. Il maudit sa langue acerbe. Il s'imaginait bien l'effet de ses paroles sur l'assemblée, sachant qu'une grande partie des hommes avaient la gueule de bois après avoir dansé la moitié de la nuit. Il commençait à sentir un picotement dans ses paumes et la poussière contre ses tympans, dans ses narines, sous ses ongles. Il lui fallait un bain.

« Écoutez, je veux seulement savoir où les gamins ont trouvé l'alcool.

– Vous insinuez que c'est notre faute si les gamins se sont soûlés ? demanda Elliott, un sourcil arqué.

– Non, je dis juste que nous devons mieux surveiller nos provisions. » Il secoua la tête, s'y reprit une deuxième fois. « Il faudrait peut-être mettre les alcools sous clé par exemple... »

Grand et anguleux, toujours à l'affût comme un épouvantail, Lewis Keseberg se fraya un chemin parmi la foule. C'était à prévoir ; Keseberg semblait toujours chercher la bagarre.

« Vous aimeriez bien nous prendre notre alcool, hein ? Vous le ficheriez sûrement dans la Little Sandy quand personne ne regarderait, jusqu'à la dernière goutte. »

Il colla son index sur le torse de Reed.

« Si vous posez ne serait-ce qu'*un doigt* sur une de mes bouteilles, que Dieu me vienne en aide... »

La sueur perlait sur la lèvre supérieure de Reed. Il regarda autour de lui, mais n'aperçut ni la femme ni les enfants de Keseberg. Tout ce qu'il avait de respectable, il le claquemurait dans son chariot ; il était vain de vouloir lui faire entendre raison en invoquant quelque principe familial ou de décence. Mais Reed ne pouvait pas laisser Keseberg l'humilier en public ; à leurs yeux, il passerait pour un lâche. Or l'Allemand était implacable, tout le monde le savait. Personne n'osait plus parier contre lui, car il n'oubliait jamais qui trichait, qui bluffait ou qui restait servi. Il se souvenait des cartes qu'il avait abattues, calculait lesquelles étaient les plus susceptibles de sortir. Apparemment, sa mémoire était aussi aiguisée que la lame d'un couteau. Sans oublier qu'il dépassait Reed de quinze centimètres et pesait vingt kilos de plus que lui.

Keseberg s'était tant approché de l'ancien militaire que ce dernier était sûr qu'il remarquerait que quelque chose *n'allait pas* chez lui.

Reed s'imaginait que son secret – ce mal en lui – était si puissant que, d'assez près, il pouvait être visible. C'était comme une fine couche de poussière dont il ne réussissait jamais complètement à se débarrasser, la trace de ses péchés sur ses mains et son visage, imprégnant ses vêtements à travers les pores de sa peau, peu importe la force avec laquelle il l'essuyait.

Il voulut ressortir son mouchoir.

« Ne me touchez pas, dit-il en espérant que sa voix ne se mette pas à trembler. Ou...

– Ou quoi ? »

Keseberg s'approcha encore davantage. *Aiguisé comme une lame.*

Avant que Reed ne pût répondre, un homme de la taille d'un rocher s'interposa : John Snyder, le conducteur de Franklin Graves. Probablement le dernier homme auquel un individu raisonnable voudrait se frotter.

Snyder plissa les yeux ; il y avait quelque chose de taquin dans son rictus.

« Qu'est-ce qui se passe ici ? Ce petit homme essaie de donner des ordres à tout le monde... encore ? » Snyder aimait l'appeler *petit homme,* lui rappelant ainsi qu'il pouvait le bousculer à sa guise. « Je croyais qu'on vous avait dit hier soir que vous alliez pas nous commander. »

Snyder fit face à Reed qui crut échanger avec lui un regard entendu. Le sang de Reed se glaça dans ses veines. Quelqu'un d'autre avait-il vu l'expression de son visage ?

Mais les autres firent comme si de rien n'était ; personne n'avait rien vu. Personne ne pouvait savoir.

« Oui, c'est ça. C'est George Donner le capitaine, pas vous, dit Keseberg.

– C'est une question de bon sens, ce que je dis », insista Reed. C'était important. Malgré son malaise, il voulut tenter une fois encore de leur faire entendre raison. « Le fort Laramie était le dernier avant-poste avant la Californie. Après, il n'y aura plus de magasin général, plus de dépôts de grains, plus de colons qui voudront bien nous vendre un sac de semoule de maïs. Celui à qui ces gamins ont volé son whisky... » Reed pointa du doigt les deux garçons, toujours étendus par terre. « ... regrettera de ne pas avoir été plus prudent dans quelques semaines quand il n'aura plus une goutte à boire. »

L'assemblée se tut. Reed sentit le frémissement d'une petite victoire.

« Mes amis, poursuivit-il, si on en croit ce qui se dit, la partie la plus facile du voyage est désormais derrière nous. À Laramie, j'ai pu parler à des hommes qui ont emprunté ce raccourci. Tous disent que la route qui nous attend est plus rude que tout ce que nous pouvons imaginer. C'est le moment de faire des choix, aussi difficiles soient-ils. »

Les autres ne dirent plus un mot, attendant nerveusement qu'il continuât. Même Snyder le regardait, les yeux presque dorés sous un rayon de soleil.

« Beaucoup d'entre nous sont très chargés ; nous avons apporté nos biens, des possessions dont nous ne pensions pas nous séparer. Je vous supplie de vous en délester, *maintenant*. Abandonnez-les dans cette prairie, sinon vous allez *tuer* vos bœufs dans la montagne. »

La foule demeurait silencieuse. Il comprit trop tard qu'il était allé trop loin, même s'ils savaient – ils devaient le savoir – qu'il avait raison. Des kilomètres durant, ils avaient vu les chargements d'autres pionniers abandonnés le long du chemin. Des meubles, des coffres de vêtements, des jouets d'enfants et même un piano au beau milieu d'une plaine comme s'il attendait que quelqu'un vienne jouer une mélodie. Il avait alors regardé Doris Wolfinger, la jeune Allemande, en caresser tristement les touches blanches – et cette vision lui avait inspiré un profond chagrin qu'il ne sut nommer.

Mais comme souvent avec la vérité, personne ne voulait l'entendre.

« C'est l'hôpital qui se fiche de la charité, dis donc ! s'écria Keseberg. Vous et votre chariot de richard. Il faut quatre bœufs pour le tirer, et encore, en terrain plat.

– Faites ce que je dis, faites pas ce que je fais, hein ? » ironisa Snyder, presque nonchalamment.

L'armoire à glace curait ses ongles sales, sans même regarder Reed qui ne put s'empêcher de remarquer à quel point ses mains étaient puissantes, de les imaginer autour de sa gorge.

« On n'a pas besoin d'un *hypocrite* pour nous dire comment nous comporter. »

Avant que Reed ne réponde, George Donner émergea de l'assemblée, tirant son cheval par les rênes. « On perd du temps, mes amis. Allez, on se met en route, attelez vos bœufs. Je veux voir partir ces chariots dans un quart d'heure. »

La petite foule se dispersa, et Donner se hissa sur sa selle. Il semblait satisfait, se dit Reed. Il aurait sûrement dû lui être reconnaissant pour son intervention, mais il ne parvenait pas à éprouver autre chose que du ressentiment, même quand ses sombres pensées à l'égard de John Snyder – cette mâchoire robuste, ces mains puissantes et terrifiantes – se dissipèrent.

Reed aperçut son épouse, Margaret. Elle était enveloppée dans un châle tissé, dont les glands de passementerie se soulevaient au vent. En la voyant ainsi, il fut frappé par son apparence, par sa vieillesse.

Elle se retourna, mais pas assez vite pour cacher l'expression de son visage. De la pitié – ou du dégoût peut-être. Reed se fraya un chemin pour la rattraper, la saisit par le coude.

« Qu'y a-t-il, Margaret ? Tu as quelque chose à me dire ? »

Elle se contenta de secouer la tête et continua de clopiner vers leur campement, lentement, comme si elle ne parvenait à se déplacer qu'au prix d'une grande souffrance. La douleur semblait avoir empiré depuis Springfield, si c'était possible, comme si son état allait de mal en pis. Mais en son for intérieur, il était convaincu qu'elle faisait cela pour la galerie, pour qu'il se sente coupable.

« Vas-y, Margaret. Dis-moi ce qui te tracasse, allez. Soulage ta conscience, qu'ai-je fait pour tant te décevoir ? ».

Elle tremblait ; il se rendit compte qu'elle essayait de contrôler ses émotions. Sa *colère*. Reed se rappela la femme qu'avait été Margaret quand il l'avait épousée : une veuve, qui avait l'expérience du mariage et comprenait les rôles des époux, leurs domaines respectifs. Aux yeux de Reed, elle avait été une femme digne, appliquée et calme. Elle l'avait toujours laissé prendre les décisions pour la famille, l'avait soutenu devant les enfants, les domestiques et les voisins.

« Je ne te comprends pas, James. Pourquoi dois-tu chercher le conflit avec nos compagnons de route ?

– Je ne cherche pas le conflit. Ces garnements sont sortis en rampant de dessous le chariot... Ils ont pratiquement vomi sur mes bottes...

– Pourquoi fais-tu cela ? l'interrompit-elle, exaspérée. Pourquoi fais-tu comme si tu étais supérieur à tout le monde, pourquoi veux-tu les convaincre que tu vaux tellement mieux qu'eux ? Tu fais de moi la risée de tous... » Elle s'arrêta brusquement, ferma les paupières, plissa les yeux. « Mon Dieu, je ne comprends pas. Pourquoi as-tu insisté pour quitter Springfield, pour vendre une bonne affaire, notre belle maison ? » Elle reprit son souffle. C'était comme si elle se noyait. « Si j'avais su, James, je ne sais pas si je t'aurais épousé...

– Ne dis pas ça, Margaret », dit-il machinalement.

Sa femme ne leva même pas les yeux du sol. Ils ne se faisaient aucune illusion quant à leur union ; ils ne s'étaient pas mariés par amour. Leur mariage était d'un pragmatisme banal et ils vivaient comme frère et sœur plutôt que comme mari et femme. Et pour combien de membres de cette expédition en allait-il autrement ?

« Et les enfants ? As-tu même pensé à ce que cela leur a fait d'être arrachés à leurs amis, leurs voisins, tout ce qu'ils ont toujours connu ? Quand tu m'as demandée en mariage, tu m'as dit que tu prendrais *soin* de nous.

– Et c'est ce que je fais. C'est la raison pour laquelle nous sommes ici. »

Il avait sorti son mouchoir et se frottait de nouveau les mains – il ne s'en était même pas rendu compte –, puis il replaça le carré de tissu dans sa poche.

Les raisons de leur présence ici étaient plus complexes.

La vérité était qu'il *n'avait pas* tout fait pour les protéger, elle et les enfants. Il avait commis des erreurs.

Une erreur en particulier.

Sa femme avait rencontré Edward McGee quand, un beau jour, elle était passée à l'entrepôt pour rendre visite à son mari à l'improviste. À l'époque, il s'était dit qu'elle avait entendu des rumeurs et qu'elle était venue voir par elle-même. Mais elle n'en avait pas soufflé mot à Reed, n'avait jamais exprimé le moindre soupçon. Elle avait même serré la main d'Edward McGee. Reed le voyait encore, ce sourire étrange, mi-moqueur, sur les lèvres d'Edward quand ce dernier avait pris la main de Margaret dans la sienne.

Mais c'était fait. Il devait mettre le passé derrière lui. Il s'était débarrassé de ses peurs et de sa culpabilité. Il fallait expurger l'image des mains de Snyder, le conducteur, sur son cou – ou autour de ses poignets – pour de bon. Il fallait faire mieux. Même si c'était irrationnel, impossible, une infime part en lui croyait que c'était ses péchés qui avaient tué le petit Nystrom – qu'il avait attiré le diable dans leur campement.

Mais non. Il devait garder la tête froide. Tout allait changer quand ils seraient en Californie. Reed plissa les yeux vers le ciel.

Le soleil se hissait toujours plus haut. Bientôt, ils seraient de nouveau en route.

Il sortit l'inventaire et recompta le tout. Mais peu importait combien de fois il le faisait, la réalité s'imposait chaque fois. Il n'y avait simplement pas assez, de tout.

Il fallait faire quelque chose.

8

Territoire indien

Cher Charles,

Je vous écris cette lettre sans savoir si vous la lirez un jour, tandis que je suis perdu dans les contrées sauvages au-delà du fort Bridger – peut-être suis-je dans la chaîne Wasatch, je l'ignore. Après les épreuves des dernières semaines, tout ce que je sais, c'est que je dois coucher par écrit ce que j'ai appris. Si cette lettre vous arrive, Charles, n'essayez pas de me trouver. Ce que je fais, je le fais dans l'intérêt de la science et de la vérité.

Au moment de quitter le fort Laramie, j'ai engagé un guide, un jeune Païute de dix-sept ans, nommé Thomas. Il fut converti par les missionnaires (qui le rebaptisèrent) il y a six ans et vit depuis parmi les Blancs. Il m'a dit qu'il connaissait les Washoes, installés près du lac Truckee, ceux que je cherche; grâce à un orphelin de cette tribu qui vivait avec les missionnaires qui l'ont élevé, il a même appris à communiquer avec eux. Il avait aussi entendu parler des Anawaïs, mais semblait peu disposé à aborder le sujet.

Vous pouvez vous imaginer combien j'étais ravi de trouver un guide qui connaissait la région et cette tribu, et qui en parlait même la langue. Cinq jours à peine après notre départ du fort Laramie, Thomas a vécu sa première épreuve quand notre petit groupe est tombé sur des chasseurs païutes. Ces braves étaient pacifiques et ont partagé un repas avec nous autour d'un feu. Ils ont répondu à mes questions sur les Anawaïs. En fait, mon intérêt les a même inquiétés. Ils ont essayé de me convaincre de ne pas aller à leur rencontre, m'ont dit que ce groupe en particulier était exceptionnellement dangereux.

D'après la traduction de Thomas, les Anawaïs se seraient détournés de leurs dieux traditionnels et mis à vénérer un esprit-loup indigène de la vallée qu'ils habitent. Les Païutes affirment que les Anawaïs sont capables de subitement devenir très féroces et de manifester une soif de sang insatiable. Ils leurs attribuent toutes sortes d'atrocités, mais à ce stade, leur récit est devenu difficile à suivre et Thomas n'a pas pu interpréter ce qu'ils disaient.

Les étranges similitudes entre ce récit et l'histoire de sacrifice humain de Farnsworth n'ont fait que renforcer ma détermination à continuer. Sans surprise, le reste du groupe était réticent. Vous les connaissez, ces gars, Newell, Anderson, les frères Manning, des hommes grands et forts qu'on n'accuserait jamais d'être des lâches. J'ai réussi à les convaincre de poursuivre au moins jusqu'au fort Bridger avec moi, en insistant sur le fait que votre convoi passerait par là et qu'ils pourraient toujours vous rejoindre à ce moment-là.

Après avoir calmé les autres, j'ai été abordé par Thomas. Je voyais bien que lui aussi avait peur. Il disait vouloir rebrousser chemin. Je lui ai rappelé que je le payais pour ses services et que c'était tout ou rien ; s'il voulait recevoir le moindre centime, il allait devoir rester jusqu'au bout. Il a d'abord été fort contrarié, comme vous pouvez l'imaginer, et a déclaré qu'avec un tel danger, il voulait un revolver. Mais il était si nerveux qu'il me semblait possible qu'il se mette à tirer sur n'importe qui – moi inclus. De plus, j'avoue avoir entendu trop d'histoires de guides indiens qui se retournaient contre leur employeur, alors même si Thomas me paraissait être un bon garçon, j'ai refusé. J'ai souligné le fait qu'il était entouré d'hommes armés et que nous assurerions sa sécurité. Mais l'inquiétude ne le quitta pas jusqu'à notre arrivée au fort Bridger.

Je n'ai jamais été plus heureux de voir un petit trou perdu en ruine de toute ma vie. Comme vous le constaterez vous-même, ce fort ne ressemble en rien au fort Laramie. Jim Bridger, un des propriétaires, m'a dit spontanément que les affaires avaient souffert quand le raccourci Greenwood avait gagné en popularité l'an dernier. Maintenant, les chariots en route vers l'Oregon ne passent plus par ici. Cet avant-poste ressemble à une ville fantôme.

J'ai appris à quel point les choses étaient sans espoir le soir suivant, quand nous nous sommes assis autour d'une bouteille de tord-boyaux dans le bureau de Bridger. Dans un moment d'ébriété, il nous a fait le récit d'un incident qui s'était produit six ans auparavant, quand un groupe de chercheurs d'or se perdit en passant par un chemin connu aujourd'hui sous le nom de « raccourci Hastings ». On raconte qu'ils moururent de faim ou qu'ils furent massacrés par les imprévisibles Anawaïs. Bridger ayant fait leur connaissance quand ils étaient passés par le fort, il se mit en quête de les retrouver. La situation semblait désespérée ; le territoire était vaste et leurs ressources, rares. Ils étaient sur le point d'abandonner quand l'un des chercheurs d'or arriva en chancelant dans le campement. Malheureusement, le pauvre avait perdu la tête après avoir vécu comme un animal dans la forêt, et il était incapable de dire ce qu'il était advenu des autres.

L'histoire m'a troublé. Elle m'a rappelé ce que Lewis Keseberg m'avait raconté en aparté un jour : son oncle avait disparu dans cette même région il y a quelques années.

Je commençais à me faire une piètre opinion de Bridger, de toute façon. Ses prix étaient scandaleux et ses produits de mauvaise qualité (farine humide, viande pourrie, alcool coupé à l'eau). La garnison a été redéployée au fort Hall, plus fréquenté, il y a des mois de cela, donc depuis, Bridger et son associé, Luis Vasquez, sont seuls. Et ces hommes sont prêts à tout, je crois.

Entre mon expérience auprès des chasseurs païutes et les histoires de Bridger, je suis parti le lendemain matin avec un sentiment de malaise, et avec Thomas pour seul compagnon. Nous avons rapidement constaté que le chemin était très accidenté. Bridger m'avait dit que Lansford Hastings était en effet venu au fort, mais qu'il était déjà reparti pour escorter un groupe de chariots dans le raccourci. Ils avaient une semaine d'avance sur nous, alors nous avons essayé de suivre leurs traces, mais le chemin était recouvert par la végétation. Nous sommes tombés sur d'anciens sentiers indiens pour découvrir qu'en fin de compte ils étaient brusquement interrompus par un canyon ou un ravin. C'était déjà difficile à cheval; en chariot, ce sera presque impossible. Il est impératif *que vous empêchiez le convoi de prendre cet itinéraire. Vous ne trouverez que difficultés et désastres ici.*

Il nous a fallu une semaine, mais Thomas et moi avons réussi à traverser les montagnes. Nous avions perdu la trace du groupe de Hastings et passé chaque minute dans l'angoisse, espérant voir un signe de leur passage ou entendre une voix humaine – n'importe quoi *qui nous indiquerait que nous n'étions pas seuls. Mais plus nous nous enfoncions dans la forêt, plus nous nous sentions isolés. Paradoxalement, j'avais l'étrange et très forte impression d'être observé.*

À ce stade, Thomas était plus nerveux qu'un chat et j'ai commencé à m'inquiéter de son état mental. Quand je l'ai interrogé sur la conversation du soir précédent devant le feu, il m'a avoué qu'en traduisant les récits des Païutes, il avait laissé une partie de l'histoire dans l'ombre. Les Païutes nous avaient prévenus de ne pas approcher de la tribu anawaï du lac Truckee, c'était vrai, mais il y avait une raison à leur violence. Les Anawaïs enlevaient les intrus pour les sacrifier à leur esprit-loup.

Thomas m'a dit qu'il était désolé de ne pas me l'avoir dit plus tôt, mais il avait eu peur que je sois déterminé à aller voir par moi-même et qu'on finisse par se faire tuer. Thomas me croyait tout simplement fou, quelqu'un avec qui il était impossible de raisonner. Il était si troublé que je commençai à m'en vouloir de l'avoir mis dans cette situation. Il n'a que dix-sept ans, après tout, et il craint pour sa vie.

J'allais sortir ses gages de ma sacoche et le libérer de son engagement quand nous avons entendu un bruit dans la broussaille. Nous nous sommes retournés brusquement. J'ai saisi mon fusil et Thomas a ramassé une des branches du feu.

La broussaille a craqué de nouveau. Thomas tenait la branche au-dessus de sa tête comme une torche. Il y a eu un fracas au-devant, comme si une branche avait cédé sous un poids. J'ai levé mon fusil vers le bruit.

« Montrez-vous ! » criai-je dans le vide.

Les pas se hâtèrent vers moi dans l'obscurité. J'étais sur le point de tirer, mais au même moment, Thomas a tourné les talons et s'est enfui dans la forêt. Il n'était pas armé (il avait jeté la torche par terre dans la panique) et je me suis dit qu'il me fallait le rattraper pour le protéger. J'ai suivi Thomas à l'oreille, lancé à travers la végétation devant moi, et en même temps, j'entendais quelqu'un à mes trousses. Après quelques minutes, j'avais perdu Thomas dans les ténèbres. Mais le bruit derrière moi devenait de plus en plus fort et se rapprochait, et finalement, par instinct de survie, je me suis retourné et j'ai tiré au jugé dans le noir. Le feu de mon fusil a illuminé quelque chose dans les arbres, et j'ai tiré de nouveau. Cette fois, j'ai entendu un gémissement de douleur, distinctement animal, et – mes pupilles s'étant habituées à l'obscurité – j'ai vu reluire des yeux et des dents jaunes, puis plus rien. Je me suis concentré intensément sur les bruits pour savoir si cette chose tournait autour de moi pour m'attaquer d'une autre direction, mais tout s'était tu.

Il n'y avait aucune trace de la chose – ou de Thomas. Il n'est pas revenu au camp ce soir-là. J'ignore ce qui lui est arrivé.

Vous savez quelle tête de mule je suis, Charles, et vous ne serez donc pas surpris d'apprendre que je continue ma route vers le lac Truckee. Je suis parvenu trop loin pour rebrousser chemin.

Vous croyez peut-être que ce que je fais est inconsidéré et dangereux, et c'est vrai, ça l'est. Mais je me suis déjà trouvé dans des situations similaires par le passé, et j'ai survécu. J'y vais pour trouver Thomas certes, mais aussi pour connaître la vérité.

Que Dieu vous protège,

Votre ami, Edwin.

9

Ce devait être la période la plus sèche et la plus chaude de l'été, quand le convoi emprunta enfin le col de South Pass pour entrer dans la région qui se trouvait juste au nord du fort Bridger. Le paysage était plus aride que ne l'avait imaginé Stanton. Les pâturages verts cédèrent abruptement la place à des étendues brûlées ; l'herbe et la terre se changeaient en poudre sous les doigts ; et le niveau de la rivière Big Sandy était si bas qu'elle s'écoulait sur la largeur d'un ruisseau. Le bétail humait l'herbe éparse, sans grand enthousiasme. Le groupe allait devoir hâter le pas pour traverser cette zone et garder l'espoir de trouver de meilleurs pâturages non loin de là. Ils ne survivraient pas longtemps dans de telles conditions. Pourtant la plaine s'étendait sans relief devant eux, sur une distance qui pouvait bien faire cent kilomètres : un lieu tourmenté.

Les muscles de Stanton se fatiguaient. La sueur s'accumulait sur son front et coulait le long de son dos. Dans sa tête résonnait le martèlement d'un épuisement fiévreux. Ces dernières soirées, il s'était porté volontaire pour surveiller le bétail. C'était sa façon de s'assurer de ne pas être dans sa tente si Tamsen venait l'y trouver. Une solution temporaire – il allait devoir lui faire face à un moment ou un autre – qui l'accablait d'une fatigue hagarde pendant la journée. Mais affronter la tentation et les conséquences de sa fureur lui paraissait bien pire.

Il se remettait encore des événements d'il y a trois jours, quand Donner avait avoué ce soir-là à Stanton qu'il savait que Tamsen manigançait quelque chose. Ce ne serait pas la première fois, avait-il avoué ; Tamsen était une femme fragile, certains de ces « incidents » comptaient parmi les raisons pour lesquelles ils se rendaient dans l'Ouest. Sa dernière liaison avait été sur le point d'être révélée publiquement, un scandale qui aurait fait de lui la risée de tous – et elle n'aurait pas été épargnée. Ils avaient titubé pour regagner leur campement, et Donner était si soûl qu'il avait dû s'appuyer sur Stanton pour tenir debout et jura que cette fois il tuerait l'homme que Tamsen avait pris pour amant. Stanton était surpris par la férocité avec laquelle Donner défendait sa femme, malgré tout. Donner avait beau paraître somme toute inoffensif, Stanton ne doutait pas qu'il mettrait ses menaces à exécution.

Alors la nuit, il montait la garde, même si cela signifiait qu'il allait à peine pouvoir garder les yeux ouverts pendant les longues et chaudes journées poussiéreuses.

Quand il aperçut le fort Bridger, il crut d'abord à un mirage, avec ses quelques cabanes en bois et ses bâtiments sur le point de s'écrouler. Stanton ne prit conscience de sa hâte – celle de trouver un peu de répit après toutes ces ruminations – que lorsque le convoi approcha du fort. Le poids de sa déception le surprit. Cet endroit pouvait tout aussi bien être déserté.

Le malaise s'accrut et se répandit ; Stanton le ressentit comme une rafale de vent, une onde qui toucha chaque membre du convoi. Cela *ne pouvait pas* être un fort, se dirent-ils. Où se trouvaient donc les barrières, les portes renforcées, le canon ? On discernait au loin quelques huttes blotties les unes contre les autres. Deux Indiens qui coupaient du bois dans une cour boueuse levèrent les yeux tandis que le convoi passait devant eux, mais ils reprirent rapidement leur besogne.

Ils trouvèrent Jim Bridger, le propriétaire, à l'intérieur d'une des cabanes délabrées. Elle était si sombre et si enfumée qu'on y voyait à peine. Les cabanes étaient basses de plafond et allongées, avec quelques ouvertures en guise de fenêtres, bien que des fentes entre les rondins de bois laissent passer les courants d'air. Le sol était couvert d'un tapis de poussière, jonché ici et là de peaux en lambeaux. Deux Indiennes étaient assises dans un coin, courbées au-dessus de paniers et manifestement indifférentes à la fumée qui émanait de la cheminée. Un enfant jouait à leurs pieds, creusant la poussière avec son pouce.

Stanton avait entendu parler de Bridger au fort Laramie, les récits sur son tempérament acariâtre et colérique, que l'on mettait sur le compte de ses nombreuses années passées seul dans ces terres sauvages. Autrefois véritable montagnard, il avait sillonné la région pendant dix ans avant de fonder le fort avec son associé, un Mexicain au tempérament nerveux du nom de Luis Vasquez. Paranoïaque, avec une tendance à se faire justice lui-même, voilà comment l'avait décrit un des hommes croisés au fort Laramie.

Bridger avait peut-être été imposant autrefois, et même intimidant, mais il s'était rabougri, ses joues s'étaient creusées ; c'était un homme diminué, comme si quelque chose avait aspiré une bonne partie de ses tripes. Vêtu de loques, il portait une tenue en peau de daim élimée, sale. Ses cheveux étaient longs, fins et gris. Quand il levait les yeux, on ne pouvait se méprendre sur le scintillement de son regard ; cet homme était fou.

Donner était si grand à côté de Bridger que, lorsqu'il lui tendit la main, il faillit frapper l'homme au visage.

« J'aimerais parler au propriétaire de cet établissement, dit-il sur un ton aimable, assuré, qui sonnait complètement faux aux oreilles de Stanton.

– Vous l'avez devant vous », dit Bridger sans lever les yeux.

À côté de lui, derrière le comptoir, se tenait un petit individu plus jeune, à la peau couleur caramel et affublé d'un tablier sale, noué autour de la taille. Les deux hommes semblaient être en plein inventaire.

« Nous allons séjourner ici le temps de laisser les bêtes se reposer, expliqua Donner après les présentations.

– Bien. Faites-nous savoir si vous avez besoin de quelque chose. On a de quoi se ravitailler ici », dit Vasquez.

Il s'essuya les mains sur son tablier graisseux, strié de rouge et de marron comme s'il venait de découper de la viande crue.

« Vous comptez aller dans quelle direction ? Nord ou ouest ? »

Les deux hommes parurent très intéressés par la réponse.

« L'ouest, bien sûr, dit Donner. Nous sommes venus retrouver Lansford Hastings. Il a dit qu'il attendrait les pionniers ici même pour les guider dans son raccourci. »

Bridger et Vasquez échangèrent un regard que Stanton ne put déchiffrer.

« Hastings *était* là, mais il n'y est plus, dit Vasquez. Un convoi est passé il y a deux semaines et il est parti avec eux.

– Il y a deux semaines ! répéta Donner. Mais il avait promis de nous attendre. »

Stanton résista à l'envie de rappeler à Donner qu'il avait été prévenu. Le capitaine d'expédition avait convaincu le groupe d'emprunter le raccourci en leur assurant que Hastings lui-même les attendrait pour les escorter. Tous sauraient désormais qu'il s'agissait d'un pari – et qu'il l'avait perdu.

« Pas de panique, dit Bridger avec ce que Stanton prit pour l'esquisse d'un sourire. Hastings a laissé des instructions. Tous les chariots qui passent par ici, ils ont qu'à suivre sa trace. Il laisse des marques sur le chemin, vous pourrez pas le rater. »

Donner fronça les sourcils.

« Et que pensez-vous de ce raccourci ? En vaut-il la peine ? Nous avons quatre-vingt-dix personnes avec nous, la plupart sont des femmes et des enfants. »

Stanton se demandait pourquoi il avait pris la peine de poser la question. Les affaires du fort Bridger dépendaient du succès de ce raccourci. Il espérait peut-être que la charité chrétienne empêcherait ces hommes de mentir, mais cette charité chrétienne l'avait déjà déçu par le passé. Rares étaient les gens qui accordaient de la valeur à la vie d'inconnus quand il s'agissait de tirer un bénéfice.

Bridger et Vasquez hésitèrent.

« Eh bien, c'est un itinéraire plutôt récent, dit enfin Vasquez.

– C'est ça, interrompit Bridger d'un ton plus enjoué que Vasquez. Mais Hastings y tient beaucoup, à son raccourci. Il l'a pris avec Bill Clyman, vous connaissez ? Clyman est sûrement le montagnard le plus célèbre de cette contrée, et le vieux Bill a donné sa bénédiction. »

Donner eut un sourire stupide. Il ne faisait aucun doute qu'il allait faire valoir cette caution devant le groupe.

« Alors ça me va.

– Vous savez quoi, je vais me mettre en selle moi-même et vous conduire jusqu'à l'entrée du col, dit Bridger. Mais vous devriez prendre quelques jours pour vous reposer, vous assurer que vos bêtes soient nourries et en forme. On a de l'avoine, un peu de maïs aussi. Il y a rien entre ici et le fort de John Sutter en Californie. C'est votre dernière chance de les engraisser avant d'aller dans la montagne.

– Et nous en profiterons bien, monsieur, vous pouvez compter là-dessus », dit Donner, qui adressa un grand sourire à chacun des hommes en partant.

Stanton se tourna vers Vasquez.

« Vous avez une lettre pour moi de la part d'Edwin Bryant ? Il a dû passer par ici il y a une semaine. »

Il crut voir un scintillement dans l'œil sombre de Vasquez avant que Bridger ne prenne la parole.

« Quel nom déjà ?

– Bryant. Quelques années de plus que moi, il porte des lunettes la plupart du temps. Journaliste. »

Bridger secoua la tête.

« Je me souviens de personne avec ce nom-là. Y a rien qui a été laissé pour vous de toute façon. »

Stanton ressentit un bref malaise.

« Il nous a devancés sur le chemin », dit-il. Bridger ne répondant rien, il poursuivit : « Et il comptait s'arrêter ici. Il me l'a dit lui-même. »

Il refusait de penser à ce qui aurait pu l'arrêter : une blessure, la mort, l'agonie en ce moment même.

« Non, non, vous avez raison. Il était là, je me souviens de lui maintenant », dit lentement Vasquez.

Stanton fut soulagé d'entendre que Bryant était passé par le fort. Mais il y avait quelque chose de dissonant dans l'attitude des deux hommes.

« Bryant devait laisser une lettre pour moi. Vous êtes sûr qu'il n'y a rien ?

– Rien, monsieur », dit Vasquez.

Stanton savait qu'il mentait.

« Eh bien... Vous avez entendu Donner. On reste ici encore quelques jours. Je reviendrai au cas où quelque chose referait surface », dit-il en se tournant pour sortir.

Bridger lui adressa un sourire glacial, de toutes ses dents.

Une pluie grise s'installa au-dessus d'eux durant les deux jours qui suivirent. Ce fut un soulagement ; personne ne se plaignit, mais les averses étaient assez fortes pour compliquer la vie de tout le monde. Les feux crépitaient et fumaient ; les familles se terraient dans leurs tentes, grelottant le soir venu dans des vêtements et des bottes crottés, certains se grattaient à cause des poux et d'autres parasites qui semblaient avoir infesté la moitié des literies et du linge du convoi. Les plus âgés du groupe souffraient le plus, comme Mathis Hardkoop, un vieux Belge qui voyageait seul. Hardkoop, peu psychologue, avait fini (inexplicablement, selon Stanton) par dépendre de Keseberg pour l'aider, mais ce dernier s'était lassé du vieillard et – contre la volonté de sa discrète épouse, Philippine – l'avait expulsé de son chariot. Affaibli par les exigences physiques du voyage, Hardkoop souffrait d'une mauvaise toux, et on le voyait se faufiler dans les allées du fort avec sa natte et sa sacoche presque vide à la recherche d'un endroit sec pour dormir.

Quelques familles avaient échappé à l'humidité et la boue en louant des chambres auprès de Bridger et Vasquez. James Reed déménagea son clan dans un baraquement demeuré inoccupé depuis que la garnison l'avait quitté l'année précédente. George et Jacob Donner les surpassèrent en offrant à Vasquez assez d'argent pour qu'il déménage sa famille de son chalet. Les deux clans Donner allaient échapper au crachin, profiter de repas chauds et pouvoir faire bouillir de l'eau dans le gros chaudron en cuivre de Vasquez pour prendre de bons bains fumants. Stanton, lui, était trop yankee pour dépenser de l'argent alors qu'il avait une bonne tente bien robuste sous la main.

Et enfin, lors de la troisième matinée de leur séjour au fort Bridger, la pluie cessa. Stanton s'agenouilla au bord de la rivière, torse nu, ses vêtements empilés non loin de là. L'eau était si froide qu'elle lui coupa le souffle. Un froid cinglant, mais une épreuve pour laquelle il avait un certain goût pervers, sans doute un legs de son grand-père. Il se lava en vitesse, se cantonnant aux parties exposées de son corps. Donner avait promis que ce serait leur dernière journée au fort et tous s'empressaient de finir leurs dernières corvées. La liste était longue : inspecter les essieux et les roues pour chercher des traces d'usure ou de défaillance ; nettoyer les harnais, devenus rigides ; inspecter les sabots des bœufs et des chevaux de selle. Une bête de somme ne valait que par ses sabots, et personne ne pouvait se permettre de perdre une seule tête.

Il ressentit le cri autant qu'il l'entendit. Il connaissait la voix de la jeune femme, sentit son hurlement lui traverser le corps, comme un message qui lui était destiné. Il saisit son pistolet posé sur sa pile de vêtements et se précipita. Il accourut, guidé par sa voix.

La voix de Mary Graves.

Elle était sur le dos, dans la poussière, et rampait à reculons. Le choc qu'il éprouva en la voyant ainsi ne fut rien comparé à la surprise de voir l'homme dressé au-dessus d'elle. Il était sale, la peau presque lépreuse tant elle était négligée, ses yeux étaient rouges et humides. La puanteur qui se dégageait de lui était écrasante ; Stanton en étouffa presque.

Les instants suivants défilèrent en un éclair. Plus tard, il ne se rappellerait de rien, en dehors des mains déformées, agrippées aux épaules de Mary, avant de viser et d'appuyer sur la détente, deux fois, machinalement.

Les balles touchèrent l'homme – si on pouvait l'appeler ainsi – dans le dos. Il lâcha Mary, puis bascula en avant. Mary dut le repousser de toutes ses forces pour qu'il ne tombe pas sur elle. Elle tenta de se lever, mais s'écroula de nouveau au sol. Elle était très pâle, et Stanton vit qu'elle s'efforçait de ne pas pleurer.

Stanton était surpris que l'homme soit encore en vie ; il était presque certain de lui avoir fiché deux balles dans le corps. Il s'accroupit à côté de lui pour voir s'il pouvait faire quelque chose.

« Ne bougez pas ou vous allez saigner encore plus », ordonna-t-il.

Mais quand il approcha la main pour faire en sorte que l'homme reste allongé et ne bouge plus, l'inconnu s'élança vers lui, manqua de lui arracher les doigts avec ses dents couleur de rouille. Stanton le frappa fort au visage ; ses os semblaient spongieux, presque pourris.

Quand l'homme tomba en arrière dans la poussière, Stanton résista à l'envie de lui tirer dessus de nouveau. Il se tourna vers Mary, qui était encore à terre.

« Ça va ? Vous n'êtes pas blessée ? »

Elle secoua la tête. Elle était si pâle qu'il pouvait voir le lacis de ses veines sur ses joues.

« Ça va aller. »

Il y avait une entaille rouge vif sur son épaule.

« C'est quoi ? » demanda Stanton.

Elle toucha l'endroit d'une main tremblante.

« Ce n'est rien. Une égratignure. »

Elle leva le menton en direction de l'homme.

« Je venais voir ce qui retenait mes frères – nous les avons envoyés chercher un seau d'eau – quand il est sorti du bois. Je n'ai rien vu venir, il m'a attrapée… »

Elle s'interrompit, inspira profondément et, une fois encore, Stanton vit qu'elle essayait de ne pas pleurer.

« Il ne peut plus vous faire de mal. Je lui mettrai une balle entre les yeux s'il essaie de se lever. »

Déjà, l'homme tressaillait de nouveau. Il n'avait donc pas perdu connaissance.

Mais elle ne semblait pas lui prêter attention. Elle essaya de se remettre sur ses pieds.

« Mes frères… Vous avez vu mes frères ?

– Doucement. J'irai les chercher après vous avoir ramenée au camp. »

Il commençait à soulever Mary quand il entendit des cris. À ce moment, plusieurs hommes du groupe sortirent brusquement du bois.

« Qu'est-ce qui se passe ici ? »

George Donner fut le premier à arriver, une main sur son chapeau pour l'empêcher de s'envoler. William Eddy et Jim Bridger étaient à quelques pas derrière lui.

Bridger avait au bout d'une laisse un chien qui se mit à grogner devant le sang dans la poussière.

« Qui a tiré ? » Il s'arrêta net quand il aperçut l'homme par terre. « Juste ciel, qu'est-ce que… »

Bridger retint le chien avec difficulté quand il s'élança vers l'inconnu. C'est étrange, pensa Stanton ; le vieil homme ne paraissait pas surpris par cette scène.

« J'ai entendu Mary crier », dit Stanton. Mary s'appuyait lourdement contre lui, et Stanton était très conscient du regard assassin que lui lançait Eddy. « Cet homme était en train de l'attaquer. »

Donner semblait révulsé.

« Son visage…, dit-il en secouant la tête. Qu'est-ce qu'il a ?

– Messieurs-dames, on se calme. »

Bridger garda un ton aimable. Il tendit la laisse du chien à Eddy et s'accroupit à côté de l'homme, lui attacha les mains avec un bout de corde. Stanton remarqua que les poignets de l'inconnu étaient rougis, presque à vif. Il s'était redressé sans opposer de résistance ; Stanton voyait bien que l'homme avait peur du chien de Bridger, mais Bridger l'approcha toutefois avec prudence.

« Cet homme est le prisonnier dont je vous ai parlé. Il a dû s'échapper.

– Le prisonnier ? » De toute évidence, Donner ignorait tout des histoires que Bridger avait racontées à ses hôtes lors des longues soirées pluvieuses. Stanton lui-même n'en avait entendu que des bribes. « Qu'a-t-il fait ?

– Il n'a rien fait, dit Bridger en haussant les épaules. En tout cas, pas ce que vous croyez. C'est un des chercheurs d'or qui se sont perdus dans les bois il y a quelques années maintenant. Il a eu une fièvre cérébrale et il est devenu fou. Vous voyez comment il est. Nous le détenons pour son bien, pour qu'il ne se fasse pas de mal. »

Bridger adressa un regard méprisant à Stanton.

« Je fais ça de bon cœur. J'aurais très bien pu le laisser errer dans les bois pour toujours, vous savez.

– Je suis sûr que votre bonté est une inspiration pour nous tous », dit Stanton, sans se donner la peine de cacher son sarcasme.

Ce qui avait irrité les poignets de cet homme au point que la peau était presque à vif, ce n'était pas la bonté de cœur de Jim Bridger. Pourquoi vouloir à tout prix garder un homme dangereux en présence de femmes et d'enfants ? Et pas pendant quelques mois ou quelques semaines, mais pendant des *années* ? Stanton fut parcouru d'un frisson en y pensant – comme si ce prisonnier monstrueux avait été une sorte d'animal de compagnie pour Bridger.

Donner et Eddy proposèrent d'aider Mary Graves à regagner les chariots. Pendant que Bridger forçait son prisonnier à se lever, Stanton resta debout, troublé par quelque chose qu'il n'aurait su expliquer, et regarda Mary avancer maladroitement, escortée par les deux hommes, encore troublé par l'écho de son cri. Quand elle fut presque hors de vue, elle jeta un coup d'œil par-dessus son épaule. Ses yeux gris pâle étaient de la même couleur que le ciel.

Quand la nuit fut sur le point de tomber, Stanton rassembla ses affaires. Il était prêt à quitter le fort Bridger, ses aliénés et ses secrets. Il n'avait qu'une hâte, c'était d'atteler son chariot.

Sans prévenir, Lewis Keseberg passa la tête dans la tente de Stanton.

« Donner veut que vous veniez avec moi. »

Il n'y a pas si longtemps, Donner serait venu directement lui parler. Peut-être qu'il aurait même apporté une bouteille de whisky à partager. Stanton ne savait pas quand les choses avaient changé entre eux ni pourquoi.

Stanton leva les yeux du couteau qu'il était en train d'aiguiser, la pierre sur ses genoux.

« Ça ne peut pas attendre demain ?

– Ça va vous intéresser. Il interroge un Indien qui vient de sortir des bois. » Les dents pourries de Keseberg luisirent dans l'obscurité. « Il dit qu'il était avec Edwin Bryant. »

Stanton se leva et sortit en quelques secondes. Dans la grange, une poignée d'hommes formaient un cercle autour du gamin, maigre et brun de peau, assis sur une botte de foin et emmitouflé dans une couverture pour cheval. On ne voyait que sa tête, ses cheveux noirs étaient emmêlés et sales. Il devait s'agir du guide indien que Bryant avait engagé avant de quitter le fort Laramie. Stanton avait entendu parler de lui, un orphelin païute converti par des missionnaires, mais il ne l'avait jamais rencontré. Il semblait bien trop jeune pour guider des hommes en territoire inexploré.

« Où est Edwin ? »

Les mots étaient sortis avant que Stanton se rende compte qu'il avait parlé. Il parvint à peine à ne pas se jeter sur le gamin, qui ne fit que secouer la tête.

« Il dit que Bryant a décidé de continuer seul et lui a donné congé », dit Donner.

Il faisait les cent pas les mains dans les poches ; Stanton se dit que lui aussi trouvait cette version peu crédible.

Reed s'approcha du garçon, le visage sévère.

« Bryant ne t'aurait jamais donné congé à moins que tu aies fait quelque chose qui le pousse à agir ainsi. Tu as essayé de le voler ? Tu as fait quelque chose, hein ? »

L'Indien écarta les cheveux de ses yeux.

« Je n'ai rien volé, je le jure.

– Mais il ne t'a pas donné congé. Tu mens, hein ? Tu t'es enfui. Tu es un lâche », dit Reed.

Le garçon baissa de nouveau la tête et marmonna quelque chose d'incompréhensible. Reed se tourna vers les autres.

« Reste à savoir ce qu'on va faire de lui.

– On le laisse ici, bien sûr, dit Donner, qui s'arrêta de faire les cent pas pour regarder Reed. Que voulez-vous faire d'autre ? On ne peut pas l'emmener avec nous. »

Stanton pensa à l'homme ensauvagé dans la prison de fortune de Bridger, aux plaies à vif de ses poignets. Pouvaient-ils confier le garçon à Jim Bridger ?

« Pourquoi on l'emmènerait pas ? demanda Keseberg. Lâche ou pas, il connaît la région et il nous faut un guide. Il peut nous conduire jusqu'à Hastings. Ça peut être sa punition pour avoir abandonné un Blanc en pleine contrée sauvage. »

C'était l'idée la plus sensée que Stanton ait entendue de la bouche de Keseberg.

« Vous ne pouvez pas me *forcer* à travailler pour vous, dit le garçon.

– On ne va pas te faire de mal », dit Reed. Même si Keseberg et lui se méprisaient l'un l'autre, il était évident qu'ils étaient du même avis. « Mais tu les as entendus ; tu ne peux pas rester ici. Tu n'as nulle part où aller. Soit tu viens avec nous, soit tu repars à pied jusqu'au fort Laramie. »

L'adolescent regarda ses geôliers tour à tour. Stanton crut un instant qu'il allait bondir et s'échapper.

« Vous ne pouvez pas me forcer à venir avec vous. Par là… le chemin est dangereux. Il y a des mauvais esprits embusqués. Vous ne pouvez pas y aller. C'est trop risqué. »

Des mauvais esprits. Stanton pensa aux messages transmis par les rêves, aux petits talismans de bois et de broderies qu'il avait vu Tamsen manipuler quand elle croyait n'être observée par personne. Quand il n'était pas censé la regarder.

Il avait trouvé une sacoche d'herbes séchées sous son oreiller il y avait de cela une semaine, après leur dernier moment d'intimité. En la brûlant, il avait libéré une fumée étouffante, doucereuse et entêtante.

Stanton s'accroupit pour regarder le garçon bien en face.

« Écoute… Comment tu t'appelles ?

– Thomas, répondit-il avec méfiance.

– Thomas. »

Ce nom lui dit quelque chose ; peut-être l'avait-il entendu au fort Laramie.

« Tôt demain matin, tu vas m'emmener là où tu as laissé Edwin Bryant. »

Le garçon se braqua, terrifié.

« Je ne peux pas, monsieur. C'est à des jours d'ici. Je ne sais même pas où c'est. Je ne sais même pas où il est. »

Il n'allait pas se laisser de nouveau traîner dans la nature sauvage. C'était évident.

Donner posa la main sur l'épaule de Stanton.

« Ne perdez pas votre temps avec Bryant. Il va se débrouiller. Il connaît les Indiens et leurs coutumes. Il a de bonnes chances de survivre dans ces montagnes, meilleures que nous en tout cas. »

Stanton se leva, se dégageant de la main de Donner.

« Edwin est tout seul, sûrement perdu. On ne peut pas l'abandonner.

– Avez-vous oublié que c'est *lui* qui nous a abandonnés quand il est parti à cheval ? dit Donner. Il me semble qu'il avait déjà fait son choix. J'ai d'autres soucis que le sort d'un seul homme, Stanton. Il y a quatre-vingt-dix personnes dans ce convoi, toutes dépendent de moi. Vous pouvez partir à la recherche de Bryant si vous voulez, mais l'Indien reste avec nous. »

Au fond de lui, Stanton savait que Donner avait raison. Même s'il arrivait à recruter une équipe de recherche, le convoi ne pouvait pas se permettre d'attendre. Ils avaient déjà perdu trop de temps.

Et il n'y avait pas de lettre de Bryant. Rien.

Il repensa à Mary Graves, rampant dans la terre, au recul de son revolver quand il avait tiré sur son agresseur ; que se serait-il passé s'il n'avait pas été là ?

Il pensa à Tamsen… le trait fin de sa bouche.

Il pensa à Peggy Breen aussi, qui le taquinait le long du chemin, et à la petite Doris Wolfinger avec ses mains blanches et délicates.

Il pensa aux innombrables enfants dont il n'avait pas encore retenu les noms, même après tout ce temps.

Il ne pouvait pas partir à la recherche de Bryant. Il ne pouvait pas laisser les autres en proie à ce qui les attendrait s'il ne revenait pas.

10

Springfield, Illinois, mars 1846

V*ertraust du mir?* – Me fais-tu confiance ? – demanda Jacob Wolfinger à la femme qu'il venait d'épouser la veille de leur départ, alors qu'ils étaient étendus côte à côte dans leur lit étroit.

Doris avait appréhendé le voyage d'Allemagne jusqu'aux États-Unis pour un mari qu'elle n'avait jamais rencontré et avec lequel elle n'avait échangé que quelques lettres. Mais elle avait été soulagée de découvrir que bien qu'il fût beaucoup plus âgé qu'elle, Jacob Wolfinger était assez bel homme, et même s'il n'était que l'intendant de l'un des notables de la ville, il l'aidait à gérer ses nombreuses affaires. Jacob avait déjà plus d'argent qu'il ne l'avait laissé entendre – et le plus excitant était qu'il avait un rêve.

La Californie était bien loin des villes américaines dont elle avait entendu parler – Boston, New York et Philadelphie –, mais elle lui paraissait incroyablement exotique. Doris ne craignait pas ce voyage. Elle n'avait que dix-neuf ans. Et toute la vie devant elle.

« *Ja* », répondit-elle, prenant la main de Jacob dans la sienne.

Lentement, elle la plaça sous l'ourlet de sa chemise de nuit pour que ses doigts effleurent légèrement ses genoux. L'audace de son geste la fit rougir.

Elle avait certes été timide lors du mariage, mais elle avait fini par apprécier les attentions de son mari. Les entremetteurs en Allemagne ne s'étaient pas trompés, ils en savaient bien plus qu'elle sur l'amour. Des frissons lui parcoururent les jambes et la poitrine quand il la toucha. Son ventre picotait d'excitation. Elle s'était abandonnée à l'inconnu, avait fait confiance à l'avenir, laissé les vagues de l'océan la porter vers l'ouest jusqu'à la vie de cet homme. Et cette confiance avait été récompensée.

Mais cette nuit-là, après qu'il eut enfoui ses mains dans l'enchevêtrement de ses cheveux et doucement soupiré dans son oreille, ni l'un ni l'autre ne put dormir.

Il se tourna vers elle.

« *Du solltest dies über mich wissen.* »

Il faut que tu saches quelque chose sur moi.

Doris se raidit quand elle entendit ces mots. Elle n'aimait pas ces moments qui lui rappelaient combien elle en savait peu sur lui. Surtout quand ils étaient sur le point de partir pour des contrées sauvages ensemble.

Il avait déjà dépensé leurs économies pour se procurer un chariot doté d'un toit en toile, deux paires de bœufs, deux harnais complexes. Et transmis à l'épicerie la liste des provisions dont ils auraient besoin. L'argent avait été dépensé. La décision était définitive.

Mais Jacob insista : il ne pouvait pas l'emmener tant qu'il n'avait pas confessé tous ses péchés. Il se redressa, prit une bouteille d'*obstwasser* locale dans un tiroir près du lit et lui raconta l'histoire de Reiner ; il parlait d'une manière hésitante.

« Reiner ? »

Elle ne l'avait jamais entendu prononcer ce nom.

C'était il y a dix ans, presque jour pour jour, dit Jacob. Il avait rencontré un compatriote, un émigré allemand de passage en ville. Reiner était venu à Springfield rendre visite à son neveu qu'il n'avait pas vu depuis longtemps. Cet homme disait savoir comment concocter des remèdes traditionnels du pays. Jacob le crut un peu charlatan, mais il vit là une chance à saisir. Tout ce dont Reiner avait besoin était les bons ingrédients… Si Jacob l'aidait, Reiner lui donnerait une part généreuse des profits.

C'était facile puisque son employeur lui avait confié les clés de ses commerces, dont son échoppe d'apothicaire.

« Tu as volé ton patron », s'écria Doris.

La vérité tomba comme du plomb dans son ventre. C'était le péché de son mari – et peut-être l'explication de sa fortune inattendue.

« Nous n'avons pris que très peu de choses, lui assura-t-il. Quelques sachets de poudres et une dizaine de flacons. Rien qui aurait attiré l'attention.

– Alors, où est le péché ? » demanda Doris.

Jacob hésita, il évitait son regard.

« Après avoir vendu les toniques à des gens de Springfield, Reiner a disparu. Certains racontent qu'il est parti chercher de l'or dans l'Ouest. Mais tous ceux qui ont pris le remède sont tombés malades. L'un d'eux est mort. Une jeune femme.

– Eh bien, dit Doris, la voix tremblante, la femme était déjà malade, non ? Peut-être que c'est sa maladie qui l'a tuée, pas les médicaments. »

Peut-être, acquiesça Jacob. Peut-être.

« La femme qui est morte… Sa famille était furieuse. Ils ont essayé de trouver le colporteur qui lui avait vendu le tonique, sans succès. Personne ne savait que j'y étais pour quelque chose, bien sûr.

– Et personne ne le saura », dit-elle.

Elle lui prit la main et la serra.

« Mais…, dit-il doucement. Mais je crois… Je crois qu'il y a peut-être un lien entre la femme qui est morte et l'une des familles qui part avec nous pour la Californie. Je vis dans la crainte d'être découvert pendant le voyage.

– Un lien ?

– George Donner ne connaissait peut-être pas la femme qui est morte, mais je suis presque certain que son épouse, Tamsen, la connaissait. »

Doris considéra l'homme étendu auprès d'elle. Elle était déçue, brutalement et cruellement. Et voyager aux côtés de la famille qu'il avait offensée semblait être une coïncidence de bien mauvais augure.

« Ne t'en fais pas, Jacob, dit-elle, d'un ton qu'elle voulait rassurant tant pour lui que pour elle-même. Essaie de ne plus y penser. »

Mais Doris n'y parvint pas. On lui avait appris que le châtiment pour avoir péché emprunte des voies mystérieuses. Que parfois, même les plus petits méfaits pouvaient avoir de grandes conséquences, imprévisibles. Un mensonge – et la mort d'une femme – planait au-dessus de la tête de son mari telle une ombre qui s'étalait comme une tache. De très mauvais augure, en effet.

Mais jusqu'à présent, sa foi aveugle l'avait récompensée toute sa courte vie. Alors elle resta éveillée, cette nuit-là, contempla une dernière fois les étoiles par la fenêtre de leur petit appartement et prit la décision de garder la foi.

Après tout, quel autre choix avait-elle ?

AOÛT 1846

11

Des petits pains. Il en voudrait sûrement. Tout le monde aimait les petits pains. Elitha Donner s'arrêta, la main au-dessus de la cocotte refroidie. Combien pouvait-elle en prendre sans que quelqu'un s'aperçoive que des restes manquaient ? Deux, trois ? Papa accusait toujours les employés quand la nourriture disparaissait – des ventres sur pattes, qu'il les appelait – alors elle n'avait rien à craindre. Elle se décida pour deux et les déposa au centre de son carré de calicot. Elle plaça à côté un œuf du petit déjeuner et des chutes de jambon. Le jambon était un peu moisi, mais toujours mangeable si on avait assez faim, et le pauvre Thomas avait sûrement très faim.

Elle noua le tissu pour en faire un petit baluchon. Elle aurait voulu lui apporter quelque chose de bon à boire aussi, mais ils avaient épuisé leurs réserves de cidre il y avait des semaines de cela. Son regard se posa sur le fût de bière. Elle se demanda si elle pouvait transporter une timbale jusqu'à la hutte où ils le retenaient.

Puis il y eut un bourdonnement de voix dehors. Les paroles restaient indistinctes, mais elle parvint à identifier chaque personne : son père parlait à Tamsen et tante Betsy essayait de s'interposer comme elle le faisait toujours.

Elle se faufila par la porte jusqu'au salon. C'était étrange de vivre dans la maison de quelqu'un d'autre. Tout le monde faisait comme si c'était normal d'être assis sur les chaises des Vasquez, de se servir de leur linge et de leurs couvertures, de manger dans leurs assiettes en étain, de boire dans leurs tasses.

De faire comme si tout leur appartenait, alors que les véritables propriétaires étaient de l'autre côté du fort. Elitha avait entendu que M. Vasquez avait réinstallé sa famille dans un des cabanons. Tous ces petits enfants qui dormaient dans un poulailler, et ici, on prétendait vivre dans le luxe.

On aurait dit qu'ils séjournaient au fort Bridger depuis des décennies, alors que cela ne faisait que quelques jours, pas même une semaine. Mais durant ce laps de temps, le mois de juillet avait cédé la place au mois d'août et les nuits étaient plus chaudes que jamais. Les deux familles Donner vivaient sous le même toit. On se cognait toujours contre quelqu'un, on se pressait pour passer les portes, on dormait à quatre dans un lit et on se réveillait trempé de sueur. Il y avait à peine assez de place pour respirer. C'était même encore pire que sur la route. Au moins quand on vivait dans les tentes, on pouvait bouger comme on voulait et laisser l'air sec rafraîchir la peau le soir.

Et bien sûr, il y avait les voix. Elle les avait toujours entendues, mais elles étaient devenues plus pressantes depuis un mois ; d'abord au fort Laramie et maintenant ici. Ce n'était pas les voix des autres membres du convoi qui riaient et discutaient à toute heure, mais ces voix que *personne d'autre n'entendait*. Celles qui lui avaient dit de lire les lettres d'Ash Hollow. Les mêmes qui lui avaient dit d'éviter le fou du poulailler, attaché comme un chien – celui qui avait attaqué Mary Graves.

Mais même à distance, elle l'entendait, lui aussi. Il avait une voix semblable à celle des invisibles ; elle lui arrivait dans les moments de silence et la faisait frémir jusqu'aux os.

Tendre petite, chuchotait la voix de l'homme. *Viens ici*, disait-il.

Bien qu'elle fût curieuse, elle garda ses distances. Les autres pensaient peut-être qu'Elitha était une idiote, mais ce n'était pas vrai.

Personne n'avait remarqué son absence. Personne ne se souciait des faits et gestes des « belles-filles » – c'est comme cela qu'on les appelait, elle et Leanne, même son père. Tant qu'elles n'embarrassaient pas son père et Tamsen, et que leurs corvées étaient achevées, elles étaient libres de faire ce qu'elles voulaient. Elles étaient censées rester invisibles, et Elitha excellait en invisibilité.

D'ailleurs, elle y excellait tellement qu'elle était capable de se glisser entre les chariots sans être repérée, de faire des allers-retours dans les bois et même de se balader au milieu du bétail qu'on laissait brouter la nuit, caressant leur museau humide et leur pelage lisse. Elle s'imaginait en savoir plus sur les membres de l'expédition que quiconque. Elle savait que Patrick Breen se soûlait et se disputait avec sa femme presque tous les soirs, et que la veuve Lavinah Murphy prêtait énormément attention à ses beaux-fils, d'une façon qui mettait Elitha mal à l'aise. Elle savait quels employés perdaient le plus d'argent aux cartes et lesquels d'entre eux allaient seuls dans les bois demander à Dieu qu'il veille sur eux avant le départ des chariots le matin.

Elle avait vu sa belle-mère sortir du chariot de Stanton, sans que son père soit avec eux.

Elle ne l'avait pas encore dit à son père. Il pourrait choisir de ne pas la croire après tout, et elle ne pouvait s'empêcher d'avoir peur de sa belle-mère. Et de toute façon, cela n'avait pas d'importance. N'importe quel simple d'esprit aurait deviné que M. Stanton était amoureux de Mary Graves.

La nuit était claire. La lune baignait la cour d'une lumière gris bleuté. Des chuchotements entremêlés chatouillaient son esprit, bien qu'elle sache que c'était en réalité ces *voix*. Elle tenta de vider son esprit et de se concentrer. Venant des bâtiments, des voix étouffées lui parvinrent – véritables, cette fois –, et les éclats intermittents d'une personne en colère. Une dispute encore, entre les Eddy et les Reed peut-être.

Elle gagna rapidement les granges où la plupart des hommes s'étaient installés pour s'abriter de la pluie. Elle vit la lueur des lanternes à travers les interstices des planches, entendit les rires. Si on mettait deux jeunes hommes ensemble, n'importe lesquels, ils ne tardaient pas à mesurer leur intelligence, à demander si l'autre avait déjà été avec une fille, à comparer la taille de leur membre.

Cela aussi, elle l'avait observé.

Thomas était détenu dans le cabanon d'à côté, à peine plus grand qu'une hutte, sombre et à l'écart. Il avait été exilé là par Jim Bridger, le propriétaire du fort. On aurait pensé que M. Bridger aurait été impressionné par les souffrances de l'Indien, après son périple en solitaire, mais non, M. Bridger lui avait montré autant de haine que s'il avait surpris Thomas en train de brûler son fort. Il avait frappé le garçon sur la tête, deux fois, puis Stanton s'était interposé. Thomas était tout fin, presque fragile, ses longs cheveux noirs tombaient devant ses yeux brillants. Mais quand il avait levé la tête, elle avait vu qu'il était tout sauf fragile. L'intensité de son regard, de sa mâchoire serrée, la fermeté de ses muscles, l'avaient clouée sur place, comme si c'était elle qui avait reçu un coup.

Il lui rappelait un orage d'été, et même si les autres auraient jugé cela idiot, elle voulait sortir sous cet orage, sentir les gouttes de pluie qui, elle le savait, allaient délicatement tomber sur sa peau.

Cachée par le mur de l'abri, elle jeta un rapide coup d'œil. William et George, deux des fils de l'oncle Jacob, montaient la garde. Les garçons étaient censés donner l'alerte seulement si Thomas essayait de s'enfuir, mais William, douze ans, et George, huit, prenaient leur tâche au sérieux et s'étaient armés de bâtons et de branches. Elitha savait que se débarrasser d'eux serait facile : William avait commencé à manifester de l'intérêt pour les filles – même pour ses propres cousines – et on pouvait compter sur George pour suivre son frère partout où il allait.

Alors elle avança directement vers eux, sans même se donner la peine de cacher le baluchon en calicot qu'elle avait dans la main.

« Bonsoir, dit-elle. Mary Graves prend un bain dans l'abreuvoir. Elle a plus que sa culotte sur elle. »

Voilà tout ce qu'il fallut. Ils détalèrent sans se retourner.

Désormais seule avec l'adolescent, elle entendait son pouls battre dans ses oreilles. Elle poussa la porte étroite de la grange et resta dans l'encadrement pendant que ses yeux s'accoutumaient à l'obscurité. Cela sentait le vieux foin et les plumes de volaille.

« Hé-ho ? »

Les ténèbres restèrent aussi lisses qu'une mer d'huile.

« Je... Je t'ai apporté de quoi manger. »

Une forme bougea. Lentement, elle cligna des yeux, et Thomas émergea de l'obscurité, bien qu'il reste à moitié caché ; il la dévisageait, à la fois curieux et distant. Quelque chose papillonna dans sa poitrine.

« Je m'appelle Elitha Donner. »

Elle lui tendit le baluchon.

« Je me suis dit que tu avais peut-être faim. »

Il ne bougea pas. Elle posa la nourriture sur une botte de foin et recula. Après une longue minute suspendue, il approcha. Mais il ne bondit pas, ne rampa pas telle une bête sauvage, comme elle se l'était imaginé. Il s'avança poliment vers le baluchon et l'ouvrit avec circonspection. Sa posture était aussi droite que celle d'une gouvernante.

« J'ai fait ces petits pains moi-même. J'aurais apporté du miel pour aller avec, mais je ne savais pas comment... »

Il avait déjà commencé à manger, soigneusement, même si ses mains tremblaient et trahissaient sa faim. Sa politesse enthousiasma Elitha. Peut-être qu'un jour, pensa-t-elle, elle l'inviterait à se joindre à un repas de famille. Ni son père ni l'oncle Jacob ne lésinait sur la nourriture (bien qu'avec les servantes, ce fût une autre histoire). Les repas du dimanche à la ferme, c'étaient des ragoûts et des quenelles de poulet, des haricots verts au beurre et du pain de maïs, du lait frais et de la crème sur des fruits rouges pour le dessert.

Mais elle savait qu'elle se faisait des illusions. Tamsen avait déjà traité Thomas de sale païen. Il ne serait jamais considéré comme l'un des leurs.

Pourtant, en le regardant, elle se dit le contraire. Il s'arrêta de manger et leva les yeux vers elle, des yeux comme deux puits de ténèbres. Une étincelle passa entre eux, et elle eut soudain honte de la façon dont elle l'avait dévisagé. Elle était tellement habituée à observer les autres sans être vue. Cette réciprocité la troubla.

La troubla et l'émerveilla aussi.

Elle rougit, sourit. Il lui adressa un hochement de tête discret. Elle reprit la chope quand il l'eut vidée de sa bière – elle avait essayé de ne pas regarder sa gorge se mouvoir quand il buvait. Elle était presque sûre que Thomas avait souri, juste un peu, quand il lui rendit le godet vide. Ce fut sa récompense.

Cela lui suffisait.

Cette récompense, et la prise de conscience que, pendant un instant, les voix dans sa tête s'étaient tues.

12

Ils trouvèrent le message coincé sous une petite pierre posée sur un rocher ; le papier virevoltait comme le drapeau blanc de la capitulation. Stanton sentit quelque chose s'amasser dans sa poitrine, puis soudain se déverser.

Donner lut à haute voix :

« Le chemin est plus difficile que prévu. Ne nous suivez pas dans le canyon Weber. Signé Lansford Hastings. »

Le vent tirait sur le papier dans la main de Donner, comme si un fantôme essayait de le lui arracher.

« Qu'est-ce que ça veut dire, bon sang ? Je croyais que cet homme connaissait le chemin. » Keseberg cracha. « Il lui a même donné son nom, bon Dieu ! »

Une humeur étrange s'était répandue parmi le groupe depuis le fort Bridger. C'était bien compréhensible après l'incident improbable avec le prisonnier du propriétaire et les histoires rapportées par le jeune Païute, mais Stanton se sentait tout de même inquiet. C'était comme s'ils étaient en équilibre sur la lame d'un couteau ; sans l'aide de Hastings, peut-être se retourneraient-ils bientôt les uns contre les autres. L'impatience craquelait dans l'air. Tous savaient qu'ils étaient engagés dans une course contre la montre.

Malgré la chaleur, si oppressante qu'ils pouvaient à peine concevoir que l'air puisse se rafraîchir, le temps allait changer bien assez tôt.

Le regard de Stanton ricocha sur le sol.

« Leurs traces sont bien visibles. Malgré ce qu'il raconte, on devrait pouvoir les suivre sans trop de difficultés. »

Elles menaient jusqu'à un col caché par la forêt, dense et impénétrable, un chemin englouti derrière un mur de feuillages. Au-dessus de la végétation se découpaient d'imposantes montagnes surmontées de blanc. La majorité des membres du groupe était originaire des plaines et n'avait jamais vu de telles montagnes.

« La Californie doit être juste derrière », dit Patrick Breen, le souffle coupé, incapable de s'imaginer que la terre puisse s'étendre beaucoup plus loin.

Stanton savait que les quelques cartes qui existaient, aussi approximatives soient-elles, contredisaient Breen. Mais il ne voulait pas se faire le colporteur de mauvaises nouvelles.

« Est-ce bien raisonnable ? » demanda Franklin Graves. Tout le monde se tourna instinctivement dans sa direction ; Graves était écouté. C'était peut-être dû à sa taille ; l'homme était imposant, le dos large, forgé par les longues heures passées dans les champs, à construire sa ferme. « Pas si Hastings dit que c'est dangereux. Il doit avoir une bonne raison de nous avertir.

– On va quand même pas rester assis sur notre cul et attendre qu'on nous donne la permission. »

C'était Snyder qui venait de parler, le conducteur de la famille Graves. Stanton remarqua le mouvement de recul de Reed au son de sa voix. Étrange.

Les yeux de Donner passaient nerveusement de Keseberg à Eddy, puis aux traces laissées par les roues dans la terre.

« On a le petit Indien qui connaît les environs. On pourrait continuer », dit-il, en soumettant l'idée à l'assemblée.

Stanton n'aimait pas l'expression de son visage ; Donner aurait préféré avaler un caillou et se laisser étouffer plutôt que de tousser pour le recracher et révéler son erreur. Donner s'était battu pour devenir capitaine d'expédition, sans toutefois réfléchir aux choix difficiles qu'il allait devoir prendre.

« J'ai déjà un problème d'essieu sur un de mes chariots, dit Graves. Je ne peux pas prendre le risque.

– On devrait envoyer quelques hommes chercher Hastings pour le ramener, proposa Reed. C'est lui qui nous a mis dans le pétrin, il peut bien nous en sortir, bon sang. » Reed gonfla le torse. Il transpirait sous le soleil. Stanton ne savait pas pourquoi il s'habillait toujours comme s'il était convoqué au tribunal. « Je souhaite me porter volontaire.

– Vous ? Qu'est-ce qui vous fait croire qu'il va vous écouter ? s'écria Keseberg. Bon Dieu, *personne* vous écoute. »

Il obtint quelques rires de l'assistance. Keseberg rappelait à Stanton les petites frappes à l'école qui s'amusaient à arracher les ailes des libellules ou qui écrasaient les fourmis sous leurs pieds.

« Je ferai en sorte qu'il m'écoute. » Reed fit de son mieux pour paraître confiant. « Mais j'aimerais qu'un homme vienne avec moi. Ce sera plus sûr à deux. »

Nul n'avait besoin qu'on lui rappelle pourquoi.

Un vent souleva les feuilles sèches dans le silence. La veille, on avait joué au poker, on avait bu, raconté des histoires, et qui savait ce qu'il s'était passé d'autre sous les tentes. Peu d'hommes voudraient quitter ces petits plaisirs pour s'enfoncer à l'aveugle en territoire inconnu.

Les lâches. Ils n'avaient pas besoin de se faire prier pour laisser Reed prendre tous les risques. Mais Stanton ne pouvait pas le laisser partir sans quelqu'un pour l'épauler. Il fit un pas en avant.

« Je viens. » Il évita délibérément le regard de Keseberg ; il savait très bien ce que l'Allemand pensait de lui. « J'irai avec Reed. »

Plus tard ce soir-là, Stanton attacha son cheval de selle et fit un feu. Puis il détacha ses bœufs et les mena dans la prairie pour brouter avec les autres bêtes, hochant la tête pour saluer les hommes qui montaient la garde la nuit. Au loin, Franklin Graves et un de ses fils conduisaient leurs bœufs dans la prairie, et quand Franklin se tourna et le regarda, son visage rappela à Stanton les rumeurs qu'il avait entendues au fort Bridger, les spéculations désagréables qui circulaient à son propos. Keseberg lui avait dit la vérité – on pouvait compter sur Keseberg pour dire la vérité quand elle était déplaisante – ; certains membres de l'expédition se demandaient si Stanton n'était pas un peu *bizarre*, un peu trop seul, un peu fou, un danger pour les autres. Quand Bryant avait prédit que le meurtrier du petit Nystrom pourrait être un esprit pervers qui se trouvait parmi eux, Stanton n'avait pas imaginé qu'il serait tenu pour suspect. Personne n'était allé jusqu'à l'accuser – personne ne voulait en arriver là, semblait-il. Mais quand même, Stanton savait que l'esprit humain était sujet aux influences insidieuses, surtout quand les gens étaient affamés, fatigués et apeurés. Il se souvenait de ses voisins qui avaient si volontiers cru le pire à son sujet à la mort de Lydia... Tous ceux qui l'avaient rencontré à Springfield avaient-ils fini par découvrir l'histoire de la jeune fille ? Et si c'était le cas, combien de temps faudrait-il avant que le groupe se retourne contre lui ?

Edwin Bryant lui avait donné un bon conseil, et il l'avait ignoré. Il aurait dû se faire plus d'alliés quand il en avait l'occasion. Les autres célibataires s'étaient rendus utiles ici et là auprès des familles ; ils s'étaient fait une place autour du feu, dans leur chariot, comme Luke Halloran, le souffreteux, ou Hardkoop, le vieux Belge. Au milieu de nulle part, on ne pouvait pas se permettre de s'écarter des autres.

Et bien sûr, il y avait toujours le problème de Tamsen, dont le fin sourire était comme une lame qui le traversait et le faisait frissonner chaque fois qu'ils se croisaient, si bien que le pouvoir sans nom qu'elle avait sur lui restait dans son sillage longtemps après qu'elle s'était éloignée.

Un peuplement d'arbrisseaux bordait le pré, un avant-goût de la forêt sombre dans laquelle le convoi précédent avait disparu. Stanton s'imagina leurs chariots s'enfoncer dedans, absorbés comme la lumière du soleil est absorbée par d'innombrables feuilles. Il pénétra dans le petit bosquet afin de trouver assez de bois sec pour entretenir son feu toute la nuit.

Mais il ne fit que quelques pas avant de sursauter : Mary Graves cherchait aussi entre les arbres, elle avait manifestement eu la même idée. Il était tellement heureux et surpris de la voir qu'il crut presque à une apparition. Quand une branche craqua sous son pied, elle se tourna vers lui. Dans la pénombre, il ne pouvait discerner l'expression de son visage, mais elle manqua de faire tomber les branches qu'elle avait dans les bras.

« Mademoiselle Graves, dit-il avant d'inspirer profondément. Quel plaisir de vous trouver ici. J'espère que je ne vous ai pas fait peur. »

En vérité, il s'inquiétait de la fréquence à laquelle il pensait à Mary Graves ces derniers temps, ses autres pensées n'étant plus que des feuilles mortes balayées par le vent.

Mary ne lui avait toujours pas parlé depuis son agression au fort Bridger, mais il était certain de l'avoir surprise en train de le regarder plus d'une fois.

« Juste un peu, admit-elle. Je ne suis pas rassurée, après ce qu'il s'est passé...

– Je suis content de voir que vous allez bien », dit Stanton rapidement. Elle avait pâli, et il ne supportait pas l'idée qu'il pût lui rappeler le monstre du fort. « Je suis désolé de ne pas avoir pu vous rendre visite. »

Son père avait veillé sur elle jour et nuit.

Le sourire de Mary était un peu crispé, mais il lui semblait sincère.

« Ce n'est pas la peine de vous excuser. Je comprends.

– Vous vous sentez mieux ? »

Il pensait à sa blessure à l'épaule. Elle était légère, mais l'homme qui l'avait attaquée était sale ; la plaie aurait pu s'infecter.

« Oui, merci. Ce n'était rien, juste une éraflure. Quand ma mère a vu l'état terrible de cet homme, elle m'a fait me baigner dans du vinaigre et des cristaux de soude ! J'ai l'impression d'avoir été frottée à vif. » Elle rit, passa ses mains sur ses bras, un peu gênée. « En fait, je suis contente de vous voir, monsieur Stanton.

C'est moi qui devrais vous présenter mes excuses. Je serais venue plus tôt si mon père... »

Elle s'interrompit, cligna des yeux; un arrière-goût amer remonta dans la gorge de Stanton. C'était vrai, on le soupçonnait.

« Merci pour ce que vous avez fait. Venir à mon secours comme ça, c'était très courageux de votre part.

– Ce n'est rien. » Il avait passé des journées à penser à ses yeux et maintenant, il pouvait à peine soutenir son regard. « J'ai presque eu pitié de lui. Cette façon dont Bridger le traitait et parlait de lui... Ça m'a fait penser à un animal de foire. Ça m'a fait penser... » Son pouls se mit à battre plus vite. Il se souvint de la nuit où le père de Lydia, imbibé de whisky, avait plaisanté sur l'habitude qu'il avait de reluquer sa propre fille en train de se déshabiller, par le trou de la serrure. Stanton ignorait pourquoi ce souvenir lui revint à ce moment précis. Peut-être sentait-il que Bridger savourait le pouvoir qu'il avait sur son prisonnier, qu'il aimait le regarder ainsi, enchaîné dans cette pièce sombre, observer sa lente déchéance dans la folie.

L'idée était si vile et si puissante qu'il eut peur un instant de la lui transmettre, comme s'il pouvait l'en infecter.

« Qu'est-ce qu'il y a ? demanda Mary. Quelque chose ne va pas ? »

Avant même de trouver une excuse, il entendit une voix tonner. Ils se tournèrent et virent Franklin Graves se précipiter vers eux dans les buissons. Il regarda d'abord Stanton puis se tourna vers sa fille.

« Je t'ai dit que je ne voulais pas que tu lui parles. »

Bien que son père soit plus grand qu'elle, Mary ne recula pas.

« Et moi je t'ai dit qu'il n'avait rien fait de mal, dit-elle d'un ton égal. En plus, je voulais le remercier de m'avoir sauvé la vie. Car il m'a sauvée, si tu te souviens. »

Le visage de Graves était assombri par la colère.

« Crois-moi, Mary, cet homme n'est le sauveur de personne. Va rapporter le bois à ta mère, elle t'attend. Allez. » Il leva la main comme pour la frapper, mais il la tira brusquement pour l'envoyer en direction des chariots. « Ouste ! »

Stanton sentit sa colère se déverser jusqu'à atteindre la pointe de quelque chose d'acéré, comme si elle s'écoulait le long de la lame d'un couteau. Encore un père qui le haïssait, qui lui en voulait – et l'enviait peut-être.

« Je ne sais pas ce que j'ai fait pour que vous me méprisiez… »

Graves ne le laissa pas finir.

« Je veux plus jamais t'attraper à parler avec ma fille, tu m'entends ? Je sais tout sur toi. Je sais ce que tu as fait dans le Massachusetts. »

Le Massachusetts. Un mot comme le chuintement d'une flamme, prête à jaillir et à le consumer à tout moment.

Au moins Mary était-elle trop loin pour l'entendre à présent.

Graves sourit légèrement.

« Je vois bien que tu sais de quoi je parle. Tu pourras pas t'en sortir avec un mensonge, pas avec moi. Sache que George Donner connaissait le père de la fille. Cette fille à qui tu as fait un enfant et que tu as abandonnée. Il m'a dit que tu avais fui de honte après son suicide. »

Ce fut comme un coup de poing, le moment qu'il avait tant craint et qu'il avait peut-être attendu depuis leur départ de Springfield. Parfois, il se demandait si les rumeurs le suivraient jusqu'au bout du monde. Peut-être allait-il devoir les traîner avec lui pour toujours, comme son ombre. Le fardeau d'un mensonge horrible et vil jusqu'à la fin de ses jours.

Tout était sa faute après tout. Il savait que Donner et Knox se connaissaient. C'est ainsi qu'il avait atterrit là, happé dans une spirale infinie qui n'avait d'autre raison d'être que de raviver le passé. Mais il ne s'était pas attendu à ce que George Donner parle de Lydia à quelqu'un. Et Donner ne connaissait pas toute l'histoire ; il ne savait que ce que Knox lui avait dit, et c'était là tout le problème.

Enhardi par le silence de Stanton, Graves s'approcha d'un pas. Stanton pouvait sentir son haleine : trop proche, humide et pourrie.

« Quel âge elle avait, cette fille, quand tu l'as prise, hein ? »

Il voulait frapper Graves, mais il parvint à se retenir. Il était incapable de parler. Les mots enflèrent dans sa gorge, la bloquèrent jusqu'à ce qu'il eût la sensation d'être sur le point d'étouffer – cela faisait longtemps, depuis qu'il avait fait sa promesse à Lydia, qu'il avait pris l'habitude de ravaler la vérité. Il n'avait rien dit quand cela s'était produit, ne s'était pas laissé émouvoir par les paroles cruelles de ses voisins dans le Massachusetts.

« Alors, t'essaies même pas de nier ? » Pendant un bref instant, Graves sembla presque déçu, comme s'il cherchait la bagarre. « Je ne veux pas que tu t'approches de Mary. Elle ne va pas se souiller avec un bon à rien comme toi. Si je te revois lui parler, je lui dirai ce que je sais sur toi. »

Il n'avait donc rien dit à Mary. Un peu de miséricorde.

Et dans ce monde, pensa Stanton, ce genre de miséricorde devenait la seule que l'on pouvait encore espérer.

Le chemin que Hastings avait frayé était pitoyable, à peine assez large pour un seul chariot. Tandis que Reed et lui traversaient ce paysage d'arbres tombés hérissé de souches, Stanton se laissa bercer par le balancement de son cheval et s'efforça d'empêcher son esprit de revenir vers Mary, vers la confrontation avec Franklin Graves et les souvenirs de Lydia qu'il avait ravivés. Après tout, peut-être que Graves avait raison à son sujet. Il n'était certainement pas un parti digne de ce nom. Il ne savait pas rendre une femme heureuse. Après Lydia, il n'avait cessé de croiser le chemin de jeunes veuves et d'épouses insatisfaites. Il ne savait s'il pourrait un jour résister à cette tentation, comme si le besoin d'enterrer son malheur en ces femmes était le seul moyen pour lui de survivre.

Par ailleurs, il ne serait jamais capable de donner à Mary le confort matériel et l'avenir que son père cherchait.

Il se rappela Lavinah Murphy, qui l'avait taquiné sur le mariage pendant le pique-nique. *Vous n'en avez pas marre d'être seul, monsieur Stanton ?*

Elle n'en avait pas idée. La solitude creusait un gouffre en lui. Parfois, il craignait qu'elle lui ait tout pris, qu'il ne reste plus rien.

Ils s'arrêtèrent pour camper tandis que le soleil sombrait derrière les collines. Reed surprit Stanton en revenant avec un lapin. Il était rachitique, tout petit, mais c'était de la viande.

« Où avez-vous trouvé ça ? » demanda-t-il.

Il était impressionné que Reed soit capable d'attraper quelque chose, et si vite, alors qu'ils n'avaient trouvé que très peu de gibier depuis Laramie. Même avec l'épaisse couverture des bois, ils n'entendaient guère d'oiseaux chanter. C'était comme si la végétation luxuriante n'était qu'un décor de théâtre, une imitation convaincante du vivant, faite de sciure de bois et de peinture.

Reed arborait un petit sourire en dépiautant l'animal ; il arracha la peau de la carcasse en deux gestes.

« J'ai eu de la chance, j'imagine. Et j'ai trouvé une source en bas, à côté de ces rochers. J'irai chercher de l'eau pour les chevaux une fois que j'aurai mis ce lapin à cuire. »

L'idée de partir en reconnaissance avec Reed avait suscité un certain malaise chez Stanton – il le soupçonnait d'avoir ses raisons de vouloir prendre congé du groupe. Et Stanton savait reconnaître un homme avec un secret. Mais loin de la mêlée, il se détendit un peu.

Les deux hommes rattrapèrent le groupe de Hastings le lendemain en suivant leurs méandres entre les arbres. On aurait dit l'itinéraire d'un ivrogne qui aurait zigzagué par à-coups avant de s'arrêter au bord d'une falaise. Stanton aperçut le canyon plus bas qui les conduirait entre les montagnes, mais il ne vit aucun chemin pour l'atteindre.

Ils rejoignirent le convoi, qui était à l'arrêt dans les bois. La scène offrait le spectacle d'une activité frénétique ; les hommes balançaient leurs haches pour dégager le chemin ou faisaient tirer les arbres abattus par les bœufs. Les chariots formaient une ligne dans un goulet d'étranglement. Étrangement, il n'y avait que très peu de femmes et pas d'enfants : pas de feu de camp, pas de préparation de repas ou de lessive en cours. Quelques hommes montaient la garde, perchés sur des affleurements rocheux, fusil au creux du bras. Stanton se dit qu'ils avaient peut-être eu des soucis avec des Indiens en chemin.

Un homme imposant, rouge, le torse nu, abaissa sa hache en plein mouvement quand Stanton et Reed arrivèrent à cheval dans la clairière. Stanton n'apprécia pas la façon dont les sentinelles le mirent en joue.

« On cherche Lansford Hastings, cria Stanton, trop loin pour faire une cible facile. Il est avec vous ? »

Les hommes échangèrent des regards méfiants. Ils ne répondirent pas.

Reed parla pour combler le silence.

« Notre convoi est à deux jours d'ici. On a pris le raccourci, comme vous, mais tout ce qu'on a trouvé, c'est un message de Hastings qui dit de ne pas le suivre. »

L'un d'eux eut un rire mauvais.

« C'est qu'il vous rend service alors, l'ami. Estimez-vous chanceux et faites demi-tour.

– Nous avons presque cent personnes qui attendent à l'entrée du chemin, dit Stanton. Nous avons besoin de lui pour nous guider.

– Écoutez, dit le rougeaud en soulevant sa hache. Il est plus bon à grand-chose, mais on a besoin de lui pour nous sortir de cette satanée forêt. On va pas vous le laisser. »

Cette réponse était étrange ; Stanton et Reed échangèrent un regard.

« Nous voulons juste lui parler, c'est tout », dit Reed.

Les hommes leur firent finalement signe, et les sentinelles baissèrent leurs fusils. Ils avancèrent les uns derrière les autres le long de la file de chariots. Stanton jeta un coup d'œil sous les bâches par les interstices et vit de petits visages apeurés, des enfants blottis les uns contre les autres qui le regardaient en silence. Quelque chose leur était arrivé. C'était évident.

« Pourquoi les sentinelles ? demanda Reed d'une voix conciliante. Vous avez eu des problèmes avec les Indiens ? »

Le rougeaud s'essuya le front avec un bandana.

« On a eu des problèmes, mais pas avec des Indiens. On a un animal qui nous traque, plusieurs peut-être. Il est sur nos talons depuis qu'on a quitté le fort Bridger.

– Mais vous ne craignez pas qu'il vous attaque en plein jour quand même ? » demanda Stanton.

Presque immédiatement, il se rendit compte que les frondaisons étaient si épaisses que ç'aurait pu être le crépuscule.

« La nuit, il s'en prend surtout à notre bétail, et on peut pas se permettre d'en perdre, dit l'homme. Mais maintenant, il y a des chiens qui ont disparu aussi. Peut-être qu'ils ont fui, c'est dur de savoir. »

Stanton était mal à l'aise. Il scruta les arbres qui se pressaient de part et d'autre du chemin.

Reed s'éclaircit la gorge.

« Vous avez dit que Hastings n'était plus bon à grand-chose… Que vouliez-vous dire ?

– Il a perdu son courage, c'est tout, dit l'homme à la hache. Vous allez voir par vous-mêmes. »

Il pointa le menton vers un chariot un peu à l'écart des autres. L'ouverture dans la toile avait été scellée avec des lanières de cuir. On aurait dit que Hastings s'était enfermé à l'intérieur. Stanton n'avait jamais rien vu de tel. Il lança à Reed un regard interrogatif, mais ce dernier haussa les épaules. Il était clair que leur guide ne comptait pas aller plus loin. L'homme planta sa hache entre ses pieds et s'appuya sur le manche, l'air vaguement amusé.

Stanton s'avança, il aurait voulu pouvoir se débarrasser de la sensation d'être observé – pas seulement par les autres hommes, mais par la forêt elle-même.

« Lansford Hastings ? »

Stanton monta sur le marchepied du chariot, il entendit un bruit de pas glissant sur le plancher à l'intérieur.

« Ne tirez pas. Mon ami et moi sommes venus vous parler. Nous voulons seulement quelques minutes avec vous. »

Il n'y eut pas de réponse, mais plus de bruit non plus, ce que Stanton décida d'interpréter comme un acquiescement. Il dut défaire les lanières de cuir pour passer par l'ouverture de la bâche. Reed le suivit.

La première chose que Stanton remarqua fut l'odeur de fumée, mais pas celle du bois. C'était comme si Hastings avait fait brûler des herbes ou des fleurs, et l'odeur lui rappela Tamsen, l'odeur de ses cheveux sur ses doigts, le goût de sa peau. Des dizaines de charmes indiens, faits de plumes, de brindilles et de ficelles, pendaient à des crochets. On aurait dit que le chariot avait été pillé, le sol était une pagaille de fûts, de coffres et de tonneaux. Une fois ses yeux accoutumés à l'obscurité, Stanton aperçut une silhouette volumineuse qui se recroquevilla quand ils approchèrent, accroupie derrière une malle. Le canon d'un fusil scintilla dans la faible clarté.

Dans d'autres circonstances, à une autre époque, Lansford Hastings avait dû être beau ; il avait la mâchoire carrée, l'arcade sourcilière robuste et des yeux foncés et vifs. Mais son visage était couvert d'une couche de poussière. Et ses cheveux étaient emmêlés en boucles sales.

Stanton avança prudemment, très attentif au fusil pointé sur lui.

« Lansford Hastings ? Nous représentons un autre convoi. Nous avons vu votre prospectus et nous nous attendions à ce que vous soyez au fort Bridger pour nous guider dans le raccourci. Mais en arrivant à l'entrée du chemin, nous avons trouvé votre message. »

En entendant cela, les yeux de Hastings se ravivèrent et se posèrent sur Stanton.

« Pourquoi vous n'avez pas obéi ? Vous n'auriez pas dû venir.

– Écoutez, Hastings, on a fait tout ce chemin après avoir lu votre livre. » Reed s'adressa à lui brusquement, ignorant le regard que Stanton lui lança. « J'aime autant vous dire que ç'a été un choc d'arriver au fort Bridger et de voir que vous n'étiez pas là. Et ce message… Je pense que vous n'êtes rien de plus qu'un charlatan. Comment avez-vous pu écrire de telles inepties si le chemin…

– Ce n'est pas le chemin le problème, dit rapidement Hastings. Le raccourci est difficile, mais c'est faisable. Je l'ai fait. » Il secoua la tête. « C'est autre chose. Une chose qui nous suit. »

Les charmes épinglés aux parois bougèrent subrepticement, comme touchés par une main fantôme.

Stanton fronça les sourcils.

« On sait. Les hommes nous ont dit. Des animaux…

– Ils ne savent *pas*. »

Hastings s'était relevé, Stanton pouvait le sentir, un pauvre être malade et terrifié, un animal blessé.

« Ce n'est pas un animal, du moins, pas un animal que j'aie déjà vu. » Sa voix n'arrêtait pas de sauter dans les aigus. « Il n'y a pas de gibier dans ces bois – vous avez remarqué ? C'est parce qu'il ne reste plus rien. Rien ! Quelque chose ici mange tout ce qui vit.

– Une meute de loups, dit Reed, qui paraissait très mal à l'aise. C'est ce qu'on a entendu, au fort Laramie.

– Non, insista Hastings. Je connais les loups. Je sais comment ils chassent. C'est différent. Les Indiens savent de quoi je parle. »

Hastings laissa échapper un rire qui lui donna l'air de s'étouffer.

« Ils ont pris un garçon, pas plus de douze ans, je vous jure, et l'ont attaché à un arbre dans les bois au-delà de la ligne de crête. Ils sont partis à cheval et l'ont laissé ici. Ils l'ont laissé pour la chose qu'il y a dans ces bois, pour qu'elle le dévore. Je l'entends encore crier. »

Stanton avait entendu parler des hommes qui avaient perdu la tête dans la nature, qui avaient passé trop d'années à se battre à force de violentes intrusions du monde sauvage. Il se demandait si Hastings n'était pas juste en train de craquer. Mais malgré sa saleté et ses mains tremblantes, il ne paraissait pas fou.

Terrifié, oui. Fou, non.

« Juste après que nous avons quitté Bridger, une petite fille a disparu, dit Hastings dont la voix était maintenant presque un chuchotement. Tous les hommes du groupe sont partis à sa recherche, en vain. Puis, à quelques kilomètres dans les bois, nous avons trouvé son corps, déchiqueté, il ne restait plus que son squelette. »

Stanton pensa au petit Nystrom, et la boucherie qu'avait été son cadavre. Le visage tourné sur le côté, comme s'il s'était juste allongé dans la terre pour se reposer. Cette fille avait été retrouvée à plusieurs kilomètres *en avant* du convoi, comme Nystrom. Le duvet de la nuque de Stanton se hérissa. Les charmes se balancèrent de nouveau dans l'immobilité ambiante. Il transpirait. Être entouré des babioles de Hastings le troublait, lui rappelait Tamsen. *Ces breloques ne peuvent pas vous protéger ; rien n'a pu les protéger.* Il ne savait pas d'où lui venait cette pensée, mais c'était la vérité.

« Vous devez dire à votre groupe de faire demi-tour. Gagnez le fort Hall et la route du Nord aussi vite que vous le pouvez. Ces hommes ne veulent pas me laisser partir, sinon je vous aurais supplié de m'emmener. Sauvez-vous. »

Reed ne parla que quand Stanton et lui furent loin du convoi.

« Que Lansford Hastings aille au diable. Je ne ferai plus jamais confiance à un avocat, et ce jusqu'à la fin de mes jours. » Il cracha par terre. « Vous pensez que cet homme est devenu fou ?

– Non, dit lentement Stanton. Non, je ne le pense pas. »

Reed le dévisagea.

« Alors vous y croyez, à cette histoire de monstres des bois ?

– Je ne crois pas aux monstres, dit Stanton. Seulement aux hommes qui se comportent comme eux. »

13

Trois jours après leur rencontre avec Hastings, ils trouvèrent les restes du garçon dont il leur avait parlé – l'Indien de douze ans, attaché à un arbre.

Les mains de Reed étaient à vif et sa patience aussi. Le chemin du retour avait été difficile. Quand Stanton et lui rejoignirent leur convoi, malgré leurs avertissements, il avait été décidé de continuer. Patrick Breen et Franklin Graves se méfiaient du raccourci depuis le début et s'en plaignirent à qui voulait les entendre, puis Wolfinger et Spitzer, suivis par le reste des Allemands, se joignirent au chœur. Reed se doutait que c'était en partie parce qu'ils n'aimaient pas l'idée de l'avoir pour capitaine.

Mais il n'avait pas eu d'autre choix que de prendre la tête du convoi. L'histoire de Lansford Hastings fit taire en George Donner toute velléité de fanfaronner. Il avait simplement regardé Reed et Stanton sans réagir quand ils lui apprirent la nouvelle, comme s'il ne comprenait pas.

« Nous avons fait une terrible erreur, avait dit Reed sans détour. Nous comptions sur un homme qui nous a abandonnés. Il nous a menti. Nous allons mourir ici… »

Mais Donner ne fit que secouer la tête.

« Je ne sais pas comment aller d'ici jusqu'à la rivière Humboldt, aucun de nous ne connaît le chemin. Peut-être qu'on devrait faire demi-tour. Nous pourrions prendre la route du Nord…

– On n'a plus le temps pour ça, dit Reed. En prenant la route du Nord aussi tardivement dans la saison, nous serions obligés de passer l'hiver au fort Hall. »

Et cela aurait été ruineux pour la plupart des familles. Peu d'entre elles disposaient d'assez d'argent pour subsister une saison entière, surtout avec les prix élevés pratiqués dans les comptoirs : un dollar cinquante pour une livre de farine alors qu'un foyer pouvait aisément consommer une livre par jour. La moitié des familles mourraient de faim d'ici le printemps.

Donner se détourna d'eux, transpirant et tremblant ; il se refusait à trancher. À partir de ce moment, il n'avait adressé la parole à personne en dehors de sa famille. Reed était convaincu que la crise du capitaine n'était que temporaire et parvint à obtenir de Stanton qu'il n'en dise pas un mot aux autres. Jacob Donner, son frère, avait accepté de le cacher aux regards, et on avait fait circuler la nouvelle selon laquelle il était tombé malade.

Reed prit donc en charge l'itinéraire. Un jour plus tard, la forêt se resserrait autour d'eux comme elle l'avait fait pour le groupe de Hastings, puis le terrain se mit à monter fortement. Le matin du deuxième jour à la tête du convoi, Reed constata qu'un de ses bœufs boitait, ce qui le rendit agressif. Il se montra trop autoritaire avec Keseberg, l'homme qu'il ne fallait surtout pas provoquer, et ils se mirent à se hurler dessus jusqu'à ce que Keseberg sorte un couteau et qu'on doive l'éloigner en l'agrippant par le bras.

L'atmosphère se tendait, chacun était nerveux. Reed envoya les beaux-frères William Foster et William Pike en reconnaissance et demanda que l'on coupe des arbres ; au fond de lui, il était terrifié à l'idée de finir piégé dans la forêt comme l'autre expédition. Reed proposa de mettre la nourriture en commun et de se rationner, mais quelques hommes lui opposèrent une violente résistance, le menaçant de le pendre s'il évoquait encore cette possibilité.

Quand le convoi s'arrêta pour la nuit, un petit groupe partit en quête de gibier pour profiter de la dernière heure de lumière avant qu'il ne soit trop dangereux de chasser. La viande fraîche se faisait rare, et nul ne voulait abattre son bétail ; alors tous les hommes valides qui possédaient un fusil – et même les moins valides, comme Luke Halloran – s'aventurèrent dans la forêt pour trouver de quoi manger.

Reed suivit un petit groupe, avec Milt Elliott et John Snyder à sa tête. Son fusil pesait sur ses bras, qui lui faisaient mal à force de manier la hache toute la journée. Il restait perplexe après ce que Snyder lui avait dit le soir précédent – ce pour quoi il avait suivi Reed dans les bois.

Tu sais quel est ton problème, Reed ? Tu ne les comprends pas, ces gens, pas du tout.

Seuls les moutons suivent les faibles comme toi. Les autres pensent qu'ils n'ont pas besoin de toi.

Ils ne t'écouteront pas à moins que tu les obliges à le faire.

Snyder était un vagabond de vingt-cinq ans qui n'avait jamais rien fait de plus compliqué que de martyriser et de fouetter le bétail. Reed avait monté une affaire de meubles à partir de rien, commandé une compagnie de soldats contre des Indiens Sauks et Kickapous pendant la guerre de Black Hawk.

Et pourtant, Snyder avait raison : Reed ne comprenait pas les gens.

Le jour était presque tombé et ils n'avaient rien vu, pas même un écureuil ou une caille, mais personne n'osait rien dire tout haut par peur de maudire l'entreprise. Reed écoutait avec appréhension les conversations des hommes devant lui, s'inquiétant que l'échange entre Snyder et Elliott s'aventure en territoire dangereux. Snyder savait que Reed pouvait entendre ce qui se disait et aimait le provoquer ; c'était la brute en lui. Avait-il voulu avertir Reed la veille ?

Il y a deux types d'hommes. Les moutons et les hommes qui les égorgent. N'oublie pas lequel je suis.

S'il y avait une chose que Snyder savait faire, c'était plier les autres à sa volonté. Il suffisait d'un regard et de serrer le poing.

Si Reed avait pu remonter le temps, il ne se serait jamais laissé embarquer. Il avait pris un risque inconsidéré. Mais il n'arrivait pas à se débarrasser de la sensation des mains de Snyder – leur taille, leur rudesse et leur puissance –, qui lui avait d'abord inspiré de la peur, puis un désir intense.

C'était idiot. Pire qu'idiot – c'était fatal.

Dire ce qu'il ne fallait pas à celui qu'il ne fallait pas pouvait envoyer quelqu'un dans une cellule en attendant de passer devant le juge. Reed avait entendu ce type d'histoire de la bouche d'Edward McGee. Il fallait saisir les occasions au vol.

Snyder éleva brusquement la voix.

« Bon sang ! » s'écria-t-il.

Il laissa échapper une litanie de jurons. Le petit chien de Halloran se mit à japper. Reed accéléra le pas. Peut-être avaient-ils trouvé du gibier.

Ce que vit Reed après le virage lui retourna les entrailles. Entre deux petits arbres pendaient les restes d'un cadavre, les poignets fermement attachés, les bras écartés, la tête se balançant sur le cou, mais au-dessous – presque rien. La colonne vertébrale se terminait dans le vide, les vertèbres suspendues comme des perles sur un fil. Presque toute la chair avait été arrachée des os. Par terre gisaient les longs os des jambes, des côtes fêlées, un amas chaotique noirci par le sang séché.

« Qu'est-ce que c'est que ça ? » demanda Milt Elliott.

Il manqua de trébucher sur le petit terrier de Halloran qui reniflait les os.

Reed ne put détourner le regard de la tête, rongée par des insectes jusqu'à l'os. Quelque chose – des oiseaux ? – avait arraché les yeux. Ce fut certainement une mort monstrueuse ; mais était-ce pire que de mourir de faim ou de soif dans la montagne, il n'aurait su le dire. Il fallait intervenir, sinon Snyder, Elliott et Halloran allaient rapporter la nouvelle aux membres de l'expédition et semer la panique.

« Hastings nous en a parlé, dit-il. C'est les Indiens. C'est une cérémonie quelconque.

– Une cérémonie ? » grogna Snyder.

Il sortit son gros couteau de chasse et coupa l'une des cordes. Le cadavre se balança vers la gauche, si bien que l'une des mains traîna par terre.

« C'est quoi cette cérémonie d'aliénés ? »

Reed ne dit rien. Stanton et lui s'étaient mis d'accord pour ne pas raconter aux autres les angoisses de Hastings. *Quelque chose traque le convoi.* Cela n'aurait fait que répandre la peur. Snyder ne semblait pas s'attendre à obtenir une réponse à sa question. Comme beaucoup, il craignait les Indiens et ne cherchait pas à les comprendre.

« Vous trouvez pas qu'il ressemble au gamin qu'on a découvert dans la plaine avant d'arriver au fort Laramie ? » ajouta Snyder.

Il donna un coup de pied au chien de Halloran, qui avait commencé à mordiller un os du poignet.

« Arrête ça ! C'est pas bien. On ne peut pas laisser un chien manger de la chair humaine. Il va y prendre goût.

– Quincy, viens ici. »

Halloran avait le visage verdâtre. Phtisique, il n'avait plus que la peau sur les os. Ce serait un miracle s'il survivait un mois de plus.

Snyder se baissa pour éloigner l'os du chien, qui bondit soudain pour le mordre. Son sang ne fit qu'un tour.

« Sale clébard. »

Snyder porta sa main blessée à sa bouche par réflexe. Il envoya un coup de pied en direction du chien, mais manqua sa cible ; le terrier s'attaqua de nouveau à sa botte. Sans autre avertissement, Snyder le visa avec son fusil et tira. La balle toucha le chien à l'abdomen. L'animal émit alors le son le plus étrange que Reed ait jamais entendu, une note aiguë et déformée, entre la surprise et la douleur, presque humaine.

Halloran était un homme timide – un mouton, d'après Snyder – et usé par la maladie, mais la colère le propulsa vers Snyder. Ses mains s'accrochèrent au col de la chemise de l'homme imposant, mais ce dernier le repoussa sans difficulté.

« Bon sang ? Mais qu'est-ce qui te prend ? »

Halloran regarda les autres pour trouver un soutien, mais Reed détourna le regard. Personne n'allait défier Snyder, encore moins Reed. Il savait comment Snyder pouvait être, connaissait la puissance de ses mains, et il portait les bleus qui le prouvaient.

« Ce bâtard m'a mordu, dit Snyder. J'ai des droits. Si un chien me mord, je le descends.

– Il a à peine transpercé la peau », dit Halloran. Du sang lui coulait sur le menton depuis son dernier accès de toux. « Et si je te tirais dessus, hein ? »

La main de Snyder tomba grande ouverte sur la joue de Halloran et le précipita par terre. Reed eut un mouvement de recul. Snyder se mit à rire.

« Arrête de pleurnicher, dit-il. Ça fera qu'empirer les choses. »

Qu'est-ce que Snyder lui avait dit d'autre la veille ? *Tu crois que tu sais comment marche le monde, mais tu ne sais rien. Les hommes comme toi me foutent en rogne. Vous êtes tellement abrutis que vous ne savez même pas à quel point vous êtes stupides.*

Étendu sur le dos, Halloran roula sur le côté pour se mettre à quatre pattes, son corps entier ployant sous la force d'une quinte de toux. Des rubans de glaires ensanglantées pendaient de sa bouche. Reed fut écœuré par cette scène, et par lui-même aussi ; il aurait dû défendre cet homme malade, mais il avait trop peur.

Snyder et Elliott rebroussèrent chemin, et Reed resta planté là, à regarder Halloran ramper sur le sol aux côtés de son chien.

« Allez, Luke. Laisse-le. »

Il faisait presque nuit, Reed ne voulait pas être à la traîne.

Halloran ne leva même pas la tête.

« Il faut l'enterrer. Je ne peux pas le laisser ici comme ça. Tu veux bien m'aider ? Tu peux faire ça au moins, non ? »

Le dégoût de Reed se changea en colère. Le sol était dur comme de la pierre et ils n'avaient pas de pelle. Halloran voulait-il creuser avec ses mains ? Et il fallait penser au lendemain, un autre jour à se rompre le dos en dégageant le chemin, et qui savait combien d'autres de ces journées les attendaient ?

« Laisse ce satané chien. » Reed posa son fusil sur son épaule. « Ou tu peux rester ici dans le noir pour voir s'il y a vraiment quelque chose qui nous suit. »

Il fut soulagé quand Halloran se leva mais sentit une vague lui monter à la tête, une vague de culpabilité qui lui donna de nouveau la nausée.

Pendant le trajet jusqu'au campement, il prétendit ne pas entendre les pleurs de Halloran.

14

Tous dirent que c'était un miracle, la miséricorde divine, et la preuve que Dieu ne les avait pas abandonnés.

Tamsen ne pouvait pas leur en vouloir; la miséricorde se faisait rare, comme tout le reste. Et comment expliquer autrement ce qui était arrivé à Halloran ? Si elle avait réellement été une sorcière, comme ils le disaient, elle aurait su leur répondre. Des signes, des augures, des charmes pour chasser le diable, l'art de lire l'avenir dans la course des nuages; non, il n'y avait pas de force occulte dans ce qu'elle pratiquait, que de l'attention – et celle qu'on lui prêtait de plus en plus n'avait rien de désirable.

Mais une force avait bien touché Halloran : il était guéri.

Durant une semaine après la mort de son petit chien, il avait à peine été capable de lever la tête. Certes, la mort de l'animal était triste, mais Halloran s'était trop attaché à lui. Il l'avait même laissé le mordiller pour s'amuser, comme un père qui ne savait pas comment discipliner ses enfants. Halloran n'avait eu de cesse de cracher du sang; il essayait de le cacher, mais il cherchait son souffle pendant des heures et des heures.

Tamsen avait pris soin de lui, elle l'avait même accueilli dans son chariot en voyant qu'il était trop faible pour tenir sur son cheval. Elle ignorait pourquoi il lui faisait tant pitié; peut-être était-ce parce que c'était un marginal, un solitaire méprisé, comme elle. Elle l'avait nourri de bouillon de champignons cueillis par ses filles; la seule nourriture qu'il parvenait à garder. Elle s'était assurée que dès leur plus jeune âge, ses filles puissent distinguer une chanterelle jaune d'une coulemelle mortelle; les petites savaient qu'elles ne devaient rien goûter sans l'approbation de leur mère. (Elle cueillait les champignons vénéneux elle-même quand elle en avait besoin; elle avait une poignée de coulemelles mortelles, soigneusement nettoyées et séchées, attendant d'être mélangées avec du laudanum fait maison – ses réserves étaient bien cachées, un secret pour les membres de l'expédition.)

Pourquoi donc Halloran avait-il tenté la traversée vers l'Ouest ? s'interrogeait Tamsen. Il n'avait pas révélé la gravité de sa maladie avant le départ, il savait qu'on ne l'aurait pas laissé se joindre au convoi, surtout sans chariot ni bœufs, et tout seul, sans famille pour le soutenir. Mais personne n'aurait imaginé que le voyage allait être si difficile. Tamsen se demandait s'ils étaient particulièrement malchanceux ou si leurs prédécesseurs avaient tous menti dans les journaux et dans les livres, comme Lansford Hastings – un homme infâme, vil et dérangé, une autre raison d'en vouloir à son mari, qui avait cru chaque mot que l'avocat avait écrit. Se laisser séduire par l'aventure du Grand Ouest pour mourir au milieu de nulle part.

Mais soudain, la respiration de Halloran s'apaisa, les sueurs froides s'asséchèrent. Au terme du premier jour de son rétablissement, il pouvait marcher sans être aidé, bien que brièvement. La toux cessa. Le soir suivant, il joua du violon pendant une heure après le souper. Avant, dans ses bons jours, tous avaient apprécié de l'écouter jouer de son instrument. On se rassemblait autour de lui et, le temps d'un air populaire, on oubliait les conflits et les rancœurs. Personne ne se disputait, personne n'ergotait. La plupart des gens préféraient les airs joyeux, les gigues et le *reel* irlandais, des airs entraînants; Tamsen aimait les morceaux tristes, car la mélancolie seyait mieux aux paysages qui les entouraient.

Mais cette nuit-là, il joua un *reel* si rythmé qu'on ne voyait plus son archet et que les danseurs tombèrent au sol, épuisés à force d'essayer de suivre le tempo.

« Si ça continue comme ça, je vais pouvoir sortir mes affaires de votre chariot et retourner sur ma mule, dit Halloran. Je n'aurai plus à être un fardeau pour votre famille.

– Ne vous réjouissez pas trop vite », dit Tamsen.

Elle était contente de le voir aller mieux – bien sûr. Mais elle avait peur aussi pour des raisons qu'elle n'aurait pas su exprimer. Il n'avait pas seulement retrouvé sa vivacité, on aurait dit qu'il avait reçu une *nouvelle* vie ; il était plus bavard, fébrilement joyeux, optimiste.

« Il faut d'abord vous assurer d'avoir assez de forces. »

La vérité était qu'elle s'était habituée à avoir Halloran dans son chariot, blotti contre les planches ou assis emmitouflé dans ses couvertures près du feu le soir, l'œil sur la marmite. George avait cru qu'elle avait perdu la tête quand elle avait insisté pour qu'ils lui fassent un peu de place, mais Halloran s'avéra être un patient très facile. Il affichait une gratitude effusive pour chaque acte de bonté, jouait avec les petits aussi longtemps que ses forces le lui permettaient et, quand il n'avait plus d'énergie, il écoutait Tamsen parler de ses débuts d'institutrice en Caroline du Nord. Ce ne fut pas l'époque la plus heureuse – elle était alors jeune veuve sans enfants, et tentait de tracer sa propre route –, mais tout était si différent de ce qu'elle vivait désormais auprès de George qu'elle s'étonnait parfois que cela ait été réel.

Avec ses vingt-cinq ans, il lui rappelait un peu son Jory, sa boussole d'antan. Mais elle n'avait pas revu son frère depuis des années, et elle se disait parfois que son esprit inventait n'importe quelle excuse pour le voir chez d'autres.

Il y avait même des moments où Halloran lui faisait penser à un amant des plus courtois, au sourire timide et aux manières délicates, bien qu'elle se dise que cela aussi n'était que pure invention.

Ses mains étaient belles et gracieuses – sûrement grâce au violon, pensa-t-elle. Il lui arrivait d'imaginer, parfois, la sensation de ses mains sur son corps.

Les cherchait-elle ou était-ce eux qui la trouvaient, ces hommes ténébreux et mélancoliques avec leurs secrets ? Ils ne restaient jamais, mais l'effet qu'ils avaient sur elle perdurait, suscitait chez elle une insatisfaction, comme certaines herbes addictives qui pouvaient causer des tremblements et faire tourner la tête si on arrêtait de les prendre trop brutalement.

Et la gentillesse de Halloran semblait encourager cette addiction, raviver sa haine pour George, l'irritation et la tension que provoquait en elle le regard de son mari. Elle ressentait le besoin familier de faire quelque chose d'irréfléchi, de se déchaîner, de se libérer.

Mais presque à l'instant où il fut rétabli, Halloran commença à sortir ses affaires du chariot. Et bien sûr, on parlait beaucoup de sa guérison miraculeuse. Elle aurait dû se douter que cela arriverait, que les gens raconteraient que Tamsen l'avait ensorcelé, lui avait jeté un sort. Chaque rumeur lui était rapportée par Betsy Donner qui, tout en se montrant réservée sur le sujet, savourait chaque opportunité de tourmenter sa belle-sœur.

Mais Tamsen avait déjà subi bien pire.

Peu de personnes survivaient à une phtisie aussi avancée que celle dont avait souffert Halloran. Pourtant, il était à présent souvent le premier à sortir à l'appel du matin et le dernier à se coucher le soir. Il allait chercher de l'eau et du bois pour ses voisins après avoir pourvu à ses propres besoins, comme s'il avait de l'énergie à revendre.

Tamsen aurait dû s'en réjouir, mais cela l'effrayait.

Halloran était changé. Elle ne savait pas dire en quoi, mais il n'était plus le même.

Un matin, tandis qu'il rassemblait ses affaires pour charger sa mule, résolu à reprendre son indépendance, elle lui conseilla d'attendre un jour ou deux, et il lui dit d'un ton brusque qu'il savait ce qu'il faisait. Halloran ne lui avait jamais parlé ainsi auparavant, peu importe son état. Sa surprise fut si grande qu'elle ne lui adressa plus la parole jusqu'à la fin de la journée, se contentant de l'observer en train de papillonner furieusement comme un insecte pris dans un verre, se cognant violemment contre la paroi à la recherche d'une issue.

Puis les choses empirèrent. Halloran se disputa avec un des conducteurs des Reed quand il fit passer sa mule dans un col étroit devant leur grand chariot ; il avait déclaré que le véhicule trop volumineux allait s'enfoncer dans le sol meuble (et il avait raison ; il fallut doubler l'attelage pour le sortir).

Le soir suivant, il fit éclater en morceaux son violon contre un rocher quand quelqu'un lui demanda s'il voulait bien jouer après le dîner. Il en avait marre d'être harcelé pour les divertir.

Tout le monde se tut, mais Tamsen sentit des larmes lui brûler les yeux, sans qu'elle sache pourquoi. Luke Halloran aimait ce violon comme son bébé. Une fois encore, l'idée lui vint que ce n'était plus Halloran, que ce dernier était mort et qu'un autre avait pris sa place.

Mais c'était absurde, évidemment. Il était beaucoup plus probable que les semaines de maladie l'aient changé, d'une certaine façon. Ou peut-être avait-il toujours été ainsi et la maladie avait caché son véritable tempérament.

Quand elle s'était préfiguré le voyage, elle avait anticipé les difficultés, la faim, la poussière qui couvrirait tout, comme une seconde peau, et qui ne partirait jamais complètement. Mais elle n'avait pas imaginé cela – les autres, qu'elle serait entourée de tant d'individus, dans l'impossibilité d'échapper à leurs préjugés étranges, inexplicables et leurs brusques changements d'humeur.

Ils marchaient à l'ombre de la chaîne Wasatch depuis une semaine, et il faisait chaud, même la nuit. Tamsen voulait tant prendre un bain ; elle voulait se sentir propre, même si elle savait que dès le matin, elle serait de nouveau couverte d'une couche de terre séchée.

Elle attendit que la famille se fût installée sous les tentes pour avoir un peu d'intimité. Jacob faisait la lecture aux enfants ;

George fumait sa pipe, les yeux fermés, comme il l'avait fait maintes fois dans son fauteuil préféré à la maison. Mais à présent, assis dans la terre sous une voûte céleste hostile, le rituel semblait incongru, un acte de désespoir presque. Comme si, les yeux fermés, il se croyait chez lui ou au bout du chemin, en Californie.

À l'aide d'un chariot qui la séparait du reste de la famille, elle remplit la plus grosse marmite avec de l'eau et la mit à chauffer sur les braises mourantes. Les bruits provenant du convoi lui arrivaient faiblement avec le vent, mais ils étaient loin. Les Donner n'étaient pas exactement des parias, mais ils avaient perdu leur rang parmi les familles les plus influentes de l'expédition. Et quoi qu'on puisse penser, Tamsen savait qu'une seule chose pouvait lui faire du bien : un bain. Elle posa sa blouse et sa jupe, ses bas, garda son corset et son jupon.

Avec une petite serviette trempée dans l'eau chaude, elle se frotta avec de longs mouvements – la gorge, la nuque. Elle souleva ses jupons pour laver ses longues jambes, l'une après l'autre. C'était un miracle, ce que pouvait faire un bout de tissu. Elle pleura presque de soulagement quand la brise frôla ses cuisses et ses mollets. Elle avait commencé à desserrer son corset quand elle se figea. Quelque chose avait changé.

Quelque chose avait *bougé.*

Le duvet de sa nuque se hérissa. Elle ignorait si c'était un bruit qui l'avait alertée ou un mouvement dans l'obscurité, mais elle savait que quelqu'un était là. Quelqu'un qui l'observait. Ses yeux se posèrent sur les buissons, sur les ombres irrégulières des arbres. Rien.

Elle se détendit. Les histoires de monstres qui rôdent, de loups de la taille de chevaux, faisaient aussi effet sur elle. Elle continua de délacer son corset, ses doigts luisants glissant maladroitement sur le ruban. C'était si silencieux. Jacob ne s'était certainement pas déjà arrêté de lire. Les autres ne pouvaient pas être allés au lit.

Elle ne pouvait pas être seule. Le soleil ne s'était couché qu'il y a une heure, et les gens allaient et venaient, amenaient leur bétail dans le pré, rangeaient après le souper.

Elle avait défait le ruban. Elle ouvrit son corset et exposa sa poitrine, mais cette fois, le vent lui parut mordant ; elle frissonna. C'est alors qu'elle l'aperçut – une silhouette parmi les ombres des arbres, se déplaçant rapidement, *debout*.

D'une main, elle voulut instinctivement prendre sa blouse, quelque chose pour se couvrir. Mais de l'autre main, elle souleva la lanterne pour éclairer la végétation et faire apparaître l'entrelacs des feuilles au-dessus des troncs. La silhouette prit la fuite presque immédiatement, mais pas avant que la lumière surprit l'homme au visage pâle, étroit et *affamé*.

Halloran. Il la dévisageait.

Avant qu'elle ne puisse crier, il avait déjà disparu.

Elle se rhabilla, les mains tremblantes. Ce regard – ce n'était pas du désir, mais quelque chose de plus profond, de cru et d'animal. Elle essaya de se rappeler où elle avait vu ses filles la dernière fois, ses filles innocentes qui avaient fini par aimer et faire confiance à Luke Halloran. Leanne était assise avec les petits, suçant du sucre d'orge tout en écoutant Jacob. Et Elitha, était-elle avec eux ?

Elle s'empressa de regagner le feu de camp, fit sursauter le petit public de la séance de lecture. George écarquilla les yeux comme s'il était étonné de sa présence.

« Le bain était agréable ? » demanda-t-il.

Elle ne répondit pas. Elitha n'était pas avec eux.

Elle savait que c'était idiot. Elitha avait sûrement juste oublié l'heure. Elle était probablement en train de déambuler, rêveuse, comme à son habitude, partie étudier les têtards d'un ruisseau quelconque ou escalader des arbres pour trouver des nids d'oiseau abandonnés. Il n'y avait pas si longtemps, Tamsen l'avait surprise en train de se chuchoter à elle-même, et quand Tamsen lui avait demandé à quoi elle jouait, Elitha avait pâli et s'était emportée.

Je ne joue pas, avait-elle protesté. Il allait falloir forcer la petite à abandonner ses manies, pour son bien.

En attendant, elle ne voulait pas qu'Elitha parte errer dans la nature ce soir-là.

Tamsen s'engouffra dans un fourré près du ruisseau. C'était exactement le genre d'endroit qu'aimait Elitha, un lacis de roseaux et de laîches, l'air adouci par le chant des oiseaux.

« Elitha Donner ! Tu es là ? »

Pas de réponse. Le silence régnait comme dans une église. C'était trop calme, disaient-ils tous, et Tamsen était de cet avis. Comme si tout avait fui, même les oiseaux.

« Elitha, réponds-moi sur-le-champ. »

Quelque chose bruissa parmi les joncs. Le cœur de Tamsen frappait fort contre ses côtes.

« Elitha ? »

Cette fois, elle ne put cacher sa peur.

« Ce n'est que moi, désolée. »

C'était Mary Graves, approchant à grands pas, ses jambes longues et fines comme des tiges.

« Elitha a disparu ?

– Pas disparu », dit Tamsen sèchement. Bien que ce soit le mot qu'elle avait en tête, elle en voulut à Mary de l'avoir prononcé. « Elle doit être partie se balader, j'en suis sûre. »

Les deux femmes se dévisagèrent. C'était la première fois que Tamsen regardait attentivement Mary. Elle aurait pu être séduisante, mais sa mâchoire était un peu trop carrée et ses yeux trop grands pour son visage. Et bien qu'elle n'eût que quelques années de moins que Tamsen, elle était sûrement vierge.

Peut-être était-ce cela qui attirait Stanton ; Tamsen n'avait pas manqué de remarquer que les assiduités de cet homme avaient trouvé un autre objet. Peut-être voulait-il une femme naïve, facile à impressionner. Étrange comme les hommes cherchaient les aventures brèves avec des femmes expérimentées – des catins à leurs yeux –, mais se mariaient avec une gamine qui se soumettrait comme un jeune bovin sous le joug.

« Je ne voulais pas vous effrayer, dit Mary. Je vous ai vue vous diriger par ici. Je... je voulais vous parler seule à seule.

– Je n'ai pas le temps. »

Elle ne s'expliqua pas. Mary ne le méritait pas.

Mais quand Tamsen essaya de passer, Mary lui fit obstacle.

« S'il vous plaît. Juste une minute », dit-elle. Elle semblait être sur le point de poser la main sur le bras de Tamsen, mais elle se ravisa. « Je voudrais juste savoir pourquoi vous ne m'aimez pas. »

Tamsen resta sans voix. Elle avait presque – presque – pitié de cette fille. Mary paraissait déconcertée, comme une enfant qui aurait vu une pomme s'élever dans les airs au lieu de tomber. Au même moment, elle sentit une poussée de colère ; Tamsen lui devait une réponse, une explication qu'une fille moins naïve aurait devinée en un instant.

Dans d'autres circonstances, Tamsen aurait ri. Elle lui aurait peut-être même expliqué les choses de la vie. C'était peut-être Mary que Charles Stanton avait choisie, mais cela ne signifiait pas que tout le monde devait l'apprécier. Elle lui avait volé Stanton sans rien avoir à faire. On ne savait même pas si elle voulait de lui.

Tamsen avait tous les droits de la haïr.

Bien sûr, elle ne pouvait rien dire de tel. Elle souleva sa jupe et enjamba les touffes d'herbe, en contournant Mary Graves.

« Je ne sais pas de quoi vous parlez, dit-elle avec désinvolture. Et nous avons sûrement toutes deux des choses plus importantes à faire. »

Mary ne céda pas. Elle s'élança et rattrapa rapidement Tamsen, calant son pas sur le sien.

« Vous ne m'aimez pas, insista-t-elle. Je le vois bien à la façon dont vous m'évitez. Je veux juste savoir pourquoi. »

Elle se mordit la lèvre.

« Cela a-t-il un rapport avec M. Stanton ? »

Tamsen ne put s'empêcher d'avoir un petit sursaut en entendant ce nom dans la bouche de Mary.

« Qu'est-ce que M. Stanton vient faire là-dedans ? » demanda-t-elle.

Elle entendit sa voix froide et fine, comme filtrée par une épaisse couche de glace.

Mary hésita. Pendant une seconde, Tamsen crut qu'elle ne serait pas assez courageuse pour le dire. Mais elle s'éclaircit enfin la gorge.

« J'ai entendu des histoires », dit-elle simplement.

Des histoires. Un autre mot pour « mensonges malveillants », comme ceux que l'on racontait sur elle en Caroline du Nord avant son départ pour Springfield.

Si vous êtes certaine que je suis une sorcière, avait répondu Tamsen à la femme du pasteur qui l'avait harcelée sans relâche des années auparavant, *croyez-vous qu'il soit sage de me menacer ?* Sur le moment, elle en avait éprouvé un plaisir stupide, celui de voir la peur sur le visage de cette femme. C'était le problème des femmes comme Peggy Breen et Eleanor Eddy ; elles avaient peur, sans arrêt, et toujours de ce qu'il ne fallait pas.

À présent, la tentation de dire à Mary la vérité était presque irrésistible. Elle aurait pu raconter des choses sur Stanton que l'autre n'aurait pas imaginées, corriger son regard sur lui. Il était fort et intelligent, oui, mais inconséquent avec les sentiments, les siens et ceux des autres. Il était fait pour vivre en solitaire, pour ne laisser entrer les autres qu'à moitié.

Tu ne veux pas aller te briser le cœur contre ce genre d'homme, petite pucelle.

Mais Tamsen savait que Mary finirait par trouver le malheur, qu'elle lui dise le fond de sa pensée ou non. Une petite part de méchanceté en elle s'en réjouissait.

« Vous ne devriez pas écouter ces histoires », dit-elle.

Avant que Mary Graves puisse répondre, quelqu'un cria le nom de Tamsen.

Tamsen se tourna, croyant d'abord qu'il s'agissait de la voix de George. Mais c'était Halloran. Il titubait dans la broussaille en se tenant le ventre. Il était plié en deux comme si on lui avait tiré dessus.

Toute sa force nouvelle, son énergie retrouvée et sa santé avaient disparu ; elle fut choquée par son apparence, choquée et horrifiée. Il était manifestement en train de mourir. Il avait les yeux exorbités. Ses lèvres, étirées en une grimace atroce, exposaient ses gencives irritées et des dents pourrissantes. Sur son cou, ses mains et ses bras, tous ses tendons ressortaient sous la peau.

« Madame Donner », dit-il en essayant de la toucher.

Par réflexe, elle fit un pas en arrière, même s'ils étaient séparés par un étroit ruisseau. Il trébucha sur le sol irrégulier et atterrit à genoux dans l'eau. Mais au lieu de se relever, il se mit à ramper.

« Aidez-moi. Je vous en prie, aidez-moi. »

Elle oublia un instant l'homme qu'elle avait vu la regarder de derrière les arbres et répondit plutôt à l'homme qu'elle avait soigné près du feu. Elle se précipita dans le ruisseau, honteuse de son premier réflexe, et prit de l'eau au creux de ses mains pour lui donner à boire.

« Allez chercher de l'aide, dit-elle à Mary. Il nous faut quelqu'un pour le porter. »

Mary ne cria pas, elle ne rouspéta pas ni ne s'évanouit. Elle se tourna et courut vers le convoi.

Il refusa de boire. Il gémissait d'agonie et semblait ne pas l'entendre quand elle le supplia d'ouvrir les yeux. Elle était si près de lui qu'elle faillit s'étouffer ; il sentait déjà la mort.

Mais aussitôt que Mary fut hors de vue, Halloran ouvrit les yeux. Il attrapa Tamsen avec une force inattendue.

« Madame Donner… Tamsen », dit-il.

Il l'approcha si près de son visage qu'elle sentit son haleine sur sa joue.

« Vous êtes toujours mon amie, n'est-ce pas ? Vous avez été si bonne avec moi, la seule qui m'ait aidé quand j'étais malade…

– Chut. Doucement. Bien sûr que je suis votre amie », dit-elle.

Ses yeux étaient énormes, son regard était vif. Même dans l'obscurité, ses pupilles luisaient. Elle pensa de nouveau à la possession, à l'idée que quelqu'un d'autre puisse habiter son corps, le faire agir comme un inconnu.

Elle tenta de lui faire lâcher son bras, mais il serrait trop fort et non avec le peu d'énergie qu'il reste à un mourant. Une onde de peur parcourut sa colonne vertébrale.

« Les autres, ils laisseraient un homme mourir de faim même s'ils ont assez de vivres pour s'en sortir. Ils ne pensent qu'à eux. Si cela ne tenait qu'à ces gens-là, je serais déjà mort.

– Je vous en prie, monsieur Halloran. »

Le rythme de son pouls s'ajusta à sa peur. Elle pouvait à peine respirer à cause de l'odeur de pourriture. Que lui était-il arrivé ? Elle avait déjà vu la maladie revenir, mais pas aussi violemment, au point de vider un homme en une heure.

« Vous êtes souffrant. Restez calme. Je vais vous chercher de l'aide.

– Personne d'autre ne peut m'aider. »

Son sourire se changea en une grimace de douleur.

« Je suis en train de mourir, Tamsen. C'est pour ça que je suis venu vous voir. Vous m'avez sauvé… Vous voulez bien me sauver encore une fois ? »

Il semblait avoir des difficultés à respirer. Elle dut attendre qu'il inspire plus d'air.

« Vous voulez bien faire quelque chose pour moi ?

– Bien sûr », dit-elle.

Sa voix était blanche. Pourquoi avait-elle laissé sa lanterne sur la rive ? L'obscurité était si opaque qu'elle lui faisait l'effet d'une main pressée sur elle.

Les yeux de Halloran se fermèrent. Ses doigts se détendirent sur le poignet de Tamsen. Pourtant, il essayait encore de parler : il marmonna, mais trop bas pour qu'elle puisse le comprendre, puis chuchota de nouveau. Elle voyait bien l'effort que cela lui demandait ; il s'efforçait d'extraire de lui-même ces mots brisés avec tout ce qui lui restait.

Ses belles mains, ses yeux marron si doux, son humour réservé – tout avait disparu, englouti par le mal qui le dévorait. Elle se rendit compte qu'elle était au bord des larmes.

Il essayait toujours de parler.

« Je ne vous entends pas, dit Tamsen doucement. Restez tranquille, Luke. »

Mais elle le voyait se débattre pour se faire entendre.

Elle se pencha plus près, si près que les lèvres de Halloran, quand elles bougèrent de nouveau, se pressèrent contre sa joue. Elle put enfin comprendre ce qu'il disait.

« J'ai faim. »

Encore et encore ; une note d'agonie chuchotée.

« J'ai faim, Tamsen. »

Il ouvrit les yeux, dans lesquels elle n'aperçut qu'un profond abîme, et elle vit aussi qu'il souriait.

D'un coup, il la fit basculer en arrière. Puis il bondit, ou plutôt sauta, la plaqua facilement au sol. Elle savait que tout cela avait été un piège, un leurre pour la faire s'approcher et baisser sa garde. Il était sur elle, un couteau à la main. D'où le sortait-il ?

« Je ne demande pas grand-chose.

– Pitié », supplia-t-elle.

Sa voix se brisa. Elle n'avait plus les idées claires. C'était un rêve, forcément, un cauchemar dont elle s'éveillerait avec un hurlement logé dans sa gorge. Cet aliéné n'était pas Halloran.

« Je vous en prie, laissez-moi me relever. »

Mais il ne fit que serrer plus fort.

« Tu ne sais pas ce que c'est de mourir de faim. La douleur. Ça te vide. Je ne pense qu'à ça. Même mon *sang* est affamé. »

Il se pencha pour coller son visage contre son cou – il inspira, inhala l'odeur de son corps, lécha sa sueur, comme un chien. Cela la brisa ; c'était comme si une ligne invisible avait été franchie irrévocablement, comme si un seul mouvement avait détruit l'œuvre de Dieu et l'avait changée, de femme en amas de chair.

« Je peux aussi me servir, si je n'ai pas le choix, chez toi ou chez les autres. Tu le vois, non ? Comme c'est facile pour moi de me servir ? »

Il était partout, sur tout son corps. Il ne finissait plus, son poids, sa puanteur et sa faim.

« Mais je ne veux pas faire ça. Je préfère que tu me le donnes, comme une amie. »

La douleur dans ses poignets là où il la tenait l'aidait à se concentrer. Mary était allée chercher de l'aide. Elle avait forcément trouvé quelqu'un. Il lui fallait simplement jouer le jeu jusqu'à ce que de l'aide arrive.

« Bien sûr, dit-elle. Bien sûr. Comme une amie. »

Elle ne savait pas s'il l'avait entendue.

« Je me suis toujours bien occupée de toi, non ? »

Elle souffla ces mots – il était plus lourd, plus fort qu'il aurait dû l'être. Les aliénés avaient la réputation de posséder une force incroyable. Elle était presque terrassée par la terreur. Si elle se libérait, pourrait-elle courir plus vite que lui ? C'était un risque. Et s'il la rattrapait ? Il la tenait toujours immobilisée, sous lui, mais son bras n'appuyait plus sur son cou.

« Tu me promets de m'aider, dit-il enfin. Tu me promets de ne pas me laisser avoir si faim ? »

Elle ne pouvait que hocher la tête. Et après un instant, il enleva son poids du corps de Tamsen, qui parvint à lui prendre le couteau de la main.

Juste au moment où ses doigts enveloppèrent le manche, il y eut du mouvement derrière elle, un bruissement des roseaux, le craquement de bois sec, et des voix. Elle entendit Mary Graves crier :

« Par ici. Venez. »

Tamsen faillit pleurer de soulagement. Elle était sauvée.

Mais à cet instant même, Halloran changea. Du moins, c'est ce qu'elle crut ; elle vit tout son être se tordre, se contorsionner, comme s'il avait été mû par un mécanisme interne, relié à l'enfer. Brisé en morceaux et transformé en autre chose. Il n'était plus lui-même ; il n'était même plus un homme. Ses yeux étaient complètement noirs, son regard aussi vide que le fond d'un gouffre. Son visage paraissait plus étroit. Elle sentit le sang dans son haleine. C'était comme si, à ce moment précis, un animal terré à l'intérieur de lui avait surgi, était en train de briser son cocon humain.

Il montra les dents. *Donne-moi ce que je veux ou je le prendrai de force… je suis affamé.*

Le visage qu'elle avait devant elle n'était plus humain.

Et tandis que Mary fonçait à toute allure dans la clairière, qu'il recula toutes dents dehors, Tamsen sut dans un bref instant de calme qu'elle allait mourir, puis elle enfonça le bout de la lame dans la gorge de Halloran et tira d'un coup sec sur le côté ; elle sentit les tendons et la trachée résister quand elle sectionna sa gorge ; et sa main fut rapidement trempée sous un jet de sang chaud.

15

Cambridge, Massachusetts

Mon cher Edwin,

Je t'adresse cette lettre au fort Sutter comme tu me l'as suggéré dans l'espoir qu'elle te trouve au bout de la route de l'Oregon. Je ne suis pas surpris que tu fasses partie de cette grande aventure américaine, mon ami, car cela correspond bien à ta nature curieuse et téméraire. Je t'envie et j'aimerais te rejoindre, mais je suis un réaliste, et trop accoutumé au confort de la civilisation pour relever un tel défi. De plus, je trouve que mon nouveau poste ici à l'université de Harvard présente suffisamment de défis au quotidien, et je m'en contenterai.

Partis du Kentucky, nous sommes arrivés à Cambridge il y a deux mois. Tilly nous a trouvé un meublé et a rejoint un groupe de femmes de professeurs ; les contrées sauvages du Kentucky ne lui manqueront pas. Nous avons été ravis de lire dans ta dernière lettre que tu étais fiancé. Je suis convaincu que le mariage sied bien mieux à un homme que la solitude.

Mais voici la raison pour laquelle je t'écris cette lettre : une expérience que tu pourrais trouver très intéressante, car elle confirme les théories que tu as élaborées et que tu sembles si déterminé à investiguer. J'ai récemment rencontré un médecin anglais en visite à Harvard dans le cadre d'un échange professionnel. Son nom est John Snow, un homme discret, avec un front qui rappelle un dôme et des yeux perçants qui rayonnent d'intelligence. Nous nous sommes rencontrés lors d'un thé auquel étaient conviés les membres de plusieurs facultés, et après avoir parlé d'une récente épidémie de variole à Boston, il m'a confié qu'il n'était pas convaincu que la théorie généralement admise selon laquelle le mauvais air serait responsable de la propagation des maladies soit correcte. Il recherche d'autres causes possibles. Selon lui, il y a trop d'incohérences dans la théorie des miasmes et il existerait un autre coupable qui nous est encore inconnu. Il va jusqu'à remettre en question la nature même des maladies et comment des maux très spécifiques, très distincts, peuvent se mouvoir entre les hommes en silence avant de se manifester soudainement et – dans le cas de certaines affections, comme le choléra et la typhoïde – donner lieu à des épidémies. Il a même évoqué le moyen par lequel les maladies pourraient se déplacer invisiblement, transportées par des personnes ou des créatures qui ne montrent aucun symptôme.

Ce fut une discussion originale et stimulante, c'est certain. Et il était si débordant d'idées – pas si éloignées des théories dont tu m'avais parlé – que j'ai commencé à me dire que si je devais parler à quiconque de notre expérience à Smithboro, ce serait bien lui. C'était risqué, bien sûr ; j'ai douté de la sagesse d'une telle confidence, mais en ce qui me concerne, je suis hanté par cet incident depuis trop longtemps et il me consume, je devais donc me soulager.

Alors j'ai proposé à Snow de le voir en privé pour lui raconter tous les détails de notre expérience singulière, sans en oublier un seul, aussi étrange soit-il. À la fin de mon histoire, il est resté sans voix. Quand je l'ai questionné pour savoir s'il avait jamais entendu parler d'un cas similaire, il a marmonné que non. Puis je lui ai demandé comment il avait été possible pour nous d'assister à de tels événements, et il m'a regardé gravement.

« Ce que vous me décrivez n'est que superstitions païennes. Vous ne le voyez donc pas ? s'est-il écrié. Je vous rappelle que nous sommes des hommes de science. Je vous conseille de chercher

l'explication de ce phénomène dans le monde naturel et pas dans des élucubrations surnaturelles.»

J'ai peur d'avoir commis une grave erreur; s'il parle aux autres professeurs, ils pourraient me croire superstitieux, et ma réputation s'en verrait fortement affectée.

Mais son désaveu m'a éclairé. Edwin, je te conseille vivement d'abandonner la quête qui est la tienne, cette recherche de divinités indiennes qui transforment les hommes – humain le jour et animal la nuit. Quant à savoir si l'élucidation de ce mystère est à trouver dans le monde naturel, comme Snow le pense, je n'en ai aucune idée. Ce qui est à la fois le plus beau et le plus frustrant dans la nature, Edwin, est qu'elle se manifeste sous une infinité de variations. Tu ne devrais pas t'accrocher à de faux espoirs; il est parfaitement possible que tu ne trouves jamais de réponse.

Je me suis suffisamment répandu. Si tu ne suis pas mes conseils – je sais que mes chances sont minces –, pour l'amour de Dieu, ne prends aucun risque inutile au moins. Écoute ton vieil ami qui souhaite te revoir : achète le cheval le plus robuste que tu puisses te payer, ne voyage pas seul en terre inconnue, remplis bien ta trousse de médecin et garde une arme à feu chargée avec toi en permanence.

Ton cher ami,
Walton Gow

16

Ce n'était pas moi, Elitha. Dis à ta belle-mère que ce n'est pas ma faute.

Le corps de Halloran n'avait pas encore été ramené au camp qu'elle se mit à l'entendre – faiblement au début, sa voix lui arrivant par bribes, comme portée par des coups de vent fantômes. Puis plus fort, avec plus d'insistance.

Je t'en prie. Dis-lui. Dis-lui que je suis désolé.

Elitha mit les mains sur ses oreilles ; elle se fichait qu'on puisse la voir. Elle essaya de marchander avec Halloran quand elle était seule, mais il ne semblait pas l'entendre.

Elle ne pouvait pas parler aux voix. Elle ne pouvait qu'écouter.

Par pitié. Ce monstre qui a attaqué Tamsen, ce n'était pas moi. Je n'ai pas pu l'arrêter, mais ce n'était pas moi.

Les voix n'avaient fait qu'empirer depuis le fort Bridger. La seule qu'elle reconnaissait clairement était celle de Luke Halloran, qui avait moisi pendant une semaine dans le chariot, suspendu entre la vie et la mort. Elle savait à présent que les autres étaient des morts dont les paroles n'avaient pas de sens. De temps à autre, elle discernait un mot. Parfois, c'était comme arriver au milieu d'une conversation, comme si c'était elle l'intruse dans sa propre tête.

Elle avait tenté de se confier à Tamsen. Elle savait que sa belle-mère croyait en des choses étranges, des choses par-delà la nature. Elle avait vu Tamsen soigneusement tresser des tiges de romarin pour des charmes de protection et mélanger de l'aconit à de la lavande pour en mettre derrière les oreilles de ses enfants et empêcher les démons de s'en prendre à eux.

Mais quand elle prononça le nom de Halloran, le visage de Tamsen se durcit. Elle saisit Elitha par les épaules.

« Tu ne dois parler de ça à personne, dit-elle. Je ne veux plus entendre un mot là-dessus. Jure. »

Elitha avait juré, parce qu'elle avait peur; Tamsen l'avait serrée si fort qu'elle en avait eu des bleus. Tamsen avait peur, elle aussi, à cause de ce qu'il s'était passé avec Halloran dans les bois et à cause de ce qui se disait maintenant sur elle. Avant la mort du jeune violoniste, seuls des murmures et des chuchotements avaient suivi Tamsen et Elitha. Mais à présent, la rumeur, comme celle qui occupait son esprit, était devenue clameur. Elle l'aurait ensorcelé avec ses potions, changé en démon, en avait fait son amant, rendu fou. Elle l'avait tué pour boire son sang.

Personne ne voulait plus parler à Tamsen. Même Elitha sentait le poids de la haine chez les autres. Ils s'éloignaient quand ils la voyaient approcher. Aucune des autres filles, à l'exception de Mary Graves, ne voulait faire ses corvées au moment où Tamsen descendait à la rivière, et quand Elitha y allait à sa place, elle devait endurer les ricanements et les insultes à voix basse.

Tous les malheurs qui arrivaient au convoi étaient désormais imputés à Tamsen. Elle était douée pour prétendre que cela ne la touchait pas, mais la nuit, Elitha l'entendait pleurer.

Elitha, elle, ne savait pas faire semblant. Elle était consumée par la honte. Et les voix continuaient à se presser dans sa tête, à chuchoter des choses terribles et à creuser un profond tunnel de solitude, comme si leurs mots étaient des objets tangibles, tranchants, capables de creuser un trou en son centre. Elle ne voulait rien de plus que le calme, la paix, le silence.

Mais la voix de Halloran parlait sans relâche – un rythme régulier, à bas bruit, qui la submergeait de terreur et de culpabilité. Il lui racontait des détails qu'elle ne voulait pas entendre. Il lui racontait la faim qui s'était logée non pas dans son ventre, mais dans son sang, une faim qui faisait le vide et pourrissait comme une plaie infectée. Il lui racontait la douce odeur de la peau humaine, la richesse minérale du sang humain, la soif qui avait pris possession de tout son être. Il disait avoir honte, mais parlait du corps de Tamsen avec concupiscence et, dans ses moments les plus sombres, les plus noirs, il lui chuchotait des choses perverses et écœurantes qu'elle ne pouvait chasser de son esprit.

Je me demande quel goût tu as.

Je me demande ce que ça ferait de te manger.

Je commencerais très petit, un orteil, une de tes oreilles, toute douce.

Elle pensait de plus en plus à entrer dans la rivière pour s'y noyer. Elle se mit à rêver du silence froid et sombre de l'eau qui recouvrirait sa tête.

Puis elle entra dans l'eau.

Tamsen l'avait envoyée à la rivière pour faire la lessive alors que toute la famille était occupée à détacher les bœufs et à installer le campement pour la nuit. Elle n'avait pas prévu de s'ôter la vie ce soir-là, mais sur la rive ombragée, alors qu'elle contemplait le soleil du soir jouer sur les ondes, et qu'elle essayait d'ignorer les outrages des voix de l'au-delà, elle se rendit soudain compte qu'il ne lui restait qu'une seule solution et que celle-ci se trouvait juste devant elle. La rivière lui rappelait un lit aux draps propres. Comme à la maison.

Elle pensa brièvement laisser ses bottes sur la rive ; les chaussures étaient chères, alors pourquoi les abîmer si ses sœurs pouvaient s'en servir. Mais elle eut peur que l'interruption la fasse changer d'avis. Elle descendit les rochers pour entrer dans l'eau qui s'écoulait doucement. La rivière était plus froide qu'elle se l'était imaginé, mais elle continua d'avancer jusqu'à ce que l'eau lui arrive à la taille. Elle se demanda si elle aurait dû remplir ses poches de cailloux, mais ses jupons étaient si lourds qu'elle marchait déjà avec difficulté. Le courant la tirait. Un peu plus loin, il y avait des crêtes blanches ; c'était là que le courant était le plus fort. Avec un peu de chance, il allait la balayer et l'emporter.

Alors ce ne serait pas sa faute. Elle n'aurait pas décidé. Sa mort serait entre les mains du Seigneur, et elle pourrait recevoir sa miséricorde. Elle demanda à Dieu de se hâter.

Quand l'eau lui arriva à la poitrine, elle eut le souffle coupé. C'était plus difficile de garder l'équilibre ; le courant tirait sur sa jupe et ses chevilles. Soudain, toutes les voix dans sa tête se turent, et un vent de panique les remplaça. Elle pensa au visage de sa petite sœur, et à Thomas. Mais il était trop tard pour les regrets ; elle s'était trop enfoncée et ne pouvait pas regagner la rive, pas avec ses jupons trempés et son corsage si serré qu'il expulsait l'air de ses poumons. Elle voulut se retourner pour appeler à l'aide, mais elle glissa sur une pierre. Ses pieds ne touchaient plus le fond et un flux d'eau glaciale entra dans son nez et sa bouche puis l'aveugla.

Malgré ses coups de pied, ses jupons ne bougèrent pas. Elle ne savait pas dans quelle direction était la surface. Elle était prise dans le courant et ne pouvait pas remonter pour respirer. Ce n'était pas du tout ce qu'elle avait envisagé ; ce n'était pas paisible comme quand on s'endort. Ses poumons ragèrent contre l'absence d'air. Sa gorge se serra sur des goulées d'eau qu'elle ne pouvait s'empêcher d'aspirer. Son corps entier hurlait, protestait. Tout son être la faisait souffrir.

Et les voix revinrent, plus furieuses que jamais, un déversement de colère, jusqu'à ce qu'elle comprît que c'était *elles* qui tiraient sur ses jambes, qui la faisaient sombrer vers le fond, qui la faisaient tourbillonner dans les vagues.

Sous l'eau, il ne restait plus que les voix.

Tu es à moi, petite, dit une voix inconnue.

Rejoins-moi, Elitha. Halloran, presque en pleurs. *Ma tendre, ma douce Elitha.*

Puis, soudain, une main la saisit. Elle remonta hors d'haleine à la surface dans les bras de Thomas. Elle avait été transportée en aval sur cent mètres ; il s'était approché sur le tronc d'un arbre tombé en travers du cours d'eau pour l'intercepter, et maintenant, il la tirait à côté de lui, grognant sous l'effort, tandis qu'elle poussait des cris, recrachait de l'eau au goût de vomi.

Il ne dit pas un mot, pas une parole avant qu'ils n'aient rejoint le bord, pas avant qu'elle eût cessé de frissonner et de trembler. Il ne la toucha pas, non plus, et ne la regarda pas quand elle pleurait. Mais quand elle s'apaisa enfin et eut besoin d'un mouchoir, il lui tendit un bout de tissu – mouillé, mais propre – qu'il avait dans son gilet.

« Pourquoi ? » dit-il simplement.

Elle était épuisée et avait la gorge irritée. Il l'avait enveloppée de son manteau, lui donnait envie de rien d'autre que de s'endormir dans ses bras, mais elle ne vit pas d'autre façon de lui répondre qu'en lui disant la vérité.

« J'entends les morts me parler, dit-elle. Ils me disent des choses atroces. Je voulais trouver le silence. »

Quand il leva la tête, une mèche de cheveux noirs tomba sur son visage. Il avait besoin qu'on lui coupe les cheveux, et l'idée lui traversa l'esprit, malgré le chaos.

« Quand j'étais petit... » Thomas disait toujours cela quand il parlait du temps où il vivait parmi les siens, il ne commençait jamais en disant *avant qu'on me force à vivre avec les Blancs*. « On m'a dit que les esprits pouvaient nous parler. Grâce au vent, à l'eau et même aux arbres. »

Elle secoua la tête.

« Ce n'est pas ça que je voulais dire. » Elle inspira. « Je parlais... de vraies personnes... mortes. » Elle inspira longuement ; chaque inspiration lui tailladait les poumons. « Tu dois penser que je suis folle. »

Il resta sans rien dire un moment.

« Quand mes parents ont été tués, je croyais les voir parfois. Ils me regardaient, mais ils ne me parlaient pas. »

Elitha se souvint que sa vraie mère s'était manifestée une fois et seulement une fois, le jour où son père s'était remarié, quand Tamsen avait emménagé chez eux. Elle n'était qu'une ombre flottante au pied de son lit, mais Elitha savait que c'était elle. *Ne sois pas triste*, lui avait dit sa mère. *Ton père a besoin d'elle.*

« Le prêtre a dit que je ne les voyais que parce que je le voulais. » Thomas haussa les épaules. « Il a dit que tout était dans ma tête. Après ça, je ne les ai plus revus.

– Tu crois que tout est dans ma tête, alors ? »

Devenait-elle folle ?

Thomas secoua la tête.

« Non, dit-il. Le prêtre avait tort. Si mes parents ont arrêté de venir me voir, c'est parce qu'ils savaient que j'étais en sécurité. Ils savaient que je devais continuer seul. »

Elitha s'était apitoyée sur son sort quand son père avait épousé Tamsen ; pour elle, son monde avait été jeté sens dessus dessous, il avait trahi sa mère. L'épreuve que ça avait dû être pour Thomas de perdre sa famille, sa tribu, tout ce qu'il avait connu. Elle ne pouvait pas se l'imaginer. Elle ignorait comment il avait pu en trouver la force.

« Alors tu crois aux esprits et aux êtres maléfiques ? » demanda-t-elle.

Il ne paraissait pas gêné par le sujet ni en avoir peur.

« Oui.

– Moi aussi. »

Il s'approcha d'elle, et elle frissonna quand leurs genoux se touchèrent.

« Je vais te dire une chose que je n'ai jamais dite à personne. » Il resta silencieux un instant. Elle attendit, retint son souffle. « Quand j'étais avec M. Bryant dans les bois, nous avons rencontré une tribu de Washoes. Il ne pouvait pas les comprendre, mais moi si. »

Sa voix était rauque. Il était tout près d'elle, et quand ils se touchèrent par inadvertance, Elitha sentit combien sa peau était froide. Comme s'il avait peur lui aussi.

« Ils m'ont raconté l'histoire d'un démon… Un esprit incapable de trouver le repos, affamé. Il s'est fait multitude. Et cette multitude a enfilé la peau des hommes qu'elle a consumés. »

Des esprits qui rôdaient dans les bois, avec l'apparence des hommes. *Légion est mon nom, car nous sommes plusieurs.* L'Évangile selon Marc, chapitre 5, verset 9.

Thomas secoua la tête.

« Je crois donc que ce que tu dis est vrai. Que les morts parlent quand ils sont en colère ou agités. Je crois que les esprits existent et qu'il y a de quoi avoir peur. Peut-être que les morts essaient de te prévenir. » Il hocha la tête vers l'obscurité. « Quelque chose nous attend là-bas. »

Elle pensa alors au petit Nystrom. On lui avait interdit de le voir – elle n'aurait pas voulu de toute façon – mais elle avait entendu les rumeurs. Elle pensa à la faim que la voix de Luke Halloran avait décrite. Mais Halloran ne pouvait pas être l'esprit maléfique de la tribu Washoe. Cela n'avait pas de sens.

« Est-ce pour cela que tu as fui ? » demanda-t-elle.

Thomas hésita. Puis il hocha la tête.

« J'ai eu peur », dit-il.

Elle respira, puis elle posa la main sur son bras, laissant la couverture glisser de ses épaules. Elle n'avait pas froid. Elle avait chaud, elle brûlait.

« Personne ne peut t'en vouloir », dit-elle.

Il se tourna vers elle. Ils étaient très près l'un de l'autre dans l'obscurité.

« Tu as peur ? » chuchota-t-il.

Il frôla de son doigt l'intérieur de son poignet, et elle frissonna. Pour une autre raison cette fois. Le souffle de Thomas caressa la joue d'Elitha. Les cils du jeune Indien étaient longs et paraissaient si doux, comme les plumes d'un oiseau.

Quand elle sentit ses lèvres toucher les siennes, elle eut une drôle de sensation – pas mauvaise, mais inattendue. Un peu mouillé, un peu frais et doux. Son premier baiser. Son cœur fit des bonds dans sa poitrine. Cela semblait bien inoffensif ; pourquoi les pasteurs et les parents en faisaient toute une histoire ? Il l'embrassa de nouveau, comme s'il avait su que c'était ce qu'elle voulait. Cette fois, il était plus assuré, et quelque chose se souleva en elle. Elle imagina son âme comme un oiseau, un rouge-gorge à la poitrine soyeuse qui prenait son envol.

Ils restèrent dans les bras l'un de l'autre pendant une minute encore ; Elitha savoura un bonheur secret qu'elle voulait éternel, même si elle savait que c'était impossible, puis elle se dégagea de son étreinte.

Si elle restait absente trop longtemps, son père ou sa belle-mère viendrait la chercher.

Ses jupons étaient encore mouillés et ils claquaient contre ses chevilles tandis qu'elle avançait dans les bois, mais elle s'en fichait. Elle ne craignait même plus les remontrances de Tamsen pour les avoir salis.

Quand elle arriva dans la clairière, elle faillit se cogner contre John Snyder et Lewis Keseberg, les deux membres du convoi qu'elle appréciait le moins. Cette rencontre souffla sa bonne humeur comme une flamme, éteinte par coup de vent soudain.

Les deux hommes avaient des pelles à la main. Ils la repérèrent avant qu'elle puisse partir dans l'autre direction. Snyder lui fit obstacle. Il était aussi massif qu'un bison et il avait le même regard sauvage, si mobile qu'on lui voyait surtout le blanc des yeux.

« Eh ben, si c'est pas la petite Donner qui court en liberté dans le campement. »

Keseberg la regarda de haut en bas d'une façon qui mit Elitha mal à l'aise.

« Qu'est-ce que tu fais dehors toute seule ? »

Attention. La voix de Halloran fit soudain irruption dans sa tête, et pour la première fois, pas comme un intrus, mais comme un ami. Elle se souvint de ce que Thomas lui avait dit. *Peut-être que les morts essaient de te prévenir.*

Elle décida d'éviter de répondre à la question de Keseberg. Ils voulaient croire qu'elle n'était qu'une idiote, alors elle allait faire semblant d'en être une.

« Qu'est-ce que vous faites avec des pelles ? demanda-t-elle.

– On vient de finir d'enterrer Halloran, dit Snyder. On ne peut pas le laisser traîner pour qu'il empeste tout le camp. »

Keseberg retira son chapeau. Son visage était étrange, elle n'aurait pas su dire pourquoi exactement. Il ressemblait à une sculpture, taillée dans une pierre très dure, mais dont certains éclairages révélaient les fissures.

« Oh, je venais juste dire une prière pour lui, dit-elle.

– Pour racheter ta mère ? »

Quelque chose d'atroce apparut derrière le sourire de Keseberg.

« Tu arrives trop tard de toute façon.

– Il n'est jamais trop tard pour prier », dit Elitha.

Elle essaya de les contourner, mais Keseberg lui attrapa l'avant-bras.

« Tu ne feras rien de tout ça. Ta maman voudrait pas que je te laisse gambader toute seule à cette heure », dit-il.

Il serrait fort, sa main était humide et trop chaude.

« Lâchez-moi. »

Elle essaya de se dégager, mais il l'agrippa une minute de plus, tordit son bras juste assez pour qu'elle laisse échapper un petit gémissement, ce qui plut à Snyder. Il se mit à rire. Keseberg aussi.

« Tu n'es pas une enfant, tu sais. Tu vaux bien une femme. Ça veut dire que tu devrais pas être toute seule dehors. Y a des hommes qui pourraient se faire des idées, ils pourraient croire que tu as le sang chaud. »

Elle était sur le point d'appeler à l'aide – peut-être que l'épouse de Keseberg se trouvait à portée de voix, mais cela n'aurait rien changé, car cette femme semblait si faible – quand Keseberg lâcha Elitha. Il la poussa, si bien qu'elle trébucha avant de retrouver son équilibre.

« Si t'as envie d'une petite balade nocturne, tu me dis et j'arrange le coup », dit-il.

Snyder se remit à rire, et le son lui brûlait les oreilles tandis qu'elle s'éloignait en courant.

17

Springfield, Illinois, avril 1846

La bouchée de tarte à la cerise fit couler un jus écarlate sur le menton de Lavinah Murphy ; elle saisit rapidement une serviette. Pas assez cuite – trop fine, trop rouge. Elle aurait fait mieux, mais elle n'allait pas le dire à Mabelle Franklin. Ils avaient organisé ce pique-nique d'adieu pour elle, après tout.

Un an et un mois auparavant, elle avait traîné toute sa tribu jusqu'à Springfield – peu après la mort de son mari –, mais au fil des mois, elle avait eu de plus en plus de mal à rester en place.

Les Franklin la comprenaient. Ils sentaient la même chose. Cette peur dans les yeux des gens au marché, parfois, même ici à Springfield, où la population était plus tolérante. Elle entendait les chuchotements. Même s'ils prétendaient que ce pays pouvait accueillir tous ceux qui voulaient tracer leur propre route, ce n'était pas vrai. Ils traitaient différemment ceux qui ne partageaient pas leurs croyances. Le même Dieu, mais un autre livre. Ils vous regardaient de travers ; ils n'avaient pas confiance en vous.

Eh bien, Lavinah non plus n'avait pas confiance en eux.

« Encore un peu de tarte, madame Murphy ? »

Elle secoua la tête et, en baissant les yeux, elle vit que la tarte lui avait taché les mains. Une sensation glaçante la traversa. Quand elle regarda ses mains, elle ne vit pas le jus de cerise, mais du sang. Celui de son mari.

« Vous devez appréhender ce voyage, non ? continua Mabelle. Je ne sais pas comment vous faites. Vous êtes si courageuse. »

Elle ne parlait pas seulement des préparatifs, Lavinah le savait. Elle parlait de tout.

Une femme qui élève seule une famille nombreuse était une curiosité dans une petite ville comme celle-ci. Mais elle n'aurait pas pu rester plus longtemps à Nauvoo. Pas après ce qu'il s'était passé. Des hommes tués, des familles expulsées de leurs maisons. Et l'assassinat de Joseph Smith. Ces jours-ci, il semblait que partout où des mormons s'installaient en groupe, il y avait quelqu'un pour les chasser.

« C'est juste dommage, dit Mabelle. De ne pas vivre avec les siens. »

Ne comprenait-elle pas ? C'était plus sûr ainsi. Dès que des mormons se réunissaient, c'était les ennuis assurés.

« J'aurai ma famille avec moi, répondit-elle. Et ça me suffit. »

Dès que cela lui parut approprié, Lavinah s'éclipsa. Elle n'avait pas d'animosité envers eux, mais elle savait ce que la plupart pensaient ; à leurs yeux, elle faisait passer sa sécurité avant Dieu.

Tandis qu'elle marchait dans les prés, elle se retourna pour regarder le jardin des Franklin. Elle sourit en voyant ses amis réunis – cette vision remplit son cœur presque au point de le faire éclater. Les champs dorés, le ciel bleu pâle. Les jupes des femmes qui gonflaient dans la brise de l'après-midi, telles les voiles des bateaux à l'horizon. Les enfants – dont cinq étaient les siens et trois, ses petits-enfants – qui jouaient à cache-cache dans le champ de maïs. Springfield était une ville charmante, une ville paisible – et elle s'y était rapidement sentie chez elle. Mais qui savait combien de temps la paix allait durer ?

Mue par un sentiment d'urgence, elle s'empressa de traverser le champ et s'éloigna des réjouissances et du bruit. Elle aperçut une ferme au-delà d'une pente, d'un gris élimé, prête à s'écrouler. La famille qui vivait là partait aussi avec le convoi qui s'en allait mercredi. Lavinah avait croisé l'homme une fois ou deux. Un type désagréable, qui venait tout juste de se marier. Il avait un drôle de nom, comment s'appelait-il déjà... Kleinberg ? Ah, Keseberg, voilà. Elle frissonna sous son châle, se rappela son visage en permanence déformé par une sorte de colère, ses yeux capables de vous glacer le sang.

Elle avait aussi entendu des histoires sur l'oncle de Keseberg, un homme âgé, qui avait séjourné avec son neveu il y a un certain temps. En ville, on avait eu peur de lui. Certains le décrivaient comme un monstre, disaient qu'il avait été impliqué dans une mystérieuse tragédie survenue en mer et qu'il avait même joué un rôle dans la mort d'une pauvre phtisique qui avait été dupée dans une escroquerie au tonique. Ils disaient que du vieillard émanait toujours une vague odeur de sang, la même odeur qui pouvait persister dans un cabanon après qu'on y avait découpé de la viande.

Lavinah baissa la tête et rentra discrètement chez elle pour reprendre les préparatifs pour mercredi. Un long chemin les attendait. Et la liberté, celle que les Pères fondateurs avaient écrite, celle dont ils avaient rêvé, la liberté de ne pas avoir peur, se trouvait au bout du chemin.

SEPTEMBRE 1946

18

James Reed aurait pu croire que le pire était derrière eux. Ils émergèrent enfin de la chaîne Wasatch. Après avoir laborieusement traversé des canyons assombris de peupliers, ils avaient les mains cloquées et leur dos les faisait souffrir. La descente était leur récompense, facile et longue, une douce balade pour des animaux et des hommes épuisés. Le soulagement parmi les voyageurs était palpable; chacun parlait avec optimisme d'une épreuve qui touchait à sa fin.

C'est alors qu'ils arrivèrent devant une vaste étendue sèche et blanche.

Elle avait surgi comme un mirage au loin, si pâle et dénuée de végétation que l'on aurait dit qu'un manteau de neige avait recouvert la terre d'un bout à l'autre de l'horizon. Et ça sentait mauvais. Les flaques d'eau stagnante étaient laiteuses et ressemblaient à des plaies ouvertes éparpillées sur la terre aride. L'eau n'était pas potable – ils l'apprirent aux dépens d'une vache qui en but et tomba malade.

Lors de la première année de Reed en Amérique, il y avait eu une vague de chaleur inhabituelle. Il avait dix ans à l'époque, mais il s'en souvenait comme si c'était hier. Il vivait sur une plantation de tabac en Virginie, où sa mère travaillait comme blanchisseuse. Il gagnait un peu d'argent en travaillant dans les champs avec les esclaves, taillait les plants de tabac au printemps, récoltait les feuilles mûres l'été.

C'était un travail épuisant, et cet été-là avait été insupportable. James avait grandi dans la campagne irlandaise, fraîche et humide, il n'avait jamais fait l'expérience d'une telle chaleur. Les champs luisaient. La verdure ondulait derrière les vapeurs fantomatiques. Au moins un esclave mourut avant que la fraîcheur ne revienne. Comme la mère de Reed avait demandé au contremaître de garder un œil sur son fils, il congédiait le petit tous les jours après le repas du midi. James se sentait coupable de se reposer dans les quartiers des domestiques, au frais dans la grande maison, pendant que les esclaves devaient travailler jusqu'au coucher du soleil.

À présent, plusieurs dizaines d'années plus tard, il rêvait à nouveau du carrelage frais de ces couloirs ombragés. De l'eau versée avec des pichets d'argile. De l'ombre, de la porcelaine et de la glace.

Ici, il n'y avait nulle part où s'abriter.

D'après les récits des quelques voyageurs qui avaient déjà pris la route de Truckee, ils avaient calculé qu'ils traverseraient le désert en un jour.

Mais il y eut un deuxième jour. Puis un troisième. Le bétail des Murphy, affamé et mû par la soif, s'égara en pleine nuit. Le groupe n'eut pas la force d'aller le chercher. Ils avancèrent en silence, comme une procession de spectres. Personne n'avait assez de salive pour parler.

Le quatrième jour, le vent se leva, créant de petits tourbillons de poussière et de cristaux de sel. Les enfants, animés pour la première fois depuis des jours, tapèrent dans leurs mains. Mais le vent continua à souffler et les tourbillons enflèrent pour devenir de véritables tornades serpentines, qui les fouettèrent, les piquèrent avec des cailloux qui déchiraient leurs bâches, les aveuglaient et abîmaient leur peau jusqu'à leur tirer des larmes.

La plupart des chariots avaient juste assez d'eau pour les humains. Le bétail paniquait. Les bêtes meuglaient comme si elles étaient devenues folles, et le son ne ressemblait à rien que Reed ait déjà entendu.

Le cinquième jour, Noah James, l'un des conducteurs de Reed, vint lui dire que ses bœufs agonisaient. Ils revinrent sur leurs pas, face au vent. Huit cents mètres plus loin, ils trouvèrent les chariots de la famille. Deux des trois attelages, en difficulté, se débattaient dans le sable. Un des bœufs était mort. Les autres dansaient comme des possédés sous le joug.

« On a de l'eau ? » demanda Reed, bien qu'il connaisse la réponse.

Noah James secoua la tête.

« Pas assez pour que ça y fasse quelque chose.

– Détachez cet animal, alors. Et celui-ci aussi. »

Reed désigna un autre animal mourant de son fouet, mais quand sa main se mit à trembler, il l'abaissa rapidement.

« Il va falloir le déplacer avec les bêtes qu'il nous reste.

– Avec tout le respect que je vous dois, monsieur Reed, vous allez épuiser les autres plus vite si vous faites ça, dit James. Ils ne passeront pas la journée.

– Que proposez-vous, alors ? »

La bouche de Reed était couverte de sable. Ses yeux aussi. Il savait que Noah James avait raison, mais il ne pouvait le supporter ni accepter d'abandonner son chariot. S'il cédait, il ne pourrait plus faire semblant.

Il n'était plus question de Californie. On ne parlait plus de destination. Il s'agissait de survie.

Le chariot de George Donner arriva à leur hauteur. Donner n'avait été que l'ombre de lui-même depuis la trahison de Hastings, et Reed s'en félicitait – le groupe se montrait plus efficace sans les fanfaronnades de leur ancien capitaine et sa tendance à moquer les inquiétudes de Reed.

Donner regarda Reed, puis détourna les yeux.

« Vous pouvez déposer une partie de vos affaires chez moi, dit-il. Inutile de me remercier. »

Reed sentit soudain sa poitrine s'emplir de gratitude ; il n'aurait pas supporté d'avoir à le remercier, et Donner l'avait compris. Les deux hommes savaient que Donner avait une dette envers Reed pour avoir repris le flambeau après la débâcle avec Hastings.

Margaret pleura quand ils déchargèrent leurs chariots et trièrent leurs affaires pour ne garder que ce qu'ils avaient de plus précieux. Les enfants se turent et ne se plaignirent pas, ils entassèrent consciencieusement leurs jouets pour les abandonner sur place. Sous la pile, il y avait une selle qu'ils avaient fabriquée tout spécialement pour Virginia quand elle avait eu son premier poney. Le cuir souple était décoré de fleurs et de vignes sur le manteau, et les sanglons avaient des *conchos* en nickel. Il en avait été fier. L'objet prouvait qu'il était un bon père, capable de donner de la joie à ses enfants.

À présent, il ne savait plus quel sens donner ni à cet objet ni à la vie à laquelle il avait appartenu.

« Addie aussi ? » demanda Patty Reed, montrant sa poupée à son père.

C'était une poupée de chiffon avec une tête en biscuit, vêtue de chutes de tissu attachées avec un petit ruban de dentelle à la taille, comme une ceinture. La poupée ne pesait peut-être que quelques centaines de grammes, mais les grammes finissent par faire des kilos. Deux cent vingt-cinq grammes de semoule de maïs contre le même poids en calicot et céramique. Des grammes, des grains de sable, des secondes qui tombent dans un sablier : la vie n'était qu'une affaire de comptes, et à la fin, la note était la même pour tous.

« Oui, je suis désolé », lui dit Reed.

Il fut surpris de sentir son cœur se serrer en regardant la fillette poser sa poupée soigneusement, comme s'il s'était agi de véritables funérailles.

Le transfert fut achevé en une heure. Déjà, les chariots qu'il avait fallu abandonner n'étaient plus que des fantômes. Reed abattit le dernier bœuf d'une balle dans la tête pour qu'il ne souffre plus et dans ses yeux il crut voir, bien qu'il ne soit pas fantasque, une ultime étincelle de soulagement.

19

Au début, la tempête de sable ne parut pas menaçante. Des flocons blancs tourbillonnaient dans l'air ; Stanton trouva qu'ils étaient presque jolis, délicats. Mais à la tombée de la nuit, après leur sixième jour dans le désert, le convoi fut obligé de s'arrêter. Traverser ce grand vide était déjà difficile sous un ciel dégagé. Lutter contre un blizzard de sable abrasif, c'était du suicide.

Le nuage de sable et de sel avait secoué les chariots comme la houle d'une mer furieuse. Nul n'essaya de monter sa tente ou d'installer un campement ; tous restèrent dans les chariots. Stanton s'enveloppa dans une couverture et se cala entre deux fûts à l'intérieur du sien, où il dut dormir debout dans un espace étriqué, où se trouvait tout ce qu'il possédait. Il n'avait même pas allumé de lanterne. Il n'y avait rien à voir. Dehors, le sable fouettait la toile. Durant la journée, une fine couche de sel s'était déposée sur son corps. Il y en avait sur sa peau, ses lèvres, et même ses cils. Le sel recouvrait l'intérieur de ses narines et lui irritait la gorge, si bien que même avaler lui faisait mal.

Soudain, Stanton entendit la détonation d'un coup de feu au moment même où la planche derrière lui trembla. Le bois vola en éclats à quelques centimètres de sa tête. Il se coucha comme il put dans cet espace encombré, essaya de deviner d'où était venu le tir, de l'avant ou de l'arrière du chariot. De l'arrière, très certainement. Il entendit un bruissement quand il écouta attentivement. Celui qui avait tiré sur lui était encore dehors, dans l'obscurité, caché près de la roue arrière gauche.

Stanton avança prudemment vers l'avant du chariot, espérant que la tempête de sable couvrirait le bruit de ses pas. Il glissa sur le côté et se laissa tomber, pour atterrir dans un entrelacs de harnais entreposés par terre.

La tempête absorbait le clair de lune. Tout ce que Stanton put distinguer fut la silhouette d'un homme qui se dirigeait vers lui. Il ne s'était pas fait beaucoup d'amis dans le groupe, mais cette attaque, ce n'était pas de la haine. C'était la faim. Il était une cible facile, seul dans son chariot, sans enfants. Celui qui était dehors voulait voler ses réserves, et peu lui importait de laisser Stanton pour mort. La tempête faisait une couverture idéale.

Avant que Stanton ne puisse sortir son pistolet de son étui, l'homme lui sauta dessus et le fit tomber au sol. Le sable tournoyant obscurcissait les détails et donna à Stanton l'impression qu'il était en train de lutter contre une chimère sans visage – mais une chimère qui sentait le whisky. Stanton parvint à se dégager juste à temps quand l'homme lança son poing vers sa tête, puis il entendit la lame d'un couteau s'enfoncer dans le sable à côté de lui.

Ils roulèrent dans le sable, se disputèrent l'avantage ; ils ne se battaient pas seulement l'un contre l'autre, mais aussi contre le vent, une main géante qui les jetait contre les ténèbres. L'homme était incroyablement fort, mais ralenti par l'alcool, et Stanton lui rendait au double chaque coup qu'il recevait. Mais ses flancs le faisaient souffrir, il avait l'impression d'avoir avalé une livre de sable. Stanton parvint toutefois à frapper l'homme en plein dans les côtes avant de l'entendre crier, et il sut alors à qui appartenait cette voix. Lewis Keseberg.

Peut-être se savait-il vaincu ou peut-être s'était-il lassé. Il trébucha en arrière, étourdi, et s'éloigna en chancelant dans la tempête.

Stanton, épuisé, tomba à genoux quand une autre rafale le ballotta jusqu'à ce qu'il perde l'équilibre ; ses mains touchèrent quelque chose de dur dans le sable. De taille à tenir dans la paume d'une main, c'était un pistolet bien trop petit pour un homme de la carrure de Keseberg. Stanton se releva difficilement, mais il réussit à remonter dans le chariot en s'accrochant et trouva son chemin en suivant les rênes de ses bêtes.

Une fois à l'intérieur, Stanton alluma une lanterne. Il chargea d'abord son fusil au cas où Keseberg reviendrait, puis il examina le revolver. En voyant la nacre incrustée, il reconnut l'arme immédiatement. Il n'y en avait probablement pas d'autres comme celle-ci à l'ouest du Mississippi.

D'abord incrédule, il ressentit une certaine déception. C'était l'arme de Tamsen Donner.

Le lendemain matin, Stanton partit à cheval retrouver James Reed. Reed semblait ne pas avoir dormi. Ses vêtements étaient striés de sel et sa peau blanche d'Irlandais était si rouge qu'elle paraissait brûlée.

Reed le salua d'un air scrutateur.

« On dirait que vous avez survécu à la tempête de sable.

– D'un cheveu, dit Stanton en essayant de ne pas élever la voix. Quelqu'un a tenté de me tuer cette nuit. »

Il emmena Reed jusqu'à son chariot et lui montra l'impact de balle.

Reed s'accroupit pour bien regarder.

« Vous avez vu qui c'était ? »

Stanton hésita. Pour lui, il n'y avait aucune raison de révéler l'implication de Keseberg et de Tamsen. Autant garder les détails secrets jusqu'à ce qu'il sache à quoi rimait leur complot.

« Non. Trop sombre.

– On est tombé si bas, hein ? Au point de vouloir s'entretuer. »

Reed enleva son chapeau et lissa ses cheveux trempés de sueur. Stanton se rappela l'allure de Reed quand ils étaient partis, son air de patron des villes, le col toujours bien amidonné, les chaussures toujours bien cirées.

« Que comptez-vous faire ?

– Je veux me porter volontaire pour devancer le convoi. Jusqu'au ranch Johnson. Nous avons besoin de nourriture, et la plupart des familles sont au plus mal. Certaines n'ont presque plus rien à manger. Celles qui ont encore des réserves refusent de partager avec leurs voisins dans le besoin. »

Reed plissa les yeux face aux chariots devant lui, face au désert de sel. Ils étaient aussi petits que des scarabées.

« On pourrait prendre un jour ou deux, une fois qu'on sera sortis du désert, on tuera quelques têtes de bétail, on séchera la viande. Ça nous fera tenir encore un peu.

– Aucun propriétaire de bétail ne voudra s'en séparer, ni de bon cœur ni pour l'argent, objecta Stanton. Une bonne partie des bêtes sont mortes ou se sont échappées. Ceux qui ne sont pas loin de mourir de faim sont les mêmes qui n'avaient déjà presque rien au départ… Les Eddy, les McCutcheon, les Wolfinger et les Keseberg. Et n'oubliez pas les hommes seuls. Ils sont armés. Ça va bientôt mal tourner. »

Reed hocha la tête et regarda de nouveau la déchirure dans la toile du chariot de Stanton.

« Ça a déjà mal tourné, dit-il avant de soupirer. J'imagine que votre éloignement donnera à celui qui vous a tiré dessus du temps pour se calmer. »

C'était ça ou il risquait de s'isoler davantage. Mais c'était toujours plus sûr que l'autre issue, pour l'instant. Il lui fallait partir.

« C'est décidé, alors. »

Reed hocha la tête.

Une fois encore, Stanton se demanda où Bryant pouvait bien se trouver et essaya de ne pas imaginer le pire en l'absence des lettres promises. Il espérait qu'Edwin n'était plus très loin de Yerba Buena, qu'il profitait de son soleil.

« Je veux emmener un homme avec moi », dit-il lentement.

Il surveilla la réaction de Reed. Il ne s'attendait pas à trouver beaucoup de volontaires. Bien des choses pouvaient tuer un homme d'ici au ranch Johnson.

« Will McCutcheon, trancha Reed. Je crois que c'est l'homme qui devrait vous accompagner. »

Stanton hocha la tête ; tout ce que possédaient les McCutcheon était sanglé sur le dos de leur mule.

« Je peux demander à Baylis de s'occuper des bœufs pendant votre absence. Et Mme McCutcheon veillera sur votre chariot. »

Stanton se contenta de hocher de nouveau la tête.

« Nous vous devons beaucoup, monsieur Stanton. Beaucoup. »

Reed s'essuya les mains avant d'en tendre une pour serrer celle de Stanton.

Il trouva Tamsen en train de marcher à l'ombre de la bâche du chariot des Donner. Elle s'était enveloppé la tête dans un châle blanc pour se protéger du soleil. Il descendit de cheval et marcha à sa hauteur.

« Monsieur Stanton. » Elle ne semblait pas surprise de le voir. Il admira son sang-froid. « Que faites-vous ici ? »

Il chercha dans sa sacoche.

« Je crois qu'il est à vous. »

Elle se figea quand elle reconnut son propre revolver. Soudain, elle parut changée, pas moins belle mais plus petite, comme une flamme qui commence à manquer d'oxygène.

« Autant le reprendre, dit-il. Je sais qu'il vous appartient. »

Elle le prit, mais avec un regard écœuré, comme s'il s'agissait d'un serpent ou d'un gros insecte qui pourrait la mordre. Il regarda ses mains, se demanda brièvement si elle pourrait le mettre en joue avec son arme ; il éprouva comme un soulèvement de cœur devant cette incertitude. Puis il s'en voulut, car c'était ce genre de pulsion – face à ce qu'il fallait éviter, au danger, à *elle* – qui menait à la ruine, et en avoir conscience ne rendait cette pulsion que plus irrésistible. Ses lèvres étaient pleines et roses. Il détourna le regard, soudain furieux contre elle, puis contre la couleur de ses lèvres. Elle n'eut même pas la décence d'avoir l'air coupable.

« Tu ne veux pas savoir où je l'ai trouvé ? » demanda-t-il, pressant.

Elle le regarda impassiblement.

« Je l'ai pris des mains de Lewis Keseberg, dit-il.

– Lewis Keseberg ? » Elle haussa les épaules pour marquer son indifférence, et lui tendit l'arme. « Quoi qu'il ait fait, je n'y suis pour rien. Et je ne lui ai pas donné le revolver. Il a dû le voler.

– Et quand en aurait-il eu l'occasion ? Vous n'aimez pas rester désœuvrée, madame Donner ? Tant mieux si tu as trouvé un nouveau joujou. »

C'était mal d'insinuer une telle chose, mais la bête, enchaînée à l'intérieur de lui, qui s'était tenue tranquille pendant ces derniers mois, relevait la tête. Stanton commençait à perdre le contrôle – ou il l'avait déjà perdu, il y a longtemps.

Le visage de Tamsen prit une expression haineuse.

« Tu n'as pas le droit de me parler comme ça. Pas après ce qu'il s'est passé entre nous.

– Ne crois pas que j'aie oublié », dit-il. Il haïssait le grognement dans sa voix, le pouvoir qu'elle avait sur lui, *irrésistible.* « On me le rappelle tous les jours. La moitié du convoi chuchote à mon passage et l'autre m'évite ; ces rumeurs se répandent comme une maladie. On me le rappelle quand Franklin Graves me menace de me pendre si… »

Il s'interrompit. Il ne voulait pas parler de Mary.

Mais Tamsen secoua la tête.

« Je ne l'ai dit à personne.

– Pardonne-moi si je ne te crois pas sur parole. »

Il fit passer les rênes de son cheval par-dessus l'encolure, prêt à remonter en selle, mais Tamsen lui toucha le bras pour attirer son attention, aussi brièvement qu'elle eût touché du fer chauffé à blanc.

« Pardon, Charles, dit-elle d'une petite voix. Tu veux bien m'écouter ? Je ne suis pas ausi mauvaise que tu le crois. »

Il plissa les yeux, puis s'éloigna. Les montagnes, une série de hiéroglyphes au loin, une bordure en dents de scie contre la coquille lisse du ciel bleu, semblaient s'être rapprochées. Il pouvait distinguer les sommets couverts de neige, les vallées déjà gelées, recouvertes de cette glace qui ne fondait jamais. Il fallait faire vite.

« Non », dit-il enfin, toujours sans la regarder. Stanton pensa à l'haleine chaude de Keseberg, imbibée de whisky, et à la férocité avec laquelle il s'était jeté sur lui, presque comme un animal. Il était impensable que Tamsen accueille un homme comme lui dans son lit, ou même qu'elle conspire avec lui. Il soupira. « Je ne crois pas que tu le sois. »

Il savait que Tamsen était comme son revolver – puissante, mortelle, surtout entre les mauvaises mains.

Il regarda les siennes puis, tout en agrippant les rênes, il monta sur son cheval et l'éperonna pour le lancer au galop.

20

Territoire indien

Ma très chère Margie,

Je suis perdu. Je ne saurais dire avec certitude depuis combien de jours. Je t'écris pour me changer les idées, pour me remonter le moral. Je ne sais pas si je croiserai un être humain, quelqu'un pour t'envoyer cette lettre. Si je ne trouve personne, je la laisserai près d'une rivière ou ailleurs, là où elle aura une chance d'être repérée.

Je n'ai plus rien à manger. Il n'y a pas de gibier. Je ne parviens à survivre que grâce à ce que j'ai appris des Miwoks il y a des années, des Indiens qui furent obligés de creuser pour survivre. J'ai mangé tout ce qui me semblait comestible, jusqu'aux glands amers et aux herbes, mais à cause de la sécheresse, même ces choses-là manquent. J'aurais pu tuer et manger mon cheval si je pensais pouvoir rejoindre la civilisation à pied. Je pourrais y être forcé malgré tout si ça ne s'améliore pas bientôt, même si l'idée me révulse.

Dans cet état proche du délire, je suis récemment tombé sur ce qui ressemble aux restes d'un campement. Dans une clairière, avec des pierres placées en cercle autour d'un foyer. Les éléments et le passage du temps ayant fait leur œuvre, un appentis en bois se désagrégeait, son toit s'était effondré. J'ai creusé la terre autour du foyer et j'ai trouvé des indices m'indiquant que des hommes blancs étaient passés par là, un groupe de chercheurs d'or, sûrement : une tasse en étain, un livre à moitié pourri de psaumes avec beaucoup de pages arrachées (pour le feu certainement), quelques pièces de monnaie, deux bouteilles vides qui n'ont pu contenir que du whisky. Parmi ces objets, il y avait aussi beaucoup, beaucoup de fragment d'os. Il devait y avoir du gibier ici il n'y a pas si longtemps.

Mais les os me paraissaient curieux : trop gros pour un lapin, pas la bonne forme pour un cerf. J'ai mis cela sur le compte du délire provoqué par la faim, ou peut-être que j'anticipais la vérité, trop horrible pour être envisagée sans détour.

Ce n'est que quand je suis entré dans la cabane que je me suis rendu compte qu'un événement terrible s'y était produit. Il y avait des crânes humains éparpillés sur le sol. Ils avaient tous été ouverts, chacun d'eux, comme avec une pierre. Les longs os que j'avais déterrés étaient humains, cela ne fait aucun doute, avec l'os cortical. La tête des os les plus importants – ceux que l'on trouve aux jointures, aux hanches, aux épaules, etc. – n'était pas intact, ce qui aurait été le cas si le corps avait été déchiré ou s'était désagrégé, mais portait les traces distinctives d'un découpage. Et en effet, il y avait une hachette rouillée non loin de là ; la façon dont sont morts ces individus ne fait aucun doute.

Je suis sorti en titubant, étourdi par l'horreur. À qui a appartenu ce camp ? Bridger et Vasquez m'ont parlé de chercheurs d'or disparus il y a plusieurs années ; c'est forcément eux. J'ai trouvé des outils de prospection, des pioches et des pelles, qui rouillaient sous les broussailles.

J'ai du mal à me rappeler combien d'hommes faisaient partie de ce groupe, selon Bridger. Qu'a-t-il pu leur arriver ? Qui les a tués ? Les Anawaïs ? Aucun indice ne les désigne, mais rien ne les innocente non plus. La cause aurait tout aussi bien pu être un désaccord au sein du groupe qui aura dégénéré. Un intrus complètement fou sorti des bois. Une bande de hors-la-loi, qui les aurait torturés pour qu'ils révèlent où se trouve l'or que les bandits croyaient caché. J'imagine qu'il y a toutes sortes de raisons pour que des hommes se retournent les uns contre les autres dans un groupe.

J'ai beau ne pas être du genre à prendre peur facilement, je savais que je ne pouvais pas passer la nuit là. Je suis parti aussi vite que mon cheval voulait bien me porter, ayant hâte de laisser cette scène loin derrière moi.

Depuis, je continue mon chemin.

Margie, comme cela pourrait être ma fin, il me semble que je dois t'expliquer pourquoi j'ai décidé de ne pas rester avec toi à Independence mais de continuer vers l'ouest. Bien que nous en ayons parlé – et je te remercie de ne pas avoir essayé de m'arrêter –, je ne t'ai pas dit toute la vérité. Tu m'as demandé avant que je parte pourquoi j'étais si fasciné par les légendes et les croyances indiennes, et je t'ai donné la réponse que la plupart des gens acceptent, c'est-à-dire la curiosité pour leurs coutumes, un désir de comparer leurs croyances avec celles de la foi chrétienne, etc. Je ne voulais pas te mentir ni être condescendant, mais j'avais peur que si je parlais franchement, tu hésites à m'épouser, et je ne voulais pas te perdre. Ici, en pleine nature, j'ai eu tout le loisir de réfléchir au temps que nous avons passé ensemble, de penser à toi, *et je me rends compte maintenant que j'aurais dû te révéler mes véritables motivations.*

C'est drôle comme on se raccroche à certaines vérités sur nous-mêmes, et quel pouvoir ces vérités exercent sur nous. Je t'ai un peu parlé de mon éducation. Mon père était un prêcheur de campagne dans le Tennessee. On pourrait le considérer comme un revivaliste, proche de ceux que j'ai dénoncés dans mes articles. Mais à la différence des escrocs comme Uriah Putney, mon père n'a jamais essayé de tromper personne. Il voulait prêcher et guider du mieux qu'il le pouvait avec son instruction limitée. Il n'y avait pas de tolérance chez lui, il ne savait rien pardonner. Il se voyait comme un homme de Dieu, mais son dieu était un juge, un esprit colérique, exigeant. Et évidemment, il s'est modelé à l'image de son dieu.

Comme tu peux l'imaginer, mon enfance fut infernale. Cette atmosphère était suffocante pour un garçon curieux. Mon père ne permettait aucun questionnement sur la foi ou l'interprétation qu'il en avait. Il ne permettait aucune question, point final. Je décidai très jeune de ne pas suivre son exemple et j'appris à tout *questionner.*

Je décidai de devenir un homme de science, et il n'y a pas de plus grande science aujourd'hui que la médecine. J'entrai en apprentissage chez un docteur des environs, Walton Gow. S'il était originaire des montagnes du Tennessee (et il m'emmènerait plus tard dans le Kentucky), le Dr Gow n'avait rien d'un charcutier de campagne. Walton était hautement respecté pour son approche de la médecine, qui consistait en beaucoup de bon sens et de savoir-faire. Sa capacité d'observation était remarquable. Il avait acquis la réputation d'être capable de sauver la vie de patients dans les états les plus désespérés, mais la plupart des gens le connaissaient comme l'homme qui a sauvé Davy Crockett en lui retirant son appendice éclaté à l'époque où il était un élu de l'État du Tennessee. Walton n'était alors qu'un jeune homme, mais se trouvait être l'un des rares chirurgiens présents dans le territoire.

En tant qu'infirmière, ma chère Margie, tu concevras qu'un médecin puisse voir des choses qui le font douter de ce qu'il croyait savoir sur le monde. Cela nous arriva un soir, à moi et à Walton Gow, peu après notre arrivée dans le Kentucky.

Je ne t'ai jamais raconté cette histoire de peur que tu me prennes pour un fou. Mais pour tout comprendre, tu dois savoir la vérité.

Nous faisions notre tournée dans une région très isolée quand nous entendîmes parler d'un cas curieux à Smithboro. On nous demanda d'aller voir un homme qui avait été victime d'une attaque. Le plus curieux était que ses blessures ne semblaient pas tout à fait *être l'œuvre d'un animal. Il nous dit qu'il ne savait pas ce qui avait bien pu l'attaquer, mais son récit sonnait faux.*

Après que le Dr Gow eut insisté pour connaître la vérité, car elle nous était indispensable pour l'aider, l'homme nous raconta qu'il avait été attaqué par un démon vivant dans les bois aux alentours de Smithboro. Ce démon était connu des habitants, mais pour des raisons évidentes, ils étaient réticents à en parler aux étrangers. Le démon, nous expliqua-t-il, avait été un homme autrefois, mais il avait subi une étrange transformation – nul ne savait pourquoi – et soudain, il s'était mis à vivre dans les bois comme un animal. Il s'en prenait au bétail de ses voisins pour survivre, tuait des chèvres et des moutons et traînait leur carcasse dans les bois.

Nous pensions que les villageois souffraient de quelque folie collective. Mais ils maintenaient que l'histoire était vraie. Et les blessures de l'homme étaient étranges, en effet, trop cruelles pour être attribuées à un humain !

Gow et moi refusâmes de croire à leurs contes, bien sûr. Mais les uns après les autres, ces gens vinrent nous parler d'incidents, d'apparitions. On nous raconta des légendes d'Indiens qu'ils appelaient les changeurs de peau, qui avaient le pouvoir de se transformer en animal, souvent pour des raisons funestes.

Il est communément accepté que les mythologies du monde, dans toutes les cultures, contiennent souvent des éléments de récits qui résultent d'un désir d'expliquer des phénomènes anormaux, naturels ou physiologiques ; après un moment, Gow et moi ne pûmes nous empêcher de nous demander si c'était ce qui était à l'œuvre ici. Et dans ce cas, cela voulait dire que cette maladie, *si c'en était une, avait affecté des personnes dans des lieux variés à des moments différents de l'Histoire, en se propageant comme une vague.*

Je me pris de passion pour cette étrange affaire. C'est en partie la raison pour laquelle j'abandonnai la médecine et devins journaliste. En écrivant pour la presse, j'étais libre de voyager partout et de poser des questions. Walton ne comprit pas pourquoi je ne pouvais pas me contenter d'un mystère non résolu, et pourtant, dans sa lettre la plus récente, il a finalement admis être lui aussi hanté par cette histoire.

Ici et là, j'ai entendu d'autres récits d'humains attaqués par des loups ; ils semblaient se rétablir, mais devenaient étrangement violents. Il y a même eu le cas stupéfiant d'une famille en Irlande dont chaque membre, à l'exception d'une fillette, fut soupçonné d'avoir été transformé en créature comme dans les vieux contes européens de loups-garous. Ils avaient tous disparu, comme l'homme de Smithboro, hormis la petite, et miraculeusement, aucun signe de la maladie ne se manifesta chez elle. Est-il possible pour certains individus de résister à des maladies, et si c'est le cas, comment l'expliquer ?

Ce dont je fus témoin jadis présente de nombreux points communs avec diverses croyances indiennes, et voilà pourquoi je suis parti pour l'Ouest : pour rencontrer les tribus concernées, m'entretenir avec elles directement. Pas exactement pour en savoir plus sur leur mythologie, mais pour savoir si certaines d'entre elles trouvent une origine commune dans des phénomènes physiologiques bien réels.

Mais alors que j'écris ces mots, perdu dans cette contrée sauvage, je ne peux que douter de l'issue de cette entreprise. Je pensais être en quête de vérité et de connaissance, maintenant je crains d'avoir gâché ma vie.

Ma très chère Margie, j'espère que tu trouveras dans ton cœur la volonté de me pardonner mon choix insensé. Je ne peux qu'espérer que Dieu sourie à ma quête et me garde en vie. Avec son aide, je reviendrai à tes côtés.

Je serai pour toujours,
Ton Edwin qui t'aime.

21

Qui aurait pu imaginer que le jardin d'Éden se trouvait sur les contreforts de Pilot Peak ? Après avoir traversé ce désert de malheur, ce petit coin de terre craquelée et sèche était le plus bel endroit que Reed ait jamais vu.

L'enfer, semblait-il, était derrière eux.

Le bétail affamé se mit à arracher les touffes d'herbe ; les bêtes se rassemblèrent sur trois rangées autour du tout petit point d'eau. Les voyageurs sortirent de leurs chariots croûtés de sel et de sable, et se laissèrent tomber dans le ruisseau pour s'abreuver et s'arroser la tête avec l'eau boueuse. Lavinah Murphy et sa famille s'agenouillèrent, les mains jointes et les yeux fermés, pour remercier Dieu de les avoir délivrés.

Reed regarda tout cela avec satisfaction, mais il était aussi vexé. Il avait pris la tête du groupe, leur avait fait traverser la pire épreuve de l'expédition, mais quelqu'un pensait-il à *le* remercier ? Bien sûr que non. Au lieu de cela, beaucoup trouvèrent des raisons de lui en vouloir. Il avait fini par se rendre compte que la loyauté du groupe tenait moins aux faits qu'aux sentiments. Et une fois encore, Reed fut obligé d'accepter qu'il n'inspirait pas la sympathie chez les autres – il ne l'avait jamais inspirée et ne l'inspirerait peut-être jamais. Car beaucoup n'aimaient pas la vérité, semblait-il – ils la trouvaient sale et déplaisante, déplacée et compliquée. Ils n'avaient pas de patience – pour les chiffres, les litres, les rations, les portions, les raisons. Beaucoup préféraient la satisfaction éphémère d'entendre ce qu'ils voulaient entendre. Cela avait été la principale qualité de

Donner, ou du moins cela l'avait été avant que l'homme, jadis jovial, ne s'effondre.

Mais que le groupe l'apprécie ou non, ce fut bien l'œil attentif de Reed sur les rations et son empressement à vouloir partir chaque jour plus tôt que le jour précédent qui les avait amenés ici sains et saufs. Sous la supervision bavarde de Donner, ils seraient morts depuis longtemps.

À présent, une autre tâche désagréable, mais nécessaire, attendait Reed; le temps était venu de demander aux familles s'il y avait eu des morts et de comptabiliser les pertes. Il soupira et reprit ses rênes. À l'avant, il y avait les Breen et les Graves, ceux qui le détestaient le plus, dont le ressentiment irrationnel venait du fait qu'il était à la tête du convoi au moment où ils durent parcourir ce tronçon éprouvant; ils étaient de ces gens qui avaient toujours besoin de rejeter la faute sur quelqu'un.

Ensuite, il y avait les familles dont l'allégeance fluctuait ou qui choisissaient de ne pas prendre parti. Parmi elles, il y avait les Keseberg, Wolfinger le rusé et sa bande d'immigrés allemands, et le clan de Lavinah Murphy. Will Eddy et sa famille voyageaient avec eux, comme les McCutcheon.

À l'autre bout du convoi, il y avait les familles à l'égard desquelles *tous* éprouvaient du ressentiment, parce qu'elles étaient riches, un fait que Reed admettait avec un contentement pervers, car sa famille comptait encore parmi elles. Les deux familles Donner étaient entourées d'une petite armée d'employés et de presque une dizaine de conducteurs, ce qui permettait à Reed de se sentir un peu plus en sécurité. Trop souvent, il surprenait Franklin Graves et Patrick Breen en train de marmonner ensemble, les yeux rivés sur les réserves de nourriture des Reed quand ils déchargeaient.

Mais ils ne le briseraient pas, pas comme ils avaient brisé George Donner. Reed ne se terrait pas dans son chariot. Il allait et venait obstinément le long du convoi, endurait les regards pleins d'amertume, refusant de leur donner la satisfaction de leur montrer qu'il avait peur. Ces jours-ci, Tamsen Donner et lui avaient un point en commun : ils étaient de loin les personnes les plus détestées de l'expédition.

Au bout du compte, il comptabilisa un tiers de chariots abandonnés dans le désert. Personne n'avait péri. Cependant un nombre considérable de biens avaient été abandonnés et quantité de bétail perdu.

Mais regarder en arrière était un piège. Ils étaient arrivés jusque-là. Il n'y avait pas de retour possible, ni maintenant ni à aucun autre moment.

Ils s'éloignaient de Pilot Peak quand ils tombèrent sur des dépouilles d'Indiens. Les deux arbres funéraires à la stabilité précaire se détachaient au milieu d'une maigre végétation. Reed et quelques autres s'approchèrent pour regarder de plus près. Les arbustes arrivaient à hauteur d'homme. Les corps enveloppés étaient entourés d'objets qui avaient dû être laissés là en hommage : un vieux couteau à la lame émoussée, avec un manche en cuir tressé ; des colliers d'os sculptés et de plumes rayées noir, blanc et bleu ; une tunique en peau de bison, la fourrure ternie par le soleil.

William Eddy s'essuya le visage avec son avant-bras.

« C'est quoi à votre avis ? Des Païutes ? »

Reed secoua la tête.

« Shoshone, probablement, répondit-il. C'est leur territoire. »

John Snyder se tenait délibérément trop près. Reed sentait sa présence comme une pellicule de sueur sur sa peau.

« Quoi ? Vous êtes un expert en Indiens maintenant ?

– Je l'ai lu dans un livre sur le Territoire indien. »

À Springfield, après ce qui était arrivé avec Edward McGee, Reed avait de justesse évité l'opprobre et il avait alors brièvement voulu devenir un « agent indien » pour l'État fédéral. Mais les postes étaient difficiles à obtenir. À présent, cela lui paraissait un peu idiot, comme s'il avait été en quête d'un rêve puéril.

Mais il avait pris conscience – trop tard – que sa fuite vers la Californie était un rêve tout aussi puéril. Il n'avait pas retenu la leçon apprise avec McGee. Peut-être que tout opposait Snyder, cet homme grand et brutal, et McGee, raffiné et charmant, mais tous deux avaient été les protagonistes de projets qui s'étaient brisés en mille morceaux.

La vie de Reed était peuplée de rêves brisés.

Keseberg se baissa pour ramasser un des colliers.

« C'est du gâchis de laisser toutes ces babioles aux morts. »

Reed essaya de s'imaginer l'épouse blême de Keseberg portant un tel bijou, mais son imagination lui fit défaut.

« C'est pour que le mort puisse s'en servir dans l'au-delà, dit-il. Vaut mieux ne pas y toucher. »

L'état des corps troublait Reed. Ils étaient exceptionnellement amaigris pour des adultes et trop grands pour des enfants.

« Je ne vois pas d'Indiens ici pour nous en empêcher, dit Keseberg.

– Il ne faut pas toucher aux tombes d'Indiens, dit Franklin Graves. Les Peaux-Rouges sont fort susceptibles là-dessus. »

Keseberg ne lui prêta pas attention, il avança et retourna un des coins du suaire en peau de daim. Reed comprit alors pourquoi les corps étaient si petits : ils avaient été incinérés. Il n'y avait que des restes carbonisés. Des bouts de chair calcinée étaient encore attachés aux os noircis. Les crânes étaient recouverts de bouts de chair brûlée, leurs orbites accusatrices semblaient les dévisager. Plusieurs hommes reculèrent. Eddy se retourna, toussa dans sa manche.

« Quels sauvages, dit Keseberg. Qu'est-ce que je vous avais dit ? C'est tous des sauvages. »

Reed n'avait aucune sympathie pour les Indiens, mais il haïssait Keseberg et son ignorance encore davantage.

Et surtout, ces cadavres le troublaient, plus qu'il ne voulait l'admettre. Cela n'avait aucun sens. Un de ses éclaireurs lui avait appris que les Indiens prenaient soin de leurs morts pendant la guerre de Black Hawk. « Il a dû se passer quelque chose », dit-il. Sous le soleil brûlant, les visages noircis paraissaient sourire atrocement. « Je n'ai jamais entendu parler d'une tribu qui brûlait les corps ainsi.

– Ils étaient peut-être malades, dit Franklin Graves. Ils avaient un genre d'infection et ne voulaient pas qu'elle se répande. »

Infection. Le mot persista dans l'air comme un sifflement. Le groupe regarda l'arbre funéraire en silence. Reed savait qu'ils pensaient tous à Luke Halloran. Avait-il attrapé une maladie, celle qui aurait frappé ces deux Indiens ?

« Qu'est-ce que c'est ? »

La question de Mary Graves leur fit prendre conscience qu'elle était juste derrière eux. Elitha Donner aussi. Reed avait entendu dire qu'Elitha était téméraire, mais il pensait que quelque chose ne tournait pas rond chez elle ; il la voyait parfois déambuler, toute seule, murmurer, comme si elle parlait dans le vide.

Le visage de Franklin Graves s'assombrit de colère.

« Va-t'en, ordonna-t-il à sa fille. Retourne au chariot. Ce n'est pas un spectacle pour une femme. »

Mais Mary parvint quand même à se faufiler, alors qu'il semblait prêt à l'arrêter physiquement. Reed dut le lui accorder : elle avait du cran.

« On a gravé quelque chose ici », dit-elle. Elle posa la main sur l'écorce d'un arbre. On avait dessiné des carrés dans d'autres carrés, il y avait aussi ce qui ressemblait à des éclairs. Des traits représentaient des hommes avec des têtes étranges, lourdes. « Peut-être que c'est une histoire.

– Ce n'est pas une histoire. »

Thomas, le garçon du fort Bridger, prit la parole. Reed l'avait presque oublié. Il se cachait toujours sous l'un des chariots de George Donner ; on se demandait où il pouvait bien passer ses journées. Il n'avait pas eu besoin d'aide pendant la traversée du désert ; Reed s'était attendu à ce qu'il prenne la fuite, comme il l'avait fait avec Bryant.

« Ce sont des charmes contre les mauvais esprits. »

Il s'exprimait comme s'il cédait chaque mot contre sa volonté.

« Une protection contre les affamés.

– Pour les morts ? »

Breen posa une main sur son fusil, presque machinalement. « Bon sang, pourquoi les morts auraient-ils besoin de protection ? »

Reed pensa à ce que Hastings avait dit quand il l'avait trouvé recroquevillé dans son chariot. *Quelque chose ici mange tout ce qui vit.*

« C'est les esprits qui ont raflé tout le gibier des bois, c'est ça l'idée ? » demanda Snyder.

Thomas détourna le regard. Sa mâchoire se contracta.

Reed fut choqué d'entendre Elitha Donner lui répondre.

« Ils ne mangent pas que les animaux », dit-elle d'une voix douce, chantante. Ses yeux étaient clairs, bleus et troubles. « Ils mangent les hommes. »

Reed sentit un frisson de malaise lui soulever la peau.

« Tu lui as rempli la tête d'histoires à dormir debout, dit-il à Thomas.

– Il veut nous aider, rétorqua Elitha, se détournant brusquement de Reed. Il essaie de nous aider depuis le début, mais vous ne l'écoutez pas. »

Snyder se pencha au-dessus d'Elitha avec un rictus.

« Tu ne comprends pas, petite… Il n'est pas comme nous. Il ne veut pas t'aider, il veut juste regarder sous tes jupons.

– Ils ont brûlé les corps pour que les affamés ne les dévorent pas. » La voix de Thomas était égale, mais il devait s'efforcer de garder son sang-froid. Il désigna le bassin qui s'ouvrait devant eux et la montagne au loin. « Nous sommes entrés sur le territoire des esprits malins. »

Il tapa sur le tronc d'un arbre, désignant les symboles gravés dans l'écorce, puis il montra les corps.

« Vous ne voulez peut-être pas me croire, mais la preuve est devant vos yeux.

– La preuve ? dit Patrick Breen en levant les yeux au ciel. Je ne vois pas de preuve, juste un tas de sottises inventées par des ignorants. Je fais confiance au Seigneur… Tu m'entends, gamin, au *Seigneur…* pour me guider et me protéger. »

À ce moment, le jeune homme recula pour s'éloigner du groupe, leva les bras en signe de capitulation. Il secoua la tête lentement en reculant, un sourire triste se dessina sur son visage.

« Vous avez dû beaucoup le décevoir, votre Seigneur, car il vous a conduits tout droit dans la vallée de l'ombre de la mort. Faites la paix avec lui avant qu'il ne soit trop tard, parce que les affamés vous trouveront. »

22

Tamsen se sentait changer, s'endurcir. Ils avaient quitté le grand désert blanc pour finalement se retrouver dans le Grand Bassin au milieu d'une plaine couverte de sauge sauvage à l'infini. Le soleil avait rongé sa beauté, gâté sa peau et ses cheveux, fait fondre ses courbes gracieuses, ne lui laissant qu'une silhouette osseuse et tendineuse. La beauté avait été son armure. Sans elle, elle devenait craintive.

Pourquoi n'avait-elle pas demandé à George de prendre une mèche de cheveux du petit Nystrom, le gamin tué au début de leur voyage ? Elle aurait pu en faire des talismans puissants pour protéger les enfants, mais elle avait peur que quelqu'un le sache. Elle œuvrait en secret, car même George voyait d'un mauvais œil qu'elle s'adonne à ce qu'il appelait des « pratiques païennes ». Désormais elle ne pouvait plus rien pour ses enfants, et elle avait été surprise d'éprouver autant de crainte pour eux. Elle ne s'était jamais considérée comme ayant la fibre maternelle, mais peut-être avait-elle eu tort.

Peut-être avait-elle eu tort sur tout.

C'était la fin septembre et les montagnes, couvertes de blanc et striées d'ombres, s'étaient encore rapprochées. Mais en bas, dans les plaines, il faisait chaud. Elle éprouvait plus de gratitude ce soir-là quand ils montèrent les tentes. Elle avait marché toute la journée pour épargner les bœufs et brûlait d'impatience d'enlever ses bottes, bien qu'elle appréhende ce moment, car les premiers instants de soulagement étaient toujours suivis d'une douleur si intense qu'elle avait l'impression qu'elle ne pourrait plus jamais marcher.

En s'asseyant sur un rocher, Tamsen se sentit soudain mal, alors elle prit un peu de poudre d'écorce de saule pour soulager la douleur. Elle savait qu'elle ne mangerait pas ce soir. Ces dernières semaines, elle avait sauté des repas pour qu'il y en ait plus pour les enfants. Les deux familles comptaient beaucoup d'hommes. Presque autant de conducteurs que de membres de la famille, sans parler des adolescents de Betsy d'un précédent mariage. Les hommes avaient un gros appétit, et Tamsen craignait que les filles soient lésées. Mais c'était plus facile, d'une certaine façon, de faire passer les filles en premier. Elle se disait parfois que sa faim était démesurée, que manger un repas entier la tuerait. L'envie était si profonde qu'elle l'effaçait tout entière – elle ne se reconnaissait plus.

Parfois, elle oubliait de répondre quand elle entendait son nom.

Et il y avait Keseberg. Elle faisait de son mieux pour l'éviter après la façon étrange dont il s'était comporté avant le départ de Stanton. Il était venu la trouver lors d'un de ces rares moments où elle se trouvait seule, une des rares fois où elle s'était éloignée de ses enfants et du chariot, dans lequel George passait maintenant la plupart de ses journées.

« Je sais que tu voudrais qu'il disparaisse », avait-il persiflé. Il parlait de son époux et pas de Stanton. Il avait deviné à quel point l'insatisfaction lui pesait. « Et je peux faire en sorte qu'on y trouve notre compte tous les deux. »

Elle avait eu un mouvement de recul – son haleine puante, son sourire lubrique et, pire encore, son regard entendu.

« Vous ne me connaissez pas, avait-elle répondu aussi calmement que possible. Vous ne savez pas ce que je désire. Sinon, vous sauriez que ce n'est certainement pas *vous*. »

Cela avait suffi à l'éloigner, marmonnant au fil de ses pas chaloupés.

« C'est pas fini », avait-il lancé par-dessus son épaule.

Elle s'était apparemment fait un autre ennemi sans le vouloir.

Le lendemain, Tamsen s'était changée en boule de nerfs en apprenant que son revolver avait disparu, et elle fut déboussolée quand Stanton l'accusa de conspirer contre lui. Elle n'avait tout compris que plus tard : Keseberg avait voulu tuer Stanton et lui faire porter le chapeau, une vengeance mesquine pour l'avoir éconduit.

L'absence temporaire de Stanton l'avait déçue, certes, mais aussi soulagée. Il avait insinué, quand bien même brièvement, qu'elle avait fait de Lewis Keseberg son dernier amant en date, ce qui était outrageant à de nombreux égards. D'abord, Keseberg la dégoûtait – physiquement, moralement, de toutes les façons possibles et imaginables. Mais ce qui l'écœurait le plus, c'était la facilité avec laquelle Stanton était arrivé à cette conclusion. Cela ne faisait que lui prouver que Stanton ne pouvait pas la comprendre et qu'il ne la comprendrait jamais.

Non, aucun de ces hommes ne le pouvait, et Tamsen en était chaque jour plus consciente ; la faim la ravageait de l'intérieur tout en creusant un espace qui lui permettait de voir les choses telles qu'elles étaient réellement.

Elle reprit de la poudre de saule, puis ferma les yeux et inspira profondément en écoutant le rituel du soir : Samuel Shoemaker et Walt Herron qui détachaient les bœufs et les conduisaient au bord de la rivière ; George et Jacob qui montaient les tentes ; Betsy qui s'apprêtait à préparer le dîner. Au milieu de ce rituel flottaient les voix aiguës de ses filles. Frances, Georgia, Eliza, Leanne – elle cochait mentalement leurs noms chaque fois qu'elle identifiait l'une d'elles.

Elle ouvrit les yeux. Où était Elitha ? Elle bondit sur ses pieds, faillit hurler de douleur quand ils touchèrent le sol et se précipita vers ses filles qui jouaient dehors à côté du feu destiné au repas, où Betsy commençait à installer le trépied. Comme toujours, leur emplacement était à une certaine distance des autres, assez loin pour prétendre qu'ils n'existaient pas, mais assez près pour se sentir en sécurité. Les quatre filles jouaient à la ficelle, mais Elitha n'était pas avec elles.

« Où est votre sœur ? Pourquoi n'est-elle pas avec vous ? » demanda Tamsen.

Elle ne supportait pas l'inquiétude qui s'était logée dans sa poitrine.

Les petits visages innocents se tendirent soudain.

« Elle est allée chercher quelque chose, dit Leanne, se recroquevillant dans l'anticipation de l'ire de sa mère.

– Venez avec moi. Il faut qu'on trouve Elitha, vous m'entendez ? Allez, dépêchez-vous. »

Il fallait les emmener, il n'y avait pas d'alternative. Elle ne faisait confiance à personne pour les protéger, pas même à Betsy. Personne d'autre ne comprenait qu'ils étaient tous à la portée du mal, que ce dernier attendait le bon moment pour fondre sur eux, qu'il soit animal ou esprit – ou humain.

Elles traversèrent le campement à toute allure. Tous ceux à qui elle demanda s'ils avaient vu Elitha se contentaient de hausser les épaules ou la regardaient impassiblement. Non seulement ils ne voulaient rien avoir à faire avec elle, mais ils avaient surtout hâte que cette longue journée poussiéreuse soit derrière eux.

Keseberg. Elle le vit de loin, avec sa démarche chaloupée, comme toujours, son regard de pervers et son expression de dégoût permanent. Une certitude soudaine se logea au creux de son ventre : Keseberg savait où était Elitha. Ne l'avait-elle pas surpris en train de la regarder avec insistance à plusieurs reprises ? Et il voulait nuire à Tamsen, il avait été clair là-dessus.

« Retournez aux chariots, dit-elle à ses filles. Vite, allez.

– Je croyais qu'on devait rester avec toi, dit Leanne.

– Ne discute pas. Faites ce que je vous dis. »

Elle dut pousser Leanne vers le chariot, mais elle résista et s'écarta pour se réfugier sous le chariot des Breen avec ses trois sœurs.

Keseberg avança vers elle à grandes enjambées, tirant sur sa ceinture, souriant de toutes ses longues dents grisâtres. Il s'était couvert les épaules d'un châle coloré qu'elle n'avait jamais vu, mais qui lui rappelait un vague souvenir.

« Madame Donner. »

Keseberg baissa son chapeau. Le nom sonnait comme une insulte dans sa bouche.

« Quelle surprise.

– Je cherche ma fille, Elitha, dit-elle.

– Elle a pris la poudre d'escampette, la petite, hein ? » Keseberg tourna à peine la tête pour cracher. « Je ne peux pas vous aider, j'en ai peur. Je l'ai pas vue. Et croyez-moi, poursuivit-il en se tournant pour lui sourire, j'ai cherché. »

Un frisson de répulsion traversa son corps, comme un serpent qui se raidissait dans ses veines. Puis elle se rappela où elle avait vu ce châle.

« Vous l'avez volé, dit-elle. Vous l'avez volé sur une tombe indienne. »

Il haussa les épaules.

« Et alors ? Je prends ce que je veux… Je suis comme vous. Vous faites comme si on n'était pas pareils, Tamsen. Mais on est exactement pareils. On va ensemble comme les doigts de la main, vous et moi. »

Sans avertissement, il saisit son poignet et la tira vers lui. Sa fille Leanne cria et accourut vers sa mère, mais Tamsen lui hurla de rester en arrière.

Il lui fallait passer outre le dégoût qu'il lui inspirait, mais c'était impossible de si près. Il sentait le rance, comme s'il n'avait jamais pris de bain ni lavé ses vêtements. La peau sous sa barbe hirsute était irritée et croûteuse, ses dents étaient devenues grises de négligence. Il était peut-être maigre, mais il était fort et utilisait son poids à son avantage.

« Tu ne réfléchis pas, Tamsen. Un homme comme moi pourrait t'être utile. Tu as des ennemis. Tu as besoin d'un ami.

– C'est pour ça que vous vous en êtes pris à Charles Stanton ? Vous vouliez faire croire que je l'avais tué pour me punir ? »

Elle essaya de le repousser.

« Lâchez-moi.

– Ça ne paie pas, à la fin, de me refuser. T'as tout intérêt à ce qu'on soit amis. En plus, je sais ce que t'as fait à Stanton. »

Keseberg lui crachait les mots à la figure.

« J'ai entendu aussi ce que tu faisais à Springfield, tous ces hommes avec qui t'as couché, alors va pas dire que t'aimes pas ça. »

Il devait parler du Dr Williams. Jeffrey. Elle croyait que l'histoire ne s'était pas sue, que George avait réussi à la contenir. Elle s'était sentie très seule à l'époque et Jeffrey Williams, bien qu'il eût deux fois son âge, était intelligent et bien plus cultivé que George. Mais comme Charles Stanton, Jeffrey Williams avait été une erreur. Elle avait cherché le réconfort, ne trouvant chez ces hommes qu'une distraction passagère. Toutefois, ce n'était pas le genre de choses qu'un homme comme Keseberg pouvait comprendre.

Elle tenta de se dégager, mais il saisit un pan de sa robe et tira, déchirant le tissu. Sans réfléchir, elle le frappa de toutes ses forces à l'entrejambe. Il recula, le souffle coupé. Ses filles bondirent toutes en même temps de dessous le chariot des Breen et affluèrent comme une vague autour de sa jupe déchirée ; elles lui demandèrent ce qui n'allait pas. La plus petite, Eliza, pleurait.

« Venez » fut tout ce qu'elle put dire.

C'était comme si elle étouffait, sa poitrine était comme comprimée, vidée de son air, comme s'il pesait encore sur elle de tout son poids.

Elles s'étaient détournées de Keseberg quand il reprit enfin son souffle.

« T'es trop vieille pour moi de toute façon. Trop gâtée ! s'étouffa-t-il. Mais tes belles-filles, elles m'iront très bien. La Elitha, qui va mettre son nez partout. »

Elle se figea. Un torrent glacé se déversa dans ses veines.

« Tu ne l'approches pas, c'est compris ? »

Il réussit à sourire. Un sourire horrible, comme découpé au couteau.

« Je crois bien qu'elle a envie qu'un homme fasse d'elle une femme. »

La peur culmina en panique. Elitha, Elitha, Elitha. Où pouvait-elle être ? Tamsen se retourna et se mit à courir avec ses filles ; elles plongèrent dans le campement, ignorant les regards insistants. Tamsen passa rapidement chez les Reed, espérant y voir Elitha avec son amie Virginia, mais elle n'y trouva que le regard amer de Margaret. Puis elles prirent le chemin piétiné qui coupait le campement en deux (d'autres accusations, des regards noirs, des murmures) et elles gagnèrent le dernier groupe de chariots, derrière lesquels le soleil descendait, ses rayons illuminant les bâches usées par les intempéries. Les filles gémissaient, apeurées, si loin du reste de la famille, et Tamsen était tentée de revenir sur ses pas, mais le regard de Keseberg était gravé dans son esprit, elle savait qu'elle devait juste avancer un peu plus… Pénétrer le bosquet de sauge sauvage, où les branches basses s'accrochaient à sa jupe comme les mains d'une enfant. À bonne distance du campement, mais près de la rivière – elle entendait le mugissement des bœufs et du bétail devant elle –, elle crut apercevoir un mouvement du coin de l'œil. Elle tira les mains des plus petites, les soulevant presque, et atteignit une petite clairière où elle trouva Elitha à genoux dans la terre, une lanterne posée à côté d'elle. Elle creusait le sol avec un bâton. Tamsen ne vit pas toute de suite ce qu'elle faisait. Le soleil s'était couché et il ne restait que la lueur de la flamme vacillante.

« Elitha ! » s'écria-t-elle.

Elle était moitié en colère, moitié soulagée. Elitha sursauta.

« Qu'est-ce que tu fais ici ? Ne t'avais-je pas dit… » Tamsen avait lâché Frances et Eliza ; elle releva brusquement Elitha. « … de ne pas disparaître de ma vue ? Je te l'ai bien dit, non ? »

Les mains d'Elitha étaient couvertes de terre. Sa robe était sale aussi.

« Mais j'ai trouvé des oreilles d'ours. Je savais que tu en voulais. »

Des oreilles d'ours. Tamsen s'en servait pour ses remèdes. Néanmoins elle était encore saisie par la peur qui secouait sa poitrine comme un tremblement de terre intérieur. Sans réfléchir, elle infligea une violente claque à Elitha. Avant de se rendre compte de ce qu'elle avait fait, sa paume se mit à rougir et à picoter, et Elitha, la main sur sa joue, la dévisageait, abasourdie.

Mais ce n'était pas à cause de la douleur. La jeune fille était en colère. Elle n'avait jamais vu Elitha ainsi, le visage renfrogné, les yeux scintillants. Tamsen voulut s'excuser et en même temps la secouer pour lui avoir causé une telle frayeur, cette peur étourdissante qui la consumait encore.

« Tu... Tu ne peux pas me traiter comme une enfant, dit Elitha. Je suis presque une femme. »

Une femme – les mots de Keseberg résonnèrent dans sa tête. Elitha n'avait aucune idée des risques que courait une femme à errer loin de son chariot sans être accompagnée.

« C'est sérieux, Elitha, et tu dois m'écouter, et surtout, m'*obéir*... »

Elle s'interrompit. Malgré les filles qui s'agitaient autour d'elle et le vent qui faisait ondoyer la sauge, Tamsen avait entendu quelque chose bouger. Elle s'immobilisa complètement, comme si un ressort intérieur avait été étiré. Était-ce son imagination ?

Elle pensa d'abord à Keseberg. Peut-être l'avait-il suivie, peut-être voulait-il la terroriser. Peut-être le bruit résonnait-il étrangement dans la vallée, lui donnant l'illusion que ce qui était très éloigné était juste à côté d'elle.

Non. Quelque chose avait bien bougé près d'elles, comme si elles étaient encerclées.

« Venez derrière moi, ordonna Tamsen. Venez toutes derrière moi. » Elle souleva la lanterne d'Elitha et ajusta la mèche pour grossir la flamme. « Qui va là ? Retournez donc à votre campement ! Je ne jouerai pas à ça ce soir. »

Mais l'homme qui avançait en clopinant parmi la broussaille et les rochers, elle ne le connaissait pas. Quand elle souleva la lanterne plus haut, l'autre plissa les paupières et recula légèrement dans l'ombre, accroupi. Elle écarquilla les yeux dans l'obscurité et vit qu'il était maigre, allongé, croûté de marron comme un squelette couvert de boue séchée ou comme s'il était recouvert d'écorce. Comme s'il appartenait au monde sauvage.

Elle cligna des yeux encore une fois, ressentit encore une sorte d'étourdissement. Peut-être que son mal de tête de tout à l'heure revenait, ou qu'elle avait abusé de la poudre de saule pour s'en débarrasser. Elle ignorait ce qu'elle avait devant les yeux.

« Qui êtes-vous ? » demanda-t-elle.

La présence de ses filles derrière elle décuplait sa peur ; il fallait les protéger à tout prix, le sens du devoir monta en elle comme des flammes attisées par le vent.

« Que voulez-vous ? »

Pas de réponse. Elle n'arrivait pas à distinguer les traits de son visage, mais il la regardait avec l'intensité d'un puma, ses yeux luisant dans la lumière. Ce n'était pas un Indien. Un montagnard, peut-être, attiré par l'activité du convoi. Un homme blanc qui aurait vécu dans cette contrée depuis longtemps, perdu, seul. Son regard avait quelque chose de sauvage, sans même une étincelle d'intelligence humaine.

« Restez calme, dit-elle à voix basse quand l'une des filles gémit. Ça va aller. »

Voyaient-elles seulement ce qu'elle voyait ?

Puis il y eut un deuxième homme, et un troisième, elle l'aurait juré. La lanterne était trop faible pour illuminer les environs ; alors elle ne perçut que des ombres, des impressions, du mouvement. Un frisson lui parcourut la nuque. Leur façon de se déplacer n'était pas normale. Elle pensa à Luke Halloran, à ses mouvements saccadés quand il l'avait attaquée en rampant tout près du sol. Ils étaient comme des loups : ils les encerclaient comme des loups et communiquaient entre eux sans dire un mot.

Les loups séparaient leurs proies, les isolaient, les tuaient, une par une.

Tamsen se tourna et vit Elitha, tremblante, trop éloignée des autres. Isolée.

Avant qu'elle pût crier, l'une des ombres s'élança en direction de l'adolescente.

Le cœur de Tamsen battait au rythme de la panique, dans son thorax, dans sa tête, au fond de sa gorge. Elle plongea vers Elitha.

Une autre ombre se mit à cavaler pour intercepter Tamsen, essaya de lui lacérer la gorge. La chose ouvrit la bouche, un nid de dents pointues et inhumaines. Elle balança la lanterne de toutes ses forces contre l'homme, si c'était bien un humain. La cheminée en verre se brisa en heurtant sa mâchoire. Le réservoir se craquela et l'huile jaillit sur son visage.

Les filles s'enfuirent.

« Restez groupées ! » cria Tamsen.

Mais c'était sans espoir. Elles se dispersèrent, filèrent dans la sauge comme des lapins, les yeux écarquillés de frayeur.

En une seconde, la tête de l'homme fut enveloppée par les flammes. Le son qui émanait de lui ne ressemblait à rien qu'elle ait entendu auparavant, on aurait dit qu'un gouffre s'était ouvert pour révéler les cris de l'enfer. Il se griffa le visage, mais cela ne fit qu'étendre le feu à ses mains, puis à ses bras. Les flammes le consumèrent comme s'il était fait de bois sec. Les deux autres hommes se mirent à hurler et ils s'éloignèrent de la torche vivante, se dispersant comme des animaux dénués de raison.

Tamsen attrapa Elitha.

« Va chercher les filles, emmène-les jusqu'au chariot, allez ! »

Elle avait une boule dans la gorge, elle était au bord de l'étouffement.

« Les morts... », marmonna Elitha, l'air sidéré et perdu.

Tamsen poussa Elitha violemment.

« Ne te retourne pas, va-t'en, vite ! »

La puanteur de l'homme en feu était oppressante. Il se jetait contre les rochers et les broussailles pour échapper aux flammes, mais il ne parvint qu'à embraser toute la plaine ; la sauge, les roseaux, les arbrisseaux, tout prit feu.

En quelques secondes, les hommes furent engloutis tandis que des bourrasques fumantes s'élevaient vers le ciel et leur brûlaient les yeux.

Elle recula avec son tablier contre sa bouche, se mit à tousser. Elle voulut fuir en courant, mais elle n'en avait plus la force. Et il fallait arroser les flammes avec l'eau de la rivière ou il serait trop tard. Ils perdraient tout.

Mais le feu avait pris. Il galopait sur le sol, bondissait de buisson en buisson. Très vite, ce fut un mur de flammes qu'elle avait devant elle, qui la défiait. Même après que des dizaines de pionniers eurent accouru du camp, le feu se répandit plus rapidement qu'ils ne pouvaient le combattre.

On arriva avec des seaux, certains avec des pelles, ils jetèrent du sable sur les flammes. D'autres firent une chaîne humaine pour acheminer l'eau de la rivière, jetant seau après seau d'eau boueuse sur l'incendie.

Et pourtant, les flammes ne cessaient de croître.

Samuel Shoemaker s'essuya le front devant cette scène.

« Nous perdons du terrain. Il faut atteler les bœufs et déplacer les chariots. »

Les hommes autour de lui se mirent à discuter : pourraient-ils rassembler les bœufs à temps ? Les bêtes s'étaient déjà trop éloignées, effrayées par les flammes. Ils seraient peut-être capables de pousser ou de tirer les lourds chariots eux-mêmes et de les mettre en sécurité – bien que cela semble vain. Certains maudirent les familles qui étaient restées en arrière, considérant que ce feu ne représentait pas une menace.

« Qu'ils brûlent ! s'écria Baylis Williams, le visage strié de suie. S'ils sont trop aveugles pour voir le danger... »

Tamsen était choquée; Baylis Williams était une bonne âme.

Elle s'éclaircit la gorge. Elle devait les avertir du danger qui les traquait – et qui était bien pire que les flammes.

« J'ai été attaquée, cria-t-elle. C'est comme ça que le feu s'est déclenché. Des hommes sont sortis de nulle part et s'en sont pris aux filles. »

La discussion s'arrêta net.

« Quels hommes ? demanda Graves en plissant les yeux. Des Blancs ou des Indiens ?

– Des Blancs, je crois. »

Mais pas des hommes. Pas tout à fait. Comment s'expliquer sans apporter de l'eau au moulin de ceux qui voulaient jeter l'opprobre sur elle ?

Le rire de Keseberg résonna comme un écho, comme le choc du métal contre l'os.

« Il n'y a pas de Blancs à part nous par ici », dit-il.

Un murmure se répandit dans l'assemblée. La gorge de Tamsen était encore à vif à cause de la fumée, de ses cris. Une main sur sa tête, elle tenta d'organiser ses idées. Elle ne supportait pas de douter d'elle-même, mais soudain, elle se sentit comme étourdie. Cela ne pouvait tout de même pas avoir été le fruit d'une hallucination provoquée par l'écorce de saule… Si ? La plupart du temps, Tamsen avait les idées claires, mais elle se demandait parfois si la part étrange, tordue et torturée en elle prenait le dessus, occultant tout le reste.

Tous la dévisageaient, mais les regards n'exprimaient aucune sympathie.

« C'est drôle comme vous êtes toujours là quand ça tourne mal, dit Keseberg bien fort. Vous aimez bien attirer l'attention, madame Donner. »

Le vent tourna, souffla la fumée dans l'autre direction, et tandis qu'elle se dissipait, tout le campement parut disparaître, se dissoudre dans l'obscurité.

Elle fut prise de sueurs froides.

Mais l'impression cessa aussi brusquement qu'elle avait commencé.

Tamsen regarda le groupe autour d'elle et se rendit à l'évidence : même si ce qu'elle croyait avoir vu s'était réellement produit, jamais ils ne l'écouteraient.

Et cela n'avait d'ailleurs pas d'importance ; si ce qu'elle avait vu était *réel*, alors ils étaient déjà morts. Cette certitude se grava dans son cœur comme le regard de ces hommes sauvages s'était gravé dans son esprit.

« Nous n'arrêterons pas l'incendie, dit Eddy, tournant le dos aux flammes. Il faut déplacer les chariots. C'est notre seul espoir. »

Tamsen vit le chaos s'installer dans le groupe ; les époux se disputaient entre eux, certains se débarrassaient de leurs seaux et de leurs pelles pour courir jusqu'aux chariots, d'autres tiraient sur la manche de leurs voisins pour les faire rester et affronter l'incendie.

« Chacun pour soi », marmonna Franklin Graves en passant devant Tamsen, manquant de la faire tomber.

De nouveau submergée par la terreur, Tamsen sut qu'il disait vrai : c'était désormais chacun pour soi.

23

Edwin Bryant découvrit le cadavre dans une grotte. C'était le premier qu'il voyait, homme ou animal, depuis qu'il s'était égaré des semaines plus tôt, mais il différait des os éparpillés qui gisaient depuis des années dans le campement des chercheurs d'or.

Paradoxalement, c'était un signe de vie, de normalité. Il était normal de trouver des animaux à moitié décomposés quand on parcourait les bois assez longtemps. Cela se passait ainsi dans la nature – les mouches, l'écœurante odeur sucrée de la décomposition. Mais depuis le fort Bridger, il n'avait rien vu. Absolument rien.

Il était tombé par hasard sur cette grotte, lors d'une averse soudaine qui l'avait forcé à chercher un refuge. La grotte était petite, une cavité parmi d'autres dans une paroi rocheuse. Il était si faible qu'il faillit renoncer à l'escalader pour se recroqueviller là où il était. Mais Bryant avait beau ne pas avoir peur des mythes d'hommes-loups, des maladies qui changeaient les hommes en vampires ou des cadavres en tout genre, il avait toujours craint l'orage. Après avoir escaladé la pente escarpée, épuisé par ce modeste effort, il se mit à l'abri au creux du premier renfoncement qu'il trouva.

Il avait pris de la sauge pour faire un feu, et cherchait le meilleur endroit pour l'allumer quand il l'aperçut. C'était un homme d'environ trente-cinq ans, bien qu'il fût difficile d'en juger à cause de la décomposition. Sûrement un Indien, un Washoe vu la région où il était, du moins où il pensait se trouver.

La cause de la mort était évidente. L'Indien avait une méchante entaille au crâne, sûrement pas accidentelle. L'impact était trop propre et n'avait pas pu être causé par une chute, mais par une arme massive, sans qu'il puisse en être certain – il n'était pas expert en blessures et traumatismes. L'Indien avait d'autres plaies, des entailles profondes qui auraient pu être infligées par un loup ou un ours, voire un puma. C'était étrange. Bryant n'avait trouvé aucune trace de prédateurs dans les environs – aucun coup de griffe dans l'écorce des arbres, aucune déjection, aucun terrier.

L'Indien n'avait rien avec lui, ni arc ni flèches, ni lance ni fusil, pas même une couverture. Il n'avait pas séjourné là longtemps avant de mourir. Bryant pensa d'abord que l'homme – ou la créature – qui l'avait tué avait dû l'attaquer de l'intérieur de la grotte, mais il écarta très vite cette hypothèse. Il n'y avait pas de traces de sang, sauf sur la pierre, et en très petite quantité. Et enfin, Bryant avait dû se baisser pour entrer dans la grotte, il était donc peu probable qu'une lutte ait pu se dérouler dans cet espace confiné.

Ce qui voulait dire que l'Indien avait été blessé ailleurs, qu'il avait grimpé ou avait été hissé sur trois mètres de roche pour mourir. Il devait fuir quelque chose. Bryant échafauda l'histoire d'un homme attaqué et mortellement blessé, mais encore capable de fuir son agresseur et qui, sous l'effet du délire, avait couru jusqu'à cette petite grotte, en pensant qu'elle le sauverait.

Peut-être avait-il simplement voulu mourir en paix.

Bryant se fit un petit coussin avec la sauge séchée aussi loin que possible du cadavre dans un espace aussi étroit. Chaque fois qu'il frappait son silex, il imaginait l'homme se redresser, cligner des yeux, agacé d'avoir été réveillé. Il se dit qu'il perdait un peu la raison. Il était seul depuis un moment et n'avait vu personne depuis des semaines. Et il n'avait pas de nourriture, n'avait mangé que ce qu'il était parvenu à trouver : un tout petit poisson, des œufs volés dans un nid d'oiseau. La plupart du temps, il se nourrissait d'insectes et de glands. Il avait même avalé une poignée de racines qui l'avaient rendu malade, il ne vomit alors que de la bile pendant des heures puisqu'il n'avait rien à rendre.

Il buvait de l'eau, mais même si elle lui remplissait l'estomac, elle n'avait aucun effet contre la faim. Après les trois ou quatre premiers jours, les douleurs avaient diminué – Dieu merci, on aurait dit une mâchoire qui le mastiquait de l'intérieur – et il se sentait plus lucide, optimiste, certain que la faim était comme un mal qui avait fini par disparaître. Il lui avait fallu un jour de plus pour se rendre compte qu'il se déplaçait de façon erratique, qu'il tournait en rond, repassant par là où il était déjà passé. Il se réveillait régulièrement dans la boue, après avoir perdu connaissance sans s'en rendre compte. Il devait se reposer souvent ; il était essoufflé. Son cœur battait la chamade après avoir marché cent mètres.

Il se mourait. D'abord lentement, puis rapidement.

Tout cela parce qu'il avait faim. Tout cela à cause de l'absence de gibier, de viande, de nourriture sous forme de chair d'autres animaux.

Le cadavre était sombre, de la couleur du jambon fumé. Il était difficile d'estimer depuis combien de temps il était mort. Pas si longtemps. Il n'y avait qu'une légère odeur de pourriture. Mais le corps était à peine humain. Son âme s'était envolée. Il ne restait plus que l'enveloppe.

Des naufragés avaient survécu en mangeant le corps de marins qui avaient péri avant eux, Bryant le savait. C'était la loi de la mer. Il avait même entendu une histoire à ce sujet une fois. Un récit que Lavinah Murphy avait raconté autour du feu, au début de leur voyage, celui d'un naufrage allemand et de ses malheureux survivants.

La sauge craquetait en brûlant. La fumée lui rappelait Noël, qui lui rappelait l'oie, et le craquettement lui évoqua la graisse sur le feu, puis le moment du coucher, quand il était repu et content, le rire de sa mère qui résonnait encore dans ses oreilles.

Il sentit un picotement dans les yeux avant de se rendre compte qu'il pleurait.

Personne ne saurait.

Personne ne lui jetterait la pierre.

Il approcha la main de son couteau dans son étui.

À travers la fumée, Bryant se dit un instant que l'homme n'était peut-être pas un homme, mais un animal en décomposition. En quoi était-ce un péché de manger des animaux ?

Alors pourquoi continuait-il de pleurer ?

Non pas à cause de ce qu'il s'apprêtait à faire, mais parce qu'à la dernière seconde, il en fut incapable. Il pleurait parce que ce n'était pas un animal, c'était un homme, et qu'il savait au fond de lui qu'il ne pourrait pas passer à l'acte. Il pleurait parce que c'était son arrêt de mort – ici, dans la grotte, il se changerait en un autre cadavre pourrissant et réchaufferait l'air de sa putrescence.

C'est alors qu'il entendit du bruit, des sabots sur les cailloux et le murmure de voix humaines, même s'il ne pouvait pas distinguer les mots prononcés. Il regarda au-delà du rebord et aperçut quatre hommes à cheval avancer dans la sauge. C'était des Indiens Washoes, aussi maigres que des épouvantails sous leurs peaux de daim. Bryant débattit avec lui-même de leur dangerosité. Il voyait bien qu'ils étaient venus chasser, mais avaient-ils trouvé quelque chose ? Le tueraient-ils pour le manger ? Il s'imagina le village de femmes et d'enfants émaciés qui attendaient le retour des chasseurs.

S'il ne faisait rien, il allait mourir. S'il appelait au secours, il courait le risque de se faire tuer, mais alors la mort viendrait plus vite, car il se ferait empaler, étriper, ou peut-être le cribleraient-ils de flèches.

Bryant se leva et agita les bras, cria pour attirer leur attention.

La coutume exigeait un échange de dons, alors Bryant donna aux Indiens tout ce dont il pouvait se séparer. Son bandana bleu marine que sa fiancée avait acheté au magasin d'Independence, juste avant le départ du convoi. Le bandeau de son chapeau en cuir tressé orné de petites boules d'argent. Et enfin son gilet, qu'il avait acheté à un chemisier de Louisville avec sa première paie de journaliste. Pour chaque objet cédé, les hommes sourirent, l'un après l'autre, puis ils se partagèrent ses offrandes. Elles lui valurent une place auprès du feu et une part de leur repas du soir : du pain de glands, des racines séchées et une poignée de champignons.

Il se força à manger lentement pour ne pas avoir la nausée. Il inclina la tête devant chaque homme pour manifester sa gratitude.

Ils parurent comprendre les mots qu'il avait appris des Shoshones et qu'il compléta par des gestes, un pantomime et des dessins sur le sol. Ils lui indiquèrent qu'il y avait un lac, haut dans les montagnes, mais qu'il devait l'éviter. Le lac abritait un esprit qui, selon eux, consommait la chair des hommes et les changeait en loups.

« *Na'it* », dit l'un des hommes plusieurs fois en pointant du doigt le dessin qu'il avait fait par terre. Bryant ne comprit pas ce qu'ils voulaient dire.

Il les mena jusqu'à la grotte et leur montra le cadavre, se demandant s'ils avaient connu l'Indien, s'il avait été de leur tribu. Bryant les questionna comme il le put sur la bête ou l'esprit qui avait tué l'homme dans la grotte. Leur dégoût devant le corps l'étonna, ils y mirent même le feu sur-le-champ sans une prière.

C'était peut-être à cause de l'obscurité dans laquelle les nuances se perdaient ou à cause des champignons qu'il avait mangés – dont il était certain qu'ils étaient légèrement hallucinogènes –, mais il ne voyait pas ce que les dessins étaient censés représenter. Les Indiens semblaient croire que la mort brutale de l'homme n'était l'œuvre ni d'un homme ni d'un animal, mais des deux. Un homme dans la peau d'un loup, ou une bête dans la peau d'un homme ? C'était impossible à deviner à partir de leurs dessins, et ils parlaient si vite et si bas que Bryant ne comprenait que le quart de ce qu'ils disaient.

Il s'attendait à ce que le groupe l'ait abandonné à son réveil. Mais les hommes étaient toujours là, leurs chevaux étaient prêts et le feu, éteint. Le plus âgé d'entre eux portait le gilet de Bryant par-dessus sa tunique en peau de daim, ce qui le fit sourire. L'un d'eux lui offrit son bras pour l'aider à monter à cheval, et Bryant accepta volontiers. Avec un grognement, l'homme au gilet tourna sa jument Paint Horse vers l'ouest pour suivre le filet d'eau venant de la montagne aux sommets enneigés qui dominait le paysage, au loin. Il survivrait, semblait-il, encore quelques jours.

Il était content de quitter la clairière, où persistait une légère odeur de chair brûlée.

24

Il fallait en finir.

Retrouve-moi, avait chuchoté James Reed en passant à côté de John Snyder. *Vingt heures, au peuplier à côté du point d'eau.*

Reed aurait voulu rester avec sa famille après le dîner, lire des histoires aux enfants à la lumière du feu pendant que Margaret raccommoderait leurs vêtements et qu'Eliza Williams récurerait la vaisselle. Quelle ironie quand on pensait à toutes les soirées où il s'était assis à la table familiale à Springfield alors qu'il voulait tant leur échapper et retrouver Edward McGee.

Mais il fallait qu'il s'explique avec Snyder, et ça ne pouvait plus attendre.

Reed n'avait pas oublié le conseil qu'il lui avait donné la dernière fois qu'ils s'étaient vus en tête à tête – *n'oublie pas le genre d'homme que je suis.* Sous le vernis de la politesse, John Snyder était une brute, et Reed avait bêtement donné à cet homme le pouvoir de le détruire. Il pouvait à peine supporter d'être en présence de Snyder, rongé par la peur de ce qu'il pourrait faire. Si cette expédition s'était changée en traversée de l'enfer, les épisodes avec Snyder ne faisaient qu'aggraver les choses, une punition que, défiant toute logique, Reed semblait avoir créée lui-même.

À huit heures moins le quart, Reed embrassa ses enfants et leur souhaita bonne nuit, chacun son tour. Il dit à sa femme qu'il devait parler aux Breen d'une affaire banale ; elle éprouvait une certaine animosité pour cette famille, il n'y avait donc aucune chance pour qu'elle pose des questions plus tard. Quand il fut hors de vue de ses chariots, il sortit son mouchoir et épongea la sueur de son front. Une, deux, trois fois. Il s'empêcha de le faire une quatrième – il avait remarqué dernièrement que ses cheveux commençaient à se faire plus rares à cause de cette habitude.

Mais il s'essuya aussi la bouche trois fois.

Il n'aurait pas dû embrasser ses enfants, pas avec cette bouche. Il était trop impur. Ils étaient innocents. La seule chose bonne et innocente dans sa vie. Il ne les méritait pas.

Il arriva au lieu convenu bien avant Snyder et l'aperçut de loin, qui descendait la pente avec sa lourdeur et sa nonchalance habituelles. À l'horizon, un éclatant ruban jaune orangé se dissolvait dans l'épaisse obscurité nocturne. Snyder s'arrêta abruptement devant Reed.

Mais quand Snyder tendit le bras vers lui, Reed fit un pas en arrière. Il avait anticipé la scène une centaine de fois, cependant il s'arrêtait toujours à cet instant précis.

« Non. » Il allait devoir se contenter d'improviser. « Écoute. Je suis venu te dire que c'est fini entre nous. Il faut qu'on arrête. »

Snyder tenta de le toucher une deuxième fois, plus agressivement.

« Qu'est-ce qui te fait croire que c'est toi qui décides ? T'en auras fini quand je le dirai. »

Reed parvint à l'éviter de nouveau.

« Écoute-moi. Je suis sérieux. Je ne veux plus continuer. »

Le visage de Snyder se déforma en un rictus affreux. Il était en colère.

« J'étais malheureux, je cherchais un moyen pour échapper à tout ça. Mais je n'ai plus ce luxe. J'ai un rôle à jouer. Les gens comptent sur moi... certains du moins. Si je manque à mon devoir, qu'arrivera-t-il à l'expédition ? Ils ont besoin de moi.

– Tu ne te prends pas pour de la bouse », dit Snyder. Il avança franchement vers Reed. « Je pourrais leur dire ce que tu me laisses te faire. Que c'est toi qui voulais. »

Reed essaya de déglutir, mais il en fut incapable.

« Tu t'accuserais aussi », dit-il enfin.

Mais il ne savait même pas si cela importait à Snyder. Il avait envie de vomir – comment avait-il pu tant le désirer ? Comment était-il possible qu'il ait encore envie de lui ? La masse de ses épaules. Les moments d'oubli frénétiques, durs et brusques.

« Ce que j'ai fait, ça compte pas, dit Snyder. C'est pas moi le pervers.

– *Certains* de ces hommes verront ça autrement, je peux te l'assurer. Ils ne te regarderont plus de la même façon.

– Et ta *femme* ? » Sur le visage de Snyder se lisait une pure délectation. « Comment tu crois qu'elle va te regarder si tu lui dis ce que t'as fait, à genoux, que tu me suppliais pour que je continue ? »

Il éclata de rire quand le visage de Reed se décomposa.

« Tu n'oserais pas », dit Reed. Il était étourdi par la peur. C'était irréel, un cauchemar fébrile. « Tu n'en es pas capable. »

Snyder le frappa d'un coup de poing au visage. Il y mit tant de force que Reed faillit perdre connaissance. L'instant d'après, il était étendu par terre et Snyder se mit à califourchon sur son torse. La douleur le soulagea – elle le sortit de la chaleur collante et anxieuse de ses ruminations et le jeta dans le moment présent. Il suffoquait. Un autre coup lui enfonça la tête dans le sable. Il était écrasé sous le poids de Snyder. *Il va me tuer*, se dit-il tout en luttant pour comprendre ce qui lui arrivait.

« Foutu pédéraste, dit Snyder, la voix calme. Je hais les foutus pédérastes... »

Il voulait me tuer depuis le début.

Mais avant que Snyder puisse le frapper de nouveau, ils entendirent des voix, trop lointaines pour être audibles, mais engagées dans une dispute, cela ne faisait aucun doute. Puis un coup de feu retentit, un coup violent qui résonna dans la vallée. Snyder se dégagea, bondit comme un animal.

« Qu'est-ce qui se passe, bon Dieu ? » s'écria-t-il.

Reed ne répondit pas. Il se releva avec difficulté pour atteindre son cheval; puis il parvint avec peine à se hisser sur la selle. Du sang coulait d'une blessure sur son visage enflé. Il ne voyait plus très bien, ses pensées n'étaient pas claires et un bourdonnement faisait vibrer l'arrière de sa tête. Il lui fallut se concentrer intensément pour rester en selle – une partie de lui voulait tomber, s'extirper de lui-même et disparaître. Pour s'effacer de cette terre.

Quand Reed arriva au campement, la dispute battait son plein. Le petit William Eddy bombait le torse devant Patrick Breen, qui était au moins deux fois plus épais que lui. Eddy, un tireur d'élite, tenait fermement son fusil, mais il ne menaçait pas Breen, du moins pas à ce moment-là. Les deux avaient le visage rougi, ils criaient en même temps. Un petit garçon de trois ou quatre ans se tenait sur le côté, en larmes. Un cercle s'était formé autour d'eux.

Reed descendit de cheval, il sentait les endroits où Snyder l'avait frappé au visage, les plaies qui le lançaient. Il pouvait à peine réfléchir à travers cette brume rouge de douleur.

« Qu'est-ce qui se passe ici ? »

Sa voix lui parut distante.

Breen s'y prit à deux fois pour le reconnaître.

« Qu'est-ce qui vous est arrivé ?

– Ne faites pas attention », dit Reed.

Il respirait un peu plus facilement, clignait des yeux pour mieux voir. Il prit son mouchoir et s'essuya le visage, soigneusement, méthodiquement.

« Quel est le sujet de la dispute ? »

Breen voulut attraper le petit garçon qui sanglotait, mais Eddy s'interposa.

« Je vais vous dire ce qui s'est passé… Ce petit voleur est entré dans mes réserves et a volé des petits pains que je gardais pour le petit déjeuner. »

Des petits pains. Reed avait mangé son dernier il y avait une semaine. Personne ne devait plus avoir assez de farine pour faire des petits pains à part les Breen et les Murphy. Il pensa à l'incident avec Stanton, au revolver. C'était un miracle que personne n'ait encore essayé de prendre la nourriture des Breen de force au vu des circonstances. Mais il ne pouvait pas dire cela à Patrick ; il détenait des armes à feu et était prêt à s'en servir.

« Ce ne sont que des petits pains, monsieur Breen. Que voulez-vous faire, pendre le gamin ? »

Il baissa les yeux sur son mouchoir qui était gorgé de son propre sang, puis regarda de nouveau Patrick Breen.

« Personne ne posera la main sur Peter, dit Eddy. Surtout s'il veut pas finir avec une balle dans les tripes. »

Le petit était donc le fils d'Eddy.

« C'est un voleur. Il mérite un bon coup de fouet. » Breen cracha, manquant de peu la chaussure d'Eddy. « Ça leur vient pas tout seul, aux enfants, ces idées-là.

– Qu'est-ce que vous insinuez ? » La voix d'Eddy était dangereusement grave. « Vous voulez dire que c'est moi qui lui ai dit de faire ça ?

– Les chiens font pas des chats. »

Eddy épaula son fusil, mais Reed parvint à écarter le canon.

« Will, vous le regretteriez.

– Vous êtes déjà venu nous réclamer de la nourriture, dit Breen. Ne le niez pas.

– Et vous avez refusé de me donner une bouchée, rétorqua Eddy. C'est pas très catholique de votre part. Ma famille est affamée et vous, vous avez du bétail. Vous voudriez pas le tuer même si ça pouvait sauver la vie des miens. »

Quand Breen plissa les yeux, son visage grimaçant devint laid.

« C'est pas ma faute si votre bétail s'est échappé ou que vous avez pas emporté assez de provisions. Je vous aurais laissé acheter une vache si j'en avais à céder, mais j'ai emmené ce bétail pour une bonne raison.

– C'est devenu une urgence. Personne ne savait ce qui nous attendrait. »

La tête de Reed le faisait souffrir. Il avait besoin d'une compresse froide et de poudre d'écorce de saule. Il entendait la voix de Snyder résonner dans sa tête, comme l'éclat d'un rêvé brisé. *Pédéraste.*

« Les Eddy ne sont pas les seuls », dit-il. Il enfonça le mouchoir souillé dans sa poche et fit de son mieux pour se grandir. Malgré tout, sa voix ne s'entendait que faiblement au-dessus des cris. « Ce n'est pas un secret, un bon nombre de familles sont à court de provisions.

– C'est vrai », dit Amanda McCutcheon.

Son visage semblait creusé, comme si toute sa graisse avait fondu sous la chaleur au cours du voyage.

« Si mon Will ne revient pas bientôt, je ne sais pas comment je vais m'en sortir. »

Will était parti avec Stanton à la recherche de provisions, avec la permission de Reed.

Reed leva la main pour faire taire la rumeur qui agitait la foule. La panique, à peine refoulée, vibrait dans l'air presque en permanence maintenant. Et qui, en dehors d'un monstre, serait capable de laisser un enfant mourir de faim sans rien faire ? Patrick Breen. Il en avait la certitude. Cette expédition avait son contingent de monstres.

Et de péchés.

« Il va falloir accepter la possibilité que Charles Stanton et Will McCutcheon ne reviennent pas, dit-il, austère mais calme. Du moins pas à temps. Le chemin est long et dangereux jusqu'en Californie. »

Lavinah Murphy le dévisageait, les yeux plissés.

« Qu'est-ce que vous proposez de faire ? »

Il était si épuisé.

« Vous savez ce que je pense. Nous devons mettre en commun notre nourriture... » Il fut presque noyé par une explosion de protestations. « ... et organiser un rationnement strict. C'est la seule solution, persista-t-il.

– Pourquoi ma famille devrait-elle souffrir parce que quelqu'un a été trop radin pour apporter assez ? cria Patrick Breen. C'est pas ma faute. C'est leur galère à eux. Et je vais pas laisser crever de faim mes enfants. »

Dans l'assistance, certains acquiescèrent.

La situation s'envenimait, et plus tôt que Reed l'avait anticipé.

« Ne commençons pas à nous tourner les uns contre les autres. Chaque famille a eu son lot de malchance...

– C'est facile à dire pour vous. Vous faites partie de ceux qui ont besoin d'aide, pas de ceux qui doivent se sacrifier », dit Lavinah Murphy.

Pédéraste. C'est pas moi le pervers. Était-il possible que tout ce qui s'était passé dans le désert, que toutes ses pertes, le bétail aux yeux révulsés, abattu ou disparu du jour au lendemain, ne soient qu'une punition pour ses mauvaises actions ?

« C'est vrai, madame Murphy, dit-il doucement. Mais n'ai-je pas signé un bon promettant de payer John Sutter pour tout achat effectué par Charles Stanton en notre nom ? Je ne manque pas non plus de générosité. »

Breen secoua la tête. Sa barbe et ses cheveux étaient trop longs. Ils commençaient tous à se négliger, à perdre la volonté de rester propres, de ranger. De rester civilisés. Jour après jour, ils devenaient toujours plus sauvages, sales, semblables à des animaux.

« C'est facile de faire des promesses quand on vous retire pas le pain de la bouche. »

Le conflit ne serait pas résolu, Reed le voyait bien. Mais les choses pourraient tourner très mal, et ce très rapidement. Chaque homme dans cette expédition avait un fusil et n'hésiterait pas à s'en servir pour se défendre. Reed avait de la sympathie pour William Eddy, qui avait compté sur la chasse pour nourrir sa famille. Il était excellent tireur, il avait toutes les chances de son côté ; comment aurait-il pu savoir que les plaines avaient été vidées de leur gibier ? Aujourd'hui, c'était les Eddy qui souffraient. Mais demain, ce serait les McCutcheon et bientôt, sa famille à lui.

Il aperçut sa femme, qui venait se joindre l'assemblée. Comme elle semblait chétive, enveloppée dans son châle. Elle pleurait encore la perte de leur chariot. Elle le tenait pour responsable. Il ne pensa pas à ses affaires à elle, mais à la poupée de sa fille, au biscuit et aux chutes de calicot effilochées et usées d'avoir été trop aimées, pauvre jouet enterré à plusieurs kilomètres de là, un dernier morceau d'espoir désormais enfoui sous le sable, disparu.

Reed allait reprendre la parole quand John Snyder poussa la foule pour se frayer un chemin devant l'assemblée. Reed ne l'avait pas vu approcher. Il aurait pu croire que Snyder était soûl, s'il avait ignoré qu'il n'y avait presque plus d'alcool ou de bière à boire. D'ailleurs, il n'en aurait pas eu le temps ; il était assez près de lui pour que Reed puisse sentir l'odeur familière de sa sueur, l'odeur du harnais de cuir sur ses doigts.

« Attendez, dit Snyder. Avant d'écouter un mot de plus prononcé par cet homme... » Il pencha la tête en direction de Reed. « Il y a quelque chose que vous devriez savoir à son sujet. C'est pas l'homme que vous croyez. »

Les poumons de Reed se vidèrent d'un coup. Même après les coups de Snyder sous le peuplier, malgré la brûlure qu'avait laissée la soif de sang qu'il avait sentie dans les muscles de Snyder, sa colère, le sang sur le mouchoir de Reed, malgré tout cela, il croyait *encore* que le conducteur n'oserait pas mettre sa menace à exécution...

« De quoi vous parlez ? » demanda Breen.

Sur le visage de Snyder, Reed vit bien le plaisir qu'il prenait à être soudain le centre de l'attention ; le même plaisir qu'il prenait à écraser et à détruire, à laisser des blessures ouvertes.

Reed ne lui laissa pas le temps de répondre. Il ne pouvait pas se le permettre. S'il laissait Snyder parler, on le pendrait d'ici la tombée de la nuit.

Il se jeta sur le conducteur, le fit tomber à terre. Pendant un instant, ils étaient pressés l'un contre l'autre, joue contre joue. Les mains de Snyder sur ses poignets, cette sensation familière, l'intimité de sa respiration sur son visage. Reed ne pouvait pas voir les autres, mais il entendit les murmures choqués, les inspirations soudaines. Il s'attendait à ce qu'on les sépare, mais personne ne vint. Personne ne l'arrêta.

L'endroit endolori de son visage pulsait ; comme si son crâne allait exploser.

Les secondes qui passèrent durèrent des heures entières. Snyder le maintenait par une clé d'étranglement, mais Reed refusait de céder et de lâcher son col. Finalement, Snyder desserra sa prise, mais seulement pour porter la main à sa ceinture et sortir son couteau de chasse de son étui. Reed avait vu Snyder jouer avec de nombreuses fois. Snyder voulait le tuer ; cela ne faisait aucun doute dans l'esprit de Reed.

Pédéraste. Pédéraste. Et ta femme ?

Reed s'attendait à sentir le couteau plonger dans son flanc, faire craquer ses côtes en les écartant, mais une seconde plus tard, le couteau se trouvait dans sa main.

Il l'enfonça jusqu'à la garde dans la poitrine de Snyder.

L'espace d'un instant, Reed sentit un soulagement, comme si finalement, c'était ce qu'il avait toujours voulu. Le doux air nocturne revint remplir ses poumons, tandis que le corps de Snyder se relâchait, laissant échapper un chuintement sec comme le bruit du vent qui s'échappe des plaines. Puis Reed dévisagea John Snyder, sans rien ressentir, en train de basculer en arrière, sans vie, les yeux révulsés et désormais éteints.

25

Mary Graves s'apprêtait à rentrer pour la nuit quand elle entendit les voix s'élever et vit des gens courir autour du campement. Quelque chose de terrible s'était-il passé ? Elle pensa d'abord à un autre incendie, ou à une attaque des Indiens, ou un raid sur le bétail qu'il leur restait.

Son pouls s'accéléra. Elle suivit la foule jusqu'au camp des Donner. George, assis devant le feu, leva les yeux devant cette interruption soudaine. Lewis Keseberg et William Eddy tenaient James Reed entre eux. Reed avait une allure misérable. L'homme tremblait de manière incontrôlée. Une énorme bosse émergeait de son front et une contusion noircissait sa mâchoire. Puis elle vit ses mains trempées de sang.

Keseberg poussa Reed, qui tomba à genoux.

« Nous avons été des idiots de suivre cet homme. Il nous a traînés dans la montagne et dans le désert. Je vous avais dit qu'il n'avait aucune idée de ce qu'il faisait, mais vous ne m'avez pas écouté ! Et maintenant, voilà qu'il a tué un homme… »

Donner se leva enfin.

« Qui donc ?

– John Snyder, le conducteur. »

Mary se sentit immédiatement soulagée ; elle n'aimait pas Snyder. Donner non plus. Personne ne l'appréciait. Il y avait certains membres de l'expédition qu'on aurait pu tuer sans que le meurtrier fût inquiété, et Mary devait admettre que son propre père était un de ceux-là. Et sans savoir pourquoi, elle avait pitié de Reed, un homme que son père détestait.

« Que voulez-vous que j'y fasse ? » demanda Donner, sincèrement perplexe.

Il regarda l'assemblée comme s'il était surpris de les voir là.

« Vous êtes notre foutu chef, non ? Ou plutôt vous l'*étiez* », cracha Keseberg. Mary était étonnée. Il avait été l'un des plus ardents défenseurs de Donner. Mais un homme comme Keseberg n'avait aucune loyauté. « Il vient de tuer un homme de sang-froid. Il a même pas donné à Snyder une chance de se défendre. Qu'est-ce qu'on fait de lui ?

– Le meurtre est un crime capital », dit Samuel Shoemaker comme si quelqu'un avait besoin d'un rappel.

Ils avaient beau agir comme si Donner était encore le capitaine, c'était bien James Reed qui avait pris la tête de l'expédition depuis des semaines, et ils le savaient. Il avait fait le travail le plus difficile et le plus ingrat, brutal même, il avait trouvé un chemin à travers le désert et écouté leurs ergotages et leurs plaintes. Il s'était mis à leur disposition, avait gardé son calme face à la panique et à la mort, et pourtant, ils parlaient de le pendre à présent. *Si seulement Charles Stanton était là.* La pensée vint machinalement à l'esprit de Mary, et quand elle se mit à l'envisager, elle apprécia la chaleur qu'elle répandait dans sa poitrine. Stanton leur ferait entendre raison. Il ne les laisserait pas faire de mal à Reed.

Plus durait l'absence de Stanton, plus Mary se rebellait intérieurement contre les réprimandes de son père et contre ses propres hésitations. Sans le calme et la présence de Stanton, elle était encore plus convaincue qu'il était la seule personne réellement sensée parmi eux.

Elle savait que de terribles secrets le rongeaient et qu'elle devait les connaître avant de lui faire confiance, mais elle commençait aussi à comprendre que seul un homme doté d'une conscience serait affligé par son propre passé au point, comme lui, de le montrer dans chacun de ses gestes – ce repentir dans ses épaules, dans sa voix, dans la façon dont il évitait de la regarder dans les yeux malgré la tension, la tension *positive*, qu'elle savait qu'il ressentait aussi.

« C'est peut-être vrai dans le territoire souverain des États-Unis d'Amérique, dit Donner. Mais nous avons quitté ces terres, et nous ne sommes plus gouvernés par la loi américaine. »

Ses yeux se posèrent sur Reed. Que pouvait-il bien penser ? se demanda-t-elle. Reed s'était opposé à lui depuis le départ et l'avait remplacé à la tête de l'expédition.

Mais Donner secoua la tête.

« Si vous tuez cet homme, vous vous feriez justice vous-même.

– C'est des conneries, voilà ce que j'en dis, fit Keseberg avec un sourire tordu que personne n'aurait pris pour inoffensif. Je parle de la loi de la Bible. Il a tué John Snyder. Il mérite de mourir. »

Keseberg avait beau être abject, les autres semblaient l'écouter. Il exerçait une sorte de pouvoir sur eux.

Quant à Mary, sa propre voix était comme coincée dans sa gorge. Elle voulait dire quelque chose, mais la prudence la retint.

Elle avait toujours été pragmatique, excessivement même. Elle aurait aimé être passionnée, que sa conviction sorte d'elle sans filtre ni censure.

Peut-être que c'était l'une de ces qualités qui avait attiré Stanton chez Tamsen.

Mary resta silencieuse. Elle était satisfaite que certains au moins ne soient pas d'accord avec Keseberg.

« Je ne vais pas tuer un homme à moins qu'un juge me l'ordonne, dit enfin Milt Elliott. Nous ne devrions rien faire qui nous attirerait des ennuis plus tard.

– Bannissez-le. »

Tamsen avait soudain pris la parole. Dans un léger bruissement, tout le monde se tourna vers elle. Malgré tout ce qui s'était passé, malgré le mépris et la méfiance qu'elle inspirait, elle gardait la tête haute, n'avait pas peur de les regarder dans les yeux. Pour Mary, elle était presque majestueuse.

Le ventre de Mary se noua quand elle l'aperçut. On la craignait encore, c'était évident. Peggy Breen et Eleanor Eddy disaient à qui voulait l'entendre qu'elle se servait de sa sorcellerie pour aspirer la force vitale de George Donner comme un succube. Puis il y avait eu l'incendie. Mary ne croyait pas aux pires des rumeurs, mais elle avait conscience que Tamsen encourait un risque réel en prenant la parole pour défendre Reed.

Un risque que Mary se refusait à courir.

« C'est à Dieu de le juger, pas à nous, dit Tamsen. Pour ceux qui croient que c'est une punition trop clémente, ne l'oubliez pas : un homme ne peut pas survivre seul ici. L'exclure revient à le condamner à mort. »

Keseberg lança un regard des plus noirs à Tamsen. Mary le remarqua.

« La plupart d'entre vous voyaient peut-être John Snyder comme un domestique. Vous pensez qu'il n'était bon qu'à conduire les bœufs et à obéir à ce qu'on lui disait. Mais il a fait sa part. On lui doit ça. »

Donner grimaça.

« Il nous faut les faits. Savons-nous pourquoi M. Reed a commis cet acte ? » Avant que Keseberg puisse répondre, Donner leva la main pour le faire taire. « James ? »

Reed déglutit. Son œil était si enflé qu'il était presque fermé.

« Vous avez tous vu comment il se comportait, et vous savez quel genre d'homme il était. Un menteur. Il s'amusait à détruire la vie des autres avec ses mensonges. Il a voulu s'en prendre à moi… Je… Je devais me défendre.

– Ne parle pas en mal des morts. »

Keseberg le gifla puis le poussa, le forçant à se remettre à quatre pattes.

« Il pouvait péter plus haut que son cul et la ramener quand il fallait pas », dit Walt Herron. Walt avait été pas loin d'un ami pour Snyder. « Mais comme il dit, Keseberg, c'est pas une raison pour le tuer. »

Un murmure traversa la foule. Mary se tourna et perçut un mouvement dans le nœud d'individus avant de voir Margaret Reed se frayer un chemin jusqu'à eux.

Elle s'adressa directement à Donner, comme si les autres n'avaient aucune importance.

« Ne tuez pas mon James, je vous en supplie. » C'était une femme petite, visiblement souffrante. Mais il y avait quelque chose de tenace chez elle, de tranchant comme une lame. « Il a agi de façon terrible, je ne dis pas. Il a tué un homme et il mérite d'être puni. Mais je vous demande de regarder les circonstances, et tout le bien qu'il a apporté au convoi.

– Le bien... Qu'est-ce qu'il a fait comme bien ? On a failli crever avec lui dans le désert, dit Keseberg.

– Il fallait qu'on traverse ce maudit désert de toute façon, avec un guide ou un autre », intervint Lavinah Murphy avec autorité.

Elle aussi s'était avancée au-devant du groupe et se tenait derrière le dos de Margaret, légèrement à sa droite, comme un soldat derrière son capitaine. En tant que mère de treize enfants, et seule femme de l'expédition qui était chef de famille, Lavinah était respectée par le groupe, malgré les marmottements de certains au sujet de sa foi mormone.

Keseberg parut déstabilisé. Mary ne savait plus si elle avait déjà vu quelqu'un tenir tête à Keseberg, et peut-être que c'était une première pour lui.

« James nous a fait traverser, non ? demanda Margaret. Personne n'est mort, même si on aurait tous pu y rester. »

Personne ne la contredit. Ce qu'elle disait était vrai.

« Le tuer ne ramènera pas John Snyder, continua Margaret. Écoutez-moi tous avant de prendre votre décision. Je ne sais pas pourquoi James a fait ce qu'il a fait, mais je vous en prie, considérez l'homme, *tout ce qu'il est*, et cherchez un peu de miséricorde dans votre cœur. J'étais tout juste veuve, malade, avec quatre bouches à nourrir. James Reed m'a épousée quand personne d'autre ne voulait de moi. Il a mis un toit au-dessus de la tête de mes enfants, de quoi manger sur leur table. Il a traité ces petits comme s'ils étaient les siens. Seul un homme généreux ferait une chose pareille, vous ne croyez pas ? »

Mary avait la larme à l'œil en écoutant ses paroles.

« Il a travaillé à user ses doigts jusqu'à l'os pour les enfants d'un autre homme, poursuivit Margaret, dont le corps tremblait, mais la mâchoire et la posture restaient fermes. Quel genre d'homme agit de la sorte ? Je vous en supplie. »

Elle s'avança, longea le cercle formé par les membres du groupe, regarda chaque homme dans les yeux.

« Trouvez un moyen de le punir, oui, mais ne lui ôtez pas la vie. Épargnez mon mari. »

Il y eut un long silence. Reed avait gardé la tête baissée pendant ce discours, peut-être savait-il qu'un seul mot déplacé et c'était la fin pour lui, mais Mary le vit à présent se frotter le visage sur son épaule, et elle se demanda si c'était des larmes qu'il essuyait.

Mary entendait le vent siffler au loin. Elle sentit son cœur battre dans sa gorge, dans sa tête. Le soleil semblait les dévisager durement comme un œil sans paupière.

Donner s'imposa enfin.

« Il part sans rien… Pas de cheval, pas de provisions. »

Toute la force de Margaret la quitta d'un coup. Avec un petit gémissement, elle s'effondra à côté de son mari. Il était impossible de savoir si elle était soulagée ou désespérée, mais elle pleurait comme si quelque chose en elle s'était déchiré.

Pendant ce temps, Keseberg dévisagea de nouveau Tamsen avant de cracher par terre à ses pieds.

« Faites-le déguerpir avant que je le tue moi-même », dit-il.

Il poussa la foule devant lui et fit trébucher Lavinah Murphy.

Mary se précipita vers eux, sachant que si elle attendait un moment de plus, sa chance lui échapperait. Tandis que Tamsen aidait Reed à se relever – misérable, sidéré, saignant toujours –, Mary vint soutenir sa femme en pleurs pour la remettre sur pieds.

Tamsen et elle échangèrent un regard, et Mary sentit une sorte d'entente passer entre elles. Elle se doutait bien que Stanton, s'il revenait un jour, désapprouverait tout lien entre Tamsen et elle. Mais étrangement, l'idée plaisait à Mary. Elle ne savait toujours pas ce qu'elle attendait de Stanton, mais ce n'était en tout cas pas son approbation.

James Reed disparut dans les ténèbres pour toujours, sans protester – ce qui troubla Mary plus que tout –, et après cela, Mary s'installa avec les Reed pour les aider. Elle avait pitié de Margaret – deux fois veuve – et se rendre utile lui faisait du bien.

26

Springfield, Illinois, mai 1840

James Reed était déjà arrivé à la pension pour chevaux afin de récupérer son cheval de selle quand il se rendit compte qu'il avait oublié son nouveau chapeau. En retournant à son bureau, il le visualisait parfaitement, accroché au mur ; un couvre-chef au bord large, comme les chapeaux de quakers, en feutre noir brossé avec un bandeau étroit de cuir marron. Il aurait pu attendre le lendemain et rentrer chez lui tête nue – il avait laissé son vieux chapeau, moisi par la sueur, chez le chapelier –, mais ce moment d'absence le préoccupait. Cela ne lui ressemblait pas d'être oublieux. Cela ne lui ressemblait pas non plus de monter à cheval sans couvre-chef, et il s'épongea le front avec son mouchoir, éprouvant une gêne profonde ; il répéta son geste encore deux fois.

Quand il ouvrit la porte, il fut surpris de voir le nouvel assistant, le jeune Edward McGee, à son bureau, un registre ouvert devant lui. McGee leva les yeux.

Bien que le jeune homme ait dû être gêné par ce retour inattendu, c'est Reed qui eut la sensation d'être pris en faute.

Les cheveux ondulés de McGee étaient d'un blond doré, ses yeux, sombres et d'une beauté peu banale. Sur le moment, son regard n'exprima aucune culpabilité, mais une sorte de sagesse qui lui donnait des airs d'homme mûr. Il avait un long nez fin, des joues et une mâchoire ciselées qui rappelaient à Reed un lord irlandais qu'il avait aperçu de loin pendant son enfance.

« McGee, c'est ça ? demanda Reed quand il ferma la porte derrière lui. C'est vous qui remplacez Silas Pennypacker. »

McGee passa la main dans ses cheveux.

Reed s'éclaircit la gorge, gêné.

« Vous m'avez tout l'air d'avoir confondu mon bureau avec le vôtre », poursuivit-il.

Un sourire juvénile se dessina sur le visage de McGee et l'illumina. Puis il se reprit rapidement, lança à Reed un autre regard entendu, comme si tous deux partageaient un secret.

« Je vous demande pardon, monsieur. Ce n'est pas ce que vous croyez… C'est M. Fitzwilliams qui m'a demandé de chercher ce registre. Il m'a indiqué exactement où il se trouvait. Je n'ai rien déplacé d'autre, monsieur.

– Et Fitzwilliams vous a aussi demandé de l'ouvrir ? »

McGee regardait Reed dans les yeux.

« Je voulais m'assurer qu'il s'agissait du bon volume. Les livres de comptes sont parfois déroutants. »

Le jeune homme était incorrigible – et il mentait, très certainement.

Reed sentit une montée de panique quand McGee se leva de la chaise – il fut surpris par sa taille, la façon dont sa chemise accentuait les muscles de son torse. Il avait une certaine énergie, quelque chose que Reed n'arrivait pas à cerner, qui le fit anticiper un rapprochement, lui fit croire qu'il allait le toucher.

Reed ne bougea pas, il attendit.

Mais au lieu de le toucher, McGee prit sa veste et s'avança vers la porte.

Pour une raison qui lui échappait, Reed ne pouvait pas laisser l'employé partir ainsi. Il resta là où il était, faisant obstacle à McGee.

« Asseyez-vous donc, monsieur McGee, et buvez un verre de whisky avec moi. Peut-être que je pourrai vous expliquer les subtilités du registre. »

McGee ne revint pas sur son mensonge, si c'en avait été un. Il se mit à l'aise pendant que Reed sortait la bouteille qu'il gardait dans un tiroir et leur versait deux verres. Ils s'installèrent sur des chaises à côté de la fenêtre ; les rayons du soleil de l'après-midi tombaient sur les genoux de McGee et traçaient comme des doigts de lumière sur sa mâchoire. Il arborait un perpétuel sourire, même quand il parlait, et Reed perdait le fil de la conversation aussitôt qu'il regardait les lèvres du jeune homme.

McGee lui dit qu'il était très reconnaissant d'avoir obtenu ce poste – des vraies affaires d'hommes, dit-il – après un apprentissage décevant auprès d'un acteur. Au début, l'histoire lui parut tirée par les cheveux – inventée même –, mais plus Reed en apprenait sur l'enfance de McGee à New York, son père cruel et distant, et la mort de ses deux parents après une maladie, plus il s'adoucit. Il y avait quelque chose de ténébreux dans le passé de McGee – quelque chose qu'il refusait de lui confier. Mais Reed se garda d'être indiscret. Il n'était pas intéressé par les détails, seulement par la façon dont McGee l'observait – comme s'il était un faisceau de lumière dans ses ténèbres. Cela paraissait impossible.

« Mais assez parlé de moi…, dit McGee, qui semblait au contraire tout à fait disposé à poursuivre le récit de son existence. Ma vie n'est pas pire que ce qu'on lit dans les journaux. » Son rire suscita une impatience frénétique dans l'abdomen de Reed, qui croisait et recroisait les jambes. « Je lis tous les journaux qui me tombent sous la main, reprit le jeune employé. Vous aimez lire les nouvelles, monsieur Reed ?

– Moi ? » Reed fronça les sourcils en regardant le fond de son verre ; il n'avait aucun désir de se faire interroger. Il se sentit une fois de plus pris en faute, dévoilé. « Je m'intéresse aux actualités comme tout homme d'affaires se doit de le faire, il me semble. »

Ceci poussa McGee à raconter une série d'histoires à la fois horribles et divertissantes qu'il avait lues récemment. Des cadavres que l'on trouvait encore deux semaines après qu'une terrible tornade avait frappé Natchez Trace, ou des prêtres qui avaient protesté lors de la première d'une pièce de théâtre scandaleuse à Philadelphie. Puis un étrange récit sur un navire allemand qui s'était perdu en mer et dont les passagers et l'équipage, après des semaines sans secours, avaient eu recours au cannibalisme pour survivre. Les yeux d'Edward scintillèrent tandis qu'il décrivait les détails scabreux, relatait comment ils avaient éviscéré un de leurs morts dans un canot de sauvetage en pleine mer, cassé ses côtes pour en sucer la moelle – et Reed se demanda si Edward faisait usage de son imagination. Mais pour quoi faire ? Pour prolonger l'instant ? Était-il aussi réticent que lui à mettre un terme à ce moment partagé ?

« Je me demandais, McGee, si vous vouliez vous joindre à moi pour le dîner ? J'allais me rendre au restaurant plus bas dans la rue. »

D'où lui était venue cette idée ? Il allait rentrer chez lui pour dîner avec sa famille. Margaret et les enfants l'attendaient. Pourquoi était-il soudain si important que cette conversation avec son jeune employé ne se termine pas ?

« Leur agneau à la gelée de menthe est délicieux. Vous avez ma permission de casser les os pour en sucer la moelle, si cela vous fait envie. »

Reed avait fait une plaisanterie – ce qui n'était pas dans ses habitudes. Il se surprit lui-même.

Il s'étonna plus tard aussi, quand il se rendit compte qu'il avait une fois encore complètement oublié son nouveau chapeau.

L'inévitable commença ce soir-là, car Edward McGee avait *en effet* vu quelque chose en Reed avec ses yeux inquisiteurs – il avait découvert ou senti le secret logé au plus profond de James Frazer Reed. Il savait ce que Reed voulait, et probablement bien avant que Reed ne se l'avoue à lui-même.

Le basculement survint au moment du brandy ; Reed se détendit grâce à l'alcool, il quitta sa réserve habituelle. Il laissa son regard s'attarder sur le commis, qui ne détourna pas le sien. Quand ils touchèrent la bouteille en même temps, la main du jeune homme se posa sur celle de Reed. Cet instant suffit. Reed s'en souviendrait jusqu'à la fin de ses jours.

Les six mois suivants ne furent que bonheur. Reed se changea en écolière éprise. Dire qu'il avait vécu si longtemps sans amour.

Ils passaient pour des collègues de travail, Edward jouait l'assistant personnel de Reed. C'était naturel, après tout, que ce dernier accompagne son patron en voyage d'affaires, aux déjeuners dans les clubs, l'assiste lors de longues soirées de travail au bureau. Ils continuèrent au nez et à la barbe de tous. Reed était stupéfié de pouvoir vivre cela sans subir de châtiment.

Edward avait même évoqué la possibilité de s'enfuir ensemble. De partir en Californie pour commencer une nouvelle vie. Reed pourrait se délester de toutes ses responsabilités, de Margaret et de sa tribu, de son affaire, de sa grande maison et de son terrain ! C'est vrai qu'il avait beaucoup travaillé pour obtenir ce qu'il avait, mais le voulait-il réellement ? Ne préférait-il pas la liberté ?

Reed avait combattu toute sa vie, tout fait pour distancer au maximum la pauvreté de sa jeunesse. Et pourtant, il ne pouvait pas choisir la liberté. Cette possibilité n'était pas réaliste. C'était une illusion. Il ne pouvait se résoudre à abandonner sa famille. Et il ne pouvait tout simplement pas l'expliquer à Edward, qui n'avait pas de famille à proprement parler.

Tu as peur d'être heureux, lui dit Edward sur le ton du reproche. *Tu ne me fais pas confiance.*

Mais Edward avait tort. Reed *avait* confiance en lui. Bien trop. Et ce fut la cause de toutes ses mésaventures.

Reed n'avait pas su voir ce qui allait survenir les années suivantes. La frustration qui allait graduellement s'installer entre eux. La douloureuse et incontrôlable jalousie, ses soupçons envers McGee, sa crainte qu'il voie d'autres hommes. Reed n'avait également rien vu dans les comptes. Ce n'est qu'après plusieurs années que Fitzwilliams remarqua les irrégularités – répétant avec insistance qu'il ne pouvait y avoir qu'une seule explication : Edward n'avait cessé de les voler, discrètement et régulièrement.

Comment Reed aurait-il pu s'imaginer qu'accusé, le jeune homme le menacerait de raconter au monde entier ce qu'il s'était passé entre eux, que son silence aurait un prix – un premier montant important sur-le-champ puis des versements réguliers ? Que les exigences de McGee menaceraient de le ruiner, ne lui laissant finalement pas d'autre choix que de fuir Springfield ?

Comment Reed aurait-il pu savoir que le projet d'expédition de Donner allait finalement le sauver ?

Il ne le pouvait évidemment pas. Il n'aurait rien pu prévoir de tout cela. Et peut-être que cela n'aurait rien changé s'il l'avait pu. Car le sourire d'Edward avait attrapé son cœur comme un hameçon. La solitude dans le regard ténébreux d'Edward était bien réelle. Elle l'avait appelé, avait fait écho à la sienne, l'avait désarmé. Le toucher du jeune homme l'avait ramené à la vie. Rien n'aurait pu changer cela. Ce qui devait arriver arriverait.

OCTOBRE 1846

27

Quand Mary Graves vit le cavalier au loin, elle le prit pour une ombre. La veille, ils avaient quitté le bassin aride ; les derniers cent cinquante kilomètres de leur voyage avaient été une longue ascension jusqu'à la ligne de crête d'où ils avaient découvert une vallée de fleurs sauvages et de roseaux des montagnes, une végétation parfumée, vert pâle, qui avait surpris Mary presque au point de la faire pleurer. Il y avait des sapins à couper pour les feux de camp. Et une rivière peu profonde, mais large, scintillante de lumière.

Mary regarda l'ombre s'allonger et se matérialiser à l'horizon : un alezan, comme la jument de Charles Stanton.

Son père, qui suivait ses bœufs, fouet à la main, leva les yeux, la main en visière pour les protéger du soleil. « Il est de retour » furent ses seules paroles.

Stanton était accompagné de deux jeunes Indiens Miwoks, Salvador et Luis. Les Murphy, les Graves, les Reed et les Foster se précipitèrent vers lui ; d'autres familles étaient déjà loin devant sur le chemin. Les enfants accoururent et crièrent de joie quand il détacha ses paquets, des éclats de voix sonores qui s'étaient tus depuis longtemps dans le convoi. Stanton leur adressa un large sourire et tenta de les calmer, tout en déchargeant les provisions.

Et Mary, qui avait rêvé de son retour, qui le voyait maintenant moins comme un homme mystérieux ou un sauveur, et davantage comme son lien avec le monde réel – peut-être la seule personne en qui elle pouvait avoir confiance –, Mary, qui avait tant de fois levé les yeux sur un mirage flottant au loin et senti son cœur bondir, fut pourtant trop timide pour s'avancer, et resta en retrait.

« Nous sommes tous au bord de la famine », dit Bill Foster, le beau-fils de Lavinah.

Cela devait être évident. Mary voyait le jeune homme comme Stanton devait le voir, un épouvantail couvert de vêtements trop grands pour lui, une chemise qui bouffait autour de sa taille, des bras qui n'avaient que la peau sur les os, un pantalon tenu par de la corde.

« J'ai croisé les Breen et les Eddy sur le chemin. Ils m'ont raconté à quel point la situation avait empiré, dit Stanton. Mais je reviens avec assez de provisions pour un moment.

– J'espère que vous avez apporté du bacon, dit le petit frère de Mary, qui accourait. On n'a pas mangé de bacon depuis des semaines. »

Son visage était très émacié. À cinq ans, Franklin ressemblait à un vieillard.

« On devrait faire une fête, comme quand les autres sont partis », dit Virginia Reed.

Ses yeux brillaient fiévreusement. Les enfants s'étaient changés en insectes étranges, tout en longueur, en yeux, en aspérités et en spasmes avides.

Stanton, en comparaison, ressemblait à un homme tout en couleurs au milieu d'une vague de spectres, même après des semaines à cheval.

« Un peu de patience », dit-il calmement. Mais elle remarqua qu'il se tenait entre les pionniers et ses mules. « On n'est pas encore tirés d'affaire. Soyez économes avec les provisions. On est encore loin du fort Sutter. »

Amanda McCutcheon se fraya un chemin dans l'attroupement. « Où est mon Will ? Il n'est pas avec vous ? »

Le cœur de Mary se serra. Dans son excitation, elle n'avait même pas remarqué que McCutcheon manquait à l'appel. Les autres ne s'en étaient sûrement pas aperçus non plus. Ils avaient trop faim pour penser à autre chose que la nourriture.

« Il est tombé malade en chemin, dit Stanton. Mais ne vous inquiétez pas, il a tenu jusqu'au fort Sutter, et c'est là-bas qu'il se repose. Il vous y attendra.

– Malade ? Il doit être drôlement malade pour ne pas nous revenir…

– Le docteur a dit qu'il s'en remettra. Avec le temps qui commençait à changer, je ne voulais pas attendre plus longtemps. »

Et c'était vrai, le temps commençait à changer ; étrangement, Mary ne l'avait pas remarqué avant. Cela s'était produit durant les tout derniers jours. Même les après-midi chauds avaient perdu leur lourdeur et les couchers de soleil plus précoces rendaient les soirées plus longues et plus fraîches.

Et cela signifiait que l'hiver était proche.

Deux jours auparavant, elle avait veillé tard avec son frère William. Ils s'étaient allongés sur le sol frais pour regarder les étoiles, un de leurs passe-temps favoris à Springfield. L'étendue du ciel noir, dont l'immensité la remplit alors d'optimisme, la fit se sentir petite et fragile. Ces derniers mois, la nature leur avait montré à quel point ils étaient vulnérables. Son frère devait ressentir la même chose, puisqu'il avait demandé à Mary si elle pensait qu'ils allaient mourir.

La question, qui était dans toutes les têtes, ne la surprit pas, certes, mais elle l'enragea. Pas parce que c'était injuste, elle comprenait que la vie l'était profondément et ne s'attendait pas à ce qu'il en soit autrement, mais elle éprouvait de la colère et de l'étonnement devant la facilité avec laquelle la peur et le désespoir s'ancraient si facilement en eux. Mary croyait en certaines vérités fondamentales, et l'une d'elles était la persistance de la vie ; elle croyait en la volonté en chacun de continuer, de réussir, de s'améliorer et, dans l'épreuve, de faire ce qui est juste.

Les gens finirent par s'éloigner, alors elle se rapprocha de Stanton avec une détermination retrouvée, même s'il n'avait toujours pas regardé dans sa direction.

Le bourdonnement de la foule couvrit sa douce voix ; personne ne pouvait l'entendre.

« Vous êtes revenu pour nous.

– J'ai dit que je le ferais, non ? »

Il sourit tristement en desserrant une corde sur une des mules.

Avait-il fini par l'oublier après tant de semaines loin d'elle, ou pire, par croire qu'elle avait pris la tête des persécutions contre Tamsen ? Après tout, c'était Mary qui avait fait venir les autres sur le lieu du meurtre de Halloran. Si c'était ce qu'il croyait, elle ne pouvait pas lui en vouloir. Mais elle *pouvait* le détromper. Pas parce qu'elle avait besoin de ses faveurs, mais parce qu'elle les désirait.

Malheureusement, il ne semblait pas vouloir lui en laisser l'occasion, ce qui la rendit encore plus impatiente.

Avec à peine un coup d'œil dans sa direction, il se retourna pour parler au groupe.

« Si vous êtes prêts, nous allons distribuer le reste des provisions. On ne pousse pas, on ne se bat pas. Tout est organisé en fonction du montant que vous avez donné. Commençons par les Murphy… »

L'expédition s'arrêta tôt pour la journée. Tous avaient hâte de manger leur premier repas digne de ce nom depuis plusieurs semaines, de fêter leur sauvetage. Mary n'était pas d'humeur à célébrer quoi que ce soit, pas avant d'avoir eu une chance de dire ce qu'elle avait à dire. Elle surveillait Stanton, espérant le trouver quelques minutes seul, mais il était constamment entouré de membres du convoi, décidés à en savoir plus sur le chemin qui les attendait ou sur le fort Sutter – qui était, à ce stade, une destination aussi évasive et chimérique que le paradis. Elle se demanda s'il était si occupé que cela ou s'il l'évitait.

Mais elle ne voulut pas s'avouer vaincue. C'était contre sa nature. Son père l'avait traitée de tête de mule toute sa vie, peut-être avait-il raison là-dessus.

Alors elle attendit à la périphérie, derrière les admirateurs et les curieux. Elle se montrerait patiente. Finalement, il la vit s'attarder à quelques pas de lui, se pencha pour dire un mot aux Miwoks puis avança vers elle.

« Accepteriez-vous de me parler, monsieur Stanton ? » demanda-t-elle.

Sa propre voix lui parut aiguë, nerveuse.

Stanton hocha simplement la tête.

Ils marchèrent côte à côte, et Mary aurait pu se liquéfier sur place. Elle était à la fois submergée par le soulagement et paralysée par la terreur. Elle avait prié pour qu'il revienne, prié pour avoir l'occasion de tirer les choses au clair entre eux, et maintenant qu'il était là, elle ne savait plus quoi lui dire.

« J'avais peur... » Elle s'interrompit, dépassée. « J'avais peur de ne jamais vous revoir.

– Peut-être que ça aurait été pour le mieux », dit-il d'une voix grave et sévère.

Elle accusa le coup comme s'il l'avait giflée.

« Pouvez-vous vraiment me haïr autant ?

– Mary, dit-il d'une voix plus douce.

– Je ne vois pas comment, poursuivit-elle sur la défensive. Vous m'avez à peine donné une chance de faire mes preuves. Nous n'avons même pas parlé depuis...

– Vous n'avez pas besoin de faire vos preuves, ni à moi ni à qui que ce soit. Je ne vous hais pas, Mary. Pas le moins du monde. »

Un large sourire s'étira sur son visage, bien qu'il tente de le cacher.

Elle crut alors rêver – la faim et l'épuisement avaient peut-être eu raison d'elle, car elle ne comprenait pas.

« Alors, si vous ne me haïssez pas, pourquoi m'évitez-vous ? insista-t-elle. Pourquoi dire que ç'aurait été pour le mieux si vous ne m'aviez pas revue ? J'ai peur de ne pas vous suivre, monsieur Stanton, ou peut-être ne vous comprenez-vous pas vous-même.

– Oui, c'est plutôt moi le mystère, dit-il avec un sourire qui se changea en un rictus amer. Le problème n'est pas que je vous déteste, mais que je vous apprécie beaucoup. C'est ce qui me fait vous éviter, si vous voulez la vérité. Mais je ne veux pas que vous ayez une mauvaise opinion de moi.

– *Moi*, une mauvaise opinion de vous ? » Ce fut à son tour de sourire. « Je n'ai guère pensé à autre chose que vous, et aucune de ces pensées ne fut mauvaise. »

Sa propre audace l'étonna et elle se couvrit la bouche pour étouffer un rire de surprise.

Mais il la devança avec le sien, qui lui fit penser à de l'eau qui coule sur les pierres d'un ruisseau – vif, libre et clair. Elle voulait plonger dans ce rire, nager, se baigner, s'éclabousser, le boire et se purifier.

« Je suis soulagé alors », dit-il.

C'était elle qui sentait un soulagement, elle en était presque étourdie.

Puis elle s'émerveilla de la simplicité de la réponse ; cet homme, Charles Stanton, qui, avant même qu'elle ne s'en rende compte, avait occupé toutes ses pensées, cet homme était celui qui lui fallait. L'être qui lui était destiné. À cet instant, elle sut, comme si cela avait été décidé par avance, comme si sa vie s'était dirigée vers ce moment depuis le début : elle, Mary Graves – sérieuse, pragmatique, toujours patiente –, était joyeusement et stupidement amoureuse de Charles Stanton.

C'était une certitude, la vérité devait éclater au grand jour. Elle devait le lui dire. Bientôt. Très bientôt. Mais pas encore.

Après tout, depuis qu'ils s'étaient rencontrés, ils avaient passé presque autant de temps séparés qu'ensemble. Elle voulait attendre, au moins jusqu'à ce que la somme de leurs moments partagés soit supérieure à la durée de leur séparation, avant de se déclarer. Cela n'était que justice, et elle voulait bien faire les choses, maintenant plus que jamais.

Durant leur promenade le long du ruisseau, le réconfort du soleil de fin d'après-midi sur leurs épaules, elle lui raconta ce qui s'était produit en son absence – la mort de Snyder et le bannissement de Reed. Cette dernière nouvelle affecta profondément Stanton : il avait fini par faire confiance à Reed et avoua avoir peur de la rapidité avec laquelle le groupe pouvait se retourner contre quelqu'un.

Elle lui raconta le reste. Hardkoop, le vieillard belge, qui était tombé malade et s'était laissé distancer. Jacob Wolfinger, qui était parti le chercher, mais n'était pas revenu. Elle lui raconta les pleurs de Doris Wolfinger qui avaient résonné plusieurs nuits après, comme si l'acceptation de la perte de son mari s'était imposée par vague.

« Je ne sais pas quoi penser de tout ce qui nous est arrivé », dit Mary honnêtement.

Elle se sentait encore plus dépassée qu'auparavant, sentait le poids des événements sur ses épaules.

« Je ne saurais plus distinguer le bien du mal chez les autres. C'était si facile à Springfield. Mais pas un seul de ces soi-disant bonnes gens n'a levé le petit doigt pour aider le pauvre M. Hardkoop quand Lewis Keseberg l'a expulsé… Aucun d'eux n'est allé chercher M. Wolfinger après sa disparition. C'est comme si chacun ne pensait plus qu'à soi… Il disent tous que Tamsen est une menteuse avec ses histoires d'hommes des ténèbres. Même ceux qui lui faisaient confiance jadis semblent la mépriser, mais je l'ai vue après l'incendie. Je ne sais pas pourquoi elle aurait inventé ça. »

Stanton secoua la tête.

« Tamsen aime bien être le centre de l'attention, mais pas de cette façon. Vous avez raison, Mary. C'est très étrange.

– Puis il y a M. Reed, continua-t-elle, peu encline à rester sur le sujet de Tamsen et ses histoires troubles. Reed ne me paraissait pas capable de tuer un homme de sang-froid comme ça…

– Vous avez raison là-dessus aussi. Ce n'est pas l'homme que je connais. »

La voix de Stanton s'était de nouveau durcie ; elle était distante.

« Ça n'a simplement pas de sens. » Elle scruta l'horizon, que la lumière du soleil rendait brumeux. « C'est pour cette raison que je me réjouis tant de votre retour, monsieur Stanton. Entre autres, précisa-t-elle en rougissant. Avec vous, tout est toujours plus évident. Je… Je me sens plus en sécurité quand vous êtes là. »

Il parut se refermer – ce fut subtil, mais elle sentit de nouveau une petite faille entre eux. Elle s'approcha de la rivière pour éviter que leurs coudes ne se touchent, et une froideur qui n'avait rien à voir avec le changement de température bruissa en elle.

« J'ignore pourquoi vous m'accordez votre confiance – encore et encore. Je l'accueille volontiers, c'est sûr, mais vous devez savoir que je ne la mérite pas. »

Il cessa de parler et regarda la rivière en silence.

« Quoi que vous ayez fait, quoi qu'il vous soit arrivé dans le passé, ça ne peut pas être aussi grave que vous l'imaginez. » Elle toucha délicatement son bras. « Le péché s'est absous de lui-même – je le vois en vous, dans la façon dont vous portez ce fardeau. Vous devez vous pardonner. »

Elle prononça ces mots parce qu'elle savait que c'était la vérité – la Bible enseigne le pardon à chacun pour que Dieu l'accorde à tous.

Elle crut un instant qu'il allait pleurer, mais il laissa seulement échapper un profond soupir et passa la main dans ses cheveux.

« Je ne pourrai jamais me le pardonner… Ce serait comme de la laisser mourir une seconde fois. Dans mes rêves, j'échoue éternellement, je ne parviens pas à la sauver. Chaque nuit, je la revois se noyer. »

Mary eut le souffle coupé. Elle savait de quoi il parlait ; l'histoire de la fille qu'il avait aimée – et qu'il avait abandonnée alors qu'elle était enceinte.

« Je comptais l'épouser, vous savez, dit-il. J'étais venu le lui dire le jour même. »

Mary vit blanchir les jointures de ses doigts quand il serra les poings. Puis il se tourna pour la regarder, comme s'il s'attendait à ce qu'elle proteste.

« Alors ce n'était pas votre faute », dit Mary.

Elle vit bien que ses mots ne l'apaisèrent pas. Le père de Mary lui avait dit que la pauvre fille s'était tuée *à cause* de Stanton, qu'il l'avait abandonnée. Mais elle voyait à présent qu'il devait y avoir une autre raison. L'homme – le garçon – que son père avait décrit ne ressemblait pas du tout à Stanton. Il lui paraissait maintenant absurde d'avoir douté de lui, ne serait-ce qu'un instant.

L'ombre d'un nuage solitaire se déplaçait sur le paysage devant eux. C'était un signe, une main divine sur la vallée.

Ils marchèrent lentement pendant quelques minutes encore, écoutèrent le clapotement du ruisseau et la rumeur lointaine du campement. Il lui serra la main ; la sensation lui plut, la force de ses doigts. Une force sur laquelle elle pouvait compter.

« Ce n'est pas seulement que je l'ai perdue, sa mort terrible. Il n'y a pas que ça qui me hante, Mary... »

Elle attendit.

« Je n'avais pas un sou en poche, et je n'avais nulle part où aller quand tout cela s'est produit. Ma réputation était détruite, je n'arrivais pas à trouver de travail, et ma propre famille me rejetait... Mais ce n'était pas une excuse pour... »

Il ne termina pas sa phrase, plissa les yeux vers le soleil déclinant. Il se couchait de plus en plus tôt, Mary l'avait remarqué, et elle frissonna à l'idée de voir le déclin de l'automne et le peu de temps qu'il leur restait.

« Ce n'était pas une excuse pour... », le sonda-t-elle.

Elle avait peur de découvrir son secret tout en ayant besoin de l'entendre, de le connaître. Et elle sentait que Stanton avait besoin de se révéler à *elle*.

« Pour avoir accepté son aide.

– L'aide de qui ? »

Stanton soupira.

« Le père de Lydia m'a fait don d'une somme d'argent qui m'a lancé dans la vie. Il a payé pour se débarrasser de moi, vous comprenez. Il m'a payé pour disparaître, pour effacer ce terrible incident. Grâce à son argent, j'ai pu aller jusqu'en Virginie. Quand le cabinet d'avocat ne me convenait plus, je suis allé faire la guerre au Texas. Mais je me suis alors rendu compte que rien ne m'attendait et que je n'avais nulle part où m'établir. Avec ce qui restait de sa… *charité…* » Stanton parut s'étouffer sur le mot. « … j'ai pu ouvrir un magasin à Springfield. Je croyais qu'une fois l'argent de Knox totalement dépensé, le passé serait enterré. Mais non. Knox a lui-même rencontré des difficultés, et il a insisté pour que je rembourse ma dette. Il était très pressant et je… eh bien, je n'ai pas pu lui dire non, Mary. »

Elle frissonna ; l'obscurité descendait sur eux et Mary voulait le supplier de s'en tenir là. Elle n'avait pas besoin d'en entendre plus, sachant que les hommes étaient capables d'aller trop loin pour l'argent. Sa propre famille avait tout essayé pour améliorer leur situation. Ç'avait toujours été le rôle de Mary de prendre soin de sa famille, et même si elle en éprouvait une certaine rancœur, elle le comprenait.

« Vous ne voulez pas savoir pourquoi je n'ai pas pu refuser, Mary ? dit-il d'une voix grave.

– Vous vous sentiez coupable. Tout le monde se serait senti coupable. »

Un oiseau croassa au-dessus d'eux. Elle ne sut pas l'identifier dans le crépuscule argenté.

« Mais j'étais coupable. Vous ne le voyez donc pas ? Pas du suicide de Lydia, mais d'autres choses. Knox le savait… Il avait découvert les liaisons que j'avais eues depuis. »

Les liaisons. Mary sentit une chaleur lui monter au visage. Elle lâcha sa main. Le père de Lydia avait donc fait chanter Stanton.

Ce qui voulait dire que ses indiscrétions avaient été scandaleuses – et nombreuses.

Il soupira.

« Je savais que Donner était un vieil ami et un associé de Knox. En fait, il était l'un des principaux informateurs de Knox. Mais quand j'ai appris que les Donner partaient pour l'Ouest, j'ai tout vendu pour les rejoindre. Je haïssais George Donner, mais je haïssais Knox encore plus. Il me fallait trouver une issue. »

Il passa la main dans ses cheveux.

« Mais j'ai appris de mes erreurs, Mary, poursuivit-il. Je sais maintenant qu'on n'échappe jamais à son passé. »

Mary inspira. Elle ne savait plus quoi lui dire ni ce qui pourrait soulager sa peine – le chagrin et la honte qu'il portait en lui depuis tant d'années. Elle avait cru comprendre ce qui pesait sur lui, mais elle commençait à voir que les secrets de Charles Stanton se superposaient, couche après couche, qu'ils s'étendaient encore et débordaient vers l'avenir.

Il leva les yeux ; son regard était triste, mais était-ce une lueur d'espoir qu'elle apercevait ?

« Voilà pourquoi je tâchais de vous éviter, Mary. C'est pour votre bien. Je ne mérite pas votre confiance. Vous méritez mieux que moi. »

Peut-être avait-il raison. Peut-être ne devait-elle pas lui faire confiance. Peut-être n'était-il pas digne de son aide après tout. Mais tous les hommes ne méritaient-ils pas une seconde chance ?

« Comment pourrais-je vous aider, Charles ? » dit-elle doucement, sans réussir à accrocher son regard, mais pleine de l'audace que lui donnait son nom sur sa langue.

Sa voix parvint à Mary, grave et implacable.

« Vous ne le pouvez pas. Vous ne voyez pas, Mary ? Mon cœur est mort il y a bien longtemps, il a gelé au fond de cette rivière. Il n'y a plus rien à sauver. »

Mais Mary ne se laissait pas facilement persuader par la mélancolie. Elle reprit sa main, et même s'il ne voulait pas la regarder, elle posa les lèvres sur ses doigts.

« Je ne le crois pas », dit-elle.

Ses mots étaient une promesse.

Elle avait cru vouloir aimer Stanton, pas le sauver – mais elle voyait à présent que cela allait de pair.

Néanmoins, en s'éloignant de lui, elle se rappela celle qui ne serait jamais sauvée. Alors ce soir-là, Mary dit une courte prière silencieuse pour Lydia, cette pauvre beauté à jamais prisonnière de la glace, et pour l'enfant qui ne naquit jamais.

28

La chaleur du début de l'automne avait enfin cédé la place à des vents frais venus du nord, qui faisaient onduler les draps et les toiles des chariots, insufflant une énergie nouvelle à l'expédition. Stanton les avait rejoints avec les provisions tant attendues. Tamsen aurait dû être soulagée. Les autres ne la regardaient que subrepticement ces jours-ci, avec une sorte de rancœur et de dégoût dans le regard, mais elle pouvait le supporter. Cela ne la dérangeait pas d'être ostracisée, haïe, tant qu'elle avait ses enfants.

Les cauchemars qui la hantaient, peuplés d'hommes à la peau sale, craquelée et inhumaine, brûlés vifs – du gentil Halloran changé en être vil l'attrapant, la dévorant –, auraient dû cesser. Mais ils persistaient. Elle ne savait que croire, si la menace qu'elle avait perçue – rampante, ses ombres dansantes – avait été réelle ou si elle était l'invention délirante d'un esprit corrompu par un terrible secret, quelque chose de presque aussi hideux que les créatures qu'elle croyait avoir vues.

Pour confirmer ses dires, elle ne pouvait certainement pas compter sur Elitha – qui parlait des voix dans sa tête à qui voulait l'entendre – ni sur ses sœurs cadettes. Elles ne savaient pas ce qu'elles avaient vu : la scène avait été une confusion de mouvements et de panique qui avait fini en une éruption de flammes et de fumée.

Il y avait un enthousiasme dans l'air qui la troublait – et lui faisait penser à l'euphorie d'un joueur ivre qui mise son dernier sou. Tamsen comprenait que l'espoir pouvait s'avérer très dangereux, surtout quand il naissait dans des esprits acculés.

Ils allaient encore devoir traverser la Sierra Nevada, qui tendait déjà les bras aux premières tentations de l'hiver et se dressait devant eux avec ses sapins, ses flancs d'un violet profond et ses blancs sommets. Elle s'étonnait encore de voir le groupe nier l'évidence : les montagnes, comme la plupart des beautés de ce monde, étaient mortelles.

Ce soir-là, elle s'efforça de prêter attention à tous les bruits inhabituels. Elle s'agitait sous son édredon de mariage, étendue sur le sol dur, dans un demi-sommeil tendu quand elle entendit des voix fortes à proximité de leur tente. Elle secoua l'épaule de George – comment cet homme pouvait-il dormir si profondément ? – et tendit le bras pour attraper sa robe de chambre. George la suivit en chancelant.

Elle fut surprise de voir Charlie Burger, le conducteur qui montait la garde devant leur tente, à terre, aux prises avec William Pike, le beau-fils de Lavinah Murphy. Tamsen avait craint de voyager avec des mormons ; elle avait lu dans le journal que de véritables batailles se livraient pour le contrôle des villages dans le Missouri et même à Nauvoo dans l'Illinois, non loin de Springfield. Mais le clan Murphy était affable et savait se tenir ; ils n'avaient tenté de convertir personne. William Pike, l'ingénieur naval qui avait épousé l'une des filles de Lavinah, était l'un des derniers que Tamsen aurait soupçonnés de vol. Alors comment expliquer qu'il soit ainsi immobilisé en pleine nuit ? Était-ce une affaire de provisions ? Tous étaient devenus très jaloux de leur confort.

Mais quand Pike aperçut Tamsen, il se dégagea brusquement des mains de Burger et se jeta sur *elle*. Burger réussit de justesse à l'immobiliser une deuxième fois, quand un crachat tiède de Pike atteint la joue de Tamsen.

« Où est-il ? Qu'avez-vous fait de lui ? » lui cria Pike.

Tamsen aurait pu croire qu'il était soûl. L'homme, qui était ébouriffé, avait le visage strié de larmes et rougi. Cette scène n'avait aucun sens. Les Murphy et les Pike n'avaient aucune raison de voler de la nourriture ; tout le monde savait qu'il leur restait encore une bonne réserve de provisions, au vu des circonstances. Et il lui criait dessus comme si c'était *elle* qui lui avait pris quelque chose.

« De quoi parle-t-il, bon sang ? » demanda George.

Il frotta ses yeux ensommeillés. Le frère de George et sa femme, Betsy, sortirent de leur tente, et Betsy murmura à un enfant caché par la toile d'aller se recoucher.

Pike se contorsionnait sous la prise de Burger pour se libérer afin de se jeter sur Tamsen, ses pieds se débattaient pour trouver l'équilibre dans le sable.

« Je sais que vous l'avez ensorcelé pour le faire disparaître, comme vous avez fait avec les autres.

– Enfin, c'est n'importe quoi, marmonna Jacob.

– Dieu nous punit de vous avoir parmi nous. »

En luttant contre le corps de Burger, Pike parvint à lui faire lâcher son bras droit. Il chercha dans sa poche.

« "Tu ne laisseras point vivre la magicienne", c'est ce que dit la Bible. »

Il se saisit d'un petit pistolet et visa Tamsen.

Un instant plus tard, elle gisait au sol, de la terre dans la bouche. *J'ai dû être touchée,* pensa-t-elle, bien qu'elle ne sentît aucune douleur. Son mari était au-dessus d'elle. Elle comprit lentement : George l'avait poussée pour s'interposer entre Pike et elle, sans arme, dans sa chemise de nuit. Un afflux de sensations lui fit prendre conscience de ce qui était en train de se passer. On l'attaquait. Son mari était intervenu sans hésiter pour la défendre. Il n'était plus le hâbleur de jadis.

Tamsen avait déjà été agressée auparavant, bien sûr, mais seulement verbalement. Seulement par des regards soupçonneux, de l'indifférence ou des chuchotements acerbes. Cela n'était jamais allé si loin, et elle était sous le choc.

Le pistolet de Pike était toujours dégainé, mais il n'avait pas appuyé sur la détente. L'homme clignait des yeux, hébété devant la soudaine tournure des événements. Avant que quiconque ait le temps de parler, un coup de feu claqua ; Charlie Burger avait tiré une balle dans le dos de William Pike.

L'étonnement se lisait sur le visage de Pike tandis qu'il tombait à genoux. Sur son torse, une tache rouge s'élargissait sur sa chemise blanche autour du trou qu'avait fait la balle.

Tamsen haleta, tenta de se redresser. Les filles étaient maintenant éveillées et pleuraient.

« Restez à l'intérieur ! leur cria-t-elle tandis que quelques visages apparaissaient dans l'ouverture de la tente.

– Diable ! » rugit Jacob au même moment.

Les deux hommes de Donner bondirent vers Pike et l'allongèrent sur le dos. Ses yeux étaient vitreux, aveuglément perdus dans le ciel nocturne.

Tamsen entendit les autres familles se précipiter hors de leur tente en réaction au coup de feu. Une foule n'allait pas tarder à se former, des cris furieux allaient retentir, de nouvelles accusations. Pendant ce temps, entre ses spasmes, William Pike tâtonnait autour de la poche de son pantalon avec sa main droite. Que cherchait-il si désespérément, un autre pistolet ? Comptait-il la tuer même s'il devait y consacrer son dernier souffle ?

Sidérée, Tamsen ne quitta pas sa main des yeux quand il fouilla dans sa poche et en sortit un chapelet. Des perles en bois sur une ficelle, si usées que le vernis était parti. Il était donc resté catholique dans son cœur même au sein du strict foyer mormon de Lavinah. Il poussa un soupir de soulagement quand Tamsen le mit dans sa paume et replia ses doigts.

« J'espère que Lavinah me pardonnera », soupira-t-il en plaçant le chapelet sur son cœur.

Puis il cessa de bouger.

Tamsen s'assit sur ses talons, fébrile. Qu'est-ce qui avait poussé cet homme à s'en prendre à elle ? Pike semblait être le dernier capable de tuer quelqu'un dans son sommeil. Elle essuya le crachat de sa joue et leva les yeux sur Mary Graves, qui la dévisageait dans la foule.

Harriet Pike, la femme de William, se fraya un chemin parmi les spectateurs, suivie de sa mère, Lavinah. Les deux femmes tombèrent à genoux auprès du défunt, Harriet le secoua par le col de sa chemise comme si cela pouvait le faire revenir à la vie.

« William ! Qu'est-ce que tu as fait ? » cria-t-elle, la voix à vif, comme si elle avait bu de la soude.

Lavinah prit Harriet dans ses bras, mais cette dernière continuait à trembler.

« Leur fils a disparu », dit Lavinah à George tout en s'agrippant fermement au bras de sa fille. Harriet sanglotait si fort qu'il était difficile d'entendre sa mère. « William s'est réveillé en pleine nuit et a vu qu'il n'était plus là. Il s'est mis dans la tête que c'était la faute de votre femme. »

Elle regarda brièvement Tamsen.

« Nous l'avons supplié de se ressaisir, mais il n'y avait rien à faire pour le convaincre. Quand il est parti, nous croyions que c'était pour chercher le petit. Nous n'imaginions pas qu'il allait venir ici.

– Un enfant a disparu..., dit George qui semblait sortir de sa stupeur.

– Henry, mon petit-fils. Il n'a qu'un an, dit Lavinah, qui se retenait de pleurer.

– J'ai trouvé ça. »

Harriet sortit quelque chose de sa poche et le montra à toute l'assemblée. Tamsen reconnut l'objet immédiatement, il s'agissait d'un des talismans qu'elle avait donnés à ses enfants pour se protéger. Un charme porte-bonheur. Il paraissait ridicule qu'un petit objet si primitif et inoffensif puisse éveiller tant de soupçons. Et cela ne prouvait pas sa culpabilité ; il aurait aussi bien pu tomber de la poche de l'une de ses filles, mais Tamsen n'osa rien dire, sachant que les soupçons pourraient alors se porter sur ses enfants.

« Vous niez qu'il est à vous ? »

Harriet tendit le talisman vers Tamsen.

Tamsen resta silencieuse. Prendre la parole serait tout aussi incriminant.

Mais Mary Graves la surprit en fendant la foule, le visage indigné.

« C'est absolument ridicule. Comment cela peut-il prouver que Mme Donner ait quoi que ce soit à voir avec la disparition de votre fils ? N'importe qui aurait pu l'avoir laissé là. Quelqu'un qui voudrait lui porter préjudice, par exemple. »

Tamsen vit Peggy Breen et Eleanor Eddy se faire toutes petites à l'insinuation de Mary Graves.

« Tu en as assez dit comme ça. »

Franklin Graves apparut soudain aux côtés de sa fille ; la brute la poussa violemment pour la faire taire.

Mais Charles Stanton, grand, fort et déterminé, aida Mary à retrouver l'équilibre. Tamsen sentit un pincement aigu quand elle le vit. Il était clairement épris de la jeune femme. Elle l'avait complètement perdu et même si elle avait déjà renoncé à lui, en avoir conscience était douloureux.

« Avec tout le respect que je vous dois, monsieur Graves, dit Stanton, vous ne devriez pas parler ainsi à votre fille. Ses paroles sont sensées... Plus sensées que tout ce que j'ai entendu ce soir. »

Franklin Graves lui lança un regard noir embué de haine.

« Vous en avez du culot pour me parler comme ça. Je devrais... »

Mais avant que la dispute n'aille plus loin, Graves fut interrompu par George qui avança devant Tamsen, la protégeant de son corps imposant.

« Écoutez-moi tous... Vous vous trompez, madame Pike. Ma femme était avec moi toute la nuit dans notre tente, je peux vous l'assurer. Elle n'aurait pas pu laisser cet objet dans votre campement. Vous avez ma parole. Nous devons nous concentrer sur votre petit.

– Pas vous, dit Franklin Graves. C'est pas à vous de faire ça. On s'est débarrassés de Reed quand le pouvoir lui est monté à la tête, et maintenant, on dirait bien que c'est votre tour. On peut pas avoir de meurtriers parmi nous, et je me fiche du pourquoi. »

George enfla comme un dindon qui gonfle la poitrine. Tamsen l'avait déjà vu prendre cette posture quand il était sur le point de réprimander un domestique ou le pasteur de Springfield.

« Ce ne sont que des sottises ! » Sa voix s'éleva au-dessus de leurs têtes, plus confiante qu'elle ne l'avait été depuis des mois. « Je ne gâcherai pas ma salive pour défendre Tamsen... Je l'ai déjà fait trop de fois. Quant à William Pike... » George s'interrompit ; à ses pieds se trouvait le cadavre de Pike, sur lequel pleurait encore sa femme. Il déglutit, puis scruta le groupe. « Pike était un homme honnête. Mais c'est la peur qui l'a fait agir ainsi. Voilà ce qui arrive quand on se laisse dominer par la peur. Je me repentirai, mais jamais je ne m'excuserai d'avoir protégé ma femme. »

Charles Stanton fit un pas en avant.

« Un enfant a disparu. On ne peut pas continuer à crier et à ergoter en espérant qu'il réapparaisse. »

Mais comme pour lui répondre, tout le monde se mit à parler en même temps : Peggy Breen se mit à bafouiller ; Patrick Breen vint au secours de sa femme ; Jacob Donner s'interposa entre les Breen et son frère ; Harriet Pike pleurait toujours sur la dépouille de son mari. Finalement, ce fut Franklin Graves qui interrompit une fois de plus la cacophonie. Il montra Donner du doigt.

« Ça suffit ! Je me permets de dire que je parle pour nous tous quand je vous dis que j'en ai fini avec vous... Vous, les Donner, avec votre argent et votre arrogance, et maintenant ça ! Vous paradez en croyant que vous valez mieux que nous... Encore un mort ! Qui sera le suivant, je vous le demande ? »

La foule s'était tue, tous écoutaient Graves, et Tamsen frissonna de peur.

« J'en ai assez ! À partir de maintenant, vous avez intérêt à la fermer. »

Il cisailla l'air de son bras pour illustrer la rupture définitive.

Pendant un instant, George Donner sembla frappé d'horreur, son visage perdit ses couleurs quand il comprit ce que cela signifiait, ce que Tamsen savait déjà. Les Donner seraient désormais des parias parmi les membres de l'expédition – ils allaient devoir se défendre seuls comme Reed – et c'était la faute de Tamsen. Mais il se ressaisit rapidement, rapprochant sa femme de lui d'un bras protecteur.

« Comme vous voudrez… Qu'il en soit ainsi », dit-il avant de tourner le dos au convoi.

Ne partez pas – c'est une condamnation à mort. Les mots résonnèrent dans la tête de Tamsen, mais elle ne savait pas à qui ils étaient adressés, aux hommes sur le point de s'enfoncer dans l'obscurité pour aller chercher l'enfant disparu ou à sa propre famille.

Car si les créatures qu'elle avait vues – les hommes qui l'avaient encerclée dans le Bassin – étaient réelles, s'ils étaient toujours là, ils attendaient, terrés comme des loups, que le convoi fasse exactement cela : se diviser en groupes de plus en plus petits pour qu'ils n'en soient que plus vulnérables. Sa famille et elle n'étaient pas en sécurité au milieu de cette foule haineuse, mais ils n'étaient pas mieux lotis sans eux.

Elle garda quand même le silence. Peut-être se trompait-elle. Et même si elle avait raison, personne ne la croirait : une sorcière et ses inventions abracadabrantes. Même à elle, cela paraissait absurde, cauchemardesque, un stratagème étrange n'ayant pour but que de faire peur et de manipuler. Et quel châtiment lui infligeraient-ils ?

Alors l'expédition repartit, et les Donner laissèrent les autres chariots prendre de l'avance sur eux, comme convenu. Ce fut au moins un soulagement de s'éloigner des Murphy et du chagrin insupportable de Harriet Pike. Au bout de quelques jours, l'écart s'était creusé au point qu'ils perdirent de vue toute trace du convoi, à l'exception de ses empreintes dans la terre.

Tamsen essaya de ne pas se laisser ronger par l'inquiétude. Après le Grand Bassin aride, traverser les prairies aurait dû être une véritable bénédiction, même pour leur petit comité. Ils étaient entourés de vie ; les aulnes et les sapins poussaient en abondance le long des méandres d'un cours d'eau. Il y avait assez d'herbe pour nourrir les bœufs. Mais malgré toute la beauté et la sérénité du paysage, Tamsen n'arrivait pas à se débarrasser du malaise qui s'était logé dans sa poitrine. Elle écoutait intensément pour ne pas manquer le moindre craquement dans la broussaille, elle suivait le balancement des arbres, toujours plus persuadée que les créatures qu'elle avait vues dans le désert étaient vraiment là et qu'elles les observaient.

Les Donner étaient seuls et suivaient un cours d'eau qu'ils avaient baptisé Alder Creek à cause des aulnes qui en bordaient les rives, quand l'essieu d'un de leurs chariots se brisa. Le reste du convoi soulevait alors la poussière à plusieurs kilomètres devant eux.

« Nom de Dieu ! » jura George Donner dans sa barbe.

Il s'était glissé sous le chariot pour l'examiner.

« C'est trop pour nous deux, dit Jacob, accroupi à côté de George.

– Ne sois pas ridicule, dit George. Nous pouvons le réparer toi et moi, avec l'aide de Burger bien sûr. »

Tamsen regarda son mari puis son beau-frère. George se montrait têtu. Il était impensable qu'il puisse réparer l'essieu du chariot seul. Une semaine auparavant, ils avaient déjà eu des problèmes avec les freins – les disques des roues arrière s'enclenchaient tout seuls sans que le levier soit abaissé – et George avait été tellement dépassé qu'il avait demandé à William Eddy de faire le nécessaire. Tamsen connaissait l'étendue des connaissances de son mari, et leurs limites.

« George, dit-elle doucement. Ce n'est pas le moment de faire le fier. »

Elle ne savait pas trop pourquoi elle avait dit cela. S'ils étaient isolés du reste du groupe, c'était parce qu'il l'avait protégée.

« On pourrait leur demander l'aide d'un ou deux hommes, dit Jacob. Ils vont bien devoir s'arrêter à un moment pour la nuit. »

Il regarda le ciel qui s'assombrissait.

Tamsen savait qu'il était trop tôt pour la nuit ; un tel ciel annonçait plutôt l'arrivée d'un orage. Déjà en cette fin de mois d'octobre, on sentait la neige approcher. Une fois encore, la panique se lova à l'intérieur de ses entrailles comme un serpent ensommeillé.

« Nous... », grogna George, tandis qu'il tentait d'ajuster quelque chose que Tamsen ne pouvait pas voir sous la caisse du chariot. « Nous. N'avons. Pas. Besoin. D'eux. »

Jacob soupira avant de se tourner vers Charles Burger, qui était resté à leurs côtés.

« Faisons venir Eddy au moins, dit-il calmement. Après notre générosité envers sa famille, il a une dette envers nous. Je crois qu'il faut remplacer l'essieu, et il sait y faire. »

Contre la volonté de George, ils envoyèrent Charlie Burger et Samuel Shoemaker à pied – il ne restait plus de chevaux de selle – pour chercher Eddy et lui rappeler la générosité dont les Donner avaient fait preuve envers lui. Le supplier si nécessaire. Tamsen faillit exprimer son désaccord, plus que jamais certaine que les ombres étaient tapies dans les bois et que ce n'était qu'une invitation à se faire encercler. Mais compte tenu de l'urgence, elle garda de nouveau le silence, étouffant les avertissements comme on avale de la fumée. C'était deux hommes qu'ils envoyaient, après tout, et tous les deux armés. Ils seraient suffisamment protégés. Forcément.

Tamsen osa penser qu'ils ramèneraient Stanton. Malgré l'animosité qui s'était installée entre eux – elle avait oublié depuis longtemps le désir qu'elle avait eu pour lui au début du voyage –, elle éprouvait encore quelque chose. Malgré ses réprimandes, presque jalouses, après que Keseberg l'avait attaquée avec son revolver. Stanton était tout simplement le genre d'homme à qui on pouvait se fier, en dépit de – ou plutôt en raison de – la méfiance des autres à son encontre.

En attendant, les aînés de Jacob avaient commencé à sortir les affaires du chariot endommagé.

Pendant qu'ils s'affairaient, Tamsen emmena les enfants les plus jeunes dans un pré. Le terrain où on avait parqué les chariots était marécageux, mais au-delà d'un peuplement de sapins rabougris se trouvait une véritable prairie. Tamsen envoya les filles cueillir des fleurs pour ses mixtures. Alors qu'elle leur donnait ses instructions, elle regarda les montagnes aux sommets blancs de plus en plus proches, plus oppressantes que jamais. C'était joli ici, un lieu agréable pour s'installer un temps, mais le souvenir de James Reed lui vint brièvement à l'esprit. Il aurait insisté pour avancer au plus vite vers la Californie et il aurait eu raison. L'hiver pouvait fermer les cols à tout moment.

Elle contempla de nouveau le ciel et l'obscurité croissante. Ils étaient à la merci des caprices du temps.

Elle entendit son mari pousser un cri de douleur, puis les hommes échanger des paroles de panique. Elle accourut vers les chariots, appela les enfants pour qu'ils la suivent. Elle trouva George agenouillé à côté du chariot, le visage blême et luisant de sueur, son bras sous l'une des roues. Burger et Shoemaker, les deux conducteurs, n'étaient pas encore rentrés avec Eddy. Les hommes présents firent passer l'extrémité d'une longue branche sous le chariot et pesèrent de tout leur poids sur l'autre extrémité.

« Tiens bon, George, dit Jacob avant de se tourner vers les autres. Un, deux, trois… C'est ça, mettez-y tout votre poids. »

La branche glissa une fois, deux fois, sous les jurons et les grognements, mais finalement, elle finit par accrocher et releva le chariot assez longtemps pour que George se libère avant de basculer en arrière dans la boue.

Il souleva la main droite en tenant son poignet avec la gauche. Tamsen faillit s'évanouir ; on aurait dit qu'il portait un gant ensanglanté, sa main était broyée. Ce n'était plus qu'une pale de chair écrasée, gorgée de sang. Les yeux de son mari étaient révulsés, il était au bord de l'évanouissement.

Tamsen tomba à genoux à ses côtés.

« Apportez-moi de l'eau propre ! Dites à Betsy de mettre de l'eau à bouillir ! Milt, emmenez les enfants, ils n'ont pas besoin de voir ça. Et dites à Elitha d'aller chercher ma sacoche avec mes remèdes et à Leanne de couper des bandelettes de gaze. »

Elle le soigna pendant près d'une heure. Heureusement, il s'était évanoui, et elle n'avait pas à se soucier de la douleur. Elle nettoya la chair à l'eau, puis avec ce qu'il leur restait d'alcool. Le plus dur fut de le bander de sorte qu'il guérisse correctement. Elle ne voulait pas qu'il soit estropié. Pendant ce temps, Jacob faisait les cent pas derrière elle, alors que les autres hommes, effrayés, s'étaient retirés.

« On a voulu élever le chariot avec la branche mais elle a glissé », expliqua Jacob tandis que Tamsen essayait de s'y retrouver entre les doigts écrasés.

La première goutte tomba du ciel quand elle était sur le point de terminer. Ce n'était pas vraiment de la pluie, pas tout à fait de la neige.

« Il faut monter les tentes, dit Tamsen à son beau-frère. On n'ira pas plus loin aujourd'hui. »

Elle se demanda quelle distance les séparait désormais du convoi.

Ils emmenèrent brouter les derniers bœufs et montèrent les tentes sous un arbre, énorme et ancien, aux branches larges qui créaient un abri naturel. Ils tentèrent de donner à George le maximum de confort, posèrent sa main sur des oreillers pour l'immobiliser.

« Il lui faudra un peu de ton laudanum quand il reviendra à lui », remarqua Jacob.

Burger et Shoemaker n'étaient toujours pas rentrés alors que le ciel était devenu complètement sombre. Tamsen essaya de bannir le pire de son esprit. Ils avaient des fusils ; aucun coup n'avait retenti. S'ils avaient rencontré un danger, ils auraient au moins tenté de se défendre.

« Le convoi ne peut pas être si loin quand même, marmonna Betsy en se tordant les mains.

– Je parie qu'ils ne veulent pas rentrer sur une route mouillée », dit Jacob pour la rassurer.

La neige avait fini par s'accumuler en une couche humide. Une heure après, le vent changea, froid et sec, alors la neige se fit plus légère, plus aérée. Elle allait tenir.

Leurs employés dormirent d'un côté de l'arbre, serrés sous leur tente. Tamsen persuada Betsy et Jacob de ne pas monter une autre tente pour que toute la famille se contente d'une seule.

« Tu es sûre ? demanda Betsy en s'efforçant de trouver assez d'espace pour tous les enfants afin qu'ils puissent s'allonger.

– Ce sera mieux pour se tenir chaud », dit Tamsen.

Ce n'était pas la véritable raison. *Le risque est moindre quand on est nombreux.*

Le silence régnait autour d'eux. L'expédition avait compté jusqu'à quatre-vingt-dix membres. Malgré les décès, les pertes et les départs, elle avait gardé cette qualité de village ambulant. À présent, Tamsen regardait autour d'elle : un groupe diminué, une vingtaine d'individus tout au plus ; elle sentit leur petitesse, devant les montagnes, l'hiver, la nuit. Le silence était pesant – pas même un ronflement. La seule chose qu'elle entendait était le glissement intermittent de la neige sur le coton huilé au-dessus de leurs têtes.

29

Cela faisait près d'un mois qu'Edwin Bryant était parmi les Washoes. Même si la grande tribu était éparpillée dans les montagnes et au-delà, ils l'avaient emmené dans un petit village bien organisé, qui consistait en une vingtaine de tipis en écorce dans une clairière de terre rouge. Des volutes de fumée paresseuses s'élevaient au-dessus de certains, brûlant la fraîcheur matinale. Le ciel gris était bas au-dessus d'eux.

Bryant se sentait mieux, mais sans cheval ni nourriture, il avait peu de chances de survivre seul, et il était certain que les Washoes le savaient.

Le chef du petit groupe s'appelait Tiyeli Taba, ce qui voulait dire « gros ours », car il avait tué un énorme grizzly d'une seule flèche dans sa jeunesse, du moins c'est ce que Bryant avait compris. Tiyeli Taba le laissait séjourner dans son *galais dungal* avec sa famille, partageait sa nourriture avec lui. Il n'y avait pas grand-chose à manger, surtout des fruits secs, des racines et de l'herbe sauvage cuite, mais ils lui donnaient autant qu'aux autres hommes. Sans savoir quand ou comment il allait quitter le village, Bryant essayait de ne pas penser à la vie qu'il avait abandonnée. Il préférait croire que le temps était suspendu pour sa fiancée, ses amis, Walton Gow et Charles Stanton, qui l'attendaient. Un jour, il reviendrait, et la vie reprendrait son cours exactement là où il l'avait laissée. Il voulait le croire même s'il savait que c'était peu probable. Car sans ses lettres, il se sentait sans ancrage, sans contours. Tout pouvait arriver, et personne ne le saurait. Margie pourrait attendre ainsi pour toujours, sans jamais savoir...

Chaque soir, tandis qu'ils s'asseyaient autour du feu, Bryant persuadait les anciens de raconter les légendes de la tribu. C'était laborieux, il devait souvent interrompre les conteurs pour se faire expliquer ce qu'ils disaient ; il ne pouvait que se faire une vague idée de ce qu'ils racontaient. Puis un jour, des chasseurs revinrent avec un jeune homme, Tanau Mogop, qui avait été éclaireur pour un régiment et parlait un peu l'anglais. Bryant fut aux anges.

Lors de sa première soirée avec Tanau Mogop, Bryant lui demanda si la tribu savait quelque chose sur le campement de chercheurs d'or qu'il avait découvert. Il n'avait cessé de penser à l'amas d'os et de crânes dans la cabane abandonnée. Si quelqu'un connaissait le secret de ce qu'il s'était passé dans ce camp maudit, c'était sûrement l'un des membres de ce village, géographiquement le plus proche. Tiyeli Taba garda le silence, méditatif, mais deux des hommes s'adressèrent en même temps à Tanau Mogop.

Ce dernier se tourna vers Bryant pour lui expliquer que le campement qu'il avait trouvé avait en effet été construit par des chercheurs d'or et qu'ils y avaient vécu une année pour prospecter la rivière et les grottes environnantes. Les aînés s'empressèrent de préciser que la tribu n'avait jamais traité avec ces hommes. Parfois, ils étaient passés non loin pour s'assurer que rien de louche ne s'y déroulait. De temps à autre, ils laissaient un sac de pignons de pin ou de racines quand les hommes semblaient avoir faim. Il y avait encore du gibier alors, surtout des lapins, ils ne craignaient donc pas que la famine survienne parmi les Blancs. Mais un jour, un des chercheurs d'or attrapa le *na'it*.

« Le *na'it* ? demanda Bryant. Qu'est-ce que c'est ? »

Il reconnut le mot, aurait juré que l'un des Washoes l'avait prononcé quand ils l'avaient trouvé dans la grotte.

« C'est la faim. Un esprit malin qui peut passer d'un homme à l'autre. Un mythe très ancien chez nous, même si on en a rarement eu la preuve. Mais ce qui est arrivé aux Blancs... c'était certainement le *na'it*. C'est ce que disent les anciens. »

« Comment ça marche ? demanda-t-il. Que fait le *na'it* à un homme ? »

Tanau Mogop écouta patiemment les anciens avant de relayer l'explication.

« Dans les contes d'autrefois, le *na'it* attaque l'homme pour le manger, mais nous pensons... nous pensons que parfois, l'homme survit à l'attaque, mais qu'il est infecté par l'esprit. Il devient alors *na'it* lui-même et se met à vouloir manger la chair des hommes. »

Bryant se souvint des récits qu'il avait lus sur les Incas qui, lors de leur première rencontre avec les conquistadors espagnols il y avait plus de trois cents ans, avaient pris ces grands Européens à la peau pâle pour des dieux. Il s'était toujours dit que ces histoires étaient une invention des Espagnols. Mais les Anawaïs qui vénéraient le *na'it* pouvaient-ils avoir pris un étranger affamé à la peau blanche pour la victime d'un châtiment infligé par un esprit maléfique ? Peut-être que sans autre contexte pour justifier le comportement vil du Blanc...

Il se frotta la lèvre inférieure. Bien sûr, si ce dont ils souffraient était une véritable *pathologie*, beaucoup de maladies pourraient expliquer l'apparition de ces symptômes. Walton Gow lui avait parlé des travaux d'un chercheur britannique, Thomas Addison, sur un étrange type d'anémie. Les personnes qui souffraient de l'anémie d'Addison, comme on l'avait baptisée, éprouvaient rarement, mais parfois, le désir de consommer du sang. Des viandes saignantes. Des abats. On pouvait certainement imaginer qu'il existait des maladies semblables qui n'avaient pas encore été étudiées ou complètement comprises. Ce *na'it* pouvait être une variante de l'anémie d'Addison.

Mais la coïncidence – les similitudes avec l'incident de Smithboro, l'homme qui avait en apparence régressé jusqu'à un état animal, qui tuait du bétail avec les dents et à mains nues – était troublante.

Autrement dit, c'était exactement ce que Bryant avait, sous une forme ou une autre, cherché tout ce temps.

« Alors vous pensez que l'un des chercheurs d'or a tué les autres après avoir été infecté par le *na'it* ? Qu'il les a tués... » Bryant voulait être clair. Puis il se rappela les os complètement dénudés. « ... et mangés ? »

Tanau Mogop hocha la tête gravement.

« *Na'it* n'est jamais satisfait. *Na'it* veut tout. *Tuer* tout.

– Et vous dites que cette maladie est contagieuse ? Qu'elle peut être transmise d'une personne exhibant des symptômes à une personne en bonne santé ? »

L'anémie n'était pas contagieuse ; cela signifiait qu'il s'agissait là d'une nouvelle maladie, d'un mal contagieux comme la rage. Une maladie qui affamait les hommes et les rendaient avides de viande crue. De chair humaine. Et elle faisait assez peur aux Indiens pour qu'ils tuent tous ceux qui présentaient des symptômes.

Na'it tue tout.

Plus tard ce soir-là, assis dans le *galais dungal*, le regard perdu au loin, Edwin se demanda s'il quitterait un jour cet endroit, reverrait ses amis. Il commençait à penser que Margie n'était que le fruit de son imagination, une merveilleuse apparition, si peu probable, une amie invisible qu'il avait rêvée pour oublier qu'il était un vieux célibataire destiné à mourir seul.

Tanau Mogop le vit et lui demanda s'il avait besoin de quoi que ce soit.

« Je dois trouver le moyen de rentrer parmi les miens, dit Bryant. Votre tribu pourrait-elle m'aider ? »

Tanau Mogop sculptait en réfléchissant.

« Je vais demander à Tiyeli Taba », dit-il enfin.

Ce n'était pas une mince affaire, lui expliqua-t-il, car ils allaient devoir traverser le territoire anawaï pour atteindre le ranch Johnson.

Tanau Mogop secoua la tête.

« Les Anawaïs n'ont pas toujours été ainsi. Ils n'ont commencé à pratiquer le sacrifice qu'il y a cinq ou six étés. Pour se protéger du *na'it.* »

Les mains de Bryant s'immobilisèrent sur la pointe de flèche qu'il était en train de tailler. Quelque chose qu'avait dit Tanau Mogop se mit à tourner dans sa tête, activa une théorie, une suspicion, pour ainsi dire, qui le tourmentait depuis des semaines.

« Il y a six ans… »

Tanau Mogop hocha la tête et passa le bord de son couteau sur une pierre à aiguiser.

« Il agit de façon honteuse, ce groupe. Ils choisissent un homme parmi eux pour l'offrir au *na'it,* pour satisfaire l'esprit maléfique. Mais c'est mal. C'est ce qui *nourrit* l'esprit, ce qui lui donne de la force. »

Bryant concevait parfaitement pourquoi certains membres de leur tribu avaient été poussés à sacrifier les leurs aux cannibales, pour apaiser d'autres cannibales – des monstres en somme.

D'après Tanau Mogop, les Anawaïs avaient commencé à vénérer *activement* le *na'it* – à sacrifier pour lui – il y avait cinq ou six ans. Il paraissait clair que la résurgence apparente du *na'it* avait eu lieu au même moment, à l'époque exacte de la disparition des chercheurs d'or, selon Bridger. Il revit le camp fantomatique, les indices de cannibalisme.

Ces hommes qui avaient disparu n'avaient peut-être pas du tout été victimes de la maladie.

Ils en étaient l'origine.

30

Décembre 1831

Par la fenêtre de la maison victorienne de son grand-père, l'une des nombreuses bâtisses de ce style dans la région, Stanton avait une vue sur le long bras de rivière gelée qui coupait la ville en deux. Les écoles étaient fermées et les enfants, qui avaient chaussé leurs patins, criaient de joie tandis qu'ils jouaient près du bord.

Plus loin en aval, près d'un virage qui donnait sur une étendue d'eau plus large près des bois, il avait promis de retrouver Lydia. C'était ce jour-là qu'ils avaient choisi de s'enfuir.

Quand il arriva à l'endroit dont ils avaient convenu la veille, il était persuadé qu'elle ne viendrait pas, qu'elle aurait changé d'avis, pris du retard ou eu trop peur.

Il entendit sonner la cloche de l'église.

Puis il l'aperçut. Seule, sa frêle silhouette sombre qui avançait à petits pas sur l'étang gelé, vers le centre où la glace était plus fine.

« Lydia ! cria-t-il. Lydia ! »

Elle s'arrêta un bref instant, mais ne se retourna pas.

Il lui fallut un moment pour prendre conscience qu'elle l'avait entendu. Une seconde de plus pour voir qu'elle ne portait ni manteau, ni chapeau, ni écharpe. En fait, elle n'avait sur elle que sa robe de chambre, au beau milieu de l'après-midi. La confusion le paralysa. Ses veines se mirent à battre furieusement, et il s'éclaircit la gorge, l'appela de nouveau.

Elle se tourna enfin, mais à cette distance, il ne put voir l'expression de son visage. Il n'entendit que le bruit de la glace qui céda sous elle.

Elle disparut en un instant.

Stanton sortit de la transe qui l'avait immobilisé, et avant même de s'en rendre compte, il filait dans le froid cinglant, le paysage autour de lui disparaissant dans sa hâte, la panique faisant siffler ses oreilles. Il avait dû crier, car il entendit soudain de nombreux pas dans la neige, des cris qui résonnaient contre les arbres. Il courut jusqu'à ce que deux hommes le retiennent pour qu'il ne la suive pas.

Puis le corps avait été sorti de l'eau. Quelqu'un d'autre était arrivé avant lui. L'eau glacée ruisselait sur ses cheveux et son visage, sa robe de chambre collait à sa peau bleu pâle.

Il crut voir ses paupières bouger, crut qu'il y avait encore une chance, qu'elle avait survécu.

Et, comme la surface de l'étang lui-même, le moment se fendit pour laisser surgir la vérité, et il s'effondra.

Ils avaient presque grandi en voisins. Le père de Stanton était arpenteur et souvent absent, alors il laissait son fils avec sa mère chez le grand-père, un pasteur respecté. Ce fut une enfance étrange. Le grand-père de Stanton, le révérend Resolved Elias Stanton, n'était jamais satisfait, et son exigence redoublait d'intensité avec son petit-fils. Peut-être était-ce la raison pour laquelle Stanton s'était rapproché de Lydia ; sa maison lui offrait une échappatoire. Du moins, au début. Avec l'âge, il tomba amoureux de cette fille qui lui avait toujours paru mystérieuse, même quand elle était enfant et malgré leur proximité.

Il y avait quelque chose de sombre dans son âme, quelque chose de lointain, vacillant comme une flamme au vent, et Stanton… il était jeune – trop jeune pour comprendre ce qui la rendait ainsi.

La mère de Lydia était morte quand elle était toute petite et elle vivait seule avec son père dans leur grande maison, où les domestiques s'affairaient. Elle pouvait se montrer autoritaire, ce que les gens mettaient sur le compte du laxisme de son père. C'était vrai. Elle s'attendait à toujours obtenir ce qu'elle voulait; elle n'avait de cesse d'exaspérer les adultes, même si c'était Stanton qu'elle tourmentait le plus. Elle savait qu'il était amoureux d'elle – forcément.

Entre eux, il n'y avait eu rien d'autre que quelques baisers volés dans un couloir, dans le grenier de Lydia ou derrière la maison, là où le buis poussait le plus haut.

Dieu sait que Stanton aurait voulu aller plus loin, mais il n'en eut pas l'occasion et, honnêtement, il n'aurait peut-être pas su quoi faire. Son grand-père et sa mère avaient agi de sorte à le préserver de ce qui se passait entre hommes et femmes dans l'obscurité.

Il avait toujours cru qu'il ferait les choses comme il faut. Il allait devenir un homme et mériter l'amour de Lydia, comme il se devait. Il allait la demander en mariage, et alors ses rêves, autant de bulles qui affleuraient dans son esprit, deviendraient réalité. Il était confiant, il en serait ainsi, il avait foi en son amour pour Lydia comme son grand-père avait foi en la main ferme de Dieu.

Mais quand Stanton lui parla de ses rêves, elle se montra froide. Il se tourmenta, croyant l'avoir déçue ou être passé outre les limites de leur amitié. Ou pire encore, qu'elle avait trouvé quelqu'un d'autre.

L'automne 1831 passa très vite; Stanton n'avait pas vu Lydia depuis des mois, en dehors des brefs moments où ils avaient échangé un hochement de tête au marché ou à l'église. Alors que les fêtes de fin d'année approchaient et que l'hiver s'annonçait terriblement rude, il la prit à part un dimanche à l'église. Son père étant souffrant, elle était venue seule au service. Stanton remarqua ses mains glacées et pâles, et il se demanda où étaient ses gants.

Elle l'emmena dans les bois où ils se disputèrent amèrement. Elle lui ordonna de la laisser tranquille, lui déclara qu'elle n'avait jamais envisagé d'accepter ses avances. Il fut anéanti, le souvenir des années d'amitié et les moments fugaces d'intimité entre eux tourbillonnèrent dans sa tête. Qu'avait-il fait de mal ?

Il la supplia de lui expliquer, de l'aider à comprendre ; il ne voulait pas la pousser, exiger quoi que ce soit d'elle, mais il refusait d'être rejeté sans ménagement. Il y avait quelque chose qu'elle ne lui disait pas, il voulait absolument savoir quoi. Elle lui devait de lui donner la raison pour laquelle elle ne serait jamais sienne. Seulement alors pourrait-il accepter de partir pour toujours.

Elle céda enfin et lui donna la raison.

Elle était enceinte.

Il bafouilla, dans la confusion et l'embarras, tandis que le froid serpentait le long des fibres de son manteau de laine, celui qu'il réservait pour le dimanche.

« Mais… comment ? »

Il sentit ses joues chauffer. Il manquait peut-être d'expérience, mais il n'était pas stupide. Il savait d'où venaient les bébés. Il comprit : il y avait quelqu'un d'autre.

Sa jalousie, sa fureur et son chagrin furent tempérés par son inquiétude.

« Qui est-ce ? Vas-tu l'épouser ? »

C'est alors qu'elle se mit à pleurer, presque imperceptiblement dans un premier temps, si bien qu'il crut voir des flocons de neige tomber sur son visage. Mais les sanglots s'intensifièrent. Elle ne voulut rien dire.

Il se mit à genoux. Ses mains étaient si froides, alors il les serra fort dans les siennes, les frotta vigoureusement tandis qu'elle pleurait. Peut-être qu'en la réchauffant, il allait retrouver la Lydia qu'il connaissait… ou qu'il croyait connaître.

« Peu importe qui c'est, ça n'a pas d'importance pour moi, dit-il à travers les larmes de Lydia. Je t'ai toujours aimée et je t'aimerai toujours. Je t'en prie, épouse-moi, Lydia, si tu m'aimes aussi. »

Elle cessa enfin de pleurer, les larmes avaient laissé de fines traces sur sa peau desséchée par le vent, et elle lui fit penser à un tableau dont la peinture avait coulé au point de perdre sa véritable forme à jamais.

« Je le connais ? Est-ce que ce type t'a abandonnée, Lydia ? »

Elle secoua la tête.

« Il n'est pas parti. Il… Je… Je ne pourrai jamais lui échapper, Charles. »

Il était au paroxysme de l'angoisse.

« Je ne laisserai pas un monstre gâcher ta vie, Lydia. Nous irons voir ton père. Il le fera payer. »

À ces mots, elle se remit à pleurer, soulevée par une saccade de sanglots. Elle courut en direction des bois et il la suivit, l'appela, avant de saisir son épaule pour la faire se retourner. Elle tomba dans ses bras, répéta quelque chose encore et encore, et même quand il comprit enfin ce qu'elle disait, son esprit refusa de l'entendre.

C'estluic'estluic'estLUI. Père.

Le secret retomba comme un édredon sur les bois. Même les oiseaux se turent tandis que les détails venaient au jour, lentement et péniblement ; M. Knox avait forcé sa fille à partager sa couche depuis près de deux ans.

Écœuré, secoué, Stanton la tint fermement, la panique et la nausée circulant en lui avec la même force. Tout ce temps, il avait été là, sans rien voir, sans rien faire. Pourrait-il jamais se le pardonner ? Être jamais digne de la confiance d'une femme ?

« Je vais arranger les choses », déclara-t-il, bien qu'il ne sache comment.

Elle le supplia de ne révéler à personne l'outrage qu'elle avait subi, lui dit qu'elle serait incapable de vivre si quelqu'un devait l'apprendre. Dans un élan terrible, elle voulait protéger son père. Elle finit par se dégager de lui ; elle s'essuya le visage, insista pour rentrer avant que l'on remarque son absence.

Ce fut alors qu'il fit sa promesse :

« Retrouve-moi ici demain. Je vais tout arranger.

– Je t'en prie, ne le raconte à personne », dit-elle en hochant la tête avant de s'enfuir.

Il arpenta les bois pendant des heures après leur conversation ; son corps se mit à frissonner quand l'après-midi sombra pour laisser place à la nuit. Ses jambes devaient rester en mouvement ou l'horreur allait le suffoquer.

Il rentra enfin chez lui et alla directement dans le bureau de son aïeul. Mais il était confronté à un problème : son grand-père avait de bonnes relations avec Knox. Son grand-père avait beau être austère et intransigeant, Stanton savait qu'il n'avait aucune chance d'être cru. Mais cela n'avait pas d'importance. La vérité n'avait pas d'importance tant qu'il pouvait la réparer.

Alors, il inventa une histoire : il raconta à son grand-père que le bébé était le sien. Il lui demanda la permission de sauver son honneur et de l'épouser immédiatement. Dans son jeune esprit, il pensait l'obtenir, ainsi que de l'argent, peu importait le nombre de leçons d'austérité qu'il devrait recevoir.

Mais les choses ne se déroulèrent pas ainsi. Au lieu de lui donner la permission de se marier, son grand-père le menaça de le déshériter. Le père de Lydia l'avait déjà jugé comme un coureur et un sale type, et Stanton n'eut d'autre choix que de jouer le jeu, sans ça personne ne l'aurait cru. L'argent, c'était le pouvoir, il en prenait conscience, et Knox était en mesure d'acheter sa propre version de la vérité.

Stanton ne se rendit compte du pire que plus tard : Knox n'avait jamais voulu de lui comme beau-fils, pas alors que Stanton connaissait son terrible secret. Pas alors qu'il le considérait comme socialement inférieur.

Pas alors qu'il la voulait pour lui tout seul.

S'il n'obtenait pas la permission, cela n'avait pas d'importance. Ils allaient s'enfuir. Il n'avait pas de plan, mais il n'était pas nécessaire d'en avoir un. L'amour et la vérité allaient les porter, les libérer.

C'était ce qu'il croyait.

Des petits flocons de neige tourbillonnaient autour de la tête de Stanton quand il entra chez les Knox quelques jours plus tard pour les funérailles. Il leva les yeux vers le ciel, une flanelle blanche avait recouvert l'horizon. Un orage s'annonçait.

À l'intérieur, le salon avait changé du jour au lendemain. Les meubles avaient été déplacés pour laisser place au cercueil, aussi délicat que son occupante, placé sur des tréteaux devant la cheminée. Quelqu'un poussa le jeune homme, alors Stanton avança et regarda à l'intérieur. Lydia gisait là, sa Lydia. Il reconnut la robe dont on l'avait vêtue, de la flanelle blanc ivoire avec de tout petits boutons de roses ; elle détestait cette robe, elle trouvait qu'elle lui donnait des airs de petite fille. La rumeur disait que M. Knox avait demandé aux servantes de préparer le corps, mais elles ne s'étaient pas donné la peine de boucler et de coiffer ses cheveux comme elle le faisait. Au lieu de cela, elles les avaient détachés et peignés pour les laisser reposer sur ses épaules. Elle ne ressemblait pas au souvenir qu'il avait d'elle.

Le pire était sa peau, blanche et crayeuse. Ses yeux étaient fermés, son visage relâché, sans vie. Ce n'était pas la Lydia qu'il avait connue.

L'épreuve en fut un peu moins douloureuse.

Il s'efforça de ne pas entendre les pleurs étouffés du père de Lydia, mais ils se répandaient partout, sourds et pourtant suffocants comme un épais manteau neigeux. Stanton parvenait à peine à respirer, piégé par ce bruit omniprésent.

Par la suite, il ne put se calmer de la journée ; il était si perturbé et son humeur si changeante que son grand-père l'envoya couper du bois sous la neige. Il coupa jusqu'à ce qu'il soit en nage sous ses vêtements et qu'il puisse enfin oublier, au moins par moments. Mais dès que Stanton rentra dans la maison, son grand-père lui ordonna de porter une charrette de bûches à Knox, un geste de bon voisinage.

Il empila le bois devant l'entrée de la cuisine. Il était trop sidéré pour protester.

La porte qui s'ouvrit devant lui révéla un Herbert Knox qui le toisait. Il avait desserré sa cravate et déboutonné son col amidonné. Ses cheveux poivre et sel étaient ébouriffés. Stanton en déduisit qu'il était soûl.

Il insista pour que Stanton entrât. Ce dernier s'assit à côté de M. Knox sur une des chaises de la salle à manger qui avaient été déplacées pour la veillée. Stanton fixa le cercueil, se refusant à parler de peur de trahir Lydia.

« Sais-tu pourquoi je t'ai demandé d'entrer ? »

La voix d'Herbert Knox résonna sous le haut plafond.

Stanton secoua la tête sèchement.

Knox fit un geste de la main.

« Tu peux parler en toute liberté. J'ai donné congé aux domestiques pour l'après-midi. Il n'y a personne d'autre dans la maison, juste toi et moi. »

Comme Stanton ne disait toujours rien, Knox se pencha vers lui, et l'adolescent sentit son haleine alcoolisée.

« Je veux te parler de quelque chose. » Il attendit, examina le visage de Stanton. « Tu étais proche de ma fille. Je veux savoir si elle te racontait des secrets. »

Ne le raconte à personne, je t'en prie, avait-elle supplié.

Il se mit à transpirer.

Herbert Knox se leva et se mit à faire les cent pas dans la pièce.

« Parce que je sais que ma fille avait des secrets, Charles. Des secrets que même toi, tu ignores. Tu y crois ? Il y avait des choses sur ma fille dont tu n'as pas idée.

– J'imagine que tout le monde a des secrets, dit enfin Stanton, même s'il eut l'impression de s'étouffer avec sa propre salive.

– Ma fille était enceinte, Charles. Tu le savais, ça ? » Stanton frissonna, mais il s'efforça de cacher sa surprise. « Ne crois pas qu'elle ne me l'avait pas dit. Je sais qui était le père. »

Il eut une fois encore l'impression que l'air refusait d'entrer dans ses poumons. Il inspira profondément.

M. Knox s'approcha.

« Inutile de prendre cet air coupable, Charles. Ton attirance pour ma fille était compréhensible. C'est ton comportement qui ne l'est pas. »

Il allait donc persister dans le déni. Stanton était sur le point de vomir, bien qu'il ne sache pas ce qui était le pire : que M. Knox l'accuse ou qu'il admette être le père de l'enfant. La pièce semblait rapetisser. La tête de Stanton le lançait.

« Lydia et moi, nous étions très proches, poursuivit Knox, d'un air distant, comme s'il était ailleurs. Beaucoup plus proches que la plupart des pères et leur fille. Elle était tout ce que j'avais après la mort de ma femme, toute la famille qu'il me restait au monde. Elle me disait tout. »

Stanton se leva brusquement, l'écœurement comme un poison dans ses veines, dans sa tête. Il devait fuir la maison, fuir cette abomination.

Le mouvement brusque sortit Herbert Knox de son étrange rêverie. Le regard froid d'un reptile. *Il sait que je sais*, se dit Stanton. Soûl ou pas.

Je t'en prie, ne le raconte à personne. La voix suppliante de Lydia autour de sa gorge comme une corde.

Herbert Knox, enveloppé dans la puanteur de l'alcool et de la sueur, l'attrapa soudain par le bras, la poigne d'un homme fou. Il approcha Stanton pour sonder ses yeux, pour savoir ce qu'il pensait.

« Tu crois connaître la vérité, mais tu ne comprends pas. Tu croyais que ma fille t'aimait, mais tu n'étais qu'un enfant pour elle. Elle avait pitié de toi, à la suivre comme un chiot en mal d'amour. Tu ne sais pas ce qu'est l'amour, petit… »

L'instant suivant, Knox était étendu par terre, se frottait la mâchoire, étonné. Stanton avait frappé si rapidement qu'il n'avait même pas le souvenir de l'avoir fait, seule la douleur dans ses doigts l'attestait.

Knox leva les yeux vers Stanton, leur aspect vitreux remplacé par un regard plus métallique.

« Si tu aimes vraiment Lydia, Charles, tu protégeras sa mémoire. Elle aurait détesté qu'on raconte des ragots sur elle. Tu le sais.

– Vous pensez que je ne le dirai à personne…

– Personne ne te croirait. »

Knox commença à se relever, lentement et délibérément, les yeux rivés sur lui.

« Tu t'es piégé tout seul. Laisse donc sa mémoire tranquille. C'est ta parole contre la mienne, personne ne te croira. Pas après la façon dont tu t'es comporté, à suivre ma fille comme un chien depuis des années. Pas après avoir avoué. »

La colère faillit faire perdre connaissance au jeune homme.

Il était sur lui, à califourchon, les mains aussi ensanglantées que le visage du père de Lydia. Encore et encore, il roua de coups ce sourire tordu et satisfait. Il voulait enfoncer ces yeux gris vitreux à jamais dans son crâne. Knox était la mort elle-même… Il avait détruit tout ce qu'il y avait de bon dans le monde.

Herbert Knox aurait rendu l'âme ce jour-là sans la femme de ménage, Mme Talley, qui entra en courant et se mit à hurler. Ses cris rameutèrent les autres domestiques, qui tirèrent Stanton de l'amas de chair à vif que Knox était devenu.

Stanton était hors d'haleine, il pleurait, tremblait. Les domestiques le dévisagèrent, effarés et horrifiés, et on le traîna finalement chez lui, auprès de son grand-père, assommé par la peur et par la honte.

Il resta alité pendant des heures, des jours peut-être. Son grand-père ne vint pas une fois le voir. Sa mère non plus. Personne ne vint. Il se demanda s'il était mort, piégé dans une sorte de purgatoire, un monde délimité par les bords de son lit et les confins de son sommeil agité et peuplé de cauchemars. Derrière la fenêtre, c'était le blizzard.

Finalement, l'aube arriva, et son grand-père l'appela dans son bureau. Stanton se rendit compte que son corps entier lui faisait mal, à cause de la bagarre sûrement. Il avait des croûtes au dos de ses mains.

Son grand-père allait-il le fouetter ? Le battre à mort ? Le jeter à la rue ? Il ne pouvait concevoir les nombreuses façons dont M. Knox tenterait de détruire sa vie maintenant, quel genre de châtiment il pourrait imaginer.

Il entendit sa mère pleurer dans sa chambre, porte close. Il ne lui en voulut pas. Elle était impuissante, ne pouvait rien faire pour l'aider.

Il ouvrit timidement la porte grinçante du bureau de son grand-père.

Sans un mot, le révérend lui indiqua une chaise d'un hochement de tête. Dans la pièce régnait un calme étrange ; la neige avait réduit le monde au silence.

Ce qui se passa ensuite, Stanton ne s'y attendait pas.

D'après son grand-père, Herbert Knox avait « eu pitié du pauvre garçon et de son chagrin ». Le pasteur sortit une grosse enveloppe. La somme d'argent qu'il y avait à l'intérieur fit reculer Stanton dans sa chaise.

Son grand-père prit la parole.

« Ceci, c'est pour t'aider à démarrer une nouvelle vie. Tu peux remercier la famille Knox… À condition que tu ne reviennes plus jamais ici. »

Stanton était sidéré. Il ne voulait pas de l'argent de Knox. Il ne voulait pas de sa prétendue charité, dont le montant était si élevé qu'elle faisait office d'aveu. On achetait son silence, Stanton le voyait, il n'était plus un enfant.

« Prends-le. Tu n'es plus le bienvenu ici. »

Sans être un enfant, Stanton était encore jeune. S'il avait eu le choix, il l'ignorait. S'il y avait un moyen de lui rendre justice, de dévoiler la vérité, il ne le vit pas.

La liasse de billets posée sur la table semblait l'appeler. Comment pouvait-il deviner que Knox allait un jour vouloir récupérer son argent, longtemps après qu'il eut été dépensé ?

Comment aurait-il pu prévoir les différents moyens et les nombreuses femmes qu'il allait trouver pour noyer les souvenirs de cette époque ? Qui aurait pu déterminer à quel moment l'innocence de Stanton allait cesser d'avoir une quelconque importance, que la mort de Lydia allait devenir le moteur d'une pulsion derrière ses errances et ses liaisons à venir...

Peut-être était-il *naïf*, alors. Peut-être n'était-il qu'un *enfant*.

Il ne pouvait pas rendre justice à Lydia, il ne pouvait pas lui apporter la paix. Et il ne pouvait pas non plus continuer de vivre dans cette communauté, près de l'homme qui avait trahi sa confiance et son amour. Il deviendrait fou ou tuerait Knox un beau jour, ou les deux.

Il ne lui restait aucun autre choix, semblait-il, que de prendre l'argent et de partir.

Un héros aurait sûrement su quoi faire, il n'aurait pas construit sa vie sur un socle de corruption, de culpabilité et d'horreur.

Mais Charles Stanton n'était pas un héros.

Pardonne-moi, Lydia.

NOVEMBRE 1846

31

La neige tombait sans interruption sur Alder Creek ; un paysage délicat, joli même. Implacable.

Souvent, tandis que son mari s'agitait dans son sommeil, Tamsen le dévisageait en se demandant comment elle avait pu un jour désirer sa mort, prié pour qu'elle survienne comme une méchante surprise : nette, propre, rapide, comme pour son premier époux. Elle avait fantasmé sur la possibilité de trouver une meilleure vie ailleurs, que sa beauté, comme un appât, l'aurait encore sauvée, aurait hameçonné une meilleure prise. Ces idées lui paraissaient incroyablement naïves à présent ; elles avaient trouvé leur origine dans la croyance que la vie serait généreuse, qu'elle parviendrait à changer son destin, à se créer un espace où trouver le bonheur. Que ce dernier pouvait s'obtenir à l'arraché.

Mais elle s'était assagie. Et cela lui permettait de pardonner à George, du moins un peu, la terrible prison que leur mariage avait été pour elle. Il avait sacrifié sa sécurité pour la protéger, sans bonne raison en dehors du fait qu'elle était la mère de ses enfants. En dehors de son adoration pour elle.

Pragmatiquement, elle n'avait pas besoin de lui. George n'était pas bon à grand-chose à part la fanfaronnade et les cajoleries. Non, ce dont elle avait besoin, c'était cette adoration.

Que quelqu'un se soucie d'elle.

La température descendit brutalement.

Cela faisait deux jours qu'ils se blottissaient dans les tentes. La neige leur arrivait aux genoux, bloquait le chemin d'une épaisseur blanche. Elle avait commencé à durcir à certains endroits. Tous frissonnaient ensemble, emmitouflés de la tête aux pieds, sous leurs édredons et leurs couvertures. George délirait, il était fébrile. Sa peau était brûlante, mais pâle comme la neige. Chaque fois qu'il criait de douleur dans son sommeil, les filles gémissaient de peur. Tamsen lui faisait boire un thé au gingembre, à la monarde et à la cannelle, un remède contre l'infection.

Il était tard. Elle ne dormait que par courts intervalles, une heure, deux si elle avait de la chance. Burger et Shoemaker avaient fini par revenir, quand la neige leur avait laissé un court répit, mais avec la triste nouvelle qu'Eddy avait refusé de les aider. Ils n'avaient d'autre choix que d'attendre que le temps soit plus clément. Ils étaient piégés.

Elle était assise aux côtés de George, incapable de trouver le sommeil, quand soudain elle entendit un bruit à l'extérieur de la tente : un glissement sur la neige, comme si quelqu'un se déplaçait sur des patins. Une luge, voilà ce dont ils avaient besoin, mais une luge dans ce désert neigeux ? Impossible. Elle voulait tant être sauvée qu'elle hallucinait.

Tamsen jeta son manteau sur ses épaules et se fraya un chemin hors de la tente surpeuplée. Elle tendit l'oreille pour guetter le son du craquement des bottes sur la neige, mais elle entendit autre chose : des chuchotements. Elle avait beau écouter le plus attentivement possible, elle n'arrivait pas à discerner ce qui se disait.

Il y avait une présence dehors. Si on lui avait demandé un mois plus tôt, elle aurait dit que c'était des loups, mais maintenant, elle éprouvait la pire des peurs. Une fois encore, ce qu'elle avait vu dans le Bassin lui revint : les ombres et leur apparence anormale, comme si, mortes depuis longtemps, elles étaient revenues à la vie ; l'odeur écœurante de celle qui avait pris feu. Sous la peur, il y avait un courant de colère. Elle avait cédé, ignoré ce qu'elle croyait être vrai. Elle avait baissé la tête quand le groupe l'avait moquée et isolée.

Mais elle avait raison, et elle le savait. Elle le *sentait* à présent.

Non, c'était *eux* qu'elle sentait.

Ils l'avaient suivie jusqu'ici. La suivaient, elle et le convoi, depuis le début.

Son esprit tourbillonnait. Devait-elle réveiller les autres et demander leur aide ? L'écouteraient-ils ? S'ils se moquaient de nouveau, le danger risquait de se faire plus pressant. Elle avait peu de temps. Les créatures avançaient vite.

Elle tressaillit, se tourna vers l'ouverture de la tente pour chercher un fusil, se remémorant leurs visages déformés dans l'incendie.

Le feu. Il les avait terrifiés dans le désert. L'embrasement de la plaine desséchée les avait dispersés.

Tamsen cessa de bouger pour écouter. Ils étaient là, les chuchotements distants et affamés se déplaçaient entre les branches des arbres tandis que la neige se déposait sur le sol.

Cela ne pouvait tout de même pas être le fruit de son imagination, n'est-ce pas ?

Elle considéra la possibilité de réveiller les employés, mais ils étaient lents à se lever, et elle ne comptait pas perdre une seule seconde alors que les créatures s'apprêtaient à encercler sa famille. On ne l'empêcherait pas de faire ce qui lui semblait juste.

Pas cette fois.

Du feu. Elle devait faire un feu, *immédiatement*. Elle se concentra là-dessus.

Armée d'un ciseau à bois, Tamsen s'engouffra dans la neige et alla aussi loin qu'elle put vers les bois. Ses bottes se remplirent d'une neige mouillée, glaciale. Elle avait perdu toute sensation dans ses doigts, gonflés par le froid.

Elle dégagea un espace sur le sol mouillé et empila le bois le plus vite possible, s'arrêtant de temps en temps pour regarder par-dessus son épaule. Accroupie, elle crut apercevoir des yeux scintiller dans le crépuscule, réfléchir la lumière.

« Allez-vous-en », dit-elle tout haut, un filet de voix dans le froid.

Elle mit le feu à une branche avec le feu existant, en alluma un nouveau. Elle fit brûler soigneusement le petit bois à sa base, qui prit de justesse, envoyant une volute de fumée dans l'air. Elle en ferait un troisième. Les autres diraient sûrement que c'était gâcher du bois, mais elle savait ce qu'elle faisait.

Pendant qu'elle s'affairait, Solomon et William, les deux adolescents de Betsy issus d'un mariage précédent, sortirent discrètement de la tente, les épaules ployant sous le froid.

« Qu'est-ce que tu fais, tante Tamsen ? » demanda Solomon.

Elle se redressa. Leur souffle blanchissait l'air glacial.

« Il y a quelque chose dans les bois. Vous entendez ?

– Des animaux sauvages ? » demanda Williams.

C'était le plus jeune des deux, toujours en quête d'aventure.

Tamsen hésita un instant, puis elle hocha la tête.

« On devrait les chasser. Papa dit qu'on aurait bien besoin de gibier.

– Ces animaux... ne sont pas de ceux qu'on mange. Et même si tu es un garçon très courageux, William, il ne faut pas chasser la nuit. »

Elle devait serrer la mâchoire pour empêcher ses dents de claquer.

« Vous voulez bien m'aider à faire partir d'autres feux, pour les éloigner ? »

Les deux frères semblaient perplexes. Mais comme ils étaient serviables, ils finirent par l'aider. Ils allumèrent trois autres feux, quatre au total. Les bœufs s'étaient mis à meugler, mais il faisait trop sombre pour les chercher et s'assurer qu'ils allaient bien. Tamsen sentit son cœur remonter dans sa gorge, prêt à voler en éclats comme de la glace et à la cisailler de l'intérieur. Elle se souvint des cris d'Elitha quand l'homme avait mis son bras noirci autour d'elle et reniflé son cou, elle se rappela son visage cadavéreux et les mouvements réguliers de ses narines humides.

Comme s'ils les trouvaient grâce à leur odorat.

Ils étaient toujours là ; elle les entendait. Le bois était mouillé et ne prenait pas assez vite. Pourquoi n'avait-elle pas pensé à emporter son fusil ? Le bruit leur aurait au moins fait peur. Les feux allaient-ils suffire ? Non. Ils devaient en allumer d'autres. Autant que possible. En cercle, autour des tentes...

Une main se posa sur son bras, et elle faillit hurler.

Mais ce n'était que Jacob. Il avait donné son gros manteau à George, l'avait ajouté à la pile de couvertures, qui ne l'empêchait pas de frissonner. Il n'avait sur le dos qu'une chemise sale. Le froid lui avait déjà rougi le nez.

« Qu'est-ce que tu fais ? » Il secoua la tête, frotta ses yeux ensommeillés. « On se croirait en plein jour ici. Allez, dit-il à Solomon et William. Allez vous coucher. »

Elle vit que les garçons étaient pâles à cause du froid et de la fatigue. Elle avait perdu le fil du temps et ne savait plus depuis quand ils étaient dehors.

« Il y a quelque chose tout près, dit-elle une fois qu'ils furent seuls. Quelque chose qui nous observe. On peut les entendre. »

Ils restèrent tous deux immobiles. Et il suffit de quelques minutes pour qu'un murmure s'élève au-dessus du meuglement des bœufs.

« Tu entends ? » chuchota-t-elle.

Puis Jacob hocha la tête. Elle pleurait presque. Elle commençait à se demander si elle ne devenait pas folle.

« On dirait des hommes, chuchota Jacob. Les autres qui nous cherchent, peut-être ? »

Tamsen secoua la tête.

« Non. »

Ils restèrent debout en silence, et après une minute, ils aperçurent des silhouettes bouger entre les arbres, voilées par la fumée des feux. Elles apparurent puis disparurent, puis réapparurent. Décrivant un cercle, marchant, *traquant*.

« Là », chuchota-t-elle.

Jacob était calme.

« C'est l'ombre des flammes, Tamsen, dit-il doucement. Et les chuchotements, c'est peut-être le vent. Ou bien notre esprit qui nous joue des tours. »

Mais elle entendit le doute dans sa voix, elle voyait bien qu'il tremblait, qu'il écoutait.

« Peut-être. Ou peut-être que quelque chose nous suit. Depuis le Bassin », dit-elle en insistant légèrement sur le dernier mot.

Jacob se tourna vers elle.

« Tamsen… » Il posa ses grandes mains sur ses épaules, la regarda dans les yeux. « Qu'est-ce que tu racontes ? »

Elle avait envie de pleurer, de crier ou de lacérer le visage de son beau-frère. Comment osait-il encore mettre en doute sa parole ?

« Nous sommes isolés du reste du groupe, lui rappela-t-elle, et je parie qu'ils… ces créatures, ces monstres… ils savent qu'il y a un homme blessé dans la tente. »

Elle marqua une pause quand la vérité qu'elle savait déjà s'ancra encore plus profondément en elle, s'enfonça dans ses entrailles. Sa voix se fit chuchotement cinglant.

« Nous allons mourir. Après tout… après tout ce qu'on a traversé. Nous avons réussi à arriver jusqu'ici. Et maintenant, ils vont nous avoir. »

Elle tremblait tellement qu'elle crut tomber.

« Les monstres, ça n'existe pas. » Mais Jacob épaula son fusil, les yeux humides à cause de la fumée dense, pourtant il resta ferme. « Va réveiller les hommes. Nous allons ramener les bœufs, pour être sûrs. » Une part de lui la croyait. « Dis-leur de prendre leurs fusils.

– Les bœufs ne valent pas nos vies, Jacob. Laisse-leur le bétail. »

Peut-être que ça les rassasiera, faillit-elle ajouter, mais elle se retint.

« Sans les bœufs, nous ne pourrons pas sortir les chariots d'ici, même quand il y aura moins de neige. » Jacob ne la regarda pas.

Il ne quittait plus des yeux les silhouettes mouvantes derrière le voile de fumée. Il devait forcément les voir, voir leurs formes se déplacer comme mues par une faim animale. Les ombres ne bougeaient pas ainsi. « Si nous abandonnons les bœufs, nous serons piégés. »

Elle savait qu'elle n'avait pas à le lui rappeler : ils étaient *déjà* piégés.

32

Mary regardait autour d'elle les cabanes et les appentis couverts de neige qui se dressaient comme des pains de sucre effrités ; avec leur délicatesse, ils lui auraient presque paru accueillants en d'autres circonstances. Mais ce qu'elle avait devant elle était une sorte de purgatoire.

Il y avait près d'une semaine, William Eddy fut le premier à repérer la cabane abandonnée. On aurait dit une apparition sous les sapins : une bâtisse au milieu de nulle part, certainement construite par une famille de pionniers qui avait tenté de traverser les montagnes avant eux.

Les premiers flocons tombaient déjà. Les enfants avaient beau être épuisés, ils s'étaient élancés, laissant la neige glisser sur leur langue.

Sans les Donner, le convoi avait réussi à manœuvrer pour entrer dans le vallon et à s'installer au-delà du lac à la surface noire et aux rochers épars. Les lieux étaient aussi sombres et silencieux qu'un mausolée.

« Nous dormirons ici cette nuit », avait décrété Patrick Breen, il y avait déjà plusieurs jours de cela. Aussitôt les Donner abandonnés, Patrick avait pris la tête du groupe.

Les Eddy avaient alors traîné le peu de biens qu'ils possédaient dans l'abri des Breen, mais ces derniers avaient refusé de les accueillir.

« J'ai beaucoup plus d'enfants. C'est nous qui devrions avoir un toit », avait raisonné Breen.

Pendant ce temps, les Murphy avaient pris possession d'une deuxième cabane. Son toit avait cédé et les intempéries avaient battu les murs, qui étaient au bord de l'effondrement, mais ils avaient renforcé la bâtisse au mieux pour se protéger. D'où ils étaient, ils ne voyaient pas les Breen, ce qui les arrangeait ; une dispute avait éclaté entre les deux familles, qui ne s'étaient pas adressé la parole depuis une semaine.

Les autres s'étaient abrités comme ils pouvaient. Les Graves s'étaient joints aux Eddy dans une tente montée sous un grand sapin ; ils y avaient invité Margaret Reed et ses enfants. Quant à Charles Stanton, il était resté à l'écart dans une petite tente avec vue sur le lac.

Pour protéger les feux de camp de la neige, ils les avaient placés près des cabanes et des appentis, puis ils s'étaient réunis autour pour se réchauffer les mains. Et depuis lors, la neige n'avait pas cessé de tomber. L'agitation et l'inquiétude devenaient palpables.

Mary sentait encore le poids des aveux de Stanton peser sur son cœur. Elle savait au plus profond d'elle-même qu'elle l'aimait, mais cet endroit n'était pas propice à l'amour ; elle ne supportait pas l'idée de lui faire part en ce lieu de ses sentiments. Il y aurait une autre occasion, plus tard, se dit-elle. Quand ils seraient en Californie. Ou au moins quand ils auraient passé le col et les sommets, et atteint le prochain ranch. Ils n'étaient plus si loin. Et l'amour était comme le pardon, profond et patient. Il l'attendrait de l'autre côté.

« Nous tenterons de trouver un passage par la montagne demain », dit Breen tandis qu'ils se réunissaient autour du feu.

Mais il répétait la même chose chaque soir et si cette tempête ne passait pas bientôt, Mary ne savait pas ce qu'ils feraient. Breen hocha la tête vers les sommets qu'ils pouvaient encore voir quelques jours auparavant, mais qui étaient désormais invisibles. Mary le crut détraqué ; la neige tombait plus vite et plus fort qu'elle ne l'avait vue tomber dans l'Illinois.

« Tâchez tous de dormir un peu ce soir. »

Mais le lendemain matin, un des bœufs était devenu fou. Au début, Mary avait pris ses gémissements pour un écho sur le lac.

Les animaux meuglaient ainsi chaque matin ; ils hurlaient leur faim, demandaient du grain qui ne venait jamais. Ils étaient rassemblés dans un enclos improvisé délimité par les chariots restants et avaient déjà mangé toute l'herbe qu'ils avaient trouvée sous la neige. Il ne leur restait plus rien. Ils ne cessaient de heurter les chariots dans l'espoir de s'échapper.

Puis elle les vit : des trous, des blessures ouvertes, sur l'une des bêtes, comme si elle avait survécu à une attaque de loups pendant la nuit. Ses yeux étaient injectés de sang et une fine écume recouvrait sa lèvre inférieure. Elle avançait sa grosse tête quand les humains l'approchaient, renâclait et grattait le sol.

« On ne gâche rien, dit William Eddy avant de tirer une balle entre les yeux de l'animal.

– Bon Dieu, Eddy, jura Patrick Breen. Elle était à moi, cette vache. »

Les autres bêtes grognèrent et se dispersèrent. Eleanor Eddy gémit.

Ils découpèrent la viande et firent de grands feux, mais Mary comptait parmi les nombreux membres du groupe qui s'abstinrent. Elle avait vu la façon dont les yeux de la bête s'étaient révulsés, remarqué ses hurlements dérangés. Elle avait entendu des histoires de chiens et de ratons laveurs qui pouvaient infecter les humains avec une seule morsure. Certes, elle n'avait jamais entendu parler de vache qui tombait malade ainsi, mais elle n'allait pas prendre ce risque. Il leur restait suffisamment de rations ; elle refusa de toucher la chair de l'animal.

Mais beaucoup d'autres, trop d'entre eux, avaient faim. Et l'odeur du bœuf grillé les avait attirés, poussés à oublier toute prudence pour une bouchée de viande fraîche.

Il n'y eut pas de récits autour du feu, ni de rires, ni de chansons, ni de bouteilles de whisky partagées comme au début de l'expédition. Ils n'avaient plus rien en réserve depuis longtemps. On n'entendit alors que le bruit des mangeurs qui dévoraient leur repas, arrachant la chair des os avec leurs dents et faisant claquer leurs lèvres.

Autour d'eux, la neige tombait si vite qu'elle déploya un voile entre le monde et eux, et engloutit les cris des bébés qui pleuraient dans le froid.

33

L'aube était gris pâle et portait en elle un goût de cendre. Le ciel était épaissi par les nuages. La neige tombait légèrement, mais la tempête n'était pas encore passée. Dans l'heure qui venait de s'écouler, l'accumulation de neige avait éteint les feux. De la fumée noire s'élevait vers le ciel.

Stanton retrouva la sensation dans ses pieds en marchant lourdement pour rejoindre les autres hommes autour des braises du dernier feu, espérant que la chaleur allait désengourdir sa poitrine. Les rumeurs lui parvinrent rapidement ; un des fils de Patrick Breen, Patrick junior, avait disparu dans la nuit. Patrick, son ami Dolan et son fils aîné John étaient partis à sa recherche au lever du jour.

En milieu de matinée, Patrick Breen et les autres éclaireurs revinrent. Ils n'avaient trouvé aucune trace du petit, seule une nappe de sang dans les bois qui avait été absorbée par la neige fraîche.

Pendant ce temps, William Graves n'avait pas ouvert l'œil depuis le festin de la veille.

« Son front est chaud », dit Elizabeth Graves, sa mère, les lèvres pincées.

James Smith, un conducteur qui avait également pris part au repas, transpirait comme s'il était sous les tropiques.

La jeune Virginia Reed aussi avait disparu, et personne ne savait où la jeune fille de treize ans pouvait se trouver. Ils craignaient le pire.

Et puis il y avait Eleanor Graves ; l'adolescente s'était mise à danser dans la neige, disait être la princesse des fées. Ses joues étaient roses, le délire avait changé son regard.

Stanton se tenait avec les autres sous la neige intermittente devant l'abri des Graves, les yeux baissés. Nul ne savait quoi dire à Franklin et Elizabeth, dont la famille paraissait plus touchée que les autres, et plus rapidement. Sous l'appentis, Margaret Reed pleurait la disparition de Virginia dans les bras d'Amanda McCutcheon.

« Ça n'a aucun sens. Comment William et Eleanor ont-ils pu tomber malade aussi vite ? murmura Elizabeth Graves, le visage blêmi par la peur. Ils allaient bien hier matin. Ils étaient en bonne santé.

– Vu ce qu'ils ont traversé... Il fallait bien qu'ils accusent le coup à un moment ou un autre », dit Eliza Williams, l'employée des Reed.

Elle était assise sur une souche d'arbre, blottie contre son frère, Baylis.

« C'est comme Luke Halloran qui était si vite tombé malade, vous vous souvenez ? » Lavinah Murphy avait mis un châle par-dessus son manteau. Elle dévisagea chacun d'eux comme pour essayer de les convaincre. « Sa température est beaucoup montée et il s'est mis à agir bizarrement, comme s'il avait une fièvre cérébrale. »

Un cri s'échappa de la gorge d'Elizabeth Graves.

« Vous voulez dire que William et Eleanor ont attrapé la phtisie ?

– Non, la phtisie ne se déclare pas si vite, dit Eliza Williams en secouant la tête. Je me suis occupée de phtisiques à Taylorsville. Ça avance progressivement chez une personne. C'est pas comme ça du tout. »

Stanton pensa à Halloran, à ses derniers jours quand il avait les yeux scintillants et fiévreux, aux absurdités qui se déversaient de lui quand on le pressait un peu, à l'attaque contre Tamsen. Il n'avait jamais connu de phtisique, mais il se remémora une épidémie dont il avait été témoin pendant son enfance dans le Massachusetts, quand la variole s'était déclarée dans toute la ville comme si elle avait été portée par le vent. Les enfants avaient péri les premiers, puis les plus jeunes, les vieillards et les personnes fragiles.

Tout commençait à faire sens. Cette folie était peut-être contagieuse, quelqu'un pouvait la porter en lui, cachée à l'intérieur. Il en fallait peut-être peu pour transmettre la maladie.

Stanton n'avait aucune envie de se faire l'annonceur de mauvaises nouvelles. La pire des nouvelles, au vu des circonstances. À contrecœur, il avança au centre du cercle en s'éclaircissant la gorge pour obtenir l'attention de l'assemblée.

« Il faut qu'on se demande ce qu'ont en commun ceux qui sont malades. Et c'est qu'ils ont tous mangé de la viande hier soir. »

Les voix se turent, des regards s'échangèrent, des sourcils s'arquèrent tandis que l'on prenait conscience de la situation, et que l'on se souvenait de qui avait été du festin. Les visages pâlirent les uns après les autres.

« C'est ça, dit Elizabeth Graves, portant la main à sa bouche. Mon William et Eleanor ont tous les deux mangé du bœuf. Le conducteur aussi. Je l'ai vu.

– Est-ce que ça veut dire qu'on va tous être malades ? demanda Baylis en élevant la voix.

– Peut-être. Mais ne paniquez pas, reprit Stanton, les mains levées pour discipliner l'assistance. Voyons ce qui se passe. Peut-être qu'il y a une raison pour laquelle seulement certains d'entre nous sont tombés malades. Peut-être que ça n'affecte pas tout le monde. »

Mary Graves regarda Stanton, ses yeux gris assombris par l'angoisse – il savait pourquoi. Ses parents avaient poussé tous ses frères et sœurs à manger de la viande la veille, à prendre leur part de nourriture fraîche tant qu'ils le pouvaient, peut-être leur dernière chance de manger de la viande rouge avant longtemps. Ils avaient tout laissé aux enfants. Stanton n'en avait pas mangé parce que Mary lui avait fait part de ses inquiétudes. Heureusement qu'il l'avait écoutée.

« Vous voulez dire que la vache était malade ? » Lavinah Murphy était blême, toute sa famille avait pris part au dîner. « Elle avait l'air d'être parfaitement saine… avant d'être attaquée. »

Ces blessures terribles. Stanton se tourna vers elle.

« Peut-être que c'est ça… l'attaque. Ce qui a attaqué la vache était peut-être malade…

– Un loup, c'était forcément un loup, l'interrompit Baylis Williams, disant tout haut ce qu'ils pensaient tous. Qu'est-ce que ça pourrait être d'autre ? »

– Un loup, ou un ours, dit Stanton. Il est possible que la bête qui nous suit soit infectée. »

Il désigna la forêt dense qui les entourait ; les regards suivirent son doigt.

Ce qu'ils ne comprenaient pas, c'était comment cette maladie pouvait agir si vite, comment une victime pouvait y succomber en quelques heures. Elle paraissait plus virulente chez les jeunes, comme si elle se nourrissait de force et de vitalité. Encore une fois, il maudit l'absence d'Edwin Bryant, ses connaissances médicales leur auraient été bien utiles. Mais ils n'avaient rien d'autre que leur propre pouvoir de déduction.

Stanton se mit à faire les cent pas devant le groupe, il désigna les bois une fois de plus.

« Si nous ne voulons pas que cette chose qui nous guette revienne nuit après nuit, décime le bétail et nous apporte sa *maladie*, il va falloir agir. »

Patrick Breen, retiré au plus profond de son inquiétude, leva les yeux.

« Qu'est-ce que vous voulez dire ? On aura besoin du bétail pour passer l'hiver. »

Stanton se tourna pour faire face au groupe.

« Je dis qu'il faut l'abattre. Aujourd'hui. Nous pouvons conserver les carcasses dans la neige. Ce sera plus facile que de surveiller vingt bêtes. »

Il regarda Breen.

« C'est votre bétail, monsieur Breen. La décision vous appartient. Si nous ne faisons rien, nous risquons de céder ces bêtes une par une à ce qui rôde dans la forêt, et cela ne nous apportera rien de bon. Qu'en dites-vous ? »

Tous les regards étaient tournés vers Breen, cet homme corpulent qui l'était encore plus dans son lourd manteau, une peau d'ours posée sur ses épaules. Il regarda sa femme, Peggy, dont les yeux étaient rouges à force de pleurer, et elle hocha presque imperceptiblement la tête.

« D'accord, on va faire ce que vous dites. Pour le bien du groupe. »

Tous les hommes adultes se réunirent près du lac avec des couteaux, des haches et de la corde. Ce fut un travail difficile, pénible, et en une heure, leurs bras étaient couverts de sang jusqu'aux coudes. Leurs cheveux collaient, et leurs outils leur glissaient des mains. Des arbres pendaient une dizaine de carcasses dépiautées, dont le sang gouttait et faisait fondre la neige sous elles. De la vapeur s'élevait du sol, transportant avec elle une odeur chaude et féconde.

Ils allaient devoir empiler la viande comme du bois de corde dans la neige pour la faire geler, assez près des cabanes pour que Patrick Breen puisse garder un œil sur elle, mais suffisamment loin pour que les loups malades, si c'était bien ce dont il s'agissait, ne soient pas attirés jusqu'à leur porte.

Stanton les aida à couvrir les carcasses de glace et de neige. C'était beaucoup de viande, mais pas assez pour que le groupe de soixante personnes puisse passer l'hiver, si on devait en arriver là.

Il pria pour une autre issue.

Il pensa au col de montagne étroit qu'il avait traversé il n'y avait que quelques semaines de cela – le trajet du col jusqu'au ranch Johnson n'était l'affaire que de quinze jours par beau temps, mais un voyage qu'ils ne pouvaient pas risquer dans ces conditions. Le sol était dissimulé sous d'épaisses congères. De toute évidence, ils n'atteindraient même pas le col.

Les garçons furent envoyés creuser dans la neige pour trouver du bois pour le feu. Stanton, William Eddy et Jay Fosdick, le mari de Sarah, la sœur de Mary, travaillèrent les peaux. Derrière eux flottaient des bruits qui venaient du lac, le fracas répétitif du métal contre l'os... et des cris d'hommes.

Les cris se firent de plus en plus forts.

Une bagarre avait éclaté. Stanton posa son couteau et rejoignit l'essaim d'hommes qui se déversaient vers la rive. Il poussa autour de lui pour se frayer un chemin et aperçut Noah James et Landrum Murphy en plein affrontement. Les deux adolescents avaient moins de dix-sept ans.

« Qu'est-ce qui se passe ici ? » dit Stanton, qui tenta de s'interposer.

Noah était hors de lui.

« Murphy fait n'importe quoi avec son couteau, il a failli me couper la main.

– C'est sa faute aussi, répliqua Landrum Murphy, un garçon de ferme bien charpenté, avec le visage large et commun de sa mère. Il se tourne les pouces. C'est un travail d'homme qu'on fait ici. » Il prenait son public à témoin. « S'il peut pas suivre la cadence, Noah n'a qu'à rentrer à la cabane avec les *femmes*. »

C'était un coup bas. Rouge de colère, Noah se jeta sur lui, mais Stanton l'arrêta avant que les choses ne dégénèrent. Stanton fut surpris par la force du jeune homme ; il put à peine le retenir.

« Tu devrais pas être dehors de toute façon. N'étiez-vous pas tous les deux un peu faibles ce matin ? Vous devriez vous reposer. »

Stanton repoussa Noah, mais le jeune homme n'écoutait pas. Noah avait un regard assassin qui le fit tressaillir.

Mais ce fut Landrum Murphy qui attaqua, son couteau couvert de sang séché. Noah, le plus rapide des deux, bondit pour l'éviter, mais trébucha dans la neige. L'assemblée eut un mouvement de recul quand Landrum se jeta sur son adversaire et le fit tomber sur le dos. Il lui fallut une fraction de seconde pour enfoncer le couteau dans le torse de Noah.

Le cercle retint son souffle, paralysé.

Landrum s'assit sur Noah James comme un cordonnier sur son banc. Avant que l'on puisse le dégager, Landrum approcha son couteau du visage de Noah – plus beau que celui de Landrum, presque aussi beau que celui d'une fille –, et lui coupa l'oreille. Il la tint en l'air un bref instant, la regardant trembler entre ses doigts comme un vairon fraîchement pêché.

Puis il la déchira avec ses dents avant d'arborer un large sourire.

La panique. Les cris. Stanton attrapa le garçon avant qu'il puisse s'en prendre à l'autre oreille de Noah. Il fallut deux hommes en plus de Stanton pour maîtriser l'adolescent. Tout le monde hurlait. Stanton prit un coup de botte dans la tête, un choc retentissant qu'il ressentit jusque dans les dents, mais il ne lâcha pas prise.

« Au meurtre, cria quelqu'un, au meurtre. Démon. »

Il tenait Landrum Murphy, contre lui, entourait son corps de ses bras. Le torse du garçon et ses épaules se soulevaient à chaque respiration, tout son corps vibrait d'excitation. Stanton ne put s'empêcher de remarquer que Landrum était très chaud. Il était même brûlant.

« Qu'est-ce qui t'a pris, bon sang ? » lui cria Stanton, complètement effaré. Noah était étendu par terre, un filet de sang coulait de son visage abîmé et sa poitrine était collante de sang quand la neige se remit à tomber. « Qu'est-ce qui va pas chez toi ? »

Eliza Williams recula pour s'éloigner de Noah.

« C'est de la folie, voilà. Après tout ce qu'on a vécu, nous sommes tous en train de devenir fous. »

Il avait entendu des histoires d'hommes qui perdaient la tête dans les contrées sauvages, qui se mettaient à parler un langage incompréhensible et à ramper à quatre pattes. Il avait eu vent d'hommes perdus pendant des mois dans la neige qui avaient oublié leur nom, qui ils étaient ou même leur humanité.

Mais ils avaient affaire à autre chose.

Il pensa aux Donner, à des kilomètres derrière eux, qui ne les avaient pas rattrapés. Ils avaient certainement été obligés de camper quelque part, comme eux. Qu'allait-il leur arriver ? Il lui parut quasiment certain que la même folie devait les frapper. Stanton regretta de ne pas pouvoir les aider, mais on avait besoin de lui ici.

Puis il repensa à Halloran ; il l'avait entendu jouer du violon comme un fou quelques jours avant de mourir. Mais cela s'était produit il y a longtemps, et loin d'ici.

« Je n'en doute pas, répondit-il, mais peut-être que la folie fait aussi partie de la maladie. Et qu'elle s'empare de vous. »

Cette nuit-là, Charles Stanton regarda les couches de neige s'accumuler sur le col de montagne et pensa à Mary. Pure comme la neige. Il voulait l'aimer avec un cœur sans taches. Il se dit que la neige et le danger semblaient vouloir effacer son passé autant que lui, tout occulter. Mais ce faisant, ils commençaient à l'occulter, lui. À le changer. Son grand-père aurait dit que même cette terrible situation faisait partie des desseins de Dieu, mais Stanton était bien incapable de les comprendre. Il n'était certain que d'une chose : son amour pour Mary Graves. Chaque jour, elle ressemblait davantage à la gravure d'un ange que son grand-père avait accrochée au mur de leur maison, parfaite, pure, mais aussi intouchable.

Incapables de trouver le sommeil, les membres du groupe se surveillaient *les uns les autres* ; la maladie, s'il s'agissait bien d'une maladie, fonctionnait peut-être comme toutes les autres. Ils guettaient les éternuements, la toux, les signes de fièvre.

Noah James mourut avant le lever du jour.

34

Les Donner s'étaient installés à Alder Creek voilà plus d'une semaine, et il avait neigé chaque jour. Elitha sentait que le monde entier avait rétréci au point de se résumer à une tente, aux branches des immenses aulnes, à la distance entre les feux de camp. La neige fondait près des feux qu'ils allumaient chaque soir sous l'insistance de Tamsen, mais au-delà de ce périmètre, le paysage n'était qu'un épais manteau neigeux qui montait à mi-hauteur de la plupart des arbres. Tamsen et Jacob décrétèrent qu'il était trop profond pour les chariots. Ils débattirent de la distance qu'ils pourraient parcourir à pied, avec des raquettes à neige, mais toutes ces discussions ne rimaient à rien puisqu'ils n'en possédaient pas.

Ils étaient piégés dans un paysage de neige et de glace qui n'en finissait pas de s'épaissir.

Mais la neige et leur isolement en hauteur avaient eu un effet positif ; les morts n'avaient pas pu la suivre jusque-là. Même eux ne s'approchaient pas de cet endroit maudit. Pour la première fois depuis des mois, sa tête ne résonnait pas de disputes ininterrompues, de jurons et de conversations absurdes. Ce qui laissait la place aux gémissements de son père, malade et emmitouflé, immobile au fond de la tente, où Tamsen s'occupait de lui heure après heure.

Pour la première fois, elle se demanda si son père allait mourir. La mort les poursuivait depuis un moment déjà, elle le savait bien, mais elle n'avait jamais été si proche. Elle les talonnait comme un chien suppliant ; on sentait son odeur dans ses cheveux et sous ses ongles. Elle était partout ; elle attendait.

Plus elle pensait à lui, plus Thomas lui manquait, terriblement. Ses sourires discrets lui manquaient, comme le fait de l'embrasser, quand ils pouvaient voler quelques instants en tête à tête. Ils étaient à présent séparés par qui sait combien de kilomètres et une neige si profonde que l'on pouvait y disparaître, y sombrer comme une pierre. Impossible d'imaginer quand elle le reverrait, si elle le reverrait.

Puis il y avait ces choses qui les guettaient dans les bois. Ce qu'elles avaient vu dans le Bassin était réel. Ces créatures en avaient après eux, et elles rongeaient leur frein.

Les adultes n'aimaient pas en parler, mais parfois, le soir, quand elle était réveillée par les larmes de Tamsen, ou entendait le craquement des bottes de son oncle dehors, Elitha savait qu'elles étaient là. Elle savait également que la raison pour laquelle les voix fantômes ne l'avaient pas suivie était qu'elles en avaient peur, elles aussi.

Il devenait de plus en plus difficile de trouver du bois sec pour les feux. Il fut question de brûler les chariots ou d'essayer d'abattre un arbre. On lorgnait également du côté des bœufs, quand les réserves commencèrent à se faire maigres. Il y avait de l'herbe sous la neige, mais le bétail n'en trouvait pas assez pour survivre, et il ne tarderait pas à mourir.

« C'est ça ou ces *choses* dehors vont les dévorer », dit oncle Jacob avec amertume.

C'était comme cela qu'il les appelait, parce que personne ne savait ce dont il s'agissait. Des ombres. Des silhouettes dans l'obscurité. Comme si les plus grandes peurs avaient pris corps, que des membres leur avaient poussé, comme si les démons qui rendaient souvent visite à Elitha sous la forme de voix s'étaient incarnés en monstres à forme demi-humaine pour les tourmenter tous.

Un soir, elle avait entendu tante Betsy chuchoter à son mari : « On va mourir ici, n'est-ce pas ? » Il n'y eut pas de réponse.

C'est alors qu'un drame se produisit. Ils s'étaient tous blottis sous la tente, ils écoutaient, comme ils le faisaient toujours maintenant. Ils étaient bien serrés les uns contre les autres, seize personnes dans une tente qui n'abritait normalement qu'une seule famille. Tous ces corps maintenaient la chaleur, suffisamment pour faire ressortir l'odeur de la sueur, du sébum et tout ce qui se dégage d'un corps. L'air était épaissi par l'haleine des occupants. Dehors, deux des conducteurs montaient la garde, armés de fusils, et entretenaient les feux.

Soudain : un bruissement familier hors de la tente. Il n'y avait qu'une peau tendue pour couvrir l'entrée, si bien que le froid cinglant passait par les côtés et gelait celui ou celle qui se trouvait près de l'ouverture. Quelque chose se tenait juste devant la tente, et il n'y avait qu'une mince épaisseur de cuir entre eux et cette présence.

Ils levèrent tous les yeux. Tante Betsy cessa de chanter. La peur fit entrer un air glacial dans les poumons d'Elitha. Pourquoi les sentinelles n'avaient-elles pas crié ?

Les hommes étaient morts, peut-être. Elle s'imagina soudain les conducteurs éviscérés, et les créatures carbonisées en train de dévorer leurs côtes. Ils étouffaient déjà.

Oncle Jacob prit son fusil et l'arma.

« Qui va là ? »

Il se leva mais resta courbé pour éviter la toile au-dessus de sa tête.

Pas de réponse. On entendit le craquement d'un pas dans la neige, puis un autre.

Le cuir de l'entrée commença à se soulever…

Tante Betsy cria comme si quelqu'un l'avait attrapée.

Jacob tira. Le coup de feu éclaira le visage de l'oncle d'Elitha, méconnaissable et terrible dans l'éclair soudain. La fumée se répandit dans la tente. La petite Eliza hurla et les plus jeunes se mirent à pleurer.

Dehors, quelqu'un cria aussi, un cri aigu si inattendu et enfantin que l'oncle Jacob en fut paralysé. Tamsen leva la peau, derrière laquelle se trouvait Virginia Reed, l'amie d'Elitha, qu'elle n'avait pas vue depuis que les familles s'étaient séparées, étendue sur le dos dans la neige, la manche droite de son manteau de laine bouillie assombrie par le sang.

Ils la transportèrent à l'intérieur et on poussa le père d'Elitha sur sa paillasse pour lui faire de la place.

« Je ne pourrai jamais l'expliquer à sa mère, si elle meurt », dit Jacob.

Tamsen retira doucement le manteau de Virginia. C'était une drôle de réflexion, pensa Elitha ; croyait-il vraiment qu'ils reverraient les autres membres de l'expédition ? Les deux camps auraient aussi bien pu être séparés par un océan ; et pourtant Virginia était malgré tout arrivée jusqu'ici, toute seule.

« On dirait que la balle n'a fait que la frôler, Dieu merci, dit Tamsen. Elle s'en sortira si ça ne s'infecte pas. »

Jacob était toujours aussi pâle.

« Qu'est-ce qu'elle fait ici ? Toute seule, au beau milieu de la nuit ?

– Peut-être que ça a mal tourné là-bas pour les autres. J'espère qu'elle ne nous apporte rien de mauvais », dit Betsy qui se tordait les mains.

Jacob était encore essoufflé, blanc comme un linge. Il s'était rassis sur son tabouret, la tête dans les mains, son fusil hors de portée.

Elitha s'assit à côté de Virginia pour la réveiller. Elle considérait Virginia comme sa meilleure amie parmi les filles de l'expédition, et elle se sentait coupable ; elle l'avait complètement oubliée et délaissée depuis qu'elle avait rencontré Thomas. Virginia ne lui avait même pas manqué. Elle n'avait pensé qu'à lui.

Elle savait que si Virginia mourait, ce serait au moins en partie sa faute.

Et ils ne sauraient jamais pourquoi elle était venue.

35

Dès qu'il l'aperçut, Edwin Bryant reconnut le chemin qui menait au camp abandonné des prospecteurs.

Parti du village de Tiyeli Taba en prenant la route vers le nord-nord-ouest, il venait d'attacher le cheval emprunté à Tanau Mogop à un arbre, à quelques mètres de là ; le vent ébouriffait les branches des sapins alentour, leur donnant vie ; un frisson lui parcourut la colonne vertébrale.

Il alluma un feu et se fabriqua une torche pour entrer dans la cabane délabrée, car il savait qu'il y ferait aussi sombre que dans une grotte. Les objets qu'il avait trouvés étaient toujours là : le gobelet en étain, le livre de psaumes, les pièces de monnaie, les bouteilles. À la recherche de marques distinctives, il les inspecta, mais il s'attarda surtout sur le livre de psaumes. La page de garde, la plus propice pour accueillir une inscription, était arrachée, tout comme les trente ou quarante pages suivantes en papier bible.

Il se mit à genoux et chercha d'autres indices parmi les feuilles mortes et les aiguilles de pin qui étaient tombées par le toit effondré. Il fouilla délicatement dans la terre argileuse, mettant de côté les insectes comestibles – les insectes constituaient maintenant sa principale source de nourriture.

Au bout d'une heure, la seule chose qu'il avait dégotée était une chemise en lambeaux, dont l'exposition aux intempéries avait eu raison. Il s'assit, tendit le tissu entre ses mains et se sentit découragé. Son retour ici avait-il été une perte de temps ? Qu'avait-il espéré trouver ?

Bryant posa la chemise à côté des autres objets et ressortit de la cabane ; il fut alors reconnaissant de respirer un air débarrassé de l'odeur de moisi qui était si oppressante à l'intérieur. Lors de sa dernière visite, il avait respectueusement empilé les os éparpillés devant la porte, une façon de marquer la tragédie qui s'était déroulée ici. En regardant les crânes, Bryant se demanda s'il y avait eu des survivants. Y avait-il un moyen de savoir combien d'hommes avait comptés le camp ? Il y avait cinq crânes. Pourtant quelqu'un avait démembré les corps. S'agissait-il d'un chercheur d'or ou d'une personne extérieure au groupe ?

Il repéra des outils de prospection sous des buissons et les tria. Il y avait une dizaine de pelles, mais elles ne prouvaient rien. Il se dit qu'un homme qui faisait tout ce chemin pour trouver de l'or devait certainement apporter davantage qu'une simple pelle. Neuf pioches de formes différentes. Plusieurs seaux à minerai en aluminium, cabossés, et une demi-douzaine de tamis. Bryant inspecta les outils un par un, à la recherche de marques distinctives. Malgré la rouille qui les avait recouverts, il parvint à lire le nom des fabricants : *Greenlee, Beatty, Stanley.*

C'est alors qu'il remarqua que des noms étaient grossièrement gravés sur certains manches en bois. Il s'agissait sûrement d'identifier le propriétaire en cas de désaccord. Il les classa selon leur nom. *Whitely. Gerjets. Appleby. Smith. Stowe. Dunning. Foulkes. Peabody.*

Keseberg.

L'estomac de Bryant se souleva. Il se souvenait très clairement d'une information qui lui était sortie de la tête ces dernières semaines. Lewis Keseberg avait parlé d'un parent – un oncle – parti prospecter dans ces mêmes montagnes quelques années plus tôt. Cela n'avait pas attiré son attention alors, quoiqu'il soit certain d'y avoir fait allusion dans une de ses lettres à sa fiancée. Mais à présent, il se rendait compte de l'énormité de cette coïncidence. L'oncle de Lewis Keseberg avait été l'un de *ces* chercheurs d'or et il était sûrement mort avec les autres. À moins que…

Cette nuit-là, assis près du feu, tandis qu'il suçait les entrailles humides des insectes qu'il avait trouvés, Bryant se demanda ce qui était arrivé à cet endroit maudit – comment tout avait commencé. Bien sûr, il était possible qu'il n'y ait eu aucune maladie, que les chercheurs d'or aient été attaqués par une force extérieure – mais ils auraient été en nombre suffisant pour se défendre, ce qui signifiait qu'il avait peut-être eu raison quand il partait du principe que la menace était venue de l'intérieur.

Non, il en était désormais plus certain que jamais : la maladie, la même qu'il avait observée à Smithboro, était bien la cause, et cette maladie, cette étrange faim de chair humaine dont les Indiens avaient parlé – qu'ils avaient même associée au mythe du *na'it* – avait dû se développer ici. Tanau Mogop avait dit à Bryant que sa tribu pensait que les Anawaïs s'en étaient fait la cible en s'associant trop librement avec les montagnards de passage dans les forêts. Les Washoes, eux, se méfiaient des étrangers, dont on savait qu'ils apportaient des maladies. Ils avaient dit que les premiers symptômes et les sacrifices au *na'it* avaient commencé au même moment, dans une région qui avait été jusqu'alors relativement paisible. Quoi d'autre que l'introduction d'hommes blancs porteurs de la maladie pouvait l'expliquer ? Mais comment ?

Comment une maladie pouvait-elle sauter d'un endroit à l'autre, sans venir de nulle part ? Un des prospecteurs avait certainement dû l'attraper le premier, puis il l'avait transmise aux autres, et à d'autres encore.

Il pensa à l'une des dernières lettres de Gow dans laquelle il parlait des travaux du Dr Snow et de sa conviction selon laquelle une maladie pouvait se répandre d'une myriade de façons. Snow lui avait dit que la représentation que l'humanité se faisait de la maladie, du lien que nous établissions entre la maladie et les symptômes, était fausse. C'est-à-dire qu'une maladie et ses symptômes n'étaient pas forcément la même chose. La maladie était vivante, mais invisible – comme un esprit, pourrait-on dire, qui se loge dans le corps et *provoque* les symptômes, parfois des symptômes différents chez des personnes différentes. Et parfois, *pas de symptômes du tout.*

Il se rappela alors l'histoire de la famille irlandaise, dont presque tous les membres avaient succombé à une maladie similaire à l'exception d'une fillette, qui n'avait développé aucun symptôme.

Bryant jeta les carapaces dans le feu et les écouta crépiter tandis qu'il retournait le mystère dans son esprit. Il s'étendit directement sur le sol en espérant trouver le sommeil. Il regardait les flammes orange vaciller et laissa errer son esprit.

La rangée de crânes lui lançait des clins d'œil dans la lueur or et rouge sang des flammes qui dansaient devant lui.

Dans ses mains, Bryant faisait tourner le manche gravé du nom de Keseberg; des souvenirs de Keseberg au sein de l'expédition lui revinrent. Une série d'interactions plutôt détestables : Lewis poussant brutalement sa femme enceinte, Lewis provoquant James Reed. Puis Lewis assis à l'écart du camp, dépiautant des lapins qu'il avait attrapés pour son dîner; il avait les mains couvertes de sang et le visage concentré, quand le petit chien de Halloran, tout excité, passa à côté de lui. Bryant se rappela que le couteau lui avait glissé des mains et que la lame avait coupé la chair de sa paume; le sang avait affleuré en une épaisse ligne rouge. Le terrier de Halloran avait alors saisi sa chance en se jetant sur la main de Keseberg puis s'était mis à lécher la viande de lapin, et le sang de Keseberg – avidement.

Bryant ressentit une profonde horreur en pensant au petit chien, au visage féroce de Keseberg, à sa démarche arrogante. Cet homme avait évolué parmi eux comme une sorte de peste lui-même – dégoûtant, et à craindre.

Plus il examinait les pièces du puzzle, plus il était certain de tenir quelque chose. Une faim qui se transmettait d'homme à homme. Une maladie, peut-être invisible à ses débuts – ou invisible chez *certains*, comme chez la fillette de la famille irlandaise dont les membres étaient devenus fous, des êtres plus proches du loup que de l'humain. On avait célébré sa bonne fortune, croyant qu'elle avait survécu là où les autres avaient succombé – jusqu'au moment où, quelques jours plus tard, elle fut découverte accroupie au-dessus du bébé du voisin, la bouche et les mains couvertes de sang.

Une maladie qui changeait certains hommes en monstres. Mais d'autres pouvaient cacher leur monstruosité.

Bryant se redressa d'un coup, couvert de sueur. La conclusion sautait aux yeux.

L'oncle de Keseberg avait été porteur de la maladie.

Voilà comment elle était arrivée jusqu'ici, comment les chercheurs d'or avaient fini par tous succomber.

L'oncle de Keseberg, comme la petite Irlandaise, devait transporter la maladie dans son sang, peut-être même sans le savoir. C'était donc lui qui l'avait apportée sur ce territoire six ans plus tôt, déclenchant l'épidémie qui avait non seulement causé la mort des membres de son groupe, mais qui avait aussi par la suite ébranlé les tribus locales, amplifié leurs croyances anciennes et répandu la peur parmi les habitants de ces montagnes.

Et si c'était vrai, il était possible que les autres membres de sa famille soient atteints par la maladie… ou qu'une particularité quelconque leur ait permis de lui survivre.

D'autres comme Lewis Keseberg.

C'était peut-être tiré par les cheveux, mais s'il avait raison, alors tous les membres de l'expédition Donner – voire tous les habitants de ce territoire – étaient en danger. Il fallait les prévenir.

Mais alors, il s'arrêta un moment. Il réfléchit à ce qui se profilait – pas seulement pour lui, mais aussi pour le futur de la science.

Il se mit à l'écriture d'une nouvelle lettre, dans sa tête.

36

Deux jours après qu'elle eut repris connaissance, Virginia refusait toujours de leur dire pourquoi elle était venue ou ce qui s'était passé au lac Truckee. Au début, Elitha pensa qu'elle était simplement têtue, jusqu'à ce qu'elle comprenne d'après les gestes nerveux de Virginia à son intention qu'elle ne voulait pas en parler aux adultes.

Elitha avait honte. Même la nuit, alors qu'elles étaient entre elles, Virginia n'en disait que très peu. Elle raconta bien à Elitha l'abattage du bétail, les comportements étranges et la bagarre qui avait éclaté. Elle lui apprit que les plus jeunes, les adolescents et les enfants, étaient touchés les premiers.

« Ils disent que c'est une maladie », dit-elle.

Les grands yeux de Virginia lui donnaient l'air d'être étonnée en permanence.

« Et que Mary Murphy aussi l'a attrapée.

– C'est pour ça que tu es partie ? demanda Elitha. Tu as eu peur de l'attraper toi aussi ? »

Mais Virginia ne répondit pas ; elle révéla seulement que M. Stanton et M. Eddy étaient revenus bredouille après avoir été chercher de l'aide et que M. Keseberg essayait de devenir le chef. Mais elle ne voulut rien ajouter de plus, et quand Elitha tenta d'obtenir des détails, elle remonta sa couverture jusqu'au menton et fit semblant de dormir.

Les adultes se mirent à débattre de son sort.

« Nous ne pouvons pas la renvoyer, pas avant qu'elle soit guérie, dit Jacob qui s'inquiétait toujours de la réaction de sa mère, Margaret.

– Ce n'est pas comme si nous pouvions la renvoyer toute seule, de toutes façons, et nous ne pouvons pas nous passer de nos hommes pour monter la garde », dit Betsy.

Même Elitha voyait bien que Betsy se sentait dépassée avec tant d'enfants et si peu d'adultes.

« Si Virginia est parvenue jusqu'ici toute seule, le trajet doit être faisable », dit Tamsen en regardant la jeune fille.

Mais Virginia avait raconté qu'il lui avait fallu presque une journée et qu'elle avait failli se perdre. Ç'avait été pratiquement un miracle qu'elle ait réussi à atteindre Alder Creek.

« Ne me renvoyez pas, je vous en prie », supplia-t-elle.

Plusieurs jours après son arrivée, un matin étonnamment dégagé et sans neige, Lewis Keseberg débarqua au camp si tôt que les feux n'étaient pas encore éteints.

« Je savais bien qu'elle était ici », dit Keseberg à Jacob, Betsy et Tamsen.

Ils étaient dehors, dans l'aube fraîche. La fumée de bois humide traînait encore dans l'atmosphère.

« Elle a fait une de ces frayeurs à sa maman. Je viens la reprendre. »

Keseberg se montrait beaucoup plus gentil que d'habitude.

« C'est Margaret Reed qui vous a envoyé ? » demanda Tamsen.

Elitha voyait bien que Tamsen n'était pas dupe.

« Je viens parce que c'est moi qui commande, dit-il un peu trop fort. C'est pas comme si elle avait un mari pour veiller à ce que sa fille ne s'enfuie pas comme une sauvage dans les bois. »

Virginia accusa le coup sans dire un mot, sans cligner des yeux. Tout le monde savait que James Reed avait dû succomber au froid quelque part dans les montagnes.

« Allez. On a besoin d'elle. On a presque fini d'abattre le bétail. Même les filles doivent mettre la main à la pâte. »

Abattre du bétail ; cela voulait dire qu'il y aurait de la nourriture. Elitha essaya de se rappeler combien de têtes de bétail possédaient les Breen. Une dizaine sûrement. Penser à toute cette viande fit se tordre d'envie son estomac. Elitha savait que parler du bétail allait convaincre Tamsen de laisser partir Virginia. Il n'y avait plus grand-chose à manger à Alder Creek, juste les derniers restes du vieux bœuf. Ils n'avaient pas besoin d'une bouche supplémentaire à nourrir.

Ses bottes clapotèrent dans la boue quand elle s'avança vers le feu.

« Je veux y aller, Tamsen. Je me porte volontaire pour accompagner Virginia. »

Tamsen parut surprise de la voir. Cela arrivait souvent – on était toujours surpris de voir Elitha. C'était le genre de fille qu'on oubliait. Sauf Thomas. Thomas, lui, paraissait toujours s'attendre à la voir.

« Ne dis pas de bêtises, dit Tamsen. Ta place est avec ta famille. »

Sa place était avec Thomas – mais elle ne pouvait pas l'avouer à Tamsen. En plus, Virginia s'était enfuie pour une bonne raison, et même si elle ne l'avait pas avouée à Elitha, elle ne supportait pas de la voir partir avec Keseberg, retourner vers le danger qu'elle avait fui.

« Virginia va avoir besoin d'aide. Tu l'as dit toi-même : elle a perdu du sang et elle est faible. Ce sera mieux si je suis avec elle. »

Elle ne dit pas que Virginia lui avait parlé d'une maladie qui se répandait. Elle ferait attention. Elle avait peur, mais son désir de revoir Thomas était plus fort que sa peur. Et aucune maladie ne pouvait être plus terrifiante que les créatures qui les avaient observés nuit après nuit.

« Allez, laisse-moi y aller. Je ne suis plus une petite fille. Je peux me débrouiller toute seule… Fais-moi confiance. S'il te plaît. »

Ces mots semblèrent faire effet sur Tamsen.

« Très bien. J'imagine que tu seras plus en sécurité dans un groupe plus important », dit-elle doucement.

Tamsen l'aida à emballer quelques affaires. Avant de l'embrasser, elle lui donna un conseil : elle ne devait jamais se retrouver seule avec Lewis Keseberg.

Elitha n'en crut pas ses yeux en voyant les conditions qui régnaient au lac Truckee. Les cabanes et l'appentis étaient à peine plus confortables que les tentes de sa famille. Et ils étaient aussi pleins ; elle n'en revint pas quand elle vit le nombre de personnes se déverser hors de la cabane où s'était installée la famille de Virginia avec les Graves. Au moins, Thomas était avec eux – quand il l'aperçut, il courut vers elle et l'étreignit devant tout le monde.

« Qu'est-ce que tu fais ici ? » chuchota-t-il.

Son étreinte la réchauffa partout en même temps. Elle rougit ; elle avait conscience que tout le monde les dévisageait.

« Je suis venue pour toi. »

Le visage du garçon changea, se durcit.

« Tu n'aurais pas dû venir, dit-il. C'est dangereux ici.

– C'était dangereux aussi là où j'étais », répondit-elle.

Elle savait que s'il lui demandait d'y retourner, son cœur se briserait. Mais il dit juste « Viens » et glissa sa main dans la sienne.

Il emmenait Elitha loin des autres quand elle aperçut Keseberg avec Virginia. Il était penché de sorte à lui faire face et lui murmurait quelque chose. Elle était devenue toute raide, et son visage était aussi blanc que la neige qui l'entourait. Un mauvais pressentiment lui tirailla les entrailles. Que lui voulait-il ?

Ce fut deux des filles Graves – Lovina Graves, douze ans, et Nancy, neuf ans – qui finirent par lui révéler le secret. Lewis Keseberg avait annoncé aux filles que les adultes abandonneraient un enfant dehors chaque nuit pour le sacrifier aux loups. Il avait dit que leurs parents le savaient déjà, qu'il ne servait à rien d'aller les voir. Ils avaient accepté de le laisser choisir à leur place pour ne pas avoir à décider lequel de leurs enfants devait mourir. Les adultes s'étaient mis d'accord pour qu'une majorité puisse survivre, comme ces Indiens qui avaient attaché un de leurs petits. Il fallait se sacrifier.

Mais Keseberg leur avait promis qu'il épargnerait celles qui accepteraient de venir avec lui dans les bois pour faire ce qu'il voulait.

« Ce n'est pas si terrible », dit Lovina Graves. Son visage racontait pourtant une autre histoire ; elle avait un drôle de sourire et s'agitait comme un colibri. « Il touche juste en dessous de tes jupons et tout.

– Il me l'a mise dans la main et il m'a fait la tenir », dit Nancy Graves, si bas qu'Elitha ne l'entendit presque pas.

Nancy était si maigre qu'elle semblait toute creuse comme un fantôme.

Elitha eut l'impression de ne plus pouvoir respirer, comme si une main invisible lui maintenait la tête sous l'eau. Elle avait été idiote de venir. Elle se rendit compte très vite qu'elle ne pouvait pas en parler à Thomas ; il n'en serait que plus en danger. Il n'était pas de taille contre Keseberg.

Elle était au lac Truckee depuis moins de vingt-quatre heures quand ce fut son tour. Elle s'était aventurée dans les bois avec Thomas ; ç'avait été l'idée du jeune homme de chercher du poisson dans le ruisseau.

Elitha voulait lui dire qu'il y avait des choses pires que d'avoir faim, se rappelant le hochement de tête de Virginia, son visage blême, terrifié, quand Keseberg s'était penché pour lui parler.

À plat ventre sur la surface durcie de la rivière, Elitha pressait son visage contre la glace à l'affût du moindre mouvement. Elle ne connaissait rien aux poissons. Elle avait grandi dans une ferme et n'avait mangé du poisson qu'une ou deux fois dans sa vie. Mais cela avait quand même semblé être une bonne idée ; d'après ce que Thomas lui avait dit, les Indiens détenaient les meilleures astuces pour contrer les temps difficiles. Il avait jeté un coup d'œil dans le ruisseau et dit qu'ils n'y trouveraient probablement rien de comestible, mais l'idée avait tant plu à Elitha qu'il n'avait pas eu le cœur de renoncer. Alors, Thomas était parti chercher une pierre et Elitha avait dégagé la neige de la surface gelée du ruisseau et s'était mise à l'affût. Elle n'arrivait à rien discerner, seulement un entrelacs de branches et de feuilles pourries, et l'écoulement de l'eau sombre sous la surface.

Elle avait cru qu'elle se sentirait différente après l'avoir fait avec Thomas, mais à part une douleur entre les jambes, elle ne ressentait qu'un profond contentement, comme si en devenant femme, elle était tombée dans un sommeil paisible, sans cauchemar. Elle en avait eu l'idée, avait demandé à Thomas de la retrouver la veille aux chariots. Plus personne n'allait de ce côté-là parce que c'était dangereux de rester dehors la nuit, même avec les feux. Il y avait toujours au moins deux hommes qui patrouillaient avec des fusils, et dans le noir, c'était facile d'être pris pour l'un d'*eux*.

Elle avait pris une couverture, sans oser apporter une bougie ou une lanterne. Thomas apparut, comme de nulle part. Il savait se faire invisible ; un point commun.

Quand Thomas grimpa à l'intérieur du chariot et vit qu'elle leur avait préparé un petit lit improvisé, il se tourna vers elle.

« Tu es sûre que c'est ce que tu veux ? Réfléchis, Elitha. Ta famille ne te laissera pas rester avec moi. Quand on aura redescendu la montagne, ils ne nous laisseront pas être ensemble. »

Cela ne servait à rien de s'inquiéter du futur. Elle serait la femme de Thomas, même pour une nuit. Et elle irait dans la tombe sans regrets.

Ils finiraient tous sous terre bien assez tôt.

À genoux sur l'épaisse surface de la rivière, Elitha entendit un chuchotement derrière elle et se figea pour écouter. Le duvet de sa nuque se hérissa. Les chuchotements continuèrent, un susurrement comme le sifflement du vent.

Les voix. Elles étaient de retour. Elle n'arrivait pas à distinguer les mots, mais elles étaient bien là, s'accrochaient aux bords de sa conscience comme une migraine fiévreuse. Il y en avait des nouvelles, cela signifiait que d'autres personnes étaient mortes. Elle essaya de fermer son esprit.

Soudain, elle sentit une présence derrière elle. C'était comme être visitée par un fantôme, comme une ombre venue des ténèbres qui traversait son esprit. Elle se tourna et vit Keseberg avancer sur la crête, son haleine s'évaporant devant lui.

« Eh bien, voyez-vous ça », dit-il.

Il attrapa Elitha par les épaules avant qu'elle puisse s'enfuir et la souleva pour la mettre sur ses pieds, comme une poupée de chiffon.

« Qu'est-ce que tu fais ici toute seule ?

– Je ne suis pas toute seule », dit-elle rapidement.

Keseberg eut un grognement moqueur, comme si elle avait dit quelque chose de drôle.

« Je sais. Tu as ton petit chéri d'Indien. Quel dommage, une gentille fille comme toi qui va se gâter comme ça.

– Nous nous aimons », s'empressa-t-elle de rétorquer.

Elle ne savait pas pourquoi. Cela lui paraissait important. Où était Thomas ? Elle voulait qu'il la sauve, mais elle voulait aussi qu'il s'enfuie loin d'ici.

Keseberg enleva un gant et posa ses doigts nus sur sa joue. Le sang d'Elitha se glaça.

« Tu crois que ces sauvages savent ce que veut dire l'amour ? Ils aiment pas comme un homme blanc », dit-il comme si c'était un fait.

Elitha se représenta l'épouse de Keseberg, Philippine, une femme petite aux cheveux châtains, le visage souvent marqué de bleus. Elle n'avait jamais entendu Philippine parler. Keseberg aimait-il sa femme ? Avait-il jamais aimé quelqu'un ? Elitha devinait la réponse à ces questions.

« Je vais crier. »

Il la poussa contre un arbre. Elle se concentra sur une goutte de morve qui pendait au bout de son nez rougi ; elle se refusait à le regarder dans les yeux.

« Si tu me fais des ennuis, je m'occuperai de ton fiancé. Tu sais que je peux. Y a personne qui va aider un Indien. »

Elle sentit la vérité vibrer dans son squelette. Elle pressa sa colonne vertébrale contre le tronc de l'arbre, se dérobant sous la main de Keseberg. Avec toutes les couches de vêtements qu'elle portait, elle savait que même s'il posait la main sur sa poitrine, il ne la toucherait pas, pas vraiment. Mais l'idée la faisait tressaillir. Elle se souvint de Thomas quand il s'était approché d'elle, qu'il avait embrassé son cou le soir précédent.

Mais Keseberg ne ferait rien de bien méchant, c'était ce qu'avaient dit les filles. Elle essaya de se rassurer avec cette pensée, même quand elle sentit son estomac lui remonter jusqu'à la gorge et que tout son corps se figea en protestation. Il allait seulement la toucher. Elle pouvait le supporter et il n'arriverait rien à Thomas. Elle voulait presque qu'il en finisse…

Keseberg attrapa les pans du manteau d'Elitha et l'ouvrit d'un coup, puis il défit sa robe, exposant la peau nue de sa gorge et de son sternum. Surprise, elle cria. Mais il mit la main devant sa bouche. Ses doigts avaient un goût abject. Elle pensa à lui décocher un coup de genou, mais elle avait peur que cela ne l'arrête pas, qu'il n'en soit que plus brutal. Il était du genre à frapper quand il était en colère ; sa femme, Philippine, en était la preuve.

« T'es pas aussi jolie que certaines des autres filles, dit-il d'une voix rauque en écartant les jambes d'Elitha avec ses genoux, mais tu feras l'affaire. »

Trop tard, elle se rendit compte qu'il n'allait pas seulement la toucher. Trop tard, quand il approcha la main de sa ceinture, elle se rendit compte qu'il voulait faire bien pire. Une voix dans sa tête cria *Va-t'en, vite, vite.* Était-ce l'un des morts ? Cela n'avait pas d'importance ; ses jambes étaient paralysées par la peur.

Puis soudain, une force terrible les ébranla tous les deux, propulsa Keseberg et la précipita dans la neige. Elle sentit le goût du sang dans sa bouche là où elle s'était mordu la langue.

Un hurlement horrible retentit à travers les bois. Au début, elle crut que c'était l'un d'entre *eux*.

Mais c'était Thomas. Keseberg et lui étaient à genoux, ils s'affrontaient dans la neige. Thomas l'avait attaqué par surprise, mais Keseberg reprenait rapidement l'avantage. Elle chercha une pierre par terre, une branche, quelque chose qui puisse lui servir d'arme.

Keseberg finit par se dégager de Thomas, le jeter au sol. Il se leva, se redressa, hors d'haleine, époussetant la neige sur lui – comme une ombre horrible qui s'allonge et double de longueur au coucher du soleil.

« Tu crois pouvoir me battre, gamin ? Tu crois que tu peux la sauver ? »

Il ficha sa botte dans les côtes de Thomas.

« Tu t'es fait avoir. C'est une putain. C'est moi qu'elle *veut*. Pour que je fasse d'elle une vraie femme. »

Quand Keseberg leva le pied pour le frapper de nouveau, Elitha bondit. Elle se jeta sur lui, le renversa en arrière et le plaqua dans la neige. Il agita tout son corps pour se débarrasser d'elle.

« Dégage, saleté. »

Il la poussa à terre. De la neige se glissa dans ses jupons et sous son col. Le froid lui coupa le souffle. Elle était fatiguée. Se battre contre lui l'épuisait.

« Laissez-nous tranquilles », cria-t-elle.

Keseberg se leva pour s'en prendre une fois encore à elle et elle ferma les yeux, attendit le coup de poing. Une main forte l'attrapa et la souleva du sol enneigé.

« Viens. »

Quand elle se retourna, étourdie, elle vit Keseberg cloué sur place, plié en deux comme s'il cherchait des motifs dans la neige. Thomas et elle s'engouffrèrent dans le paysage, tombèrent, se relevèrent à chaque reprise avec difficulté. Thomas jetait des coups d'œil par-dessus son épaule. Son visage était rougi et sa respiration irrégulière ; il tirait si fort sur le bras d'Elitha que son épaule lui faisait mal.

« Allez, allez », répétait-il.

Mais pourquoi, voulait-elle lui demander. Ils avaient beaucoup d'avance sur Keseberg, ils étaient à mi-chemin des cabanes. Courir était inutile.

Puis elle vit ce qu'il avait dans l'autre main : un petit couteau, pas plus grand qu'un couteau de table. Un filet de sang collait à la lame, une ligne rouge colorait le sol, comme s'ils avaient déroulé un écheveau de fil carmin sur la neige. Keseberg n'était pas à leurs trousses. Il était incapable de courir. Il ne les aurait jamais laissés lui échapper s'il avait pu les poursuivre.

Thomas, Thomas, pensa-t-elle. *Qu'as-tu as fait ?*

37

Le lendemain matin, Mary Graves vit Mary Murphy fuir la cabane de sa famille avec le bébé des Eddy dans les bras. Eddy et William Foster suivirent sa trace dans la neige, mais quand ils la rattrapèrent, l'adolescente avait tué le bébé et en dévorait déjà le foie. Eddy l'abattit sur place ; Foster ne put rien faire pour l'arrêter.

Après Mary Murphy, ce fut Eleanor Graves, la sœur de Mary, qui se mit à danser pieds nus dans la neige ; ses orteils gelèrent et noircirent. Quand sa mère tenta de la forcer à rentrer dans la tente, elle hurla et se dégagea ; elle s'échappa dans les bois, ses longs cheveux noirs ondoyant sauvagement derrière elle comme pour dire au revoir.

« Nous allons partir, nous enfuir d'ici », promit Stanton à Mary. Il avait aiguisé son couteau de chasse et découpait une vieille peau de daim en rubans. « On va en faire des raquettes à neige. Ce sera plus facile d'avancer avec ça. Il y en avait une paire dans la maison de mon grand-père... Je ne les ai jamais mises, mais je crois me rappeler comment elles étaient confectionnées.

– Nous venons avec vous. Je crois que nous sommes assez robustes pour ne pas vous ralentir », dit Sarah Fosdick, la sœur de Mary, quand elle les vit faire.

Elle s'assit à côté de Mary et commença à remplir les cadres qu'ils avaient fabriqués avec les douves de quatre tonneaux vides.

Ils travaillèrent tout l'après-midi à fabriquer ces raquettes. De faibles rayons de lumière passaient par les interstices des murs pour éclairer leur besogne. Ils avaient des enfants dans les pattes car les adultes avaient trop peur de les laisser sortir. Mary les regardait d'un air coupable, sachant qu'elle partirait bientôt sans eux.

Nous enverrons de l'aide dès que nous le pourrons.

Sarah s'était assise à côté d'elle par terre et fredonnait en maillant les rubans de peau de daim sur un cadre, mais quand ils entendirent le coup de feu, elle se raidit et regarda Mary. Elle demanda :

« Qu'est-ce que ça peut être ? »

Les quelques vaches qui restaient se mirent à meugler, paniquées.

Stanton fut le premier à sortir. Franklin Graves et Jay Fosdick s'armèrent de leurs fusils et le suivirent.

Il y eut un deuxième coup de feu et un brouhaha de voix fortes. Puis une volée de coups, comme le tonnerre.

L'attente fut insupportable. Elizabeth, la mère de Mary, savait ce que cela signifiait quand sa fille était agitée.

« N'y va pas, la prévint-elle. M. Stanton peut se débrouiller tout seul. »

Il y eut une autre rafale, quelques cris. Mary n'en pouvait plus. Elle se leva et courut au-dehors.

Il y avait des cris du côté du lac, ils venaient de derrière un rideau de sapins et de rochers. Mary se mit à courir en direction des voix, sa course brisée par ses chutes dans la neige.

Elle trouva enfin Stanton. Il aidait Thomas à tenir debout. Le jeune Indien avait été blessé – par balle ; il haussait son épaule droite et pressait sa main contre ses côtes. Le sang avait traversé sa veste, une tache sombre se répandait sur le cuir.

« Que s'est-il passé ? Il va s'en tirer ? » demanda-t-elle en accourant vers eux.

Elle vit la réponse sur le visage de Stanton.

« Dis à Mme Reed de faire bouillir de l'eau et de préparer des pansements. »

Margaret Reed ne lèverait pas le petit doigt, Mary le savait. Cette femme haïssait les Indiens autant que son mari. Elle se surprit à regretter l'absence de Tamsen ; Thomas aurait eu de meilleures chances avec elle.

Amanda McCutcheon accepta de soigner Thomas. Elitha Donner les avait rejoints, le visage pâli par la peur. Manifestement, elle était amoureuse de Thomas. Amanda lui fit enlever ses vêtements au-dessus de la taille, puis l'assit sur un tabouret. Elle versa de l'eau sur la chair meurtrie, veillant à ne pas toucher la blessure elle-même. Les plaies étaient profondes, si ouvertes que Mary crut voir ses côtes. Elle se força à observer tout ce que faisait Amanda, cela pourrait servir. N'importe qui pouvait être le prochain à succomber, surtout les personnes qui s'occupaient des malades.

« Tiens ça », dit Amanda.

Elle guida la main d'Elitha pour qu'elle tienne le pansement en place contre les côtes pendant qu'elle bandait le torse de Thomas.

Les autres discutaient devant la cabane, trop bas pour être entendus. Mary laissa Thomas se rhabiller et avança sur la pointe des pieds jusqu'à l'entrée.

« Je dis qu'on attend. » William Eddy était au milieu du groupe. Il avait perdu la moitié de son poids pendant l'ascension de la montagne et ressemblait à un épouvantail. « Je n'ai pas constaté de signes de la maladie chez lui.

– Mais quand ça commence à se voir..., dit Peggy Breen. Regardez ce qui est arrivé à Noah James et à Landrum Murphy. Ça va très vite. On peut pas attendre que l'Indien se remette et attaque des gens. Regardez autour de vous – il reste quasiment que des femmes et des enfants. Il faut penser aux petits.

– Ce n'est qu'une accusation, remarqua Stanton. La seule preuve que nous ayons est la parole de Keseberg. »

Peggy Breen croisa les bras.

« Pourquoi Keseberg aurait tiré sur l'Indien s'il n'avait pas vu ce qu'il a dit ? »

Mary recula, le cœur battant la chamade. Keseberg avait donc dit quelque chose sur Thomas – raconté qu'il était infecté. Elle ignorait ce qu'avait ébruité l'Allemand, mais elle sentit un poids dans son ventre quand elle prit conscience que cela n'avait pas d'importance. L'idée faisait déjà son chemin dans toutes les têtes.

Ils continuèrent à débattre, mais elle ne se faisait aucune illusion sur la direction que les événements allaient prendre. Elle se sentit faible, comme si elle était sur le point de s'effondrer. Mary se précipita vers Elitha et Thomas, qui avait de la peine à boutonner sa chemise.

« Écoutez-moi, vous deux… Thomas doit s'enfuir. »

Quand il la regarda avec étonnement, elle dit :

« Ils vont s'en prendre à toi. »

Il arrêta de se boutonner et la dévisagea.

« Comment ça ? »

Amanda McCutcheon, dans le coin en train de ranger ce qu'il restait de pansements, les regardait par-dessus son épaule. Mary s'en fichait.

« Ils ont peur que tu aies attrapé la maladie. » Elle poussa une malle contre le mur instable. « Keseberg dit que c'est pour ça qu'il t'a tiré dessus. Il dit qu'il a vu quelque chose qui ne lui a pas plu. Il faut que tu grimpes et que tu files par le toit. » Le toit avait été rafistolé avec des peaux et des toiles de tentes, fixées tant bien que mal sur les murs en rondins. « Et ne te retourne pas. Ils te tueront si tu restes, Thomas. »

Elle aurait aimé penser le contraire, mais elle avait pu constater ce que le groupe était devenu. Rapide à trouver une cible, encore plus rapide à agir. Paranoïaques. Paniqués.

Thomas n'hésita pas une seconde – lui aussi savait visiblement à quel point la situation était désespérée. Il grimpa sur la malle, s'arrêta et se tourna vers Elitha.

« Tu viens avec moi ? Ou tu restes ? »

Mary ressentait de l'empathie pour Elitha. Partir avec lui, c'était la mort assurée. Ils n'auraient ni nourriture ni armes, et il y avait ces loups qui rôdaient dans les bois – la créature à l'origine de la contagion. Et la neige ; il y avait tant de neige qu'ils ne traverseraient jamais. Et pourtant, c'était la seule chance de survie pour Thomas. S'il restait, ils le tueraient.

Mais ce n'était pas pareil pour Elitha.

Elle prit une couverture sur la paillasse la plus proche et la jeta sur ses épaules.

« Je te suis. Vas-y. »

Mais les hommes entrèrent dans la cabane avant que Thomas ne puisse enjamber le mur.

Mary tenta de leur faire obstacle, mais son propre père la prit par le bras et la traîna dehors dans la neige d'une main ferme.

Patrick Breen, le visage rougi, et son ami Patrick Dolan, Spitzer et Lewis Keseberg attrapèrent Thomas par les jambes, le tirèrent jusqu'au sol. Ils le traînèrent dehors, passèrent devant Mary et Elitha comme sans les voir.

Mary s'élança après eux, mais son père l'avertit.

« Il va t'arriver quelque chose si tu essaies de t'interposer. »

Elle réussit à se libérer et à s'élancer vers les autres, talonnée par Elitha.

Ils emmenaient Thomas dans les bois. Elitha les rattrapa la première, se jeta sur les deux hommes qui tenaient Thomas par les bras, immobilisés dans son dos, mais le gros Spitzer la repoussa sur le côté comme un moucheron.

« Rentre, petite. Faut pas que tu voies ça », l'avertit Breen.

Mary s'efforçait d'avancer dans la neige profonde derrière eux.

« Vous n'êtes pas obligés de le tuer. Vous pouvez le laisser partir. Vous n'avez pas à vous soucier de lui… Il vous laissera tranquilles.

– Il va perdre la tête, comme les autres, et alors il reviendra nous attaquer. Peut-être qu'il tuera l'un d'entre nous, un des enfants. Tu as vu ce qui est arrivé à Landrum. C'est ça que tu veux ? demanda Dolan, la colère perceptible dans sa voix.

– Comment vous pouvez savoir si ça va se passer comme ça ? Je vous jure qu'on va partir, vous ne nous verrez plus jamais si vous lui donnez une chance », supplia Elitha.

Les hommes avancèrent comme si personne n'avait parlé, le regard fixe devant eux. Ils marchèrent jusqu'à ce que Breen leur indique de s'arrêter. L'endroit était calme, seule une légère brise agitait les branches du sapin le plus proche. On entendait à peine les voix s'élever des cabanes, le seul signe de présence humaine dans la nature sauvage. Franklin Graves les avait rattrapés, et il tira brutalement Mary par le bras, son regard lui disant qu'il ne la laisserait pas n'en faire qu'à sa tête, pas cette fois, pour son bien et le bien de leur famille. On n'arrête pas des hommes affamés, qui ont perdu la raison.

Les hommes s'écartèrent de Thomas. Dolan souleva son fusil, le cala contre son épaule.

Thomas était étrangement serein. Ses yeux se posèrent sur le visage d'Elitha.

« Tu n'aurais pas dû me suivre. Rentre maintenant. S'il te plaît. »

Keseberg hocha la tête en direction d'Elitha.

« Allez, facilite-lui la tâche. Dis-lui qu'on a raison. Dis-lui que tu sens la maladie en toi. »

Mais Thomas ne dit rien et choisit de regarder loin au-dessus de leurs têtes.

Mary dévisagea les hommes les uns après les autres, elle voulait trouver le moyen de leur faire comprendre qu'ils n'étaient pas obligés de commettre un tel acte, mais les mots ne vinrent pas. La raison ne les intéressait plus. Ils étaient devenus les esclaves de la faim et de la peur.

Elitha était en larmes. Elle montra Keseberg du doigt.

« C'est lui qui vous a dit de faire ça, hein ? Il a menti. Il veut se venger de Thomas et de moi, parce qu'on a refusé de faire ce qu'il voulait. »

Ils n'écoutaient même plus, Mary le vit bien. Ils ne se donnèrent même pas la peine de lever un sourcil.

Keseberg lui souriait, l'air satisfait. Dolan arma son fusil.

Le cri d'Elitha et le coup de feu résonnèrent entre les arbres au même moment. Thomas resta debout le temps d'une seconde suspendue – d'espoir pour Mary : peut-être que Dolan avait tiré à côté.

Puis il bascula en arrière dans la neige.

38

Springfield, Illinois, juillet 1840

Reiner n'avait pas beaucoup changé en quinze ans, pensa Lewis Keseberg. Les cheveux de son oncle étaient un peu plus blancs et la peau de son visage, un peu plus abîmée, mais c'était le même homme que celui qu'il avait vu pour la dernière fois quand il était enfant, en Allemagne. Reiner avait toujours ce sourire facile, cette même folie dans l'œil. Ces deux traits bien à lui retournèrent le ventre de Lewis. Il s'était satisfait de penser que Reiner était mort, et le revoir sur son perron ce soir-là l'avait davantage troublé qu'il n'aurait voulu l'admettre. On ne pouvait pas se fier au sourire de son oncle, et ses yeux cachaient des secrets abjects.

Reiner était apparu devant la porte de Lewis sans prévenir. Non pas que son oncle soit du genre à écrire des lettres, mais son arrivée soudaine le décontenança ; Lewis n'était locataire des lieux que depuis quelques mois. Comment Reiner l'avait-il trouvé ?

Lewis sortit une bouteille de whisky distillé par un de ses voisins, un alcool bien fort, et deux gobelets en étain.

« *Warum bist du hier?* » – pourquoi es-tu ici ? – demanda-t-il dans son allemand rouillé, les yeux sur son oncle pendant qu'il posait les gobelets sur sa table en bois rayée.

Ce sourire.

« À cause de la malédiction de la famille », dit-il en riant, assis sur l'une des chaises de son neveu, puis il descendit son whisky.

Bon. Son oncle avait fui sa patrie.

« C'était pour quoi cette fois ?

– Comme d'habitude. Pas qu'ils soient capables de prouver quoi que ce soit. Un homme disparaît, on ne trouve pas de corps... Qui dit que c'est un meurtre ? »

Son oncle rit encore, puis s'enfonça dans sa chaise et plissa les yeux en regardant les recoins sombres de la petite maison.

« Où est passé ton père ?

– Il est en prison. Dans l'Indiana. »

Reiner arqua un sourcil.

« Tu le laisses pourrir en prison tout seul ? »

La chaleur monta aux joues de Keseberg.

« Je prends un nouveau départ. »

Le regard de son oncle pesait lourdement sur lui, mais Lewis n'osa pas le soutenir. Il se souvint de la rage du Reiner de son enfance ; elle était épique et imprévisible. Un passage à tabac en règle pour avoir fait tomber une petite cuillerée de sel par terre, une dent cassée pour avoir levé les yeux au ciel quand Reiner avait dit quelque chose.

Mais Reiner se remit à rire.

« Y a pas de nouveaux départs pour les hommes comme nous. Ce que tu es, c'est dans ton sang. Tu peux pas y échapper. »

Lewis regarda autour de lui. L'obscurité croissante du soir cachait la vétusté de sa cabane, une simple petite maison, une chambre avec une galerie en hauteur pour le lit. Cette table et les deux chaises, voilà tous les meubles qu'il possédait.

« J'ai pas beaucoup de place pour les invités, mon oncle... », commença-t-il.

Reiner se versa un autre verre.

« Ce ne sera que pour quelques semaines. Je pars pour l'ouest pendant un temps. J'ai entendu parler d'une prospection dans les montagnes.

– En Californie ? »

Son oncle hocha la tête.

« Il paraît que c'est sans foi ni loi là-bas. Alors, les hommes comme nous, ils peuvent se balader en toute liberté, si tu vois ce que je veux dire. Personne te regarde. »

Il partait pour faire fortune avec de l'or. L'idée dansa dans l'esprit de Lewis comme un mirage. Abandonner le travail dans les champs, le labour, l'arrosage et le désherbage. C'était difficile de gagner sa vie quand on n'avait rien, quand on venait de rien.

Mais non. Lewis avait des projets. Il allait se trouver une femme, travailler, s'intégrer. Il n'avait jamais connu le bonheur quand il était enfant – son père avait été en dessous de tout et sa mère avait disparu avant qu'il puisse s'en faire des souvenirs – mais il s'était juré de ne pas commettre les mêmes erreurs que son paternel, son oncle et le reste de sa famille. Il avait décidé d'être différent. Il ne serait pas un raté. Il briserait la malédiction des Keseberg.

Si seulement il tenait bon et surmontait cette période compliquée, sa situation s'améliorerait. Forcément.

Reiner sortit de sa poche une liasse de billets et la laissa tomber sur la table.

« J'ai de quoi payer. Je te demande pas de cadeau. »

Les yeux de Keseberg s'écarquillèrent à la vue de cet argent, plus que ce qu'il avait gagné en une année.

« Où est-ce que tu as eu ça ? »

Reiner se versa une quantité généreuse de whisky dans son gobelet.

« J'ai vendu des médicaments. Ma recette à moi, du pays. Je m'en suis bien tiré.

– Je vois... Mais si ça se vend si bien, pourquoi tu pars en Californie ? »

C'est alors que Keseberg sut que son oncle mentait. L'homme s'était enfoncé dans sa chaise. Il dévisagea son neveu, attendit une réaction.

« J'ai une maladie qu'aucune eau tonique ne peut guérir. La fièvre de l'or, je crois qu'on appelle ça. »

Il lui fit un clin d'œil.

Lewis se sentit mal. *La fièvre du sang, oui.*

Ce ne fut que le soir, quand Lewis Keseberg aménageait un coin de sa cabane pour que son oncle puisse y passer la nuit – il n'invita pas son oncle à partager la galerie, il ne pouvait pas supporter l'idée d'être allongé si près de lui toute la nuit –, que Reiner lui fit une offre.

« Viens avec moi. »

L'oncle venait juste d'enlever sa veste sale pour se préparer à se coucher et se tenait devant son neveu dans sa chemise tachée. Il le dévisagea de ses yeux bleu vif, un regard de loup.

« Qu'est-ce qui te retient ici de toute façon ? Cette ferme à la noix ? Parce qu'on dirait bien que c'est encore un échec qui s'annonce, fiston.

– M'appelle pas fiston, rétorqua le neveu, piqué au vif. C'est mon travail. C'est ce que j'ai choisi. »

Son oncle haussa les épaules.

« Comme tu voudras, mais tu fais une grosse erreur, mon petit. Il y a une raison pour laquelle les Keseberg ne restent jamais en place. Si tu restes à un endroit, ils te trouveront. »

La malédiction.

Pas moi. Il ne pouvait pas le dire tout haut à son oncle ; ç'aurait été comme agiter un drapeau rouge devant un taureau.

« Je ferai attention. »

Mais le vieux ne voulait pas céder.

« Tu m'inquiètes. Tu n'as pas vécu assez auprès des hommes de la famille Keseberg, avec ton père qui est en prison. Tu vis dans le Nouveau Monde sans oncles, sans grands-pères. Tu sais pas comment ça va être, la force de l'envie qui te prend aux tripes si fort que tu peux pas résister. Quand ça va t'arriver, comment tu vas faire ? »

L'espace d'un instant, Lewis Keseberg eut de nouveau onze ans et se revit à côté de son père, dans le fumoir. D'un crochet à viande pendait une énorme carcasse qui se balançait doucement. Il entendait encore le *ploc-ploc* du sang tomber dans la flaque boueuse sous le corps, et sentait l'odeur métallique dans l'air. La forme de la carcasse n'était pas celle d'un animal, mais d'un humain.

Une impulsion, un désir, le traversa alors avec une telle puissance qu'il se mit à se balancer lui aussi.

Ce sentiment ne l'avait jamais quitté depuis.

Un frisson lui parcourut la colonne vertébrale.

Tout ce que Lewis voulait, c'était être loin de l'oncle Reiner, de son regard brûlant et de sa puanteur de charogne.

« Je vais m'en sortir. Mon père m'en a appris assez. Je peux me débrouiller. »

Il pouvait à peine les contrôler – le désir brûlant, la soif, la faim.

Reiner roula sur le côté pour faire face au feu de cheminée.

« Tu crois savoir ce que l'avenir te réserve, mais c'est pas vrai. Va te coucher, petit. Un jour, tu verras bien. »

Non, décida Lewis Keseberg quand il gravit l'échelle qui menait à sa paillasse, mettant ainsi une distance entre lui et ce vieil homme terrifiant. D'une certaine façon, il était content que Reiner soit venu le voir. Parfois, Lewis sentait ses bonnes résolutions lui glisser entre les doigts. Il y avait des moments, surtout la nuit, où il était difficile de résister à la faim qui brûlait dans ses veines, où il s'agrippait aux rebords de son lit et se mordait les doigts, où son corps se contractait dans une rage qui semblait vouloir le dévorer ou le pousser, lui, à dévorer le monde – il ne savait plus. Parfois, il voulait abandonner, céder à la malédiction. *Nous, les Keseberg, nous sommes faits ainsi ; c'est notre nature, c'est dans notre sang.* Mais voir Reiner, c'était comme être frappé par la foudre. Lewis ne voulait pas finir comme lui, toujours en cavale, sans attaches, seul.

Mais tandis qu'il était allongé dans le noir, s'imaginant poser les mains autour du cou de son oncle et serrer si fort que sa peau se violacerait et que du sang coulerait de ses lèvres, Lewis savait que le sort était contre lui, que Reiner avait probablement raison – ce n'était qu'une question de temps.

DÉCEMBRE 1946

39

Mary baptisa le groupe des raquettes à neige « Forlorn Hope », car c'était ce qu'ils représentaient : le dernier espoir de l'expédition. Finalement, seuls huit d'entre eux partirent : Mary et Stanton ; sa sœur Sarah et son mari, Jay ; Franklin Graves, malgré son état de santé dégradé et sa maigreur ; Salvador et Luis, les deux Miwoks qui avaient accompagné Stanton depuis le ranch Johnson ; et William Eddy.

Les Murphy et les Breen refusèrent d'y prendre part, un soulagement pour Mary. Ils se moquèrent de leur idée et prédirent que leur groupe reviendrait dès le jour suivant – s'ils ne mouraient pas de froid entre-temps. On ne savait pas très bien si Luis et Salvador venaient de bon gré, mais ils ne semblaient pas vouloir rester au camp avec les hommes qui venaient de tuer le jeune Païute.

Ceux qui partaient emportèrent peu de provisions avec eux ; il restait tant de personnes à nourrir. Patrick Breen et Dolan décrétèrent même qu'ils devaient partir sans rien. Ils allaient mourir, de toute façon, alors tout ce qu'ils emporteraient serait gâché.

Ils choisirent leurs provisions soigneusement. Ils n'avaient pas beaucoup de forces, et le moindre gramme compterait s'ils devaient courir. Ils emportèrent une hache, de la corde (enroulée autour de la taille d'Eddy comme une ceinture), et une couverture chacun, qu'ils portèrent sur leurs épaules comme une cape. Stanton et Eddy prirent chacun leur fusil. Margaret Reed et Elizabeth Graves leur donnèrent discrètement assez de bœuf séché pour tenir quelques jours. Au dernier moment, Mary vit

Stanton glisser d'autres objets dans les poches de son manteau ; elle ne put distinguer ce que c'était.

Il ne neigea pas le matin de leur départ, un bon signe. Elizabeth embrassa discrètement son époux, le premier geste d'intimité que Mary avait surpris entre eux depuis longtemps. La mort de William et d'Eleanor avait été trop dure à supporter pour sa mère.

Ce fut une épreuve pour Mary de dire au revoir aux frères et sœurs qu'il lui restait. Ils seraient séparés pour la première fois de leur vie. Les trois sœurs les plus jeunes et deux des garçons prirent Mary et Sarah dans leurs bras.

« Ne pleurez pas. Nous vous enverrons de l'aide et nous nous retrouverons », leur dit-elle, les embrassant à son tour.

Elle ne savait pas vraiment si elle croyait à ce qu'elle disait.

Quand l'aube se leva à l'horizon, d'un rose vif liséré de bleu, ils se mirent en route pour les montagnes.

40

Stanton avait beaucoup vieilli en une semaine. Il était ébloui par la neige, aveuglé par le soleil et endolori – l'infinie succession de monts et de vallées se fondait en un paysage unique sous la blancheur du manteau neigeux. Ils marchaient dix heures par jour, d'après son estimation, mais ils ne semblaient parcourir que quelques kilomètres chaque fois. Il allait leur falloir un mois pour trouver de l'aide.

Ne disposant de rations que pour cinq jours, ils ne mangeaient que le soir.

Mary comptait les jours en faisant des nœuds à une ficelle, un long fil marron tiré de l'ourlet de sa jupe, et chacun de ces nœuds semblait vouloir attacher ce qui palpitait dans la poitrine de Stanton – une toute petite part en lui qui s'éveillait encore à l'idée de l'amour. Il était étonné qu'elle puisse encore plier les doigts alors que les siens, raides et noircis par les engelures, restaient inertes même après avoir passé un moment à la chaleur du feu.

Le soir, il allait chercher du bois, poussé au-delà de l'épuisement par une force animale persistante qui voulait qu'il survive. Ils dormaient assis, courbés près d'un feu ouvert, quand ils y parvenaient. Charles, Eddy, Franklin Graves et Jay Fosdick se relayaient pour monter la garde la nuit, mais Graves faiblissait à vue d'œil et se réveillait avec difficulté au petit matin.

Généralement, le feu faisait fondre la neige autour de lui en creusant un vide et, le lendemain, le groupe se réveillait encaissé au fond d'un trou de près de deux mètres de profondeur ;

escalader ces murs blancs abrupts jusqu'à la surface demandait une énergie qu'ils ne pouvaient guère se permettre de dépenser. Stanton craignait qu'un jour, l'un d'entre eux soit trop faible pour monter jusqu'en haut.

Pendant quatre jours, les loups ne donnèrent aucun signe de vie – ni aucun autre animal.

Mais quand ils commencèrent à faiblir, Stanton sentit un changement. Il se mit à entendre des bruits dans les bois – des chuchotements, le bruissement de mouvements rapides entre les arbres morts. Il savait que les prédateurs traquaient un animal blessé et attendaient qu'il s'effondre. Le groupe se mourait, lentement mais sûrement, et les loups infectés flairaient la fin.

Un autre jour de ténèbres se métamorphosa en un paysage d'un blanc éblouissant. Stanton appréciait l'arrivée de la nuit, quand il pouvait reposer ses yeux qui lui donnaient la sensation de saigner ou d'être chatouillé par la lame d'un couteau. Quand Eddy perdit complètement la vue, il dut marcher en se tenant à la ceinture de Stanton.

Mary tomba à côté de lui. Ils se blottirent l'un contre l'autre sous une même couverture sale, même si elle ne servait pas à grand-chose. Il se sentait continuellement mouillé, toujours frigorifié, toujours affamé.

Son visage était brûlé par le soleil; son nez pelait. Mary sortit un morceau de bœuf séché de sa poche.

« Votre dîner. »

Elle disait toujours cela, *dîner*, même si c'était le seul repas de la journée.

« Mangez lentement.

– Qu'est-ce qui reste ? »

Manger faisait mal. Son estomac résistait et anticipait en même temps. Ses dents chantaient avec le froid et avec la lente déchéance de la pénurie.

« On a assez pour combien de jours ? »

Elle secoua la tête.

« N'y pensez pas, pas maintenant. Nous trouverons quelque chose. »

Le ciel s'assombrit rapidement, mais le feu ne prit pas ; le bois était mouillé. Eddy tenta sa chance avec le silex à son tour, puis Stanton, puis Jay. Quand Stanton se releva et vit le soleil disparaître derrière les montagnes, sa lumière s'y déverser, fondre dans l'obscurité, son épuisement se transforma en une peur primale.

« Prenez la hache, dit-il à Jay. Abattez un arbre. Coupez des branches, n'importe quoi. »

Quand il fila vers les bois, il courait presque malgré la résistance de la neige. Une heure auparavant, il se croyait incapable de faire un pas de plus, mais maintenant, il était électrisé par la peur ; sans le feu, ils n'avaient aucune chance. Ils allaient mourir de froid dans leur sommeil. Sans oublier que le feu semblait tenir les loups à distance, ces créatures qui les traquaient.

Le claquement sourd de la hache résonna dans le vallon. Lentement, trop lentement. Même si Jay pouvait abattre un arbre, ils ne parviendraient pas à découper le bois à temps. Stanton plongea dans l'ombre épaisse d'un bosquet de sapins à l'allure solennelle. Il se pencha sous les branches pour toucher le bois, dans l'espoir qu'il soit assez sec pour brûler ; il trouva du petit bois, rien qui pouvait durer assez longtemps. Il continua plus loin, perdit le camp de vue, désespéré, rendu à moitié fou – par la neige, l'ascension perpétuelle, la faim, l'absurdité du combat qu'ils livraient.

Sous un sapin énorme, il vit du bois protégé des intempéries par les branches hautes. Il ramassa ce qu'il put ; cela leur durerait au moins une heure, peut-être plus, assez longtemps pour que Jay coupe suffisamment de bois.

Il repartait en direction du camp quand, du coin de l'œil, il perçut un mouvement. Rapide, comme un loup qui courait entre les arbres.

Mais ce n'était pas des loups.

Une autre ombre, une autre créature se déplaça furtivement entre les arbres.

Il laissa tomber les branches dans la neige, en garda une dans la main, la frappa avec son silex. *Tu vas prendre, bon sang!* De faibles étincelles se mirent à jaillir dans la neige. Ses doigts étaient maladroits, raidis. Il faillit faire tomber le silex, mais le rattrapa de justesse.

Il entendit la chose derrière lui quelques secondes avant qu'elle ne puisse lui mordre le cou.

Il se tourna sans savoir vers quoi, balança la branche comme un gourdin. Il l'entendit toucher sa cible et vit alors cette chose anormale, mi-homme, mi-bête, tomber en arrière entre les arbres.

Une sorte de démon. Un monstre.

Il n'y avait pas d'autre mot.

Stanton prit la fuite – il courut comme il put dans la neige qui lui arrivait aux genoux. La sueur coulait sur son visage et gelait immédiatement sur ses joues, sa bouche s'étira et se figea en une grimace grotesque.

La panique, teintée d'incrédulité, prit le dessus. *Tamsen avait raison.*

Il fut frappé d'une soudaine lucidité, pointue comme une stalactite – elle calma son cœur, lui apporta de la clarté. La vérité était ainsi parfois. Ce n'était pas une révélation soudaine comme lui avait souvent dit son grand-père, mais le contraire, elle était froide et terrible, paralysante.

Ses pensées s'entrechoquaient, son sang circulait trop rapidement dans ses veines. Il chercha son souffle tout en tâtonnant dans son dos pour trouver son fusil. Où était son fusil ?

Ce n'était pas une meute de loups qui les traquait, qui attaquait leur bétail, rôdait entre les arbres.

Cela avait toujours été… ces *choses.*

Non. Non. Il perdait de vue le réel. Il ralentit et regarda les arbres derrière lui, plissa les yeux.

Les ombres filaient, bondissaient, se fondaient dans la nuit neigeuse.

Où était son fusil ?

Il se souvint de l'avoir posé contre un tronc d'arbre en lisière du bois. Il allait devoir courir pour l'atteindre. Il était arrivé à un endroit où la neige lui montait au-dessus des genoux, l'obscurité l'enveloppait.

Il mit tout son poids dans chaque pas. *Ne regarde pas en arrière, avance.* Son pouls battait dans ses oreilles. Puis il l'entendit : un halètement mouillé, une excitation chaotique, comme si ce qui le pourchassait respirait à travers un masque de pourriture humide.

De plus en plus près. Ces choses le rattrapaient.

Ce qui l'avait attaqué, ce qu'il avait vu était réel. Ils étaient réels.

Je suis désolé. Il ne savait pas de quoi il voulait demander pardon – de ne pas avoir cru les histoires que Tamsen avait racontées aux membres du groupe ? de ne pas les avoir protégés ?

Demander pardon pour une vie, qui n'avait certes pas été souillée par le péché, pas vraiment, mais qu'il avait vécue dans l'oppression étouffante du remords.

Il aperçut le fusil et, au-delà, une fine ligne de fumée, un feu naissant. Peut-être n'était-il pas trop tard.

Il n'était qu'à quelques dizaines de centimètres de son arme quand la créature bondit sur lui. Il sentit quelque chose de pointu sur son mollet, puis une douleur comme si on pressait un fer chauffé à blanc contre sa chair. Puis une autre douleur embrasa son mollet droit. Il tomba à quatre pattes dans la neige, vautré comme un bébé. Il essaya de ramper, mais on lui avait attrapé les jambes et on le traînait en arrière. Une autre lacération derrière la tête, une douleur si intense qu'il vit des éclairs blancs.

Il ne pouvait pas mourir ainsi.

Pas maintenant.

Pas encore.

Ses doigts frôlèrent l'extrémité de la crosse de son fusil, glissèrent. Mais la chose le tenait maintenant, sa gueule autour de sa cheville – Stanton eut le souffle coupé par la terreur quand il vit ses yeux humains, et son nez, humain...

Cette chose avait été humaine autrefois.

Et pourtant, cette créature devant lui ne l'était pas. Ses dents n'étaient même pas humaines; Stanton les sentit s'ancrer profondément sous sa peau, dans sa chair, avec quelque chose de mouillé et de terrible qui sondait entre les crocs, une langue.

Il frappa la chose du pied une fois, fort, au visage. Elle ne lâcha pas, mais l'espace d'un instant, il eut un peu plus de place et, en se tordant, il parvint à saisir le fusil.

Il roula sur le dos et porta le fusil à sa poitrine, tira en visant les yeux.

Le monstre le lâcha. Stanton n'attendit pas de vérifier s'il était mort. Quand il se leva, difficilement, la douleur qu'il ressentit en passant son poids sur sa jambe droite obscurcit sa vision. D'autres créatures s'amassaient entre les arbres. Il tira de nouveau, à l'aveugle, sans trop savoir s'il visait juste. Debout, immobile, mais tremblant, son mollet saignant dans la neige, il les observa quand ils se rassemblèrent puis se déversèrent en une masse noire et fluide. Il allait épauler son fusil quand un mouvement le fit se tourner brusquement : l'une d'entre elles bondit à sa gauche, le piégea et, avant que Stanton puisse la mettre en joue, elle était sur lui, le tirait en arrière pour le faire basculer dans la neige et lui fit lâcher son fusil.

Elle sentait comme un cadavre qui aurait passé trop de temps dans la chaleur. Mais ses doigts étaient froids, visqueux et mouillés – pourris. L'odeur le suffoqua. Il essaya de la repousser, mais il était immobilisé au sol et trop faible pour se battre. Sa bouche parut se démultiplier, sa mâchoire se disloquer comme celle d'un serpent. Il aperçut des dents pointues comme des clous en fer, trop de dents, bien trop – une profonde gorge luisante, comme un tunnel obscur et une langue horrible qui claquait comme celle d'un animal aveugle qui s'en servirait pour sentir sa proie.

Soudain, il y eut une explosion et le front de la créature se scinda en deux. Elle recula – Stanton avait un goût de vomi dans la bouche –, rampa en arrière ; la moitié de son visage pendait comme un volet cassé. Elle *bougeait*. Elle était encore vivante.

Des cris retentirent. Mary arriva à ses côtés, s'agenouilla dans la neige ; elle le tira. Elle pleurait, hurlait.

« Pourquoi tu es parti ? Tu sais que c'est dangereux. Qu'est-ce qui t'a pris ? Pourquoi tu es parti ? »

William Eddy était juste derrière lui, un fusil au canon fumant dans les mains. Mais il avait les yeux rivés sur les jambes de Stanton ; son visage ne mentait pas.

« C'est grave, hein ? demanda Stanton. Ces monstres, ils m'ont eu. »

En prononçant ces mots, il eut conscience de leur absurdité.

Était-ce vraiment si absurde ?

Peut-être était-ce la malédiction de ces montagnes – elles rendaient les hommes fous et reflétaient leur propre délire, incarné.

Comme un châtiment biblique.

Mary ne lâchait pas son bras, comme s'il allait se lever, se remettre sur pieds et marcher.

Stanton *sentait* le mal entrer en lui, le frisson d'un corps étranger, sombre et visqueux, dans ses veines, si froid qu'il brûlait. En combien de temps se transformerait-il ? Plusieurs jours ? Une semaine ? Il serait mort d'ici là au moins, de froid ou dévoré par les monstres qui ne manqueraient pas de revenir.

Maladie ou pas, cela n'avait plus d'importance. Stanton était dans un tel état qu'ils ne parviendraient jamais à le ramener au campement ou assez près du ranch pour aller chercher de l'aide.

« Allez-vous-en, dit-il à Mary. Fuyez. Il y en a d'autres. Ils vont vite rappliquer.

– Je ne peux pas te laisser », dit-elle.

Le croyait-elle ? Pouvait-elle-même comprendre ? Il faisait trop froid pour pleurer, mais même dans la faible lueur du feu au loin – ils avaient fini par l'allumer – son chagrin était visible. Tout son visage l'exprimait.

« Il le faut. »

Il regarda Eddy. L'urgence et l'horreur s'agitaient toujours en lui, l'étourdissaient, lui donnaient la nausée. Il voulait reposer sa tête...

« Partez. Allez-vous-en aussi loin d'ici que vous le pourrez. »

Eddy prit le fusil de Stanton.

« Tu veux que je le recharge ?

– Non, prenez-le avec vous. Vous en aurez besoin. » Puis à Mary : « Va-t'en maintenant. Je veux que tu vives, Mary. Sinon, ça n'aurait servi à rien. À rien du tout. »

Mais elle refusait de bouger.

« Je ne te quitterai pas. Non. »

La voix de Mary se fendait comme de la glace, se cassait. Elle se brisait.

Stanton sentit sa bouche lui piquer, il salivait. Sa vision se troubla et il vit des points de lumière. Le visage blême de Mary était si près du sien. Il voulait tant l'embrasser.

Mais il se méfiait de lui-même. Qui savait ce que le goût des lèvres de Mary pourrait provoquer en lui.

Qui savait ce que cette faim soudaine qui chantait dans ses veines pourrait lui faire à *elle* ?

« Va-t'en », dit-il une dernière fois.

Un dernier tressaillement d'incertitude le parcourut et anéantit ce qu'il lui restait de force. Il fut content quand Eddy la saisit par-dessous les bras et la mit sur ses pieds. Il aurait été incapable de lui redire encore de partir. Il l'aurait même suppliée de rester avec lui, de s'allonger à ses côtés dans la neige, son bras posé sur son torse, jusqu'à ce que les créatures viennent les dévorer.

Il aurait pu l'embrasser jusqu'à la dévorer. Il enfonça ses doigts dans la neige, voulut refroidir l'embrasement de ses veines qui le consumait de l'intérieur.

Encore longtemps, il l'entendit crier, hurler son nom, sommer Eddy de la lâcher. Puis, enfin, ses cris se firent aussi distants que le sifflement du vent entre les sommets.

Il attendit jusqu'à ne plus les distinguer avant de mettre la main dans sa poche. Il avait apporté deux objets avec lui, un dernier petit plaisir sentimental. L'un était sa blague à tabac ; elle contenait ses dernières feuilles de Virginia gold. Il souffla sur ses mains, bien fort, pour leur redonner un peu de mobilité aux jointures, puis il sortit soigneusement un bout de papier et y déposa les miettes de tabac. Il lécha le rebord de la feuille et la roula entre son pouce et son index. Il réussit miraculeusement à créer une étincelle avec son silex. Fit de la toute petite étincelle une flamme. Inspira profondément et aspira la chaude fumée épicée dans ses poumons. Bien. Une dernière bonne chose.

Ce qui le brûlait à l'intérieur le consumait complètement maintenant, mais il tenta de calmer ses pensées. Les souvenirs passèrent comme des ombres sur l'eau : son grand-père, morne et intransigeant comme à son habitude, en train de conseiller un veuf sur le deuil. La pluie s'abattant sur le toit du grenier de Lydia, qui se pressait contre lui, chatouillant son visage avec ses cheveux quand elle se penchait pour l'embrasser. Sa vie aurait pu s'arrêter à ce moment et il n'aurait pas protesté. Il n'avait pas été là pour elle et n'avait pas su honorer sa mémoire ; après tout, peut-être que c'était sa pénitence. *Les moulins de Dieu tournent lentement, mais ils moulent le grain le plus fin.* Il se demanda où était Edwin Bryant, espérant qu'il était en vie.

Il se força à ne pas penser à Mary – pas encore.

Il avait fini sa cigarette et la jeta dans la neige. De son autre poche, il sortit un petit pistolet. Incrusté de nacre, aussi joli qu'un bijou. Il l'avait gardé, pensant que c'était le mémento parfait pour se rappeler Tamsen Donner. Joli, mais mortel. Il s'assura qu'il y avait une balle dans la chambre.

Ce ne fut qu'alors qu'il ferma les yeux et imagina le visage de Mary. Il le tira des ténèbres de son esprit, l'admira, le laissa brûler comme une étoile, son dernier souvenir.

Le pistolet était petit et se cala parfaitement entre ses dents.

41

Les sept autres membres de Forlorn Hope étaient à mi-chemin de la prochaine crête quand ils entendirent le coup de feu résonner dans la vallée.

Mary avait cessé de crier. Elle ne trébucha qu'une seule fois. Puis elle continua à marcher, clignant des yeux contre les assauts de la neige aveuglante.

42

Tamsen savait que Dieu les avait abandonnés. Elle se demandait seulement depuis combien de temps ils avaient été livrés à la merci d'un monde sans Lui – en était-il ainsi depuis le tout début ? Depuis la nuit où elle avait pris Jeffrey Williams, le médecin de famille, comme premier amant, ou bien avant ? Le diable l'avait-il suivie jusqu'ici ? Ou peut-être le diable était-il en elle et cela depuis sa naissance.

Peut-être était-ce le diable qui la maintenait en vie.

La nuit où il avait été mordu, Solomon Hook, le fils de Betsy et de son premier mari, apportait un gobelet d'eau chaude aux sentinelles. La nuit avait été calme à Alder Creek. Tamsen et le reste de la famille l'entendirent crier depuis l'intérieur de la tente et accoururent dehors dans le froid et l'humidité pour le trouver par terre, tandis qu'une silhouette sombre filait vers les bois.

Tamsen hurla, et quand Walt Herron sortit son fusil et tira dans la direction de la créature, elle ne sentit aucun soulagement, seulement une terreur d'une profondeur inouïe. On ne pouvait plus nier que quelque chose de mortel et d'inhumain rôdait, s'approchait d'eux.

Jacob s'empressa de transporter son beau-fils dans la tente, et Tamsen examina les blessures du jeune garçon pendant que Betsy restait à l'écart et pleurait, la tête enfouie dans ses mains. L'odeur écœurante de la créature collait à Solomon, comme un miasme. Cela n'avait pas l'air trop grave, mais il avait une griffure dans le cou qui inquiéta Tamsen ; même quand elle eut nettoyé la blessure, elle sentait que quelque chose n'allait pas.

Le lendemain matin, Solomon s'était remis, et l'après-midi, ce fut comme si rien ne s'était passé. Il partit chercher du bois avec Leanne, mit de la neige à fondre dans un seau. Il avait un bon appétit. Il semblait infatigable.

La nuit, ses joues étaient rouges et chaudes au toucher. Il était trempé de sueur.

Le matin suivant, surexcité, il n'arrêtait pas de pousser ses frères et sœurs dans la tente exiguë. Quand Betsy le réprimanda, il sortit dans le froid sans manteau ni gants, et il n'obéit pas quand on lui ordonna de rentrer à l'intérieur. Il ne laissa pas Tamsen examiner sa blessure ou changer son pansement.

Ses yeux étaient scintillants, dansant presque ; sa bouche se tordait dans un étrange sourire absent. Le souvenir de Halloran tambourinait dans l'esprit de Tamsen. Il lui faisait peur, mais elle ne savait pas comment l'expliquer à Jacob ou à la mère du garçon. Elle décida de ne rien dire et de garder un œil sur lui. Après tout, c'était un adolescent. Les enfants se remettaient vite.

Mais son état empira d'heure en heure. Plus agité, plus agressif, plus dérangé. Tamsen revoyait Halloran dans les moindres gestes et les moindres paroles de Solomon, l'hostilité et l'impatience. En sa présence, elle se crispait, attendait le moment de rupture, qui arriva quand il bondit sur sa fille, Georgia. Rapide comme un aigle, elle s'élança et poussa Solomon loin d'elle. Jacob haussa les sourcils et Betsy accourut aux côtés de son fils.

« Qu'est-ce qui te prend ? demanda-t-elle. Tu aurais pu lui faire mal. Il est blessé, tu l'as oublié peut-être ? »

Mais Tamsen avait vu l'expression d'horreur passer sur le visage de Solomon. Il avait conscience de ce qu'il avait *failli* faire. Sa dernière pensée rationnelle, humaine. Il s'élança hors de la tente avant que quiconque puisse le rattraper et disparut dans la nuit.

Il fallut deux hommes pour empêcher Betsy de courir après lui dans le noir.

Ce fut le début de la fin pour Betsy. Elle en voulait à tout le monde de l'avoir empêchée de sauver son fils.

« On ne pouvait plus rien pour lui », dit Tamsen.

Betsy refusait de la croire. « Il faut le retrouver. Il ne peut pas survivre tout seul dehors », supplia-t-elle devant son mari. Au moins, elle avait les idées assez claires pour savoir qu'elle ne pouvait pas le suivre seule. « Ce qu'il y a dans les bois le tuera, ils le tueront. Ils en feront de la charpie. »

Ils l'aperçurent de nouveau quelques jours plus tard. Le malchanceux Walter Herron – une des sentinelles – fut attaqué encore une fois tandis qu'il s'était trop éloigné des feux. Les créatures se dispersèrent dans les ténèbres quand John Denton, le deuxième garde, arriva, mais il eut le temps d'apercevoir Solomon Hook parmi eux, le regard rageux, un louveteau maladroit lors de sa première chasse. Il ne s'était pas trompé, Denton le jura sur sa vie.

Betsy éclata en sanglots et se jeta sur Denton, le traita de menteur, mais il resta fidèle à sa version.

« Votre fils, il est… transformé. »

Tamsen déglutit difficilement.

« Il est devenu l'un d'eux », dit-elle.

Personne ne la contredit. Ils comprenaient désormais comment cela se passait.

43

Noël : l'aube, sa lueur le long de la ligne d'horizon, était visible de part et d'autre de la fumée noire qui obscurcissait le ciel.

Mary n'aurait pas su dire quel jour c'était si sa sœur Sarah ne le lui avait pas rappelé. Trois jours auparavant, elle avait perdu le fil sur lequel elle tenait leur compte ; elle avait abandonné Stanton, entendu le coup de feu, puis simplement lâché le fil, ses pensées avec, ses souvenirs et ses espérances.

Elle n'était plus qu'un animal maintenant. Elle se levait quand on lui disait de se lever, suivait les personnes devant elle comme les mules d'une caravane, s'asseyait quand la journée était finie. Quand elle avait soif, elle faisait fondre de la neige dans sa bouche. La douleur de la faim avait changé : elle ne pouvait plus manger, elle n'aurait plus jamais faim. Il y avait quelque chose de bestial dans son ventre, une terrible douleur qui la déchirait. Elle ne pouvait pas la nourrir.

Sarah ne cessait de parler des Noëls à la ferme à Springfield.

« Tu te souviens de l'année où maman nous avait cousu des robes assorties ? J'avais porté la mienne jusqu'à ce qu'elle tombe en lambeaux et elle a utilisé les pans de la jupe pour un édredon. »

Arrête. Mary voulait lui dire de se taire. Mais elle ne voulait pas non plus parler. Elle ne supportait pas d'entendre sa propre voix, inchangée, portée par l'immobilité d'un monde qui ne comptait plus Charles Stanton.

Depuis qu'elle l'avait abandonné, sa sœur avait veillé sur elle comme on veille sur une malade : *Assieds-toi ici, pas si près du feu, essaie de dormir. Tiens bien le bout de ma couverture et suis-moi.* Elle ne parvenait guère à dormir. Mais le sommeil était la seule chose qu'elle attendait – l'oubli, un silence si total qu'elle n'avait pas besoin de penser à ce qui s'était passé.

Parfois, pendant la journée, elle se réveillait, dotée d'une lucidité inattendue – quand avait-il commencé à neiger ? Quand avaient-ils atteint les sommets ? –, puis elle se rendait compte qu'elle avait somnolé en marchant.

Avancer, encore. En haut des montagnes, tandis qu'ils abordaient la descente, les vents étaient si forts que la neige tombait à l'horizontale. Il était difficile de savoir combien de jours s'étaient écoulés, car ils se ressemblaient tous, kilomètre après kilomètre dans la neige. Luis s'était évanoui à maintes reprises ces trois ou quatre derniers jours. La plupart des matins, son père était trop faible pour se lever tout seul et devait être soulevé ou porté, chancelant comme un cadavre mû par un sortilège.

Aujourd'hui, le jour de Noël, il n'était plus capable d'avancer. Il trébucha plusieurs heures avant la tombée de la nuit et ne put se relever.

À travers la fumée du feu de camp, Mary vit sa sœur et son beau-frère penchés sur son père. Leurs voix, trop basses pour être entendues distinctement, chatouillaient les bords de sa conscience. Luis et Salvador, les Miwoks, étaient blottis l'un contre l'autre sous la même couverture, comme deux squelettes d'oiseaux reliés par un fil de plumes. Ils survivaient grâce à des bouts de cuir qu'ils découpaient dans leurs vêtements et qu'ils mâchaient inlassablement pour les ramollir dans leur bouche et les faire durer.

Sarah s'éloigna de son mari et vint s'asseoir à côté de Mary. Elle resta silencieuse un long moment.

« Papa est mort », dit-elle enfin.

Mary chercha profondément en elle un fil de tristesse ou de regret. C'était comme si la montagne avait atteint son cœur et l'avait gelé.

« Il faut l'enterrer », dit-elle.

Sarah secoua la tête.

« Nous devons continuer à avancer. »

Mais ce fut comme si quelque chose avait craqué à l'intérieur de Mary. Elle insista.

« Je n'en peux plus. Je veux retourner avec les autres. Nous sommes trop peu désormais. Ils vont nous prendre, un par un. Tous. Nous n'avons aucune chance. »

Sarah mit ses doigts glacés sur les épaules de sa sœur.

« Il n'y a plus de retour possible maintenant, Mary. Nous sommes allés trop loin.

– Nous avons mis la vie des autres en danger, dit-elle, en se rendant compte que c'était vrai. Nous voulions ouvrir le chemin pour trouver de l'aide, mais nous avons réduit l'expédition. Les ombres vont s'en prendre à eux comme elles s'en sont prises à nous. Tu ne vois pas ? Nous nous sommes séparés en groupes plus petits, et cela a fait de nous des proies faciles. Nous nous sommes condamnés, et les autres aussi par notre faute.

– Mary », disait sa sœur, qui la secouait à présent.

Ou bien était-ce le froid qui la faisait trembler ?

Elle se voyait bien en train de s'allonger, de laisser la neige l'avaler tout entière. S'abandonner au froid, se laisser engourdir petit à petit : d'abord les doigts et les orteils, les oreilles et le nez, la gorge et enfin la poitrine.

Mais ce n'était pas son imagination. Elle *était* allongée.

Sarah n'était plus là. Peut-être qu'elle n'avait jamais été là – peut-être que personne n'était là.

La neige tomba sur les cils de Mary, les raidit, des petites stalactites fractionnaient la lumière des flammes. Ou était-ce la lumière du soleil ? Le matin était arrivé. La faim avait disparu – elle ne sentait plus rien.

La neige était éblouissante, infinie.

Sarah apparut devant elle, la souleva, la força à tenir sur ses pieds et lui prit la main.

Ils continuèrent leur progression difficile dans la blancheur aveuglante.

44

Springfield, Illinois, septembre 1840

Une odeur de cheveux brûlés se répandit soudain. Âcre, étrange.

Tamsen cria… et lâcha son fer à friser, qui tomba par terre. Elle versa rapidement de l'eau dessus et poussa un soupir de soulagement quand de la vapeur se forma et que le fer refroidit.

Elle était nerveuse, distraite. Heureusement, elle n'avait pas perdu beaucoup de cheveux, seule une mèche avait souffert.

Elle s'était levée aux aurores afin de se préparer pour la cérémonie, mais elle ne dormait pas, ces derniers temps. C'était comme si la maisonnée ensommeillée pesait de tout son poids sur elle. Elle avait grandi ici ; son frère y était maintenant le chef de famille. Chaque soir, il s'allongeait dans le grand lit à baldaquin, juste de l'autre côté du mur. En écoutant attentivement, elle croyait l'entendre respirer, réfléchir. Avait-il les mêmes pensées qu'elle ?

Depuis qu'elle était rentrée, qu'elle dormait dans cette vieille chambre, elle était hantée par ces souvenirs qui semblaient l'avoir marquée au fer depuis son départ.

Elle avait au moins sa beauté pour se rassurer. Elle essaya encore de se boucler les cheveux. Quand elle vivait en Caroline du Nord, elle trouvait toujours une femme pour l'aider avec les pommades et la coiffure, une femme qui aimait s'extasier devant elle et recevoir ses attentions, mais ici, dans l'Illinois, elle n'avait pas d'amies, pas d'admiratrices pour la mettre sur un piédestal en espérant que son intelligence et sa beauté déteindraient sur elles. Ici, chez son frère, elle était seule.

Tamsen choisit sa deuxième robe préférée pour le mariage, en challis bleu avec un corsage plissé et des manches longues. Sa plus belle robe était en drap fin couleur de sauge, mais le vert portait malheur aux mariés. Depuis qu'elle avait entendu parler du mariage de la reine d'Angleterre dans le magazine *Godey's Lady's Book* quelques années plus tôt, elle avait rêvé d'une robe blanche. Ce n'était pas la dépense qui l'avait arrêtée – George Donner avait proposé d'envoyer quelqu'un chercher la robe de son choix à Chicago. Mais épouser George Donner signifiait qu'elle allait vivre sur une ferme, et les occasions de porter une robe blanche seraient rares. L'achat aurait été superflu.

Mais ce n'était pas la vraie raison. Elle savait que posséder cette pièce extraordinaire n'aurait rendu l'ordinaire de sa vie que plus insupportable.

Et enfin, elle ne se sentait pas assez pure pour porter du blanc.

Par la fenêtre, elle voyait les champs de blé de son frère ployer et se dresser comme un océan doré. Le ciel était d'un bleu céruléen parfaitement dégagé. Son cœur se souleva. C'était si beau, l'or qui prenait délicatement son élan pour embrasser le bleu. Elle eut envie de pleurer. Lorsqu'elle reviendrait dans la ferme de Jory, elle serait une étrangère. La femme d'un autre homme – une fois encore.

Quand Tully mourut, son frère l'avait suppliée de venir dans l'Illinois, sous le prétexte d'aider sa famille et travailler à la ferme, mais elle savait que c'était sa façon de l'aider, elle. Il ne voulait pas la laisser seule.

Mais elle l'était. Épouser George Donner n'y changerait rien. Elle serait toujours seule, dans son cœur. Son premier mariage l'avait prouvé.

Être de retour ici, avec le frère qu'elle avait essayé d'oublier, le prouvait aussi. Elle ne pourrait jamais dire à quel point tout cela la faisait souffrir.

Jory apparut soudain dans l'encadrement de la porte, comme si la chaleur des pensées de sa sœur l'avait appelé à elle. Ses larges épaules semblaient à l'étroit dans son costume en laine marron, sa tenue du dimanche.

« Tu es ravissante, Tamsen. »

Elle remarqua un léger trouble dans sa voix, et sa respiration devint saccadée.

Bien sûr, il était naturel pour lui d'être ému un jour pareil, non ?

« Le chariot est prêt, nous pouvons partir quand tu le souhaites. »

Il s'éclaircit la gorge. Elle regarda sa pomme d'Adam monter et descendre. Elle pensa à l'ironie de cette expression – pomme d'Adam. N'était-ce pas celle d'Ève ?

Les yeux de Jory étaient plus bleus et plus perçants que les siens, et pour éviter de croiser son regard, elle se concentra sur sa barbe naissante et sa mâchoire ; elle hocha la tête.

Elle se leva et le suivit jusqu'à la porte, puis elle prit sa main quand il la lui tendit pour l'aider à monter dans le chariot ; la chaleur de sa paume lui inspira une tristesse insondable. Elle ne voulait pas la lâcher, mais elle s'y força quand elle se glissa à côté de lui sur la banquette. Il déposa un manteau sur ses genoux pour la protéger de la fraîcheur matinale.

Le mariage allait se dérouler dans la ferme des Donner, qui était plus belle et plus grande que celle de son frère. Les trois enfants de Jory – deux filles et un garçon, pas plus de huit ans – étaient assis dans la benne à l'arrière, ils chuchotaient entre eux comme s'ils sentaient la tension chez leur tante, sans en comprendre la signification. Jory avait demandé à Tamsen de venir le rejoindre pour le bien des enfants quand leur mère mourut. *Je ne peux pas élever mes filles tout seul*, avait-il écrit. *Elles ont besoin d'une femme pour les élever correctement.* Jory ne l'avait pas explicitement écrit dans ses lettres, mais elle pouvait le deviner : c'était *lui* qui avait besoin d'elle. Il avait été anéanti par la mort de sa chère Melinda.

Ils avaient essayé de sauver sa femme comme ils avaient pu. Quand le seul médecin de la région lui annonça qu'il n'y avait plus rien à faire, Jory avait donné la majeure partie de leurs économies à un vendeur ambulant, un Allemand souriant qui prétendait que ses toniques pouvaient la guérir.

Ce n'était qu'un charlatan, avait amèrement écrit Jory par la suite. *Nous avons fait ce qu'il nous a dit, mais ça n'a servi à rien.*

Tamsen eut honte de ce qu'elle ressentit en apprenant la mort de Melinda, peu après celle de son propre mari. Honte d'y avoir vu, ne serait-ce qu'un instant, la main du destin. Honte du sentiment qui la submergea une fois de plus à l'idée de revoir son frère, après toutes ces années sans lui, cette éternité à être mariés chacun de leur côté.

Honte que sa première pensée soit que le charlatan qui avait causé, même indirectement, la mort de l'épouse de Jory devait avoir été envoyé par le diable pour torturer Tamsen, pour éveiller des pensées enfouies depuis longtemps.

Jory n'avait pas eu tort de lui demander de venir, bien sûr. Tamsen avait été désœuvrée depuis la mort de son mari, Tully Dozier. Être une jeune veuve dans une petite ville était difficile – les hommes avaient des idées bien précises sur les femmes qui, ayant connu les attentions d'un homme, devaient soudain s'en passer. Il y eut des aventures. Toutes enivrantes et excitantes au début, mais sans rien à offrir en fin de compte.

Mais l'invitation de Jory présenta un dilemme à Tamsen. Elle comptait refuser, pourtant la partie la plus audacieuse de son cœur avait dit oui – pour le bien de ses enfants, s'était-elle dit.

Dans le chariot, elle regardait les mains robustes de Jory faire claquer les rênes sur le dos du cheval pour l'encourager à se mettre au trot. Il jeta un coup d'œil vers elle.

« Tu es plus belle qu'un tableau de maître aujourd'hui, Tamsen. J'espère que George Donner sait la chance qu'il a.

– J'en suis certaine. »

Elle se força à sourire. Jory joua avec ses rênes.

« Tu es sûre que c'est ce que tu veux ? Il n'est pas trop tard pour changer d'avis.

– Pourquoi me dire cela tout d'un coup ? »

Elle s'efforça de ne pas paraître contrariée.

« Tu ne connais pas cet homme, pas bien. Cela ne fait que trois mois. »

Non, elle ne connaissait certainement pas bien George Donner – elle n'avait jamais connu d'homme qui aurait pu rivaliser avec Jory. Il fallait le reconnaître.

« Je le connais suffisamment. »

Tamsen savait que son futur mari était fortuné ; son frère Jacob et lui possédaient deux grandes fermes, avec des vergers – pommes, pêches, poires – et du bétail. Une jolie maison sur trois hectares.

« Il est tellement plus vieux que toi. Tu crois qu'il peut te rendre heureuse ? »

Elle ne répondit pas. La question était bien trop lourde. Elle se demanda si Jory s'en rendait compte. Mais si ce n'était pas le cas – s'il ne comprenait pas pourquoi elle souffrait quand il objectait à son mariage –, alors il ne devait pas ressentir ce qu'elle ressentait.

Et Donner lui apporterait la sécurité. Un toit au-dessus de sa tête, une place au sein d'une communauté, de l'argent à la banque. Avec George Donner, sa vie serait réglée, ses soucis s'envoleraient. Et il présentait bien, à sa manière – bien qu'elle ne soit pas sensible à son charme, et n'avait pas senti l'excitation monter en elle quand il avait trouvé le courage de l'embrasser.

Rien à voir avec le papillonnement qu'elle ressentait à présent, dans l'anticipation de tourner une page – et de tout laisser derrière elle.

« Je sais ce qu'il y a de mieux pour moi, dit-elle doucement. George Donner est ce qu'il y a de mieux pour moi. Ce n'est pas comme si je pouvais vivre avec *toi* pour toujours », ajouta-t-elle.

Jory s'éclaircit la gorge. Elle perçut une lueur dans son regard, et elle se demanda ce que c'était.

« Je dis juste que tu ne devrais pas être aussi pressée. Je suis sûr que tu peux trouver un meilleur parti. Et je sais que tu manqueras aux enfants... Tu nous manqueras à tous. »

Elle se mordit la lèvre et ravala la colère qui voulait se déchaîner et se transformer en sanglots. Comment Jory pouvait-il être si irréfléchi, ne se rendre compte de rien ? Elle éprouvait le besoin de s'appuyer sur quelqu'un. George Donner serait son ancre.

« Je sais ce que je fais, Jory. J'ai pris ma décision. N'en parlons plus », dit-elle.

Elle remonta le manteau sur elle, se déplaça sur la banquette pour mettre de l'espace entre leurs jambes qui s'étaient touchées jusqu'alors ; il sentit le froid là où s'était trouvée sa chaleur.

Jory la prit au mot. Ils ne parlèrent plus jusqu'à la ferme Donner.

Le toit en tôle de la ferme des Donner scintillait comme de l'argent sous le soleil matinal. George Donner possédait une grande maison, deux fois plus grande que celle de Jory. À la différence de celle du frère de Tamsen, elle avait été récemment blanchie et nettoyée ; elle était bien entretenue. Une jarre en terre cuite remplie d'un bouquet d'asters sauvages était posée sur les marches à l'entrée, une touche accueillante. Cela consola un peu Tamsen, tout comme les regards de biais sur elle, ceux des invités, qui manifestaient leur admiration, et leur envie.

Jory aidait les enfants à descendre du chariot pendant que Tamsen se tenait de côté, soudain hésitante. Du bruit venait des fenêtres ouvertes, les voix d'hommes et de femmes, des claquements et des coups sourds tandis que les chaises étaient mises en place dans le salon pour la cérémonie. Le cuisinier de George préparait le déjeuner, faisait frire du bacon et des œufs, mettait un plateau de petits pains au four. Elle s'imagina les tartes aux pommes bien épaisses, le désert préféré de George, en train de refroidir dans le cellier.

La porte s'ouvrit soudain et George Donner apparut. Un homme si imposant qu'il semblait à l'étroit dans son costume austère. Ses yeux clignèrent de surprise, ou d'émerveillement, quand il la regarda. Il avait un visage et un regard doux. Elle se répéta qu'elle avait fait le bon choix.

« Ma chérie, tu es ravissante. »

Donner avait prononcé les mêmes mots que Jory et pourtant, dans sa bouche, ils lui paraissaient sans vie, vides. Les lèvres de son futur époux tremblèrent quand il embrassa la main de la jeune femme.

« Quelle chance j'ai que tu aies accepté d'être mon épouse ! »

Ses filles, Elitha et Leanne, se tenaient derrière lui. Elles étaient encore bébés quand leur mère était morte, et Tamsen allait devenir non pas leur première belle-mère, mais leur seconde. Ce n'était pas étonnant qu'elles aient le regard méfiant ; les mères étaient des créatures de passage. Cela ne rimait à rien de s'attacher.

Elitha, la plus âgée, s'avança et lui tendit un bouquet de fleurs, les tiges attachées par un ruban de satin.

« Pour vous, madame », dit-elle, presque en chuchotant.

C'était un étrange assortiment ; des fleurs, oui, mais pas seulement, il y avait aussi des herbes, et même des mauvaises. Une curieuse offrande pour un jour de mariage.

« Elles les ont ramassées elles-mêmes, dit George quand il vit le regard confus de Tamsen. Comme tu t'intéresses à la botanique. Tu te souviens, tu m'as dit que tu voulais écrire un livre sur la flore de la région, sur les plantes médicinales ? Quand Leanne et Elitha l'ont su, elles sont allées cueillir un spécimen de chaque type de plante qu'elles pouvaient trouver sur nos terres et en ont rapporté un bouquet pour toi. »

Tamsen avait oublié qu'elle lui avait fait cette confidence. Il n'avait pas ri à l'idée qu'une femme puisse écrire un livre scientifique, pas comme les hommes auxquels elle en avait parlé à Cullowhee. George s'en était même souvenu et l'avait raconté à ses filles. C'était plus important pour elle que de lui offrir une robe de mariée de la grande ville.

Soudain, sa gentillesse lui donna envie de pleurer. Mais elle se retint et sourit, à lui d'abord, puis à ses filles.

« Merci, les filles. Cette attention me touche beaucoup. »

Elle prit le bras que George lui tendait. Il était robuste, mais elle se sentit flotter dans l'air – ou devenir l'air. Elle se sentit disparaître.

Elle se risqua à jeter un coup d'œil vers Jory, mais il s'occupait des enfants et ne la vit pas. À ce moment, quelque chose changea en elle, ce fut comme une prise de conscience.

Tout le monde n'était pas destiné à connaître l'amour.

Elle se tint au bras de George pour garder l'équilibre et respira profondément.

« Voulez-vous entrer, madame Donner ? Je crois que l'heure est venue de débuter la cérémonie. »

JANVIER 1847

45

Ils étaient tous partis. Elle avait accepté leur décision – se déplacer en groupe les protégerait, s'étaient-ils dit. À la lumière du jour, ils n'avaient pris que ce qu'ils pouvaient transporter et s'étaient dirigés vers le lac Truckee.

George ne survivrait pas, bien sûr.

Alors Tamsen était restée avec lui. Cela n'avait pas été le fruit d'une délibération, son instinct avait tranché, un besoin s'était imposé.

Tamsen étala ce qu'il restait de bœuf séché. Trois bandes, chacune de la taille d'un index. Y avait-il un moyen de les étirer, de les faire durer plus longtemps ? Les cuire peut-être, en faire un bouillon ?

Elle était assise auprès de son époux et lui épongeait le front avec un tissu mouillé. Il était inconscient la plupart du temps, et elle ne se faisait pas d'illusion quant à un éventuel rétablissement. Elle pensa à l'ironie de la situation ; sa blessure et l'infection qui s'ensuivit l'avaient épargné, lui évitant d'assister au pire. D'une certaine façon, sa fierté stupide et maladroite avait préservé la douceur de son tempérament.

Mais elle ne l'abandonnerait pas. Elle savait désormais que ce n'était pas une faiblesse, mais de la compassion, et bien que tout espoir l'ait quittée depuis longtemps, Tamsen sentait que peut-être, au bout du compte, cela aurait été son destin d'assister à son lent déclin, de faire le deuil de quelqu'un qu'elle ne s'était pas permis d'aimer, ou même de connaître.

Elle pensait que la mort de George aurait un sens – qu'il tiendrait un peu plus longtemps pour elle – et que son dernier acte de générosité, bien que sans le savoir, serait de donner à Tamsen une utilité, une raison de vivre.

Dehors, les feux qui brûlaient en plein jour défiguraient le soleil derrière un voile de fumée. Même alors, elle pouvait entendre le bruissement des pas ; Walt Herron était mort la semaine précédente et, sentant sa vulnérabilité, la meute devenait probablement plus audacieuse.

Elle s'était servie d'une couverture pour tirer le corps de Herron et le laisser dans la neige pour eux. Elle espérait gagner un peu de temps ainsi. Elle enviait l'inconscience de George. Tamsen avait dû écouter toute la nuit les créatures dévorer le corps de Herron : les os qui craquaient, les claquements mouillés de leurs langues hideuses, les grognements de plaisir animal.

Quand elle le réveilla pour tenter de le faire manger, George refusa.

« Je t'ai déjà dit qu'il ne fallait pas gâcher la nourriture, marmonna-t-il, bougeant à peine les lèvres.

– Tu dois juste tenir encore un peu », dit-elle.

Les mots flottaient hors d'elle, comme un texte appris par cœur.

« Je n'ai pas peur de mourir, dit-il en fermant les yeux. Tu devrais emmener les autres au lac. »

Il ignorait qu'ils étaient tous déjà partis, avec cinq cents dollars d'économies qu'elle avait glissés dans les mains de sa fille. Laisser partir ses filles l'avait terrifiée – mais elle avait encore plus peur de ce qui leur arriverait si elles restaient. Elles auraient une chance au moins.

Tamsen avait cessé de rapporter à George ce qui se passait. Il ignorait que Herron était mort ou que les filles n'étaient plus là – et la moitié du temps, il réclamait encore James Reed et Charles Stanton, oubliant qu'ils avaient quitté le groupe depuis des semaines.

« Je ne t'abandonnerai pas », se contentait-elle de dire.

Elle l'encouragea à boire du bouillon, mais il refusa.

« Pourquoi es-tu restée ? Tu aurais pu te sauver, dit-il la voix brisée. Et ce n'est pas parce que tu m'aimes. » Il le dit avec calme, résignation. Puis il ferma les yeux, comme si les mots l'avaient épuisé. « Je ne t'ai pas donné grand-chose à aimer. »

Pendant si longtemps, elle avait voulu se débarrasser de lui. Et pourtant, quand elle eut la chance de le faire, elle n'avait pas *pu* – cela lui avait été physiquement impossible.

« Tu es mon mari, George. »

Ce n'était certainement pas une explication, mais elle savait que ce serait suffisant pour lui. Elle était au bord des larmes, ce qui la surprit. Elle pensait être bien au-delà des sanglots.

« Bois. »

Il mourut ce soir-là, s'en alla dans son sommeil.

Peut-être était-ce son imagination, mais tandis qu'elle était assise auprès de lui, près de son corps sans vie qui refroidissait, elle crut entendre le bruissement de la meute qui reniflait plus près de sa tente. Qui reniflait sa solitude.

Elle serra un fusil contre sa poitrine toute la nuit.

Le matin, elle fit un nouveau feu, remarqua les étranges empreintes désordonnées à la périphérie du camp. Elle prit une pelle dans le chariot, déterminée à enterrer George profondément pour que les monstres ne s'en prennent pas à son corps. Mais le sol était gelé et dur. Ses bras tremblèrent. Elle faillit s'évanouir à cause de l'effort et fut obligée d'abandonner.

Alors, se servant de la couverture comme d'une luge, elle le traîna jusqu'au feu. Elle attisa les flammes, regarda la colonne de fumée s'épaissir jusqu'à devenir noire, puis elle fit rouler le corps de son mari dans les flammes et se détourna de l'odeur étouffante.

Il fallait agir vite.

Tamsen n'allait emporter qu'un fusil avec des munitions, et une petite sacoche d'herbes. Quant aux économies qui lui restaient, quelques milliers de dollars, elle allait les cacher dans un arbre creux dans les bois. Si elle survivait, elle reviendrait plus tard les chercher. Elle découpa des bandes dans le cuir suspendu à l'entrée de la tente pour en faire son dernier repas, l'avala en se disant qu'il y aurait de la nourriture qui l'attendrait dans l'autre camp. Du bacon, des pains chauds et des oranges, comme à la Noël. De la confiture de myrtilles et du thé bien chaud.

Elle ne dormit pas la deuxième nuit, pendant laquelle elle serra encore son fusil contre elle. Elle piquait du nez par moments sur sa chaise. Vers minuit, elle était presque certaine d'avoir entendu les créatures fourrager autour du bûcher, à la recherche de morceaux. Elle tira une fois dans leur direction dans l'espoir de les disperser.

Le lendemain matin, elle s'enveloppa de sa meilleure couverture, sangla le fusil sur son dos et se mit en route le long de la rivière.

46

Le soleil avait commencé sa descente quand Tamsen arriva de l'autre côté du lac. Le paysage s'étendait dans une immobilité surnaturelle, c'était si calme qu'elle pensa d'abord qu'ils étaient tous partis ou morts.

Le silence lui donna un mauvais pressentiment.

Même à distance, elle pouvait voir les foyers noircis qui indiquaient que les feux étaient éteints depuis longtemps, comme à Alder Creek. Les derniers chariots semblaient presque abandonnés ; les bâches étaient déchirées, détruites par les éléments. L'endroit avait des airs de ville fantôme – une ville fantôme hostile, comme si une voix enragée résonnait dans le silence. Avait-elle commis une erreur en venant ici ?

Une odeur de décomposition l'étourdit et lui donna envie de vomir. Elle était faible et dut se reposer contre un arbre un instant pour lutter contre sa nausée montante. Où était passé tout le monde ? S'ils étaient morts, où étaient les corps ?

Elle se dirigea vers la première cabane, séparée des autres abris par quelques arbres. C'était la pagaille à l'intérieur ; des vêtements et des couvertures éparpillés dans la terre, des malles vidées et retournées, des vêtements sales infestés de mouches. Elle s'était attendue à voir quelqu'un à l'intérieur, un enfant malade ou deux qui attendraient le retour d'un parent parti chercher du bois ou de l'eau. Elle ramassa une Bible de poche dans les débris. *Pour mon Eleanor, tante Minnie. Que ces mots t'apportent le réconfort.*

Puis elle le vit : le fusil de Keseberg. Pas d'erreur possible – elle l'avait vu entre ses mains tant de fois, avec cette façon nonchalante qu'il avait de le tenir, comme pour signifier aux autres de garder leurs distances. Son cœur battit plus vite quand elle se mit à fouiller parmi les autres objets de la cabane. Keseberg avait-il fait quelque chose aux autres ? Était-ce la raison pour laquelle tout était si calme ? Elle était sur le point de vomir, mais elle se ressaisit et continua à parcourir méthodiquement les affaires de Keseberg. Peut-être allait-elle y trouver à manger – des rations volées aux autres, de la viande séchée, n'importe quoi. Elle tremblait, elle avait froid ; son instinct de survie guidait ses gestes. Elle allait prendre ce qu'il avait, puis s'enfuir, chercher des signes de vie dans les autres abris, chercher un signe de vie de ses filles.

Elle ne trouva rien à manger, mais sous un tas de petit bois – comme cachés intentionnellement – elle découvrit une pile de papiers entourés d'une fine lanière de cuir. Elle savait qu'elle devait se dépêcher, ne pas rester là, mais une suspicion terrible la cloua sur place. Dehors, le soleil se couchait, et l'intérieur de la cabane était sombre, mais elle plissa les yeux, souleva les papiers de ses mains tremblantes et vit ce que c'était. Des lettres.

Des lettres et des lettres, toutes d'Edwin Bryant, adressées à Charles Stanton. Combien de temps avaient-elles été cachées ? Elle avait les yeux humides, craignait qu'il s'agisse d'une hallucination, mais quelque chose la poussa à les ouvrir, une par une.

Dans ses premières missives, Bryant tentait de dissuader Stanton au vu des dangers du chemin – *faites demi-tour, évitez le raccourci Hastings* –, puis elles devenaient plus longues, décrivaient des rumeurs sur des esprits et des créatures qui se nourrissaient de chair humaine.

Tamsen tressaillit. Bryant savait. Il savait qu'*ils* existaient.

La vérité brûlait entre ses doigt – c'était ce que Tamsen avait suspecté, mais le voir écrit noir sur blanc lui donnait le sentiment d'avoir une enclume dans le ventre.

Elle continua de lire. Dans ses lettres suivantes, Bryant parlait des créatures comme d'hommes malades et évoquait une sorte de contagion.

Elle repensa à tout ce qui s'était passé. Halloran s'était comporté étrangement après que son chien eut mordu Keseberg. Halloran avait-il attrapé la maladie ? Si tôt pendant le voyage ?

Keseberg.

Lewis Keseberg savait lui aussi.

Il avait gardé les lettres, les avait cachées aux autres.

Mais pourquoi ? Elle n'avait jamais aimé Keseberg, elle savait qu'il n'était pas digne de confiance – mais qu'avait-il à gagner en taisant la vérité sur cette maladie au reste du groupe ?

C'est alors qu'elle entendit grincer la vieille porte en bois et se retourna.

Elle retint son souffle, lâcha les lettres et faillit tomber en arrière contre le mur. Keseberg se tenait à l'entrée de la cabane. Elle aurait pensé qu'après ses semaines d'isolement à Alder Creek, voir enfin quelqu'un, n'importe quel membre du convoi, même Peggy Breen, l'aurait réjouie. N'importe qui sauf lui.

Les derniers rayons de soleil tombaient sur ses épaules, et vu du recoin où Tamsen s'était accroupie, il paraissait encore plus grand que dans son souvenir.

Il tenait une hache. Il avait coupé du bois quelque part – pour les feux peut-être. Les autres étaient peut-être encore en vie. Peut-être... son pouls s'emballa et son esprit refusa de former ne serait-ce qu'une seule idée claire.

« J'imagine que vous connaissez mon secret maintenant, dit-il en hochant la tête vers les lettres. C'était sûrement sentimental de ma part, mais je pouvais pas me résoudre à les brûler. Je savais pas combien de temps j'allais pouvoir les cacher aux curieux, mais des attaques de créatures sauvages, assoiffées de sang, ont tendance à retenir l'attention des foules. »

Son ventre se tordit, elle luttait contre l'envie de vomir.

« Qu'est-ce... qu'est-ce que vous avez fait aux autres ? demanda-t-elle. Où sont-ils ? »

Keseberg soupira.

« Vos gamines vont bien. Vous savez que j'aime les jolies filles. »

Elle fut tentée de se jeter sur lui, de lui griffer le visage, mais elle avait trop peur.

« Les Breen, commença-t-il à énumérer. Quelques-uns de leurs enfants et les deux parents. Doris. On est un bon nombre encore, presque quarante.

– Mais le camp est si calme.

– Ils savent qu'il faut rester à l'intérieur. C'est ce qu'on a décidé. Pour les protéger.

– Pour les protéger », répéta-t-elle stupidement.

Des créatures, bien sûr. C'est ce qu'il voulait dire.

Elle ressentit un début de soulagement – elles étaient vivantes. Il avait dit qu'elles étaient vivantes. Keseberg était un menteur et un tricheur – mais mentirait-il là-dessus ?

Elles se trouvaient juste de l'autre côté de cette partie du lac. Si proches. Si elle les appelait, ses filles l'entendraient. Elles seraient bientôt de nouveau dans ses bras.

« Alors vous avez réussi à tenir à distance ces… choses, dit-elle prudemment. Comment ?

– Les feux, dit-il. J'allais les allumer pour cette nuit. »

Elle hocha la tête lentement et se leva.

« Je devrais rejoindre mes filles, alors. »

Elle essaya de passer, de retourner dans le froid cinglant, où la lune rayonnait sur la neige qui reflétait partout une faible lueur bleutée.

Elle allait puiser ce qu'il lui restait d'énergie pour s'élancer sur les derniers cent mètres qui la séparaient des autres abris, quand quelque chose – elle ignorait quoi, mais c'était la conscience de quelque chose – la fit se retourner.

Keseberg était toujours là, il la regardait. Elle observa son visage, le scruta sous le clair de lune. Il avait ce regard lubrique qui l'avait toujours troublée, mais il y avait une autre expression qu'elle n'aurait pas su nommer. Elle aurait pu se dire que c'était de la solitude. Ce fut alors qu'elle sut ce qui la troublait :

il n'avait pas l'air d'avoir faim. Il ne semblait pas avoir perdu de poids, comme s'il n'avait pas souffert du tout.

Puis elle baissa les yeux sur la hache. La lame était couverte de sang.

« Je... Je... », bégaya-t-elle en reculant.

La voix de Keseberg, elle, était calme dans l'air froid.

« Tamsen, attendez. »

Elle se tourna et tenta de fuir, courut parmi des broussailles, mais elle trébucha sur un objet et tomba à genoux. C'était un gros bâton en travers dans la neige.

Non. Un os humain.

Elle eut le souffle coupé, se mit à pleurer – des larmes brûlantes qui gelèrent immédiatement sur ses joues au contact du froid.

Elle en avait trop vu. Elle était allée trop loin.

« Ce n'est pas ce que vous croyez », dit Keseberg sur le ton d'un avertissement.

Elle regarda autour d'elle ; à côté de là où elle avait trébuché, ce n'était pas un amas de neige, comme elle l'avait cru, non. C'était une pile de cadavres, tous gelés, gonflés et bleus.

Au bas de la pile gisait une femme pâle, déformée, son corps se trouvait dans une position qui n'était pas naturelle. Morte, comme les autres. Elle avait une plaie profonde au front, mais elle ne saignait pas.

Tamsen se força à regarder le cadavre. C'était Elizabeth Graves, rendue hideuse par la mort, les yeux fixés vers le ciel.

Le monde se mit à trembler sous elle. Elle s'efforça de ne pas s'évanouir, et soudain, Keseberg était à genoux à côté d'elle.

Il lui passa un bras autour du corps.

« Lâchez-moi ! s'écria-t-elle, essayant de le repousser.

– Tamsen, Tamsen.

– Non ! » cria-t-elle en rampant dans la neige.

Il était si près, et son odeur était infecte, comme s'il exsudait la puanteur par ses pores. Il attrapa sa cheville et elle tomba à plat ventre dans la neige.

« J'en suis pas fier, tu sais. » La voix de Keseberg était étrange, trop aiguë, trop pleine d'émotions. « Mais c'est le seul moyen, tu comprends ? »

Elle essayait de lui donner des coups de pied, de lui échapper.

« Je ne te ferai pas mal, petite. Comme je n'ai pas fait mal aux autres, dit Keseberg. Tamsen, écoute-moi. »

Il tira violemment sur sa jambe.

Elle tremblait, pleurait en silence ; le gel avait rendu sa peau rigide.

« Bryant avait raison à propos de la maladie. Sache-le. Je l'ai, comme une malédiction. Pas comme ces créatures dans la nuit. Pas comme elles, non.

– Lâchez-moi », répéta-t-elle, la voix rauque.

Elle tenta encore de tirer sa jambe des mains de Keseberg.

« Pas tant que tu m'auras pas écouté, dit-il. Je l'ai fait... Oui, j'ai fait ça... » Son regard tomba sur le visage de Mme Graves. « Je les ai découpés, je les ai gardés, les morts. Il le fallait. On n'a plus rien à manger, Tamsen. Il ne reste plus rien. Ils vont tous mourir. Ils seraient déjà morts sans moi. Je les ai tous sauvés, madame Donner. C'est grâce à moi que tes filles, elles sont vivantes.

– Je ne comprends pas.

– Ils voulaient pas le faire eux-mêmes, dit-il d'une voix rocailleuse. Jamais ils auraient été d'accord. C'est contre nature, qu'ils disent. Mais c'est le seul moyen de survivre ! Il faut bien qu'ils mangent, hein ? On doit tous manger, non ? Ils veulent pas savoir d'où ça vient, alors d'accord, ils restent à l'intérieur pour pas être obligés de voir. Ils sont même pas obligés d'y croire. »

Ses yeux luisaient, comme si son œuvre, son héroïsme, le ravissait.

Elle savait ce qu'il était en train de dire. Elle aurait voulu ne pas comprendre, ne pas avoir à en imaginer la réalité.

Il nourrissait les vivants avec les morts. De la chair humaine. Et ils ne le savaient pas.

« Mes filles. Et Elitha, et Leanne...

– Elles sont en vie, comme je l'ai dit. Mais Elitha est malade. Elle pourrait être la prochaine à partir. »

Il posa les yeux sur la pile de cadavres, et elle se rendit compte avec une nouvelle vague de dégoût et d'horreur qu'il se voyait déjà en train de découper le corps d'Elitha, de le dévorer, de le donner aux autres à manger. Elle en était étourdie ; sa gorge se serra dans la douleur.

– Je garde les créatures à distance, expliqua-t-il alors. Je leur laisse des morceaux. Juste assez pour qu'ils viennent pas renifler de trop près. J'ai tout bien calculé. »

Elle se souvint avec une soudaine lucidité que dès qu'ils avaient quitté l'Illinois les autres hommes furent prévenus qu'il ne fallait pas jouer aux cartes avec Keseberg. Il ne faisait pas que tricher : il mémorisait toutes les mains qui avaient été jouées.

« Je sais qu'on peut tenir un mois, poursuivit-il, mais on a encore six à huit semaines à attendre avant que les cols se dégagent suffisamment pour faire passer tous ceux qui restent. Va falloir en perdre un de plus. »

Il la lâcha et remonta sa manche. Même dans l'obscurité, elle voyait ses plaies rouges ouvertes et suintantes, des griffures, des bleus et des marques de morsures.

« Ce qu'elles ont, les créatures, ça peut pas me faire de mal. Elles peuvent pas m'infecter. Je suis protégé. C'est pour ça que c'est moi qui décide. Y a que moi qui décide. »

Elle avait cessé de pleurer.

Étrangement calme, elle s'était mise à l'écouter.

« Peut-être qu'il faut un démon pour tenir les autres à distance. » Keseberg s'arrêta, des larmes luisaient dans ses yeux. « Lucifer a d'abord été un ange. Je l'ai jamais oublié. »

Il avait goûté à la chair humaine pour la première fois en Illinois ; c'était un oncle, disparu plus tard en cherchant de l'or dans l'Ouest, qui l'avait initié. Il y avait pris goût. Il avait faim, profondément, même s'il se contrôlait, et chez lui l'écœurement rivalisait avec un désir florissant. Il découvrit que le goût de la chair humaine ne le satisfaisait jamais, en consommer ne faisait qu'en accroître le besoin.

Tamsen refit surface au son de ses paroles, qui lui parvenaient comme à travers une sorte de brouillard. L'avait-il assommée ? S'était-elle cogné la tête en tombant ? Ou avait-elle perdu connaissance un instant ? Cela n'avait pas d'importance. Elle était de retour dans la cabane, sans savoir comment elle avait atterri là. Son fusil avait disparu. Il l'avait certainement pris. Elle était assise dans la neige comme une poupée désarticulée, et Lewis Keseberg était accroupi à côté d'elle, la regardait de près comme s'il s'inquiétait de son état de santé.

« Pendant un temps, j'ai cru que tu étais comme moi, dit-il. J'avais entendu parler de toi à Springfield. Comment tu avais attiré Doc Williams dans ton lit, et ces autres types aussi. J'ai même dit : Voilà une femme qui sait ce qu'elle veut et qui a pas peur d'aller le chercher.

– Je ne suis pas comme vous », dit-elle.

Elle avait un goût métallique dans la bouche.

« Tu l'es plus que tu le crois. On prend ce qu'on veut, toi et moi. On fait ce qu'on a à faire. »

Il lui sourit, mais il se trompait. Personne ne savait ce qu'elle avait voulu pendant si longtemps, ce qui l'avait coupée en deux et rendue incapable d'aimer, voire incapable de ressentir.

Personne n'avait su qui fut le premier à prendre son cœur sans jamais plus le lâcher.

Pas même Jory.

Car comment pouvait-elle dire à son propre frère que ç'avait toujours été lui ?

« Non, dit-elle. Je ne prends pas tout ce que je veux. Je ne suis pas du tout comme vous. Tout… tout ce que j'ai fait, je l'ai fait pour les autres. Pour que mes enfants soient en sécurité. Et je vais le prouver.

– Qu'est-ce que tu racontes ? demanda Keseberg.

– Je vais t'aider », dit-elle.

Elle resta dans la cabane de Keseberg. Si elle l'avait quittée, si elle avait vu ses filles une dernière fois, elle aurait perdu sa détermination. Cela l'aurait brisée. Alors, elle lui fit promettre de ne jamais leur dire qu'il l'avait vue. De ne jamais parler de ce qui se passerait ensuite.

Cette nuit-là, après que Keseberg eut allumé les feux, Tamsen mélangea ce qu'il lui restait d'herbes pour dormir – lavande, camomille, menthe et quelques gouttes de laudanum. Elle les mélangea à de la glace fondue, récupérée à la surface du lac, but le somnifère et attendit que le sommeil vienne.

Quand elle commença à perdre connaissance, Keseberg s'approcha d'elle.

« J'attendrai jusqu'à ce que tu t'endormes, comme promis », dit-il.

Elle savait qu'il tiendrait sa promesse.

« Et tu les feras manger en premier. Mes filles passent d'abord », répéta-t-elle.

Il hocha la tête.

Il s'installa en face d'elle, par terre, et patienta, sa hache au creux de ses bras.

Ses yeux clignèrent lentement plusieurs fois. La cabane disparut. Elle vit alors les champs de blé devant la fenêtre de son frère. La vaste étendue bleue du ciel d'une fin d'été au-dessus des céréales ondoyantes – des vagues et des vagues de blé. Une mer d'or. Elle entendit le rire des enfants. Elle sentit l'étincelle d'un sentiment qu'elle n'avait plus connu depuis qu'elle était petite. Et enfin, elle s'endormit.

ÉPILOGUE

Mars 1847

James Reed était à mi-chemin sur la ligne de crête quand son cheval bai céda sous lui et s'enfonça dans la neige profonde. L'espace d'un instant, Reed eut peur de sombrer avec sa monture.

Chaque pas, chaque centimètre gagné depuis le fort de John Sutter, avait été périlleux. Quand ce n'était pas les fortes chutes de neige, c'était la boue qui arrivait jusqu'aux boulets des chevaux. Une saison pénible, humide. Mais il n'avait pas le choix. Retarder les opérations de sauvetage jusqu'à ce qu'il fasse plus chaud était hors de question. Il avait peur d'avoir déjà attendu trop longtemps.

Reed pressa son cheval, qui rechignait à avancer. Une chaîne de cavaliers et de mules chargées de provisions serpentait derrière lui.

Sept jours après le départ du fort, la neige atteignait le poitrail des chevaux. Ils ne pouvaient pas aller plus loin ; leur groupe s'en sortirait mieux à pied. Cela signifiait qu'ils allaient transporter bien moins des précieuses provisions qu'ils avaient acquises au prix de nombreux efforts, au grand dam de Reed, mais c'était inévitable. Ils attachèrent ce qu'ils ne purent emporter dans des arbres, pour le ravitaillement au retour. Les sacoches, qui se balançaient aux branches, ressemblaient à d'étranges nids d'insectes. C'est alors qu'il se fit la promesse : quand ils repasseraient par là, sa famille serait avec lui. Margaret, Virginia, Patty, le petit James et Thomas.

C'était la promesse de ces retrouvailles qui lui avait permis d'endurer ces longs mois d'exil. Il n'aurait pas tenu une semaine si Virginia, sa belle-fille, ne s'était pas éclipsée du camp pour lui donner un cheval et des provisions pour son périple. Elle était si maligne. Seulement treize ans et elle savait déjà quoi faire. Un baluchon avec de la nourriture prise dans leurs réserves : du bœuf séché, du cassis, des œufs durs et ce qu'il restait de bière dans une gourde. Il avait retenu ses larmes quand il la remercia.

« Tu as toujours été un bon père pour nous », lui avait-elle dit en lui tendant les rênes.

Quand Reed atteignit le fort Sutter en octobre, le vent du nord soufflait déjà. Le fort était spacieux et solide, avec des murs d'adobe épais et des canons – ce n'était pas un trou comme le fort de Jim Bridger. Sutter avait pour employés une vingtaine de Païutes, de Miwoks et de Mexicains, et un flux régulier de colons arrivait tous les jours pour se ravitailler, récupérer du courrier et s'enquérir des dernières nouvelles.

Reed avait été ravi de trouver McCutcheon au fort, il était presque complètement rétabli et travaillait pour Sutter afin de payer son séjour. À eux deux, ils avaient réussi à convaincre le propriétaire de leur prêter deux mules et de leur avancer quelques provisions, mais Sutter les avait prévenus qu'ils ne réussiraient pas à traverser la montagne.

Il avait raison. L'hiver était déjà là, en haute altitude. Ils parvinrent presque au col avant de s'avouer vaincus et de faire demi-tour.

« Le col sera enneigé jusqu'en février », lui avait dit Sutter.

Alors, quand le bataillon de Californie arriva au fort pour recruter des hommes pour se battre contre le Mexique, Reed s'enrôla. Il avait fait partie de la milice pendant la guerre de Black Hawk. Il savait combattre en soldat.

À Yerba Buena, il parla devant des assemblées de l'expédition piégée dans les montagnes, en appela à la générosité des personnes présentes. Ce fut là qu'il apprit que quelques survivants étaient parvenus à atteindre le fort de John Sutter. Une demi-douzaine de journaux avaient publié le récit que William Eddy faisait de leur périple : la faim, la neige et une étrange maladie qui décimait les hommes et les changeait en monstres, comme la rage qui transformait des chiens en créatures violentes et assoiffées de sang.

Assoiffés de sang. Reed pensa au petit Nystrom, au discours sans queue ni tête de Hastings et au cadavre du jeune Indien suspendu entre les arbres.

Les journaux racontaient qu'une expédition de sauvetage s'organisait. Il décida d'en prendre la tête.

Mais tandis qu'ils descendaient le col, Reed ne vit aucun signe de cabanes ou de vie. Même le lac était invisible. Il ne voyait qu'une vallée blanche, la vaste couverture de neige hérissée de sapins épars qui semblaient épier quelque chose, avec méfiance, comme s'ils étaient la partie supérieure d'arbres bien plus grands.

Au fur et à mesure de la descente, la surface noire du lac devint visible entre les monticules de neige. Puis surgirent des irrégularités dans la blancheur uniforme. Un carré marron qui aurait pu être une cabane endommagée. Une volute de fumée. Un camp.

La dernière ligne droite fut péniblement lente. À cause de la réverbération aveuglante, il devait garder les yeux presque complètement fermés. Il résista à l'envie de courir, ce qui n'aurait eu pour résultat que de l'épuiser. La discipline l'avait mené jusque-là. Elle le guiderait jusqu'au bout du chemin.

Il aperçut des signes de vie, des preuves qu'il y avait de l'activité, des survivants – mais pas la vie elle-même, pas d'humains, pas de cris, pas de bétail, pas un seul cheval à la ronde. De gros foyers noircis encerclaient les cabanes. Un silence plein d'échos.

Quand il s'approcha des cabanes, il ressentit une peur profonde et vibrante – elle eut sur lui l'effet d'une cloche intérieure qui résonnait à travers tout son corps. Devant ces hommes qu'il avait engagés pour l'expédition, il prit conscience de sa situation. Il avait peur de trouver sa famille décimée, peur de s'effondrer. Car oui, il les aimait – il devait y croire. C'était pour cela qu'il était revenu. Peu importait qu'il ait été banni et exilé dans la honte.

Pars avec moi, lui avait dit un jour Edward McGee. Mais Reed lui avait dit non. Edward avait cédé à la colère et au chagrin, à une indignation propre à la jeunesse ; il avait accusé Reed de ne pas vouloir quitter sa famille parce qu'il avait peur, mais Reed n'avait pas peur. Il ne se cachait pas. C'est ce que n'avait pas compris McGee. Reed les *aimait*, à sa façon. Peut-être sentait-il que l'amour qu'ils lui témoignaient était différent – plus endurant, plus clément – que celui qu'il avait trouvé auprès d'Edward McGee. Et là-dessus, il avait eu raison, n'est-ce pas ?

Mais Edward McGee n'avait plus d'importance à présent. Et ce qui s'était passé avec Snyder ne changeait rien non plus. Reed avait autrefois cru que l'amour, c'était la passion, mais il comprenait maintenant que c'était tout autre ; une sorte de foi, peut-être.

Avec l'immobilité qui régnait dans la vallée, il s'était attendu à trouver une cabane vide, à ce que la presse se soit trompée, à ce que Sutter l'ait envoyé au mauvais endroit.

Il poussa la porte et manqua de crier. Un amas de crânes le dévisageaient dans des ténèbres puantes.

Pas des crânes, mais presque. Des personnes tellement émaciées qu'elles ressemblaient à des squelettes.

L'une d'entre elles bougea et laissa échapper un léger grognement.

L'horreur et l'espoir submergèrent alors James Reed dans un tourbillon étourdissant. Il les avait trouvés – quelques-uns en tout cas. Ils étaient en vie.

Puis une voix étouffée et rauque émergea de l'obscurité. Une voix féminine, jeune, presque méconnaissable.

« Papa ? »

C'était Virginia. Sa fille. Il reconnaissait son visage à présent, bien qu'il soit ravagé par la faim et transformé – des dents saillantes au milieu de traits tirés. Puis le temps se suspendit, il ne savait pas s'il allait être capable de supporter l'émotion qui l'avait saisi à la gorge. Mais une lumière intense s'alluma en lui et il eut la certitude – jamais il n'avait été aussi sûr de sa vie – qu'il comprenait ce qu'était l'amour.

Il tomba à genoux et tendit les bras.

NOTES ET REMERCIEMENTS

Les lecteurs qui ont connaissance de l'histoire tragique de l'expédition Donner se rendront rapidement compte que j'ai pris beaucoup de libertés avec les faits pour ce récit. Les noms, les lieux et les dates sont réels, mais beaucoup d'autres éléments ont été modifiés pour servir l'intrigue. J'ai même ajouté quelques personnages fictifs : Walton Gow, le mentor d'Edwin Bryant, n'a pas existé, bien que Davy Crockett se fît bien retirer l'appendice alors qu'il était élu dans le Tennessee. Thomas, l'amant maudit d'Elitha, est inspiré de Jean-Baptiste Trudeau. Je voulais me servir de Trudeau, mais, quand l'intrigue a demandé des changements qui entraient en conflit avec l'histoire de Trudeau, j'ai décidé de créer un nouveau personnage qui pouvait répondre à toutes les exigences de l'intrigue. Voilà pourquoi Trudeau n'apparaît pas dans le roman.

Je dois remercier Tiffany Morris pour sa lecture approfondie et attentive aux implications culturelles du manuscrit, et pour m'avoir fait part de ses commentaires sur les paradigmes et les tropes problématiques à éviter. Il est toujours difficile de représenter les comportements réels et dominants – et souvent délétères – qui existaient à l'époque, surtout envers les peuples indigènes et leurs cultures, sans toutefois les *perpétuer* ou les promouvoir. Ces attitudes souvent problématiques envers les peuples premiers d'Amérique du Nord que l'on voit chez certains pionniers dans le texte ne reflètent pas mon point de vue personnel et mes opinions, ni ceux de l'équipe éditoriale.

Même une « réinvention » d'un événement historique demande bien entendu des recherches considérables. On a beaucoup écrit sur la tragédie de l'expédition Donner, ce qui s'avère être à la fois une bénédiction et une malédiction. Une bénédiction, parce qu'on peut trouver les réponses à ses questions si on creuse ; une malédiction, parce que la quantité de sources disponibles est presque infinie. Si vous cherchez à en savoir plus sur les faits réels, je recommande deux livres : le superbe *The Donner Party Chronicles: A Day-by-Day Account of a Doomed Wagon Train 1846-1847*, de Frank Mullen Jr. (Halcyon, Nevada Humanities Committee), et *Desperate Passage: The Donner Party's Perilous Journey West*, d'Ethan Rarick (Oxford University Press). Par ailleurs, j'ai pu m'imprégner de l'esprit de l'époque grâce à *Covered Wagon Women: Diaries and Letters from the Western Trails, 1840-1849*, Kenneth L. Holmes, dir. (University of Nebraska Press). Je souhaite aussi remercier l'équipe du Donner Memorial State Park à Truckee, en Californie, et le Fort Bridger State Historic Site, dans le Wyoming, pour leur hospitalité lors de mes visites.

Ce roman est le résultat d'un travail collectif, le produit d'une collaboration étroite avec Lauren Oliver et Lexa Hillyer de Glasstown Entertainment. Je remercie aussi Jessica Sit, éditrice à Glasstown, dont les suggestions m'ont aidée à faire de ce roman ce qu'il est, ainsi que Lynley Bird et Emily Berge pour leur lecture attentive.

De chaleureux remerciements aussi à Sally Kim chez G. P. Putnam's Sons, l'éditrice la plus généreuse et compétente qu'une autrice puisse espérer, et à mon agent Richard Pine, Eliza Rothstein et l'agent de Glasstown, Stephen Barbara, pour leurs bons conseils et leur patience. Et enfin, un grand merci à Howard Sanders et à Jason Richmond de United Talent Agency pour avoir amené *Hurlements* plus près du grand écran.